Gaby Hauptmann

Die Italienerin, die das ganze Dorf in ihr Bett einlud

Roman

PIPER
München Berlin Zürich

Mehr über unsere Autoren und Bücher:
www.piper.de

Von Gaby Hauptmann liegen im Piper Verlag vor:
Das Glück mit den Männern und andere Geschichten
Die Lüge im Bett
Die Meute der Erben
Ein Liebhaber zu viel ist noch zu wenig
Ein Handvoll Männlichkeit
Frauenhand auf Männerpo
Fünf-Sterne-Kerle inklusive
Gelegenheit macht Liebe
Hängepartie
Hengstparade
Ich liebe dich, aber nicht heute
Liebesnöter
Liebling, kommst du?
Nicht schon wieder al dente
Nur ein toter Mann ist ein guter Mann
Ran an den Mann
Rückflug zu verschenken
Suche impotenten Mann fürs Leben
Ticket ins Paradies
Wo die Engel Weihnachten feiern
Yachtfieber
Zeig mir, was Liebe ist
Die Italienerin, die das ganze Dorf in ihr Bett einlud

ISBN 978-3-492-06037-0
© Piper Verlag GmbH, München/Berlin 2016
Satz: Satz für Satz, Wangen im Allgäu
Druck und Bindung: CPI books GmbH, Leck
Printed in Germany

Prolog

Als Gabriella Cosini sich am späten Nachmittag des 14. Mai in ihr Bett legte, war sie zweiunddreißig Jahre alt. Ihr Haus mit den dicken Mauern war sonnendurchflutet, und von draußen strömte der Duft der wilden Rosen herein, die an der alten Sandsteinvilla emporrankten. Gabriella fühlte sich wie in einem Rettungsboot auf sturmumtoster See. Und ab sofort würde sie dieses Boot aus gestärktem weißen Leinen nicht mehr verlassen.

Erster Tag

Es war still, nur der Wind war zu hören und Emilias schwere Schritte auf dem alten Holzboden. Sie trat ins Zimmer und kniff in ihrer ganz eigenen Art missbilligend die Augen zusammen. Gabriella blickte ihr entgegen und musste lächeln, Emilia wird mich für verrückt halten, dachte sie, wenn sie es nicht schon längst tut.

»Unten steht der Schornsteinfeger.«

Gabriella nickte. »Gut. Er hat sich angemeldet.«

»Was soll ich ihm sagen?«

»Er soll heraufkommen.«

»In Ihr Schlafzimmer...?«

»In mein Schlafzimmer!«

Es war eine Mischung aus Fluch und Stoßgebet, was Emilia ausstieß, während sie sich umdrehte und hinausging, die braunen Augen zur Decke gerichtet. Der Schatten ihres schwarzen, wadenlangen Kleides wanderte langsam mit.

Gabriella blickte ihr hinterher.

Sie kannte Emilia, seit sie überhaupt denken konnte. Mit dem Tag ihrer Geburt war sie in ihr Leben getreten. Gabriellas Vater hatte sie eingestellt, um seiner Frau, der jungen Mutter, das Leben zu erleichtern. Das Leben in dieser großen alten Villa mit ihren vielen Zimmern und verwinkelten Fluren. Beide waren sie nicht mehr da, sinnierte Gabriella, meine Mutter nicht und auch nicht mein Vater. Nur Emilia ging noch wie all die Jahre zuvor aufrecht durch das Haus, kam jeden Morgen zur gleichen Zeit vom Dorf den Hügel hinaufgeschritten und ging abends denselben staubigen Weg zurück. Sie war wie das präzise Uhrwerk, das, von Meisterhand geschaffen, keine Verzögerung, keinen Ausfall kennt.

Gabriella seufzte und ließ sich in das große Kissen zurücksinken. Sie selbst war der Ausfall. Ein Ausfall auf der ganzen Linie. Seit ihrer Rückkehr war sie etwas, das nicht in Emilias Weltbild von großer Beständigkeit passte.

Gabriella sah durch die weit geöffneten Fensterflügel hinaus auf den Weinberg ihres Vaters, der sich fast bis hinunter zu den Dächern des Dorfes erstreckte. Die Nachmittagssonne lag auf den alten Ziegeln und färbte sie tiefrot, und der leichte Wind bauschte die Vorhänge aus cremefarbenem Taft, die Gabriella gleich nach ihrem Einzug in dieses Zimmer mitsamt den spitzengefassten Gardinen zur Seite gezogen hatte. Sie hörte die leisen Schritte, die zögernd die Holztreppe heraufkamen. Unwillkürlich musste sie lächeln. Sie hatte Flavio vor acht Tagen auf der Beerdigung ihres Vaters gesehen. Er hatte, wie alle Dorfbewohner, schweigend dagestanden, als der Sarg in die toskanische Erde gesenkt wurde und der Pfarrer seinen letzten Segen sprach.

Durch den Spalt der offenen Holztür sah Gabriella, wie Flavio eine Zeit lang vor ihrem Zimmer stehen blieb. Er hatte die Stelle seines Vaters übernommen, und sicherlich hatte der ihm ein paar Ermahnungen mit auf den Weg gegeben, bevor er zur Sandsteinvilla des alten Conte, den es ja nun nicht mehr gab, aufgebrochen war.

Schließlich hob Flavio die Hand und klopfte gegen das schwere Holz. Es hörte sich dumpf an, und Gabriella sah, dass er die Hand nicht sinken ließ. Offensichtlich ging er davon aus, dass er ein zweites Mal würde anklopfen müssen.

»Es ist offen«, rief sie. Er schob die Tür auf und kam forscher herein, als sie vermutet hatte. Vor dem großen Bett blieb er stehen und deutete mit einem knappen Kopfnicken eine Verbeugung an.

»Guten Tag, Contessa.«

»Guten Tag, Flavio. Bitte nenne mich Gabriella, ich bin keine Contessa.«

Es war seinem Blick anzusehen, dass er bei dieser Bezeichnung bleiben würde. Die Dorfbewohner hatten sie immer so genannt, was an der Vergangenheit des Hauses lag, nicht an seinen Bewohnern. Wer dort wohnte, war automatisch der Graf. So wie schon die hundert Jahre zuvor.

»Ich habe mir Ihre Heizung angesehen«, begann Flavio und versuchte, seine Augen nicht über das große Bett wandern zu lassen, dessen rechte Seite leer war. Ein weißes Laken, ein aufgestelltes weißes Kopfkissen, keine Decke, nichts. Gabriella klopfte sanft mit ihrer Hand neben sich.

»Setz dich zu mir. Oder leg dich. Wie du willst.«

Er sah an seinem schwarzen Kehranzug herunter.

Gabriella betrachtete ihn. Sie kannte ihn noch als kleinen Jungen, der seinem Vater stets wie ein junger Hund hinterhergelaufen war. Es war damals schon klar gewesen, dass er irgendwann in dessen Fußstapfen treten würde. Doch seit sie nach New York gegangen war, hatte sie ihn nicht mehr gesehen, das war nun gut sieben Jahre her. Und bei der Beerdigung hatte sie Flavio nur erkannt, weil er neben seinem Vater gestanden hatte, der zwar grauhaarig geworden war, sich aber sonst kaum verändert hatte. Flavio dagegen schon: Aus dem schmächtigen kleinen Burschen war ein stattlicher junger Mann geworden.

»Du kannst deine Uniform ausziehen, ich nehme an, du trägst noch etwas darunter.«

Sie sagte es mit neckischem Unterton, und sein Mundwinkel zuckte kurz.

»Wir haben das nicht geglaubt«, sagte er.
»Was?«
»Das, was Sie bei der Beerdigung gesagt haben.«
Sie sahen einander kurz in die Augen, dann senkte er den Blick.

Gabriella setzte sich unter ihrer leichten Sommerdecke an die hintere Bettlade und umschloss ihre angewinkelten Beine mit den Armen.

»Ich habe gesagt, dass mich mein Job in New York völlig ausgebrannt hat, dass ich im Moment mit der Welt fertig bin und mich für die nächste Zeit nicht mehr aus meinem Bett fortbewegen werde. Wer was von mir will, muss zu mir kommen. In mein Schlafzimmer, in mein Bett. Egal. Und, dass dies keine intime Einladung ist, sondern eine freundliche Aufforderung. Sonst nichts.«

»Aber doch eher ungewöhnlich.« Er stand noch immer unbeweglich da, den rechten Daumen in der breiten Schnalle seines schwarzen Gürtels.

»Mag sein. Ich brauch aber auch keine neue Heizung. Offensichtlich hat es die alte all die Jahre über getan.«

Sein Gesichtsausdruck veränderte sich. Die Anspannung fiel wie eine Maske von ihm ab. Ein Lächeln zog sich von seinen Lippen über die Wangen nach oben zu den Augen. Und auch seine Schultern entspannten sich. »Mamma mia«, sagte er, dann öffnete er den Gürtel.

»Was haben Sie denn unter Ihrer Bettdecke an?«

»Jedenfalls kein Negligé«, Gabriella lächelte ihn an. Sie schlug die Decke zur Seite. »Einen leichten, sommerlichen Hausanzug.«

»Na, gut«, sagte Flavio. »Aber Sie dürfen nicht lachen!«

»Lachen entspannt die Seele«, sagte sie.

»Aber nicht die männliche!«, antwortete er und begann, seine schwarze Jacke aufzuknöpfen. »Zumindest nicht, wenn eine Frau über einen Mann lacht.«

»Die Absicht habe ich nicht. Mir genügt ein entspanntes Gespräch.«

Schließlich stand Flavio in einem weißen T-Shirt und halblangen, eng anliegenden Unterhosen neben ihr und setzte sich auf die Bettkante.

»Und warum sollte ich jetzt lachen?«

»Normalerweise trage ich die Unterwäsche, wie sie mein Vater auch schon getragen hat. Einen Einteiler wie aus Wildwest-Zeiten. Feinripp und leicht zum Aufknöpfen ...«

»Und warum nicht heute?«

»Na ja, ich war ja ein bisschen vorbereitet. Sie haben es schließlich angekündigt, obwohl ich es nicht glauben konnte ...«

Gabriella griff zu dem großen Wasserkrug, der neben ihrem Bett auf dem Nachtkästchen stand, und goss zwei Gläser ein. Eines reichte sie ihm.

»Erzähl mir, was in den letzten sieben Jahren passiert ist.«

Er nahm ihr das Glas aus der Hand, und die Berührung seiner Finger empfand sie als warm und schön.

»Im Dorf? Nichts.«

»Das kann ich nicht glauben«, widersprach sie. »Du bist jetzt ... wie alt bist du?«

»Fünfundzwanzig.«

»Ich dürfte dich nicht mal mehr duzen. Du bist erwachsen geworden, Flavio. Sicher bist du schon verheiratet und hast Kinder?«

Er schüttelte den Kopf.

»Aber bestimmt eine Freundin?«

Flavio zuckte die Schultern. Gabriella betrachtete ihn,

und außer dem leisen Rauschen der sich bauschenden Vorhänge war nichts zu hören.

»Es gab da so ein Mädchen«, begann er, »das hatte langes, dunkelbraunes Haar. Manchmal trug es einen Zopf, aber oft wehte es auch einfach dicht und wellig hinter ihr her, wenn sie durch das Haus rannte oder durch den Garten lief. Sie war sehr hübsch. Grüne Augen, ein voller Mund und ständig in Bewegung. Ich habe pausenlos von ihr geträumt und bin meinem Vater dauernd gefolgt, nur um sie zu sehen.«

Gabriella sagte nichts. Und auch Flavio schwieg.

»Aber dann zog sie fort.« Er sah zum Fenster. »Aber ich sehe sie noch immer vor mir …« Er wandte den Kopf, und sein Blick fing ihren auf. »So, wie sie damals war.«

Gabriella strich sich über die Arme. Sie fröstelte. »Das habe ich nicht gewusst.«

Er schüttelte den Kopf. »Es ist bedeutungslos.«

»Wieso ist es bedeutungslos?«

»Das große Mädchen wurde eine erfolgreiche Brokerin in New York und der große Junge ein kleiner Schornsteinfeger in einem toskanischen Dorf. Es ist bedeutungslos.«

Gabriella räusperte sich. »Nur weil man in New York arbeitet, ist man noch lange nicht bedeutungsvoll.«

Flavios Lippen deuteten ein Lächeln an. Er senkte den Blick und betrachtete ihre Hand, die offen neben ihrer Bettdecke auf dem Laken lag. Gabriella sah ebenfalls hin. Eine Zeit lang geschah nichts, ab und zu hörte man die Zikaden vor dem Haus. Erstaunlich, dachte Gabriella, wie man die Zeit fließen lassen kann. Ein schwereloses Dahingleiten der Minuten, ganz ohne Bedeutung, ganz ohne Versäumnis, sie haben ihre Macht verloren. Es gab nichts einzuhalten, nichts nachzuholen, nichts aufzuholen. Ein Gefühl wie Samt und Seide, königlich.

»Darf ich?« Er riss sie aus ihren Gedanken. Gabriella besann sich und nickte. Flavio legte sich auf die Seite und griff vorsichtig nach ihrer Hand. Es war seltsam, fand Gabriella, wie er ihre Hand in seine bettete. Es hatte etwas von einem Nest, warm und behütend. Sie betrachtete seine Fingernägel, die männlich breit waren und Trauerränder trugen. Unwillkürlich musste sie an ihren Vater denken.

»Du hast lange Lebenslinien«, sagte er nachdenklich, und Gabriella fand es angenehm, dass er so beiläufig zum Du übergegangen war.

»Die hatte mein Vater auch …«, Gabriella schloss ihre Hand zu einer Faust. »Und vielleicht sogar meine Mutter.«

»Deine Mutter …« Flavio pustete auf ihre Finger wie auf eine Blüte, und Gabriella öffnete ihre Faust wieder. Langsam einen Finger nach dem anderen. »Sicher hast du sie sehr vermisst.«

»Ich vermisse sie noch heute.« Gabriella fragte sich, ob das stimmte. Heute vielleicht mehr als damals, dachte sie. Immerhin hatte sie in New York nach ihr gesucht. Aber welche Gefühle hatte sie als Vierjährige gehabt? Damals, als ihre Mutter eines Nachts verschwunden war? Zurück nach New York, zurück in ihr Leben als Schauspielerin? Ohne ihre Tochter? Wie lange hatte sie getrauert, geweint, nach ihr gerufen? Gabriella wusste es nicht. Sie konnte sich nicht erinnern.

Flavio rückte näher und begann mit seinem rechten Zeigefinger die Linien in ihrer offenen Hand nachzuzeichnen. »Die Hand gleicht der Seele«, sagte er. »Das wusste schon Aristoteles. Und ich glaube auch daran.«

»Und glaubst du nur – oder kennst du dich darin aus?« Gabriella richtete sich etwas auf.

»Deinem Venusberg nach bist du sehr leidenschaftlich und hast Hunger auf die schönen Dinge des Lebens.«

Gabriella ließ sich wieder zurücksinken. »Venusberg«, sagte sie und verzog das Gesicht. »Venus? Die römische Liebesgöttin? Kein Wunder. Mir ist es aber weder nach Liebe noch nach Göttin. Ich brauche im Übrigen keinen Planeten, nur weil er Venus heißt. Ich brauche vor allem meine Ruhe.«

»Deshalb liegst du ja hier.«

»Deshalb liege ich hier.« Sie entzog ihm ihre Hand. »Hör zu, Flavio. Du hast dich in mich verliebt, als ich noch ein Mädchen war. Alle kleinen Mädchen sind süß. Jetzt bin ich eine erwachsene Frau, bin der Knochenmühle New York entronnen, habe einen Liebhaber zurückgelassen, der hinter meinem Rücken mehrere Venushügel bedient hat, und möchte in naher Zukunft nur eines spüren: mich selbst.«

»Der Venusberg gehört einfach zu den Handbergen unterhalb der Finger. Es gibt den Venusberg, den Jupiterberg und den Saturnberg. Nur so viel dazu.«

»In Ordnung.« Gabriella hielt wieder ihre Knie umschlungen. »Entschuldige. Du merkst, ich bin noch nicht wirklich entspannt.«

Flavio drehte sich auf den Rücken und sah zur Decke. »Unsere Erde wird es richten.«

»Was?«

»Riechst du die Erde nicht?«

»Riechen? Die Erde?« Sie konzentrierte sich. »Nein.«

»Dann solltest du mit mir hinausgehen. Überall spürst und siehst du das Leben. Auf dem erdigen Weg, im Getreidefeld, in der Baumkrone. Du musst dich nur dafür öffnen. Alle Dinge haben ihren eigenen Duft.«

»Wie der Ruß?«

»Wie der Ruß. Wie alles.«

Gabriella hielt inne, sie wollte ihn nicht verletzen. Sie war streitbar geworden, zynisch, unzufrieden. Sie hatte sich dem atemlosen New Yorker Tempo angepasst, es konnte ihr nie schnell genug gehen. Das alles wollte sie ablegen, hinter sich lassen.

Sie wandte sich ihm zu. »Erzähl von dir«, sagte sie. »Wie geht es dir? Was machen deine Eltern?«

Er verschränkte seine Arme hinter dem Kopf. »Mein Vater hofft, dass ich einen Auftrag mit nach Hause bringe, und meine Mutter war besorgt.«

»Besorgt?«

»Sie kennt meine Schwärmerei. Sie war besorgt, ich könnte dir wieder verfallen.«

Gabriella lachte auf. »Das ist ein Witz!«

»Nein, das ist kein Witz.«

Sie wandte ihm ihr Gesicht zu. »Sieh mich an. Ungeschminkt und viel älter als du. Soll ich dich jetzt in mein Bett zerren?«

»Da bin ich schon!« Er lächelte.

Gabriella musste lachen. »Du hast recht!« Und sie lachten beide, bis Gabriella sich zu ihm hinüberrollte. »Komm, du kleiner Bub«, sagte sie und drückte seinen Kopf gegen ihre Brust. »Lass deine männlichen Gefühle aus dem Spiel, und fühl dich nur, wie du dich damals gern gefühlt hättest.«

Flavio regte sich nicht.

»Es fühlt sich gut an«, sagte er nach einer Weile mit veränderter Stimme. »Du stillst gerade eine ganz alte Sehnsucht! Danke!« Er drehte sich von ihr weg und stand auf. »Aber nun muss ich gehen.«

»Ohne Auftrag?«

»Ich komme wieder, wenn ich darf.«

»Du hast mir noch nichts über deine Mutter erzählt. Ich

meine ihr Leben. Nicht ihre Befürchtungen. Und Geschichten aus dem Dorf.«

»Und mein Leben?«

»Und über dein Leben.«

»Dazu brauche ich ein Glas Rotwein.«

»Dann rufe ich Emilia.«

»Abends, ich trinke nur abends. Und am liebsten, wenn die Sterne am Himmel sind.«

»Und die Venus.«

»Auch die Venus ...«

Gabriella lächelte. Es war schön zu lächeln, fand sie. Es war kein amerikanisches Maskenlächeln, das sie jahrelang gelächelt hatte, es war ein stilles, heiteres Lächeln. Es kam von innen, ganz leise, ohne Aufregung. Es war einfach da.

»Ist etwas?« Flavio hatte sie beobachtet.

»Ich lächle.«

»Das sehe ich. Darum frage ich ja.«

»Ich staune gerade über mein Lächeln. Es ist einfach da. Ich habe gar nicht darüber nachgedacht.«

Flavio blieb regungslos stehen, dann bückte er sich nach seinen Sachen, die auf dem Boden vor dem Bett lagen, und begann sich anzuziehen. »Du staunst über dein eigenes Lächeln?«

»Ja. Es war einfach da.«

»Ich staune über dich.« Er schlüpfte in seine Hose, zog die Jacke an und schloss die Schnalle seines Gürtels. »Und du willst wirklich liegen bleiben?«

Gabriella blickte ihm ins Gesicht. So wie er dort stand, hätte er auch für ein Modemagazin Modell stehen können. In leicht trotziger Haltung, die Daumen im Gürtel eingehakt, Denkerfalten auf der glatten Stirn und die dunklen Augen herausfordernd auf sie gerichtet.

»Das habe ich vor«, sagte Gabriella.
»Wie viele werden da neben dir liegen?«
»So viele, wie kommen.«
Flavio ging zur Tür. »Der Pfarrer auch?«, fragte er im Hinausgehen.

»Der Pfarrer auch«, erwiderte Gabriella und lauschte seinen Schritten, die langsam auf der Treppe verklangen.

Gabriella rutschte im Bett hinunter und verschränkte die Hände hinter ihrem Kopf. Ich bin frei, dachte sie. Was für ein Gefühl. Sie atmete einige Male tief durch und schloss die Augen. Aber dann nahmen andere Bilder in ihrem Kopf Gestalt an. Sie sah ihren Vater vor sich, wie er mit ihr in ihrem verwilderten Park saß und von seiner Arbeit erzählte. Wie alt war sie damals gewesen? Zehn? Sie wusste noch, wie aufmerksam sie zugehört hatte, um auch bloß alles zu verstehen. Aber sie konnte trotzdem nichts mit seinen Worten anfangen. Sie wusste nur, dass er oft weg war und sie unter seiner Abwesenheit gelitten hatte. Ob sie eine neue Mutter wolle?, hatte er sie gefragt. Aber sie hatte sich das nicht vorstellen können. Sie konnte sich ja kaum an ihre Mutter erinnern, sie kannte das Gefühl nicht, eine Mutter zu haben. Sie hatte Emilia gehabt. Emilia sorgte für sie, aber Emilia war ihre Haushälterin und keine Mutter. Ob sie eine neue Mutter wollte? Damals hatte sie diese Frage zutiefst erschreckt. Wie sollte das gehen, eine neue Mutter? Ihre eigene Mutter war zurück nach Amerika gegangen, das wussten alle im Dorf. Nach einem Krach hatte sie das Haus verlassen, schön, wie sie war, jung, exzentrisch, anders, eine Filmschauspielerin, die es in die italienische Provinz verschlagen hatte. Was sollte sie halten? Der Mann? Der ohnehin zu alt für sie war? Die Villa auf dem Hügel? Die Idylle der einsamen Landschaft? »Ich will keine neue Mama«, hatte sie damals gesagt.

Selbst darüber erschrocken, wie entschieden sie die Worte herausgestoßen hatte. Sie hatte auf der verblichenen Holzbank gesessen und ihr Vater ihr gegenüber auf einem Holzstuhl. Sie wusste noch heute, dass sie der Gedanke, der Stuhl könne unter seinem Gewicht zusammenbrechen, sehr viel mehr beschäftigt hatte als ihr ganzes Gespräch über seinen Beruf und über die neue Mutter. »Ich dachte, dir fehlt vielleicht eine Mama«, hatte er wieder begonnen, aber dann kam Emilia mit einem Krug Zitronenwasser und stellte ihn zusammen mit zwei Gläsern neben Gabriella auf die Bank. »Es gibt bald Abendessen«, sagte Emilia. »Spaghetti Vongole, Ihre Lieblingsmuscheln. Heute ganz frisch vom Markt.«

»Danke!« Ihr Vater hatte Emilia ein Lächeln geschenkt. »Venusmuscheln. Die liebe ich.«

Und Emilia war wieder gegangen, ihr langer schwarzer Rock streifte über die Gräser und die wild wuchernden Kräuter, während sie zur Villa zurückging.

»Emilia ist die gute Seele des Hauses.« Ihr Vater hatte ihr nachgeblickt, und dann begann er wieder von seinem Beruf zu erzählen, dass er Regisseur sei, das sei einer, der ein Theater oder einen Film dirigiere. Wie ein Lehrer, der vor der Klasse stehe. Aber eben kein ganzes Jahr, sondern immer nur so lang, bis eine Aufführung beendet oder ein Film abgedreht sei. Der Schatten kroch vom Haus zu ihnen herüber, und Gabriella wäre gern aufgestanden und zu der Schaukel gegangen, die im Baum hing. Aber sie traute sich nicht, ihren Vater zu unterbrechen. Sie saß, nickte immer wieder und betrachtete ihn. Noch heute sah sie sein Gesicht genau vor sich: die lockigen schwarzen Haare, in denen Silberfäden schimmerten. Er strich seine viel zu langen Haare ständig hinter seine kleinen Ohren, die die Menge der Haare aber nicht halten konnten. So wartete Gabriella darauf, bis sie wieder nach vorn fielen und das Spiel von Neuem begann. Die buschigen Augenbrauen über den braunen Augen, die von erstaunlich langen Wimpern gesäumt waren, die Nase, von der sie als Kind nie wusste, ob sie wirklich echt war. Sie ähnelte eher dem Schnabel eines Raben, und deshalb betrachtete Gabriella ihren Vater als Kind am liebsten von der Seite. Vielleicht hatte sie ein Geheimnis entdeckt? Vielleicht war er eine Kreuzung aus Mensch und Tier? War ein Fabelwesen aus irgendeinem Märchen?

Er hatte ihr ein Glas Zitronenwasser eingeschenkt und wollte wissen, ob es nicht doch schön wäre, wenn wieder eine Frau in sein Castello, so nannte er die Villa, einziehen würde? Emilia ist doch da, hatte sie geantwortet. »Ist sie keine Frau?« – »Doch, schon«, hatte ihr Vater geseufzt und sich aufgerichtet. »Ich wollte dir eigentlich auch nur erklären, warum ich so oft unterwegs bin.« Gabriella hatte gespürt, dass dies nicht die volle Wahrheit war. Aber was tat es schon. Sie ging zur Schule, sie hatte ihre Freunde im Dorf, sie hatte Emilia und ihr Kaninchen, das in ihrem Zimmer schlief. Sie hatte nicht das Gefühl, das ihr etwas fehlte, schon gar nicht eine neue Mama.

Es klopfte an der Tür, und Gabriella schlug die Augen auf. »Ja, bitte?« Emilia kam herein. »Wollen wir gemeinsam unten zu Abend essen?«, fragte sie.

Gabriella schüttelte den Kopf. »Sei nicht böse, Emilia, aber es bleibt dabei. Mein Entschluss steht fest.« Emilia nickte, und Gabriella fand, dass sie sich über all die Jahre kaum verändert hatte. Entweder war sie ihr schon damals so alt vorgekommen, oder das ruhige Leben war eine Art Jungbrunnen.

»Magst du dich zu mir setzen? Mir ein bisschen aus deinem Leben erzählen? Wir haben uns so lange nicht gesehen.«

»Sieben Jahre«, erwiderte Emilia.

Immer wenn Gabriella nach Hause gekommen war, hatte Emilia ihren Jahresurlaub genommen. So war Claudio versorgt, hatte sie gesagt, Gabriellas Vater. Wenn Gabriella nicht gekommen wäre, hätte Emilia auch den Sommer über gearbeitet. Das erschien ihr völlig normal. Man konnte einen Mann schließlich nicht sich selbst überlassen.

»Was ist in der Zwischenzeit passiert, Emilia?« Wie alt mochte Emilia jetzt sein? Ende fünfzig?

»Nichts, Gabriella. Es ist nichts passiert.«

»Keine Liebe, keine großen Gefühle, einfach gar nichts?«

»Einfach gar nichts.« Sie ging auf die andere Seite des Bettes und pflückte das leere Wasserglas vom Nachttisch. »Er hat sich also tatsächlich hingelegt«, stellte sie fest, und wirkte befremdet.

»Er hat sich tatsächlich hingelegt«, bestätigte Gabriella. »Flavio ist erwachsen geworden, aber das weißt du ja.«

»Alle werden älter.« Gabriella hörte den stillen Nebensatz heraus: *Aber deshalb muss er sich nicht in dein Bett legen ...*

»Dann bringe ich das Abendessen hoch. Und gehe nach Hause.« Sie zögerte. »Oder möchten Sie, dass ich bleibe?«

Gabriella schüttelte den Kopf. »Nein, wieso?«

Emilia zuckte die Schulter. »Es ist einsam hier. Und das Haus ist groß. Sie sind das nicht mehr gewöhnt ...«

»Hatte mein Vater Angst allein? Bist du die letzten Jahre nachts geblieben?«

»Nein. Nie!« Sie spie es förmlich aus. Klar, dachte Gabriella, das wäre auch unschicklich gewesen.

»Entschuldige«, sagte sie. »Es war nur ein Gedanke. Nach

seinem ersten Herzinfarkt vor drei Jahren hätte es ja sein können ...«

»Es war nur ein leichter Herzinfarkt, und er fühlte sich wohl hier. Er war noch nicht alt, und das Haus war sein Freund.«

»Ja.« Gabriella nickte. »Das war es wohl. Er hat dieses Haus immer geliebt! ... Und ich wohl auch.«

Emilia ging zum Fenster, als wollte sie die Fensterläden schließen oder zumindest die Gardinen vorziehen. Sie blieb eine Weile stehen, dann drehte sie sich zu Gabriella um.

»Es ist seltsam, dass er nicht mehr hier ist. Ich dachte immer, er ist unsterblich.«

»Ja ...« Was wohl sein Tod für Emilia bedeutete? Ihr ganzes Leben lang hatte sie dieses Haus und seine Bewohner umsorgt und behütet. Was, wenn Gabriella das Haus verkaufen würde?

»Bist du denn ordentlich abgesichert, Emilia? Hast du eine Rente?«

Emilia warf ihr einen eindringlichen Blick zu. »Ihr Vater hat für mich gesorgt.«

»Hast du ihn ... bis zum Schluss gesiezt?«

»Natürlich.«

»Und er dich geduzt?«

»Natürlich!«

»Könnten wir beide das ändern? Du siezt mich ja erst, seitdem ich wieder hier bin.«

»Das gehört sich so.«

»Aber nein. Ich duze dich, du siezt mich, das ist doch falsch!«

»Nein, Sie sind jetzt die Herrschaft, kein kleines Mädchen mehr. Und ich bin die Angestellte. So ist es nun einmal!«

»Nein, so ist es nicht! Dann sieze ich dich auch!«

»Ich bereite jetzt Ihr Abendessen vor. Ich dachte an Tagliatelle mit Steinpilzen. Und den Salat wie früher? Mit Essig und Öl?«

»Das ist wunderbar.«

Emilia nickte, dann rauschte sie hinaus.

Die Zeit ist stehen geblieben, dachte Gabriella, ließ sich zurück an ihre Bettlade sinken und sah durch die weit geöffneten Fensterflügel hinaus. Das Licht hatte sich verändert. Die Landschaft, die eben noch in diesig blaues Licht getaucht war, leuchtete jetzt in einem satten Goldton. Und es schien, als dringe diese satte Atmosphäre durch das Fenster herein und tauchte auch Gabriella und ihr Zimmer in Gold. Schon schimmerten die gekälkten Wände golden, und Gabriella schloss die Augen.

Sie war bereit für diese Reise, die ihr so viele Bilder im Kopf beschere, Bilder, die sie längst vergessen zu haben glaubte.

Dies hier war früher das Gästezimmer gewesen. Ihr Vater hatte immer mal wieder Gäste gehabt, die wichtig schienen. Jedenfalls hatten sie tagelang über Papieren und nachts über gut gefüllten Rotweingläsern gesessen. Ihr ehemaliges Kinderzimmer lag zwischen dem Elternschlafzimmer und dem Zimmer, in dem Emilia schlief, wenn ihr Vater nicht da war. Sie hatte es immer als riesig empfunden. Trotz des bemalten Schaukelpferds, des großen Schranks, des Holztischs am Fenster und der mit Spielzeug gefüllten Regale war es ihr stets groß erschienen. So groß, dass sie nachts manchmal Angst vor den Schatten hatte, die überall lauerten, sobald der Mond hereinschien. In ihrer Fantasie wurden sie zu Dämonen, und sie zog die Decke über ihr Gesicht, um unsichtbar zu sein. Später kamen die Nächte, in denen die Fantasie einen anderen Weg nahm. Wie oft hatte sie sich mit ihrer

Freundin Sofia Geschichten zusammengeträumt, kindlich schöne Geschichten, bis Sofia, die ein Jahr älter war, mit dreizehn plötzlich von einem Jungen schwärmte, den Gabriella absolut uninteressant fand. Jetzt, nach all den Jahren, sah sich Gabriella wieder neben Sofia auf dem weißen Laken liegen und sich verschwörerisch kichernd zusammenkuscheln, sobald Sofia seinen Namen erwähnte. Sofia träumte von dem ersten Kuss und der großen Liebe, da wünschte sich Gabriella noch sehnlichst ein Pony. Das erschien ihr weitaus befriedigender als ein Halbwüchsiger mit schlechten Manieren.

Es klopfte, und Emilia riss sie aus ihren Gedanken. Sie balancierte ein Tablett mit einem Teller voller Pasta und einem Glas Wein.

»Wohin darf ich es stellen?«, fragte sie und blieb mit Blick auf den kleinen, runden Tisch im Zimmer stehen.

Gabriella klopfte neben sich auf die leere Bettseite. »Gern hierher.«

»Ins Bett?« Emilias Missbilligung drang aus allen Poren.

»Genau. Das geht schon.« Gabriella schenkte ihr ein freundliches Lächeln. »Ich werde es genießen.«

Emilia antwortete nicht, sondern stellte das Tablett ab und schob sich die Ärmel ihrer schwarzen Bluse hoch.

»Ich hätte noch eine Bitte.« Abwartend verharrte Emilia.

»Könntest du mir bitte die ganze Flasche bringen, ein zweites Weinglas und einen weiteren Krug Wasser?«

Emilia runzelte die Stirn, und fast hätte Gabriella gelacht.

»Ein zweites Weinglas?«, fragte sie nach.

»Ja, warum nicht. Man weiß ja nie.« Gabriella machte eine ausladende Handbewegung. »Eins könnte kaputtgehen, dann hätte ich keines mehr.«

Emilias Lippen wurden schmaler, und offensichtlich versagte sie sich eine Bemerkung, während sie am Bett entlang zur Tür ging. »Ich weiß nicht, was Ihr Vater dazu gesagt hätte«, konnte sie sich dann doch nicht verkneifen zu sagen.

»Ja«, sagte Gabriella, »ich habe es in den letzten Jahren versäumt, lange Abende mit ihm zu verbringen. Ich dachte immer, diese Gespräche hätten noch Zeit. Er war doch erst 78! Ich hätte gern mehr Zeit mit ihm verbracht.«

Emilia war stehen geblieben. »Ich habe ihn besser gekannt als er sich selbst«, sagte sie leise. Und damit war sie zur Tür hinaus.

Gabriella dachte über diese Worte nach. Zum ersten Mal kam es ihr in den Sinn, ihr Vater könnte ein Verhältnis mit Emilia gehabt haben. Auf der anderen Seite erschien es ihr absurd. Sie kannte die Frauen, die manchmal hier im Gästezimmer geschlafen hatten. Dieser Frauentyp war weit von dem entfernt, was Emilia verkörperte. Das waren elegante, weltgewandte Frauen, deren Lachen abends glockenhell bis in ihr Zimmer drang und Gabriella am Einschlafen hinderte, weil sie stets in Sorge war, eine könne bleiben und ihren Vater für sich beanspruchen. Aber sie blieben nie, und ihr Vater sprach auch nie wieder von einer neuen Mama.

»Auch einen zweiten Teller Pasta?«, wollte Emilia wissen, als sie mit einem zweiten Weinglas und einem gefüllten Wasserkrug in der Tür auftauchte. Gabriella hatte das Tablett auf ihre Knie gehoben und schüttelte nur den Kopf. Emilias selbst gemachte Bandnudeln waren die besten. »Hängst du sie immer noch über die Wäscheleine?«, wollte sie mit vollem Mund wissen. »Sie schmecken fantastisch. Und deine Steinpilze sind einfach köstlich! Diesen Geschmack bekommt sonst niemand hin.«

Emilias strenges Gesicht begann sich aufzuhellen. Ein

Lächeln stahl sich auf ihre Züge, und sie hob den Kopf. »Ihr Vater sagte das auch immer. Ganz genau so!«

»Damit hatte er absolut recht. Und der Wein ist auch sehr gut!«

»Mit Wein kannte Ihr Vater sich aus. Sein Weinberg war ihm heilig.«

»Ja, das ist wahr. Ständig hat er mit Kellermeistern gefachsimpelt und neue Weinlagen probiert. Er hat eine Wissenschaft daraus gemacht.«

Emilia nickte, dann drehte sie sich abrupt um. »Ich gehe jetzt«, sagte sie, und ihre Stimme klang dumpf. Gabriella sah ihr nach, wie sie die Tür hinter sich schloss, ohne sich noch einmal umzuschauen.

Sie trauert, dachte Gabriella. Natürlich, sie hat ihr halbes Leben hier verbracht. Es musste sich furchtbar für sie anfühlen. Plötzlich war diese vertraute Person weg, der Mann, für den sie so lange gesorgt hatte, für den sie gekocht, geputzt und dessen Wäsche sie gewaschen hatte. Emilia war ihm näher gewesen, als Gabriella es je war. Sie hatte einen Vater verloren, der ihr vertraut und gleichzeitig fremd geblieben war, aber Emilia hatte ihren ganzen Lebensinhalt verloren. Es musste ihr schlecht gehen, dachte Gabriella, furchtbar schlecht.

Sie nahm einen großen Schluck Wein und schob sich eine Gabel Tagliatelle in den Mund. Und sie versuchte sich ganz auf das zu konzentrieren, was sie schmeckte. Auf den feinen Buttergeschmack und die Würze der angebratenen Steinpilze und auf ihren Gaumen, der nach jedem Bissen mehr verlangte. Zusammen mit einem Schluck Rotwein war die Pasta paradiesisch. Und ihre Gedanken eilten nicht wie früher zum Business oder dem nächsten Meeting voraus und ließen sie vergessen, womit sie gerade ihren Magen füllte.

»Lieber Papa«, sagte sie laut, »jetzt bin ich da und werde Nächte erleben, wie du sie oft erlebt hast. Ich werde die Geräusche hören, die du auch gehört hast. Ich werde hören, wie das Holz arbeitet, die Äste gegen die Mauern kratzen und die Marder den Dachboden verlassen, um auf Jagd zu gehen. All diese vertrauten Geräusche werden mir zeigen, dass ich wieder zu Hause bin, in meinem Elternhaus. Es ist so traurig, dass ich nicht schon ein Jahr früher gekommen bin, dann hätten wir auf der Terrasse sitzen können, und du hättest mir all die Fragen beantwortet, die sich in mir angesammelt haben. Nun bin ich zu spät gekommen. Oder du hast dich zu früh davongemacht.« Sie hob das Glas gegen das Fenster. »Hab's gut dort oben. Vielleicht kannst du ja zurückprosten. Wenn ich heute Nacht ein feines Gläserklingen höre, dann weiß ich, dass du es bist.« Sie lächelte und betrachtete das samtige Abendrot, in das der Goldton nun allmählich überging. »Ich werde jedenfalls gut auf alles aufpassen, das verspreche ich dir.«

Die Nacht hatte sich über die Landschaft gesenkt, und Gabriella war kurz vor dem Einschlafen, als sie ein Geräusch hörte. Augenblicklich war sie wieder hellwach. Waren es die nächtlichen Geräusche des Hauses, oder kam da jemand? Sicher hatte Emilia die Haustür nicht abgeschlossen. Das war nie üblich gewesen. Gabriella setzte sich auf. Sollte sie unten nach dem Rechten sehen? Aber damit würde sie ihren Vorsatz brechen, und das wollte sie nicht. Sie würde abwarten, hier im Dunkeln.

Das Nächste, was sie hörte, war das Knarzen der Holztreppe. Da kam jemand zu ihr herauf. Flavio? Weil er ein Glas Rotwein mit ihr trinken wollte? So, wie er es angekündigt hatte?

Ein leises Gläserklirren vor der Tür, ein ganz feiner hoher Ton, wie er nur durch dünnwandiges Glas entstehen konnte. Da stieß jemand an. Ihr Vater? Das hatte sie sich zwar gewünscht, aber das gab es ja nicht wirklich. Quatsch, sagte sie sich, er konnte es nicht sein. Er war tot. Sie verkniff sich ein fragendes »Hallo« und beschloss, einfach abzuwarten. Es war dunkel im Zimmer, und auch der Himmel war dunkel. Sie sah kurz hinaus, um ihren Blick von der Tür zu nehmen, konnte aber nur vereinzelte Sterne entdecken. Und dann wusste sie es. Ein leichtes Klopfen, das sie fast überhört hätte: lang kurz kurz lang.

»Sofia!«, rief sie

Die Tür flog auf, und ein schmaler Schatten huschte herein, lachend und temperamentvoll wie früher.

»Ciao, Kleine! Wo bist du denn? Ich sehe gar nichts!«

»Geradeaus im Bett!«

»Nicht zu fassen! Du meinst es wirklich ernst! Aber wo sollst du um diese Uhrzeit auch sonst sein?«

Sie stellte etwas neben dem Bett auf den Boden und ließ sich mit vollem Gewicht neben Gabriella auf das Bett plumpsen. »Schön, dass du wieder da bist!«

»Schön, dass du mich besuchen kommst!«

Sofia lachte. Ihr Lachen war unverändert durchdringend und endete in einem fröhlichen Glucksen. »Vielleicht eine etwas ungewöhnliche Zeit?« Sie drückte Gabriella einen Kuss auf, der irgendwo zwischen Wange und Stirn traf. »Wollen wir nicht doch Licht machen?«, fragte sie. »Ich weiß nicht, ob ich die Flasche Prosecco im Dunkeln öffnen kann ...«

»Früher konntest du das!«

»Ja«, sie lachte wieder. »Stimmt ... aber in den letzten Jahren hatte ich keinen Grund mehr, im Stockdunkeln eine Flasche zu öffnen.«

»Ist das ein gutes oder ein schlechtes Zeichen?«

Sofia bückte sich und hob etwas vom Boden auf. »Achtung«, sagte sie. »Zwei Gläser.« Gabriella tastete danach. »Gar nicht so einfach. Es ist wirklich stockfinster!«

»Bist du überhaupt Gabriella?«

Gabriella kicherte. »Da hast du recht. Es ist nicht mal sicher, dass wir überhaupt *wir* sind. Ich gebe nach ... Sekunde.« Sie streckte sich zu der Lampe, die neben ihrem Bett auf dem Nachttisch stand, und schaltete sie ein. Warmes Licht erfüllte den Raum, und die beiden Frauen sahen einander an.

»Du siehst gut aus«, erklärte Sofia.

Gabriella erschrak, versuchte das aber sofort hinter einem Lächeln zu verbergen. Sofia war stets die Hübschere von ihnen beiden gewesen, jetzt sah sie nur die zwei tiefen Furchen an der Nasenwurzel und die steilen Linien, die von ihren Mundwinkeln nach unten führten. Sofia war zu dünn. Viel zu dünn.

»Du auch!«, sagte Gabriella schnell.

»Früher hast du nicht gelogen ...«

»Was ist passiert?«

Sie hatte Sofia zuletzt vor drei Jahren gesehen. Damals war sie zu ihrer Freundin ins Dorf hinuntergegangen. Aber Sofia hatte wenig Zeit gehabt, sie arbeitete in der Bäckerei, in die sie eingeheiratet hatte, und es gab Probleme mit ihrer ältesten Tochter, die die Schule schwänzte, außerdem hatte ihr jüngster Sohn die Masern. Es reichte gerade für einen Cappuccino.

Aber zumindest hatte Sofia damals gut ausgesehen, ihr honigblondes Haar hatte sie im Nacken mit einer Klammer gebändigt, ihre vollen Wangen hatten geglüht, und sie gestikulierte beim Reden, als müsste sie einen ganzen Wespenschwarm abwehren. »Wie sehe ich aus?«, wollte Sofia wissen. »Ehrlich.«

Schrecklich gealtert und verhärmt, lag Gabriella auf der Zunge. »Zu dünn!«, sagte sie. »Viel zu dünn. Und traurig! Dein fröhliches Lachen täuscht.«

»Mein fröhliches Lachen täuscht nicht. Ich freue mich aufrichtig, dich zu sehen. Endlich ist jemand auf meiner Seite.«

»Auf deiner Seite? Was soll das heißen?«

Sofia drückte ihr die beiden langstieligen Sektgläser in die Hände und bückte sich noch einmal. »Bevor er warm wird«, sagte sie, griff in den Korb und zog eine Flasche in einem Kühlmantel hervor. »Lass uns anstoßen. Auf uns, auf unsere Kindheit, unsere Jugend und auf Claudio!«

Gabriella nickte und sah zu, wie Sofia die Flasche entkorkte. »Er wird dir schmecken«, sagte sie. »Spritzig und leicht.« Sie lachte wieder, aber es klang nicht echt. »Wie wir.«

Gabriella hielt ihr die beiden Gläser hin und wartete, bis Sofia eingeschenkt hatte. »Komm«, sagte sie, »leg dich neben mich.«

»Dahin, wo heute schon Flavio lag?«

»Ist das bereits Dorfgespräch?«

»Nein, wir haben uns nur zufällig getroffen, und er hat mir von deiner Ankündigung erzählt und dass du sie tatsächlich wahrmachst.«

»Ja, stimmt«, fiel Gabriella auf. »Du warst ja bei der Beerdigung nicht dabei.«

»Ja, ich hatte mit Aurora einen Arzttermin. Den bekommt man nicht so schnell, und er ließ sich nicht verschieben.«

Sofia ging mit ihrem Glas auf die andere Seite des Bettes und legte sich neben Gabriella. »Wenn ich jetzt bei dir bin, dann ist alles andere weit fort.«

Sie stießen miteinander an und tranken jede einen Schluck.

»Lecker!« Gabriella nickte. »Wirklich gut, das Tröpfchen.«

Sofia grinste. »Im Korb sind auch ein paar Crossini, falls du Appetit haben solltest. Und Pistazien.«

Gabriella schüttelte den Kopf. »Emilia hat gekocht. Ich bin mehr als satt.«

»Ja, Emilia ...« Sofia ließ den Namen in der Luft hängen. »Was will sie jetzt nach Claudios Tod machen?«

Gabriella zuckte die Schultern. »Nichts anderes als sonst auch. Das Haus hüten und dafür sorgen, dass alles in Ordnung ist.«

»Hat Claudio das so verfügt?«

»Ich habe keine Ahnung, ob er überhaupt etwas verfügt hat.«

Sofia nahm noch einen Schluck und sah ihre Freundin über den Rand ihres Glases hinweg an. »Claudio dachte noch nicht ans Sterben.«

»Nein«, stimmte Gabriella zu. »Sicher nicht. Er steckte mitten in einem Projekt, habe ich gesehen. Sein Arbeitszimmer ist voll von Skizzen und Drehbüchern, Storyboards und unendlich vielen losen Blättern, auf denen er alles Mögliche notiert hat. Ich habe die Tür sofort wieder zugemacht.«

»Du bist ja auch gerade erst angekommen.«

»Stimmt.«

»Bist du eigentlich richtig umgezogen, zurück nach Italien?«

»In Amerika braucht es nicht viel, um umzuziehen. Ich habe einfach mein möbliertes Appartement verlassen. Mit zwei großen Koffern voller Kleidung, mit ein bisschen persönlichem Kram, Nippes, Bilder, und das war's.«

»Wolltest du nicht ursprünglich drüben bleiben?«

»Wollte ich.« Auch Gabriella nahm jetzt einen tiefen Schluck.

»Und warum jetzt nicht mehr?«

»Ansichten verändern sich, Lebensbedingungen verändern sich, alles verändert sich. Wir selbst verändern uns.«

»Wie wahr«, seufzte Sofia, dann war es eine Weile still. Auch draußen war es still. Gabriella lauschte, aber sie hörte nichts, kein Tier, kein Rascheln der Vorhänge oder der Blätter im Wind, keinen Laut, nichts.

»Und …« Gabriella legte sich auf die Seite und sah Sofia an. »Was wolltest du mir sagen? Was ist passiert?«

»Aurora hat sich schwängern lassen.«

»Aurora?«

»Meine älteste Tochter.«

Gabriella zog die Augenbrauen zusammen. »Wie alt ist sie denn?«

»Dreizehn.«

»Ach du je!«

»Du kannst dir vorstellen, was im Dorf los wäre, wenn sie das Kind tatsächlich bekommen würde. Und für Lorenzo bin natürlich ich schuld: Ich habe nicht aufgepasst!«

»Ich denke, da hat jemand anderer nicht aufgepasst.« Gabriella schüttelte den Kopf. »Ist der Junge älter als Aurora?«

»Sie sagt nicht, wer der Vater ist.«

Gabriella griff nach ihrer Hand. »Erzähl.«

Sofia lehnte sich an das Kopfteil des Bettes und überlegte, wo sie anfangen sollte, wie sie das, was sich in letzter Zeit bei ihr abgespielt hatte, zusammenfassen konnte. Sie sah es noch vor sich, wie Aurora morgens vor der Schule in die Bäckerei kam und sie ihr die heiße Schokolade und ein Croissant auf einen der kleinen Stehtische stellte. »Du hast noch gut Zeit«, hatte Sofia gesagt und ihrer Tochter eine Haarsträhne aus der Stirn gestrichen. Aurora lächelte ihr zu. »Danke, Mama.« Sie nahm einen Schluck aus der großen Tasse, und gleich darauf stürzte sie zurück in die Wohnung zur Toilette. Verwundert folgte Sofia ihr und hörte, wie sie sich übergab. Aber sie hatte Kundschaft im Laden und konnte nicht warten, bis Aurora wieder herauskam. »Kann ich dir helfen?«, hatte sie noch durch die Tür gefragt, aber es kam keine Antwort.

Die Bäckerei war noch so, wie ihre Schwiegereltern sie damals gebaut und eingerichtet hatten. Eine Zeit lang hatte Sofia das furchtbar altmodisch gefunden und hätte gern alles herausgerissen, aber jetzt war es retro und schon wieder gut, jedenfalls hatten sie mehr Zulauf als die moderne, sterile Bäckerei, die im neuen Supermarkt an der großen Zubringerstraße aufgemacht hatte. Und so war es klar, dass alle Neuigkeiten des Dorfes bei ihr im Laden zusammenliefen. Bei einem Espresso fand jeder die Zeit, dem anderen zuzuhören oder selbst den neuesten Klatsch zu verbreiten. Zwei der größten Tratschtanten standen gerade an einem der Stehtische, als Aurora bleich von der Toilette zurückkam.

»Oh, Kleines«, sagte eine der beiden Frauen sofort, »du siehst aber gar nicht gut aus«, und wandte sich über den Verkaufstresen hinweg an Sofia. »Was hat das Kind denn?«

»Ich bin kein Kind mehr«, sagte Aurora trotzig. »Ich habe gestern zu viel Martini getrunken.«

Es war Sofia klar, dass Aurora das extra sagte. Aurora hatte diese beiden Frauen, die sich ausschließlich über den beruflichen Erfolg ihrer Männer definierten, noch nie leiden können.

»Martini!«, flüsterte die eine lüstern. »Und das in deinem Alter!« Ihr tadelnder Blick traf Sofia.

»Jeder fängt mal an«, sagte Aurora schnippisch und griff

nach ihrer Tasche. »Ich geh dann, ciao Mamma, bis heute Abend.«

Sofia sah ihr nach. Aurora war in die Höhe geschossen, sehr schlank und mit ihren schwarzen, langen Haaren und den feinen Gesichtszügen ausgesprochen hübsch. Zu hübsch für ihr Alter, dachte Sofia manchmal, wenn sie die Blicke der Männer bemerkte. Vor allem wusste Aurora überhaupt nicht, wie sie wirkte, wenn sie eine ihrer abgeschnittenen Jeans trug, die ihre langen, braunen Beine zur Geltung brachten. Sofia fragte sich manchmal, ob sie in dem Alter auch so hübsch gewesen war? Als sie und Gabriella noch oben in der Villa im Bett gelegen und sie sich kichernd alles Mögliche vorgestellt hatten: den ersten Kuss, die große Liebe, das erste Mal ... Ihre Mutter hatte sie unablässig davor gewarnt, aber sie fand ihre Mutter sowieso hoffnungslos altmodisch. Die hatte einfach keine Ahnung, alles, was nicht immer schon so gewesen war, ging schlicht an ihr vorbei. Da war Gabriellas Mutter schon ganz anders gewesen. Sofia selbst hatte keine richtige Erinnerung an sie, aber es reichte schon, was im Dorf erzählt wurde. Eine Filmschönheit, die das unbekümmerte Leben liebte, offen in ihrer Art, leichtfertig, sprunghaft, eine Diva eben. Sofia hatte sich oft vorgestellt, wie es sein musste, so eine Mutter zu haben. Aber selbst Gabriella konnte sich ja nicht mehr an sie erinnern. Ihre Mutter war weg, abgehauen, zurück nach New York. An den Broadway, hatten sie hier gesagt, dorthin zurück, wo sie hergekommen war. Lorenzos Rufe schreckten sie aus ihren Gedanken auf, und sie ging hinüber in die Backstube, um die frische Backware zu holen. Er sah muskulös aus, wie er da in seinem weißen T-Shirt den Brotschieber in den Ofen stieß und eine ganze Ladung duftender Ciabatta herausholte und in den großen Korb gleiten ließ. Deshalb hatte sie sich damals in ihn verliebt, sie hatte mehr auf seine Muskeln als auf seinen Charakter geachtet. Aber sie war ja auch noch blutjung gewesen. Heute wären ihre Kriterien für eine Ehe etwas anders. »Die Brote kommen auch gleich«, sagte er, ohne aufzublicken. »Bring mir einen Espresso.«

Lorenzo war aufbrausend, und manchmal dachte sie, dass er nur bei zwei Gesprächsthemen so richtig aufblühte: Sex und Geld. Ansonsten war ihm wichtig, dass alles wie am Schnürchen lief. Ein organisiertes Familienleben ohne Anstrengung für ihn. Auroras Rebellionen kamen nicht von ungefähr.

Sie stellte ihm den Espresso hin und fragte sich, wie ihr Leben verlaufen wäre, wenn sie ihn damals vor dem Kino nicht kennen gelernt hätte. Wäre sie hier im Dorf geblieben? Oder würde sie heute in Mailand leben? In Florenz oder Rom? Hätte sie drei Kinder? Vielleicht wäre sie auch einfach ihrer Begabung gefolgt und in die Modebranche gegangen?

Dabei hatte Lorenzo ihr vor der Hochzeit noch versprochen, dass sie ihr eigenes Leben leben würden. In einer Stadt, Mailand, Rom, irgendwo. Nach der Hochzeit tat er, was seine Eltern von ihm erwarteten: Er übernahm die Bäckerei. Und aus dem verliebten Jungen wurde ein unzufriedener Mann. Sofia begrub ihren Traum. Wieder musste sie an Gabriellas Mutter denken. Die hatte es richtig gemacht. Als sie gemerkt hat, dass dies nicht ihr Leben sein konnte, ist sie gegangen. Schlimm für Gabriella, aber ihre Mutter, die Contessa, wie sie hier genannt worden war, hatte ihr eigenes Leben zurück.

Abends hatte sie Aurora wiedergesehen. Ausgelassen war ihre Tochter die Gasse herunter gekommen, scherzend und lachend mit zwei Schulkameradinnen, die ebenfalls herumalberten. Offensichtlich machten sie eine Lehrerin nach, und Sofia ging hinaus, um ihre Tochter zu begrüßen. Ihre beiden jüngeren Kinder waren schon zurück, ihr zehnjähriger Sohn saß im Nebenraum unwillig über seinen Hausaufgaben, und die Zweitälteste war mit ihren Freundinnen zum Baden gegangen.

»Geht es dir besser?«, wollte Sofia von Aurora wissen.

»Was?«, fragte ihre Tochter in einem Ton, der klarmachte, dass sie vor ihren Kameradinnen nicht mit ihrer Mutter sprechen wollte.

»Na, deine Übelkeit von heute Morgen.«

»Das war nichts«, winkte sie ab und schnitt eine Grimasse, über die die anderen lachten.

»Heute Abend?«, fragte sie noch in die Runde, bevor sie ihrer Mutter ins Haus folgte.

»Heute Abend was?«, wollte Sofia drinnen von ihr wissen.

»Nichts«, sagte Aurora. »Nichts Bestimmtes.«

Einige Tage später war der Verdacht da. Mit Aurora stimmte etwas nicht. Und das lag nicht am Alkohol. So viel trank sie nicht, das wusste Sofia aus den Erzählungen der anderen. Die nächste morgendliche Übelkeitsattacke trieb Sofia den Schweiß auf die Stirn. Und jetzt ließ sie sich nicht mehr abweisen. Fern von Lorenzos Ohren hielt sie Aurora am Arm fest. »Bitte«, sagte sie und wies zu ihrer Couch. Aurora war eben die Treppe von ihrem Zimmer herunter gekommen und wollte durch das kleine Wohnzimmer schnell zur Haustür hinaus. »Wo willst du schon wieder hin?«, fragte Sofia sie.

»Raus«, gab Aurora zur Antwort. »Hier drin erstickt man ja.« Ihre Augen hatten sich verengt und gaben dem jungen Gesicht etwas Drohendes.

»Und wieso erstickt man hier drin?«, fragte Sofia und hielt sie unbeirrt fest.

»Es ist alles zu eng. Die Räume, die Gedanken, der Geist, gefangen wie kleine Vögel in ihren Käfigen.«

»Und du willst raus. Raus in die weite Welt.«

»Ja, genau. Das will ich. Sobald ich kann, werde ich das tun.« Aurora riss sich los. »Lass mich!«

»Hast du einen Freund, Aurora?«

Ihre Tochter funkelte sie an. »Was soll denn diese blöde Frage?«

»Sprich nicht so mit mir. Setz dich bitte hin.«

»Wozu soll ich mich setzen? Ich habe keinen Freund. Ich komme auch ohne Freund weiter.«

»Dann hattest du einen Freund, und er hat dich ... verlassen?«

»Blödsinn!«

Doch nun huschte eine Unsicherheit über ihr Gesicht. Fast sah es so aus, als müsse sie sich die Tränen verbeißen.

»Sprich doch mit mir«, versuchte es Sofia weiter. »Ich war doch auch mal jung. Ich weiß, wie das ist.«

»Du hast dir Papa ausgesucht!« Es klang wie ein Vorwurf.

»Ohne Papa wärst du jetzt nicht hier«, sagte Sofia, noch immer sachlich und ruhig.

»Auch nicht schlecht, dann müsste ich diesen ganzen Mist nicht ertragen!«

»Welchen Mist?«

»Das alles!« Aurora machte eine weite Handbewegung. »Die Schule, das Dorf, diese Bäckerei ... alles eben.«

»Und du müsstest deine Gefühle nicht ertragen?«

»Meine Gefühle sind in Ordnung!«

Sofia holte tief Luft. »Ich glaube, Sofia, wir beide nehmen uns jetzt zehn Minuten Zeit füreinander, und du sprichst mal ganz ruhig mit mir. Erzählst mir von dem Jungen – und was passiert ist.«

»Und warum sollte ich das tun?«

»Weil die Zeit läuft. Und weil du ganz bestimmt nicht morgens vor die Füße deines Vaters kotzen möchtest. Darum!«

Und dann bekamen sie den Termin für die Untersuchung. Und es stand fest, dass ihre Tochter in der sechsten Woche schwanger war. Dass sie nun genau überlegen sollten, was zu tun sei. Jetzt war es Sofia, die mit Übelkeit zu kämpfen hatte und recht schnell einige Kilo abnahm, während Aurora sich nicht zu einer Entscheidung durchringen konnte. Sie war minderjährig, aber Sofia wollte sie zu nichts zwingen. Sie schilderte ihr, was die Verantwortung für ein Kind bedeutete, aber Aurora schien das nicht groß zu beeindrucken. Es nährte Sofias Verdacht, dass sie auf die Beziehung mit dem Vater hoffte, sobald das Kind da wäre. »Hast du es ihm schon gesagt?«, wollte sie deshalb von ihrer Tochter wissen.

»Ich werde ihn überraschen«, bekam sie zur Antwort.

»Aurora, ein Kind ist kein Spielzeug. Und ein Kind kittet auch keine Beziehung. Im Gegenteil. Ein Kind kann Beziehungen zerstören, wenn der Vater es nicht will.«

»Sprichst du von mir?«

Sofia musste sich zusammenreißen. Manchmal hätte sie einfach gern den nächsten Flieger genommen und sich abgesetzt. Egal wohin, Hauptsache fort.

Dann fand Lorenzo die Arztrechnung. Und weil er jedem Euro nachging, der ohne seine Zustimmung das Haus verließ, war der Grund des Arztbesuchs nicht mehr geheim zu halten. Er wütete eine ganze Nacht lang, Aurora lag heulend in ihrem Bett, die beiden Kleinen hatten sich vor Schreck verkrochen, und Sofia dachte, dass dies der Untergang sei. Ihre Welt würde auseinanderbrechen, Lorenzo würde sie mitsamt den Kindern hinauswerfen und sich als rechtschaffener Katholik hinstellen, in dessen Haus es keinen unehelichen Beischlaf gab und erst recht kein uneheliches Bambino. Er schrie Aurora an, weil er den Namen des Vaters erfahren wollte, aber Aurora sagte keinen Mucks. Sicherlich aus Angst, ihr Vater könnte ihm etwas antun.

Nach dieser Nacht lief einfach nur noch die Uhr. Lorenzo stieß Drohungen aus und nahm ansonsten nicht mehr am Familienleben teil, und Sofia hatte so stark abgenommen, dass ihre Stammkundinnen eine ernste Krankheit bei ihr vermuteten und es mit raffinierten Fangfragen versuchten. Aber Sofia gab keine Antwort. Sie hatte Mühe, ihren Alltag zu bewältigen und ihren Kindern eine ausgeglichene Mutter vorzuspielen. Innerlich war sie zu Eis erstarrt.

Bis Aurora einwilligte. Vielleicht hatten ihre vielen Mutter-Tochter-Gesprächsfetzen etwas genutzt, vielleicht hatte es aber auch eine Reaktion des Kindsvaters gegeben, die Sofia nicht kannte.

»Ich will noch nicht Mutter werden«, hatte Aurora ihr eines Morgens eröffnet. »Ich möchte nicht leben wie ihr. Ich möchte erst dann ein Kind, wenn ich schon etwas erreicht habe und ihm ein gutes Leben bieten kann.«

Unter anderen Umständen hätte Sofia nachgehakt. Was Aurora sich denn unter einem guten Leben Großartiges vorstelle? Und ob sie nicht glaube, dass sie nicht auch ein gutes Leben führe? Ob es denn an irgendetwas fehle?

»Ganz richtig«, hatte sie stattdessen nur gesagt. »Du bist zu jung. Dein Leben fängt erst gerade an. Lerne einen guten Beruf, damit du auf eigenen Füßen stehen kannst. Dann ist immer noch Zeit für ein Kind.«

Aurora hatte nur die Lippen zusammengekniffen. Und es war einer der seltenen Momente, dass sie sich von ihrer Mutter tröstend in den Arm nehmen ließ. Danach vereinbarte Sofia einen Termin.

Die Abtreibung fand ausgerechnet am Tag der Beerdigung des Conte statt. Und ausgerechnet an diesem Tag erfuhr Sofia durch eine unbedachte Äußerung des Arztes, dass auch schon die Contessa bei ihm gewesen war. Das war Sofia mindestens so durch in die Knochen gefahren wie die Tatsache, dass ihre Tochter Zwillinge bekommen hätte.

»Träumst du?« Gabriellas Worte drangen aus der Ferne an ihr Ohr und brachten sie in die Gegenwart zurück.

»Nein, ich überlege nur, wie ich dir das alles erzählen soll.«

»Erzähl einfach«, sagte Gabriella. »Wir haben Zeit …«

Sofia griff nach ihrem Glas.

»Danke«, sagte sie und hielt es Gabriella zum Anstoßen hin. »Nichts geschieht ohne Sinn.«

»Da bin ich gespannt.«

»Ja.« Sofia dachte an Gabriellas Mutter. »Im Moment suche ich den Sinn noch.« Sie würde dieses Geheimnis vorerst für sich behalten. Warum sollte sie ihre Freundin damit belasten?

»Wenn du den Sinn gefunden hast, lassen wir Emilia so richtig gut für uns kochen, damit du wieder zunimmst und der Glanz in deine Augen zurückkehrt.«

»Einverstanden!«

»Nun schieß schon los. Was war mit Aurora? Schwanger? Von wem, will sie nicht verraten, hast du gesagt? Und wie hat Lorenzo darauf reagiert?«

Zweiter Tag

Sofia war in den frühen Morgenstunden leise gegangen, und Gabriella hatte danach mit offenen Augen in ihrem Bett gelegen und nachgedacht. Vereinzelte Vogelstimmen hatten sich nach und nach zu einem lautstarken Chor zusammengefunden, und die anfangs fahle Morgensonne war stärker geworden und ließ mittlerweile Staubpartikel in ihren Strahlen durch das Zimmer tanzen. Die Toskana erwacht, dachte Gabriella. Was hatte Flavio gestern gesagt? Riechst du die Erde? Ja, jetzt roch sie sie. Erdig, noch feucht. So, wie die winzigen Tautropfen in den Spinnweben hingen und sie zu Kunstwerken veredelten, so hing jetzt dieser Geruch wie ein gewobenes Tuch im Raum. Gabriella sog die Luft tief ein und versuchte die Bestandteile zu erkennen. War es eine Mischung aus würziger Erde und dem Duft der Rosen, die neben dem Fenster emporrankten und sich verschwenderisch dem neuen Tag öffneten? Oder war da auch ein leichter Geruch von Fäulnis, nach altem, vermoderndem Holz? Waren es die verwitternden Fensterläden, die diese Nuance beisteuerten? Gabriella schnupperte so lange, bis sie gar nichts mehr unterscheiden konnte, und fühlte sich wie in einer Parfümerie: Irgendwann roch alles gleich. Doch ein Geruch schlich sich jetzt eindeutig in ihre Nase: der Duft von frischem Kaffee.

Sie richtete sich auf. Wie spät mochte es sein? Emilia kam normalerweise um acht. Dafür erschien es Gabriella aber noch zu früh. Oder täuschte sie sich?

Es klopfte, und auf ihr »Herein« wurde die Tür sacht aufgedrückt. Zunächst sah Gabriella nur einen schwarzen Rücken, bis Emilia sich umdrehte. Sie balancierte eines der großen silbernen Tabletts, das zu Gabriellas Aussteuer gehörte, wie ihr Vater immer scherzhaft gesagt hatte. Gabriella wusste, dass es sehr schwer war, und es war offensichtlich, dass Emilia deshalb außer Atem war.

»Augenblick«, sagte sie und sprang aus dem Bett, um den kleinen runden Beistelltisch mit den beiden Bistrostühlen heranzurücken.

»Buon giorno!«, keuchte Emilia und stellte das Tablett unsanft ab. Es war mit einer Kaffeekanne, Brötchen, Eiern und Marmelade beladen. Zwei Tassen, zwei Teller, das fiel Gabriella sofort auf.

»Sie sind aufgestanden?«, fragte Emilia, während sie sich aufrichtete und eine Hand in ihre Hüfte stemmte.

»Besondere Umstände verlangen besondere Maßnahmen«, sagte Gabriella und deutete auf das Tablett. »Das ist doch viel zu schwer für dich!«

»Es gibt zu viele Stufen. Das Tablett kann nichts dafür.«

Gabriella verkniff sich ein Grinsen, zog einen Morgenmantel über ihren gestreiften Pyjama und setzte sich auf einen der Stühle. »Danke!«, sagte sie. »Das ist lieb. Und ich freue mich, dass du mit mir frühstücken willst.«

Emilia ließ ihren Blick durch den Raum schweifen, bevor sie sich bedächtig niederließ und der Stuhl unter ihrem weiten, schwarzen Rock verschwand. »War er da?«

»Wer?«

»Der Schornsteinfeger.«

Natürlich wusste Emilia, dass er Flavio hieß. In diesem Dorf wussten alle alles voneinander. Aber Emilia wollte den

Standesunterschied hervorheben, das war Gabriella klar. Ein Schornsteinfeger war für eine Contessa eindeutig zu unbedeutend.

Sollte Gabriella von Sofias Besuch berichten? Warum eigentlich? Andererseits, warum nicht?

Emilia hob die mit buntem Blumenmuster verzierte Porzellankanne und goss den dampfenden Kaffee in die Tassen. Dunkel schoss er an der Tassenwand entlang und hinterließ einen hellen Bläschenklecks in der Tassenmitte. Es war eine so herrlich friedliche Situation, dass Gabriella vor Glück hätte heulen können.

»So schön«, seufzte sie.

»Was?«, fragte Emilia. »Sagen Sie jetzt nicht, die letzte Nacht.«

»Auch!«, antwortete Gabriella wahrheitsgemäß. »Vor allem aber, wie der Kaffee duftet … und aussieht.«

»Gibt es in New York keinen Kaffee?«

»Es …« Gabriella sah vor ihrem inneren Auge die gläsernen Kaffeebehälter auf den Wärmeplatten und beschloss, das Thema abzukürzen. »Es ist einfach schön, wieder zu Hause zu sein.«

Emilia nickte, während sie die Teller verteilte und kleine Glasschüsseln mit verschiedenen Marmeladen auf dem Tischchen arrangierte. Nachdem sie Gabriella davon angeboten hatte, stellte sie den Brotkorb neben die Kaffeekanne auf den Boden.

»Warst du heute Morgen schon in der Bäckerei?«, fragte Gabriella.

»Natürlich!« Emilia hob erstaunt eine Augenbraue.

»Bei Sofia? Oder im Supermarkt?«

»Was für eine Frage!«

Ja, was für eine Frage. Klar, dass keine echte Einheimische

dorthin gehen würde. Emilia schob ihr das Ei hin, dessen Becher im selben Dekor verziert war wie die Kaffeekanne.

»Sofia hat mich heute Nacht besucht.«

»Aha. Also Sofia ...« Emilia ließ den Satz in der Luft hängen und warf Gabriella nach einem kurzen Moment einen raschen Blick zu. »Ist sie krank?«

»Krank? Wieso?«

»Sie ist so schmal geworden. Also, wenn Sie mich fragen, ist sie entweder krank, oder Lorenzo hat eine andere.«

Gabriella schüttelte den Kopf. »Lorenzo? Sofia sagt, er halte viel auf seinen Ruf als guter Katholik. Da wäre Ehebruch ja –«

»Er geht in die Kirche. Dann und wann. Das schützt nicht vor dummen Gedanken. Und noch weniger vor dummen Taten.«

»Darüber haben wir uns aber nicht unterhalten.«

Emilia säbelte ihr Brötchen durch und bestrich es dann hingebungsvoll dick mit Butter und anschließend mit Erdbeermarmelade. Gabriella hielt ihre Tasse in beiden Händen, nippte am heißen Kaffee und sah ihr zu.

»Ist Ihnen nicht aufgefallen, dass sie so dünn ist? Sie sieht schlecht aus, finde ich.«

»Doch«, antwortete Gabriella gedehnt.

»Dann haben Sie sie auch danach gefragt.«

»Wir haben ein Glas Prosecco getrunken und uns über nette Erlebnisse unterhalten.«

»Gibt es die in ihrem Leben?«

»Was meinst du damit?«

Emilia machte eine abwiegelnde Handbewegung. »Was man so hört ...«

»Was hört man denn?«

Emilia hob ihr Brötchen an ihren Mund. »Na, so einfach

scheint das alles nicht zu sein. Ihre älteste Tochter … hat sie das nicht erzählt?«

Gabriella nahm sich jetzt auch ein Brötchen und schnitt es sorgfältig durch. »Ich glaube, da gab es nicht viel zu erzählen«, sagte sie schließlich.

»Nun, die kleine Aurora ist ziemlich viel unterwegs und hat selbst ihrem Rektor die Augen verdreht. Jedenfalls wurde sie einige Male abends in der Nähe seines Hauses gesehen.«

»Sagt wer?«

»Sagt man.«

Gabriella schüttelte den Kopf. »Weißt du, Emilia, jeder ist dem Dorfklatsch ausgeliefert. Was hat man denn damals alles über dich und meinen Vater erzählt?«

Emilia legte ihr Brötchen aus der Hand.

»Da gab es nichts zu erzählen, weil es einfach nichts gab.«

»Siehst du, und vielleicht ist es bei Aurora ja auch so?«

Emilia sah sie an, und ihre Augen bohrten sich in die Gabriellas. »Ich konnte heute Nacht nicht schlafen. Darum bin ich auch früher gekommen. Ich weiß, wie die Vergangenheit war. Aber ich weiß nicht, was die Zukunft bringt. Das macht mir Angst.«

Gabriella legte ihre Hand auf Emilias breiten Handrücken. »Claudio ist nicht mehr da«, sagte sie langsam, »und ich kann ihn nicht ersetzen. Das Leben mit Claudio liegt nun hinter uns, ist Vergangenheit. Ich habe mich immer wohlgefühlt – in dieser Vergangenheit. Ich habe nichts vermisst, du hast mir alles gegeben. Und ich werde es dir zurückgeben. Du brauchst keine Angst zu haben.«

Emilia zog ihre Hand langsam zurück, und Gabriella umfasste erneut ihre Tasse. Eine Weile herrschte Schweigen zwischen ihnen. Dann räusperte Emilia sich.

»Hast du deine Mutter in New York gesucht?«

»Meine Mutter?« Gabriella hörte nur das *Du*. Emilia war zu der vertraulichen Anrede ihrer Kindheit zurückgekehrt! Gabriella entschied sich, nicht darauf einzugehen.

»Meine Mutter?«, wiederholte sie und musste sich zurückbesinnen. »Natürlich«, sagte sie schließlich. »Ich hatte keinen Anhaltspunkt, sie muss einen Künstlernamen angenommen haben. Ich war in vielen Broadway-Aufführungen. Aber woher sollte ich wissen, wie sie aussieht? Ob sie überhaupt noch auftrat? Als ich mit 26 nach New York ging, war sie bereits 21 Jahre dort gewesen. Sie war also 47. Wer tritt in diesem Alter noch am Broadway auf? Trotzdem habe ich alles versucht. Gegen jede Vernunft!«

Emilia nickte. »Ja, das war damals ein Schlag.«

Gabriella spürte den alten Schmerz im Brustkorb. »Ich hätte sie gern gefragt, warum sie das getan hat.«

Emilia schüttelte leicht den Kopf. »Sie war jung. Sehr jung. Dein Vater war 24 Jahre älter als sie. Er war damals schon 50 Jahre alt. Er hatte andere Ideen, andere Bedürfnisse.«

»Wieso sind sie dann überhaupt zusammengekommen?« Gabriella holte tief Atem. »Du bist gekommen, als ich geboren wurde. Wie war das damals?«

»Dein Vater war berühmt für seine Filme, und sie war eine aufstrebende Schauspielerin ...«

»Du meinst ...«

»Nein!« Emilias dunkle Augen schienen noch einen Ton dunkler zu werden. »Sie waren verliebt. Da bin ich mir sicher!« Sie nickte bestätigend. »Du bist ein Kind der Liebe!«

Gabriella lehnte sich zurück. Ein Kind der Liebe, das hörte sich beruhigend an. Trotzdem hatte ihre Mutter dieses Kind der Liebe verlassen.

»Wir haben noch nie darüber gesprochen«, sagte sie leise.

Emilia nickte. »Ich fand, es war die Aufgabe deines Vaters. Nicht meine.«

Gabriella sah die Szene auf der Gartenbank vor sich. Die Frage ihres Vaters, ob sie nicht eine neue Mama wollte. Er war erst 50 gewesen, als sie ihn verlassen hatte. Er hätte sich eine neue Frau an seiner Seite gewünscht. Aus Rücksicht auf Gabriella hatte er darauf verzichtet. Das war ihr all die Jahre über nie klar gewesen. Sie hatte nie darüber nachgedacht.

»Es gibt noch so vieles …«, begann sie und spürte Tränen in ihr aufsteigen.

Diesmal legte Emilia ihre Hand tröstend auf ihren Handrücken. »So vieles …?«, fragte sie.

»So vieles, über das wir nie gesprochen haben …«

»Er sprach nicht gern über die Vergangenheit. Das ist vorbei, hat er oft gesagt. Heute ist heute, heute entscheiden sich die Dinge, die morgen wichtig sind. Das war sein Credo.«

»Heute ist heute«, sagte Gabriella nachdenklich. »Ja, da hatte er recht. Heute ist heute, und jetzt ist jetzt.« Sie blickte Emilia in die Augen. »Ich danke dir dafür, dass du jetzt hier bist. Das bedeutet mir viel!«

»Du hast mir auch immer viel bedeutet.« Emilia schenkte ihr ein Lächeln. »Und dein Vater sowieso. Er war der lebendige Geist, der diesem Haus Leben gab.«

Gabriella sagte es nicht, aber die Worte formten sich in ihrem Kopf. Und nun war er der tote Geist.

Gabriella war den ganzen Tag im Bett geblieben, hatte geschlafen, hatte nachgedacht, hatte ihr iPad in die Hand genommen und in derselben Sekunde wieder zur Seite gelegt, hatte den Lauten der Tiere vor dem Fenster gelauscht und dem Knattern der Motorräder, das manchmal heraufschallte, und schließlich war sie aufgestanden und ans Fenster gegangen. Seltsam, wie war ich auf den Wunsch gekommen, einfach im Bett zu bleiben?, fragte sie sich. In anderen Ländern wurden Menschen mit Hausarrest von der politischen Bühne entfernt, und all die Jahre hatte sie so eine Anordnung als menschenverachtend empfunden. Und nun hatte sie sich selbst Bettarrest verordnet. Freiwillig.

Bei diesem Gedanken war sie zurück in ihr Bett geflüchtet und hatte sich die leichte Leinendecke über den Kopf gezogen. Was wollte sie? Was erhoffte sie sich von diesem Rückzug?

Nichts, eigentlich gar nichts. Sie wollte einfach ihre Ruhe haben. Und mit diesem Gedanken schlief sie ein. Bis ein Piepsen sie weckte. Eine SMS. Bisher hatte sie hier kaum Netz gehabt. Wo kam das jetzt her?

Sie griff nach ihrem Smartphone.

Mike.

»Ich habe Sehnsucht nach dir!«, las sie.

Sie brauchte keine Sekunde. »Ich nicht!«, antwortete sie.

»Du bist meine große Liebe!«, kam postwendend.

»Und du bist ein arroganter Dieb fremder Seelen!«

Danach war Ruhe, aber Gabriella war trotzdem aufgewühlt. Sie stieß die Decke von ihren Knien und setzte sich auf. »21, 22, 23«, zählte sie laut vor sich hin, und dann noch einmal: »21, 22, 23.« Sie schloss die Augen und besann sich auf ihre Yoga-Atemtechnik.

»Er ist es nicht wert«, sagte sie im Stillen vor sich hin. »Er ist es nicht wert!« Trotzdem hatte sie sein Bild vor Augen, und sie versuchte es mit anderen Bildern loszuwerden. Flavio, wie er sich gestern vor ihrem Bett ausgezogen hatte. Oder das heutige Frühstück mit Emilia. Ihr Vater, damals, mit der prächtigen Mähne. Oder eine seiner Gespielinnen. Es wollte ihr keine einfallen, und sie konzentrierte sich.

Aber Mikes Gesicht schob sich immer wieder in ihren Kopf. Sein Lächeln. Seine Augen. Seine Art, als könne ihm die Welt nichts anhaben, als stünde er immer und überall über den Dingen. Der Fels in der Brandung. Gabriella schlug mit der Faust auf das Bettlaken.

»Geh weg!«, rief sie laut. »Lass mich! Du bist böse! Du spielst mit mir! Du lügst! Du betrügst! Du bist keinen zweiten Gedanken wert!«

Und trotzdem schaffte sie es nicht, ihn aus ihren Gedanken zu verbannen. Vor allem das Bild nicht, als sie spätabends aus einem Meeting gekommen war und ihn in seinem Büro hatte abholen wollen. Das ganze Gebäude war schon dunkel, aber der Portier bestätigte, dass er noch in seinem Büro sei. Dann hat er wieder so einen blöden Fall, hatte sie gedacht, denn das Versicherungsgeschäft konnte mühsam sein, und vor allem musste immer alles schnell gehen.

Als sie die langen, menschenleeren Flure entlangging, freute sie sich darauf, ihn zu überraschen. Und dann zu entführen. Vielleicht in eine Bar? Das hatten sie lange nicht mehr gemacht. Ungestüm riss sie seine Bürotür auf. Den Anblick seiner heruntergelassenen Hosen und der Beine, die sich um seine Hüfte herum ihr entgegenstreckten, würde sie nie vergessen.

»Musst du die Sachen auf deinem Schreibtisch noch abarbeiten?«, hatte sie nur gesagt und war wieder gegangen. Woher sie diese Kaltschnäuzigkeit nahm, hatte sie nachher nicht mehr sagen können. Aber ihre Knie hatten gezittert, und draußen musste sie sich an der dunklen Flurwand abstützen, sonst wäre sie zu Boden gegangen.

Denk an etwas anderes, befahl sie sich. Aber das Gefühl der Demütigung, des Unverstandenseins, der bodenlosen

Enttäuschung überkam sie wieder. Lass mich in Ruhe, hätte sie gern geschrieben. Aber es wäre ein Wort zu viel gewesen. Er hätte Morgenluft geschnuppert und sie wieder in ihren Bann geschlagen. Sie war ihm entkommen. Sie war hier. Das war gut, auch wenn der traurige Tod ihres Vaters alles noch verschärft hatte. Sie hätte ihn gern über sein Leben befragt. Wie es ihm ergangen war? Wie er sich überhaupt gefühlt hatte nach dem Verschwinden seiner Frau?

Warum hatte sie ihn das nie gefragt?

Sie zog sich das Laken über den Kopf und verkroch sich darunter. Sie war zu feige gewesen. Sie beide waren zu feige gewesen.

Emilia klopfte sanft und brachte das Abendessen herein. Ein Tag war vorüber.

»Danke«, sagte Gabriella, und ohne sich lange aufzuhalten stellte ihr Emilia das Holztablett mit einer selbst gemachten Pizza, zwei Weingläsern und einer Flasche Rotwein auf das Bett.

»Dieser Wein ist ein besonderer Jahrgang. Und er war der ganze Stolz deines Vaters. Er fand, das sei sein bester.«

»Danke«, sagte Gabriella und war sich bewusst, dass sie noch nicht einmal das gewusst hatte. Die Höhepunkte seines Lebens waren an ihr vorübergegangen. Es half nichts, sie musste nach vorn sehen: Was würde nun aus dem Weinberg werden? Sie selbst hatte doch von Wein keine Ahnung.

Sie fühlte eine Schwere in sich, als hätte sie den ganzen Tag Schwerstarbeit verrichtet. Sie würde sich in sich selbst zurückziehen. Kein Besuch, keine SMS und hoffentlich keine Grübeleien. Sie würde alle störenden Gedanken ausblenden. Heute würde sie im Augenblick leben, ganz im Augenblick allein.

Sie goss einen Schluck Wein in das bauchige Glas, schwenkte es, hielt es gegen das Licht und schnupperte schließlich daran. Der Wein roch beerig, fand sie. Erdbeeren? Nein, das war es nicht. Und ein Hauch Pfeffer kitzelte ihr in der Nase. Die Farbe, sie prüfte noch einmal, war eher hell. Nicht rubinrot wie die Weine, die sie eigentlich von ihrem Vater gewohnt war. Lag es vielleicht an der Menge? Sie schenkte nach. Er wurde nicht dunkler, roch aber intensiver. Dann trank sie einen Schluck. Er hatte nicht diesen ausgesprochenen Barrique-Geschmack wie seine früheren Weine. Er schmeckte sanfter auf der Zunge und verabschiedete sich auch leichter vom Gaumen.

»Interessant, Papa«, sagte sie. »Er schmeckt wirklich anders. Frischer.« Sie zuckte die Schultern. Besser konnte sie es nicht ausdrücken, aber er hätte sie sicher verstanden.

Dann griff sie zu einem Stück Pizza. Der Boden war knusprig dünn, das Dreieck hielt sich, ohne runterzuklappen. Sie war mit Salami, Peperoni und Pilzen belegt, darüber eine leichte Käseschicht. Gabriella lief das Wasser im Mund zusammen, und sie biss genussvoll hinein. Die Pizza war nicht mehr ganz heiß, aber sie war so gut, dass in derselben Sekunde eine warme Welle des Wohlbefindens ihren Körper von ihrem Gaumen bis hinunter in die Zehenspitzen durchflutete. Sie schloss die Augen. Wenn es diese letzte Gewissheit gebraucht hätte, dann war sie jetzt da: Sie war wieder zu Hause.

In der Nacht kam ihr Vater. Gabriella erschrak nicht einmal. Sie wachte auf, und an ihrem Bett saß eine dunkle Gestalt, die sie ansah.

»Du bist es«, sagte sie und fühlte nicht die geringste Furcht.

»Ja, ich bin's«, sagte er, und jetzt erkannte sie in der Dunkelheit auch sein Gesicht. Er sah aus wie immer.

»Wie geht es dir?«, wollte sie wissen. »Wo bist du?«

»Ich bin hier, wie du siehst«, antwortete er. »Und es geht mir gut.«

Es platzte aus Gabriella heraus, ohne dass sie über ihre nächsten Worte nachgedacht hatte: »Was würdest du in deinem Leben ändern, wenn du es könntest?«

Es war still. Dachte er über ihre spontane Frage nach? Gabriella betrachtete seine Gestalt. Was trug er da? Seine braune Hausjacke?

»Ich hätte um deine Mutter kämpfen sollen«, sagte er schließlich. »Unsere Auseinandersetzung war schwerwiegend. Aber nicht so schwerwiegend, dass ich sie nicht hätte zurückholen können.«

»Ihr habt euch gestritten?«

»Sie war jung, Gabriella. Sehr jung.«

»Ja, das war sie wohl.«

»Sie war 22, als ich sie hierherbrachte. In Amerika war sie da schon ein kleiner Star. Sie war mit 16 bekannt geworden, ähnlich wie Romy Schneider als Sissy. Aber sie wollte andere Rollen. An denen haben wir in den USA gearbeitet. Und dann wurde sie schwanger.«

Gabriella zog die Knie an und umschlang ihre Beine.

»Also habe ich ihr Leben zerstört?«

»Nein, das darfst du nicht mal denken.«

Er griff nicht nach ihrer Hand, das fiel Gabriella auf. Früher hätte er nach ihrer Hand gegriffen. Sie hatte seine breite, trockene väterliche Hand stets geliebt. Anders als die Hände ihrer aufgeregten Liebhaber, die an ihr klebten.

»Du warst immer unser Augenstern. Ein zauberhaftes Baby, ein fröhliches Mädchen, später eine wunderbare Frau.«

»Aber trotzdem hat sie uns verlassen.«
Er nickte.
»Ich sage ja, heute würde ich alles daransetzen, sie zu finden. Damals war ich zu stolz.«
Wieder gab es eine lange Pause. Der leichte Wind bauschte die Gardinen, und das fahle Nachtlicht lag auf dem Gesicht ihres Vaters.
»Hast du sie später gesucht, als sie schon wieder in Amerika war?«
Er zögerte wieder. »Sie hat mich sehr verletzt. Es war ja wie eine Flucht. Sie hat nachts die Eingangstür hinter sich zugeschlagen, und mit diesem Knall war sie verschwunden. Ich dachte, ich könnte sie leicht ersetzen.«
»Aber es war nicht leicht ...«
»Es war unmöglich.«
Wieder betrachtete Gabriella ihren Vater.
»Und ich habe mich gegen eine neue Mutter gewehrt«, sagte sie leise.
»Ja, du hast dich gewehrt, das stimmt. Du wolltest keine neue Mutter.«
»Ich hatte Emilia. Und ich hatte mein Kaninchen.«
»Dein Kaninchen ...«
»Und dich«, fügte Gabriella an.
»Und mich.« Er nickte bedächtig. »Obwohl ich oft nicht da war.«
»Mir hat nichts gefehlt ...«, sagte sie. »Wirklich nicht.«
Er reagierte nicht, und sie ergänzte leise. »Dir schon ...«
»Manchmal«, gab er zu. »Aber die größte Liebe meines Lebens warst du.«
Und während sie noch über die Vergangenheitsform in diesem Satz nachdachte, war er schon wieder fort.
Das Mondlicht schien noch immer fahl ins Zimmer,

und die Gardinen spielten im leichten Nachtwind. Alles war ganz still.

Hatte sie geträumt? Es gab niemanden außer ihr in diesem Raum. Aber sein Geruch war noch da. Der leichte Duft nach Zigarren, den seine Kleidung verströmte.

Gabriella richtete sich auf. Sie war völlig verwirrt. Dann fiel ihr etwas ein. Wenn er dort gesessen hatte, hier am Fußende auf dem Bett ... sie knipste schnell die Nachttischlampe an. Aber sie konnte nichts entdecken, das Laken war verknittert, aber das war es sonst auch. Das Einzige, was sich verändert hatte, war ihr Puls. Konnte es möglich sein? Glaubte sie an Dinge zwischen Himmel und Erde? Normalerweise nicht. Sie war eine realistische moderne Frau. Aber jetzt war sie sich nicht sicher. Sie streckte sich wieder aus und deckte sich zu. Die Lampe ließ sie an, und sie brauchte lange, bis sie wieder in Schlaf fiel.

Dritter Tag

Emilia servierte am nächsten Morgen nicht nur eine Tasse duftenden Kaffee, sondern auch die Nachricht, dass Seine Exzellenz, der Dorfpfarrer, unten vor der Tür stehe.

Wieso kam er ausgerechnet nach ihrem nächtlichen Erlebnis? Nein, er konnte nichts davon wissen, es war purer Zufall, da war Gabriella sicher. Vermutlich wollte er mit ihr noch einmal über das Begräbnis sprechen. Oder es ging um eine Spende.

»Das Frühstück serviere ich dann später«, erklärte Emilia. »Oder soll ich gleich? Für euch beide unten?«

Gabriella sah sie nur an, und Emilia zuckte die Achseln.

Wenig später klopfte der Pfarrer an ihre Tür. Gabriella kannte ihn, solange sie zurückdenken konnte. Eigentlich war sie erstaunt, dass er noch im Amt war. Wie alt mochte er sein?

»Treten Sie doch ein«, rief sie lauter als gewöhnlich, um sicher zu sein, dass er sie auch gehört hatte.

Er trat ein, und sein Gesicht schien von einer unvergänglichen Jugend zu sein. Seine blauen Augen leuchteten, der gesunde braune Ton seiner Haut ließ ihn jünger wirken, als er war, fast faltenfrei, aber das lag vielleicht auch daran, dass seine Wangen gut gepolstert waren. Er trug einen breitkrempigen schwarzen Hut, den er nun abnahm, und eine schwarze Soutane mit weißem Stehkragen.

»Buon mattino, Gabriella, es ist mir eine Freude, dich zu sehen.«

»Es ist mir ebenfalls eine Freude, Sie hier bei mir zu sehen. Und es ist mir eine besondere Freude, dass Sie mich nicht Contessa nennen.«

Sie lächelten einander an, und Gabriella setzte sich auf. »Nehmen Sie Platz, wo immer es Ihnen behagt.«

»Ich bin an Menschen im Bett gewöhnt«, sagte er und setzte sich ohne Umschweife aufs Bett an ihre Seite. Gabriella war versucht, aus Respekt etwas von ihm abzurücken, denn so nah schien ihr seine Präsenz fast unangemessen.

Es klopfte an der Tür, und Emilia erschien mit einem Espresso auf einem kleinen Silbertablett. Sie tat, als sei ein Pfarrer auf Gabriellas Bett das Natürlichste von der Welt. »Ganz, wie Sie ihn lieben, Hochwürden, mit zwei Löffel Zucker.«

»Emilia, Sie sind die Beste!«

Erst, nachdem Emilia gegangen war, stellte er das Tablett auf dem weißen Laken ab und wandte sich Gabriella zu.

»Wie geht es dir denn, mein Kind?«

Es war lange her, dass sie jemand so genannt hatte, und völlig ungläubig spürte sie eine ungeahnte Reaktion: Ihre Augen füllten sich mit Tränen.

»Na, na, na.« Seine Hand legte sich auf ihre, und sie fühlte sich warm und weich an. Unwillkürlich musste sie an ihren Vater denken, an seinen nächtlichen Besuch.

»Ich weiß nicht«, sagte sie. »Ganz ehrlich, Hochwürden, ich weiß es überhaupt nicht.«

»Dein Vater ist gestorben. Es ist gut, wenn du dich der Trauer hingibst.« Seine Stimme glich seinen Händen: warm und weich.

Gedanken an ihren Vater, an ihre Mutter und an ihren Freund, den sie in New York kurzerhand verlassen hatte, schossen ihr gleichzeitig durch den Kopf. Sie dachte an alles und fühlte sich wie ein verlorenes Kind, einsam und schutzlos. Eine Waise.

»Haben Sie ihn begleitet? Ich meine … in den letzten Stunden?«

»Er hatte keine letzten Stunden. Er fiel um und war auf der Stelle tot.«

»Es stimmt also, was gesagt wird.«

»Ja, es stimmt.«

»Das ist beruhigend.« Gabriella holte tief Atem und legte sich die Hand auf die Brust. Noch immer pochte ihr Herz und pumpte in schnellen Stößen das Blut durch den Körper. Ihr Atem stockte, und sie holte ein paarmal tief Luft, bis sie wieder sprechen konnte.

»Ich habe heute Nacht geträumt, er hätte hier gesessen. Hier an meinem Bett. Wir haben über uns gesprochen. Und über meine Mutter.«

Der Padre trank seine Tasse aus und stellte sie langsam ab.

»Das war ein unbewältigtes Thema. Bis zuletzt. Vielleicht wollte er sich dir deshalb noch einmal mitteilen.«

»Sie glauben daran?«

»An seine Präsenz?«

»An seine … Erscheinung. Ich weiß nicht, wie ich es nennen soll.«

»Er wird wiederkommen. So lange, bis alles zwischen euch gesagt ist. Und er in Ruhe gehen kann.«

Gabriella spürte eine Gänsehaut und musste schlucken.

»Ängstigt dich das?« Der Padre sah sie an. Jetzt, so aus der Nähe, bemerkte sie die Falten um seine Augen, die feinen Äderchen unter seiner Haut, die leicht bläuliche Färbung seiner Lippen. Und den kleinen Blutschwamm im Mundwinkel.

»Ich weiß nicht«, sagte sie. »Es ist einfach so ... ich kann mir das nicht vorstellen.«

»Nicht alles ist erklärbar. Manches muss man einfach geschehen lassen.«

Gabriella nickte. Das war genau das, was sie zurzeit brauchte. Die Dinge einfach geschehen lassen, jede Steuerung herausnehmen, wie ein Sandkorn im Sturm.

»Haben Sie oft mit meinem Vater zusammengesessen?«

»Er war ein Freund. Ein wahrer Freund. Einer, wie man ihn selten hat, einer, der nichts verlangt, der nichts fordert, der nur Dinge erfahren will, begreiflich machen, für sich selbst. Einer, der nachfragt. Tiefsinnig, besonders!«

Gabriella ließ diese Worte nachklingen. Sie sah aus dem Fenster. Draußen hatte sich der Tag dunstig angekündigt, und es sah noch immer so aus, als wolle er heute nicht erwachen.

»Ich habe ihn zu wenig gekannt«, sagte sie schließlich. »Ich glaube sogar, dass ich das erste wirklich tiefe Gespräch heute Nacht mit ihm geführt habe.« Heute Nacht, wiederholte sie im Stillen. Es war völlig verrückt.

»Was hast du in New York zurückgelassen?«, wollte der Padre wissen.

Gabriella sah ihn an. »Wie meinen Sie das?«

»Bist du geflohen?«

Geflohen. Das war der richtige Ausdruck. Sie dachte an Mike. An den Fels, der vor ihren Augen zerbröselt war. Und der jetzt von seiner großen Liebe sprach. Wie armselig.

»Es war nicht mehr mein Leben«, begann sie vorsichtig. »Am Anfang war alles neu, alles spannend. Alles habe ich meinem Job untergeordnet. Aber ...« Sie sah ihm in die Augen. »Es geht in diesem Business auch nicht anders. Entweder gibst du alles, oder du hast dort nichts verloren.«

Der Padre nickte. Gabriella ließ ihre Gedanken schweifen. Die unsäglich vielen Stunden im Großraumbüro, immer vor dem Monitor, ständig unter Strom, Sklavin der Aktienkurse, der gelben Balken, die sich vor ihren Augen nach oben oder unten schoben. Und außerhalb des Büros Mike, der stets ihre volle Aufmerksamkeit erwartete und eine nach New Yorker Muster perfekte Frau: vom strahlend weißen Gebiss bis zu den perfekt gestylten Zehennägeln in offenen High Heels musste alles stimmen. Die Frisur, das Make-up, das Kostüm, die neuesten Accessoires. Außerdem natürlich das angesagte Appartement, die richtige Einrichtung, ihre Aufgabe als perfekte Gastgeberin und Köchin. Alles zugleich und völlig unaufgeregt natürlich. Sport und Liebeskünste waren ebenso selbstverständlich, nicht erwähnenswert, das gehörte einfach dazu. Für eine Familie war daneben kein Raum mehr. Ein Kind hätte sie beide vollends überfordert.

»Auch deine Mutter war …«, er wandte sich wieder direkt ihr zu. »Deine Mutter … so etwas hatte das Dorf noch nicht gesehen.« Der Padre sah es noch heute vor sich, wie sich an einem Sonntagvormittag das Kirchentor öffnete und durch den schmalen Spalt eine Person schlüpfte. Von hinten erleuchtet wie eine Heiligenfigur, beinah unwirklich. Die Messe war schon gelesen, die Gottesdienstbesucher längst gegangen, er selbst ordnete noch einige letzte Dinge, bevor er die Kirche verlassen wollte. Die schmale Gestalt ging zielstrebig und sehr aufrecht zur Muttergottes, die etwas zurückversetzt rechts vom Altar an der Wand hing. Erst dort entdeckte sie ihn.

»Oh, Entschuldigung«, sagte sie auf Englisch, »ich wollte Sie nicht stören!«

»Nein, bitte, Sie stören mich ganz und gar nicht, lassen Sie sich ruhig Zeit«, gab er in stockendem Englisch zurück.

Sie trat auf ihn zu. So völlig ungezwungen in ihren Bewegungen und trotzdem mit einer so natürlichen Körperspannung, dass er eine außergewöhnliche Würde spürte. Diese Frau hatte etwas Besonderes an sich. Das war sein allererster Eindruck von ihr gewesen.

»Darf ich mich vorstellen?«, fragte sie, und ihre offenen Augen beeindruckten ihn. Ihre honigblonden Haare umspielten ihr Gesicht, und ihr rot geschminkter Mund schimmerte stilvoll und genau abgestimmt unter ihrer kleinen, geraden Nase.

»Ich bin Maria«, sagte sie, ohne ihm die Hand zu reichen. Ihm wäre kein besserer Name für sie eingefallen. »Claudios Frau.«

Mehr sagte sie nicht, das musste reichen. Wer den Conte nicht kannte, war selbst schuld.

»Contessa Maria.« Er musste lächeln. »Es freut mich, Ihre Bekanntschaft zu machen.«

Vielleicht hatte er den falschen englischen Ausdruck gewählt, denn sie lächelte ihn an, machte auf dem Absatz kehrt und verschwand, wie sie gekommen war.

Gleich am nächsten Abend hatte er sich dann auf den Weg zum Castello gemacht. Dort war er stets willkommen, das wusste er. Er hatte schon sehr viele Abende mit Claudio gefachsimpelt, über dessen Wein, über gute Zigarren, über das Leben. Warum suchst du dir keine Frau?, hatte er Claudio schon oft gefragt.

»Warum suchst du dir keine?«, hatte Claudio stets geantwortet. Und dann hatten beide gelacht.

»Ich habe genug Frauen«, hatte Claudio manchmal erwidert. »Mehr, als mir lieb ist.«

»Eine Frau, eine einzige Frau«, hatte er Claudio dann beschworen.

»Eine einzige langweilt mich.«
»Ich meine die einzige Richtige.«
»Ich bin gespannt …«
Und nun war sie da. Claudios Frau. Aber hatten sie geheiratet? In Amerika? Ohne seinen Segen? Es war ihm merkwürdig vorgekommen. So schnell hatten sie geheiratet? So schnell, dass nicht einmal er davon wusste?

Im Castello empfing ihn Claudio im Kaminzimmer. Ihr gemeinsamer Lieblingsplatz. Wie viele Stunden hatten sie hier schon verbracht. Manchmal war Claudio aufgestanden, in die große Küche gegangen und mit einem großen Holzbrett voll Wurst und Käse zurückgekommen, mit einem Brot unter dem Arm. Manchmal hatte er seinem Freund auch angeboten, in der Küche einen Topf Spaghetti mit seiner Spezialsauce zu kochen. »Die Kirchenmaus-Spaghetti« hatte Claudio stets scherzhaft gesagt, und sie hatten ihr Gespräch in die Küche verlegt. Das waren für ihn eigentlich die schönsten Momente gewesen. Er über dem sprudelnden Kochtopf und Claudio mit dem Rotweinglas neben ihm. Er hatte von Claudios Weltläufigkeit profitiert, und Claudio hatte ihn immer nach seinem besonderen Blick auf die Dinge gefragt.

»Du hast geheiratet?«, hatte er Claudio gefragt, sobald er die Tür hinter sich geschlossen hatte.

»Ich habe mich verliebt!« Claudio hatte es so entschieden gesagt, als wäre dies das erste und einzige Mal in seinem Leben gewesen.

»Schön«, hatte er geantwortet, denn: Was sollte er sagen?
»Sie ist …« Claudio suchte nach Worten.
»… um einiges jünger als du«, beendete er Claudios Satz. Es sollte scherzhaft klingen, aber er spürte selbst, dass es anders klang. War er eifersüchtig? Würde er Claudio fortan tei-

len müssen? Würden diese gemütlichen Herrenabende mit seinem Freund nicht mehr stattfinden? Wohin würde er in Zukunft gehen, wenn ihm abends nach einem guten Glas Wein und gepflegter Unterhaltung war?

»Sie ist eine Göttin«, vervollständigte Claudio seinen Satz nun selbst, und die Art, wie er durch seine Haare strich, und sein Gesichtsausdruck verrieten, dass er schon jetzt meilenweit von seinem Freund entfernt war.

Das hatte wehgetan. Eine Frau hatte seinen Platz eingenommen.

»Ich freu mich für dich«, hatte er dennoch gesagt, aber es war nur die halbe Wahrheit gewesen. Er freute sich für Claudio, für sich selbst aber spürte er großes Bedauern.

»Da ist sie«, sagte Claudio und unterbrach die Gedanken seines Freundes. Die Tür zum Kaminzimmer ging auf, und Maria kam herein. In einem weich über ihren Körper fließenden Etwas von Morgenmantel wirkte sie, als schwebte sie geradezu über dem Boden.

»Es freut mich, Sie zu sehen«, sagte sie, und ihn durchfuhr ein Schauder.

»Danke. Die Freude ist ganz auf meiner Seite.«

Sie schmiegte sich an Claudio, und er verging vor Stolz und Liebe. Alles zugleich. Er erkannte seinen alten Freund nicht wieder.

»Sie lernt fleißig Italienisch«, sagte Claudio, um die eingekehrte Stille zu unterbrechen.

»Magst du deinem Freund nicht ein Glas Wein anbieten?«, fragte Maria, und er hatte es kaum fertiggebracht, die Augen von ihr zu nehmen. Sie erinnerte ihn an eine Frau, die er als Jugendlicher verehrt hatte. In seinem Zimmer hatte ein Poster von ihr gehangen: Ava Gardner. Ava Gardner mit ihren großen Augen, dem sinnlichen Mund und den fließenden Haaren. Ava Gardner in Blond, das war der Engel, der hier vor ihm stand.

»Aber sicher!« Claudio wies zu dem Sessel, in dem er so oft schon so selbstverständlich gesessen hatte, und lächelte Maria liebevoll zu. »Magst du ein Glas mit uns trinken?«

Sie erwiderte sein Lächeln und strich sich sanft über den Bauch. »Ich lese gerade ein Drehbuch, ich ziehe mich besser zurück und lasse euch zwei allein.«

Er hatte sich dann in den Sessel gesetzt und in die Flammen geblickt, die Claudio neu entfachte. Gesehen hatte er nichts, außer sich selbst: ein Priester, der eben seiner Heimat beraubt worden war. Ein Priester, der nie eine eigene Heimat besessen hatte, keine wirkliche. Er hatte seinen Gott, und er hatte seine Kirche. Aber hatte er wirklich alles richtig gemacht? War er stets auf dem richtigen Weg gewandelt? Hätte er seiner großen Liebe, die er während seiner Zeit im Priesterseminar kennengelernt hatte, folgen sollen, wäre sie der richtige Weg gewesen? Aber durfte er so etwas überhaupt denken, ohne sich zu versündigen?

Er war froh gewesen, als Claudio ihm ein Rotweinglas in die Hand drückte. »Stoßen wir an«, sagte Claudio mit funkelnden Augen. »Stoßen wir an auf die späte Liebe und das große Glück.«

»Ja«, wiederholte er die Worte seines Freundes mechanisch und bemühte sich um den richtigen Ton in seiner Stimme, »stoßen wir an.«

»Padre?« Gabriellas Stimme brachte ihn in die Gegenwart zurück.

»Dein Vater hat deine Mutter wirklich sehr geliebt«, sagte er. »Sie war wie ein Stern, der über Italien leuchtete statt über Bethlehem.«

Gabriella musste lachen. »Sie meinen, weil sie Maria hieß?«

»Nein.« Der Padre schüttelte entschieden den Kopf. »Weil sie etwas Besonderes an sich hatte. Sie konnte die Menschen für sich einnehmen. Auf der Stelle. Nicht nur durch ihr Aussehen, sondern auch mit ihrem Charme und die aristokratische Höflichkeit, die sie einem vermittelte. Sie war ...«, er suchte nach dem passenden Wort, »außergewöhnlich.«

»Waren Sie auch in sie verliebt?«, wollte Gabriella wissen.

»Vielleicht ...«, der Padre suchte ihren Blick. »Auch wenn ich mir das nie eingestanden hätte und deinem Vater noch weniger, aber heute, nach so vielen Jahren, denke ich, dass es wohl so war.«

Gabriella musste an Flavio denken. Er war auch einmal in sie verliebt gewesen, hatte er behauptet. Als sie ein Mädchen mit einem dicken Zopf gewesen war.

»Gleichzeitig hatte ich aber auch Angst, dass ich meinen besten Freund verliere.«

Gabriella rührte sich nicht. »Ist das eine Beichte, Padre?«

Er lächelte. Ein Lächeln, das sein ganzes Gesicht erfasste.

»Vielleicht ist es das, ja«, sagte er. »Dieses Castello war von Anfang an der Ort für offene Worte. So habe ich das mit deinem Vater immer gehalten.«

Gabriella überlegte. Wie weit konnte sie gehen?

»Waren Sie froh, als sie dann gegangen ist?«, fragte sie schließlich.

Sein Lächeln verschwand.

»Ich habe deinen Vater damals sehr gedrängt, sie zurückzuholen.«

»Aber er war zu stolz.«

»Ja, er war zu stolz.«

Gabriella nickte. »Das hat er mir heute Nacht auch gesagt.«

»Du glaubst also an die Erscheinung von heute Nacht?«

Gabriella griff nach ihrem Kaffee und nippte an der Tasse. »Stündlich mehr, Padre«, sagte sie schließlich und stellte die Tasse ab.

»Sehe ich ihr eigentlich ähnlich?«, wollte sie nach einer Pause wissen, in der beide ihren Gedanken nachhingen. »Ich habe leider keine einzige Fotografie von ihr.«

»Ich weiß. Claudio wollte jede Erinnerung an sie verbannen...« Er sah sie an. »Du hattest schon als kleines Mädchen eine ungewöhnliche Grandezza und strahlend blaue Augen. Die hast du von ihr. Und eine starke Präsenz. Wenn du damals in meinem Kommunionsunterricht gesessen bist, habe ich immer gespürt, dass du da bist. Verstehst du? Das war deine Aura. Es fällt nicht jeder Mensch auf, wenn er einen Raum betritt. Du schon ...«

»Und abgesehen von den blauen Augen?«

Er betrachtete sie eingehend, bis Gabriella befürchtete, rot zu werden.

»Es ist lang her«, sagte er dann. »Aber dein Mund ist auch ihr Mund. Die vollen geschwungenen Lippen. Deine Nase passt zu keinem von beiden, dafür hast du das energische Kinn von deinem Vater. Die hohe Stirn auch. Doch deine Augen und deine Lippen sind ein Erbe deiner Mutter. Damit lebt sie in dir weiter, wo immer sie gerade auch sein mag.«

»Ich habe sie tatsächlich gesucht.«

»Dann hast du getan, was dein Vater hätte tun sollen.«

»Aber ich hatte keinen Anhaltspunkt, wo ich suchen sollte. Keine Unterlagen, kein Foto, gar nichts.«

Der Padre nickte bedächtig, dann stand er auf und strich seinen Gehrock glatt. Er ging um das Bett und nahm Gabriellas Hände. »Ich freue mich, dass du wieder da bist«, sagte er.

»Auch, wenn wir nicht ins Kaminzimmer gehen?«, versuchte sie einen Scherz, obwohl es ihr jetzt eigentlich nicht nach Scherzen zumute war.

»Beim nächsten Mal können wir auch hier gemeinsam ein Glas Wein trinken. Wie gesagt, nicht der Ort macht gute Gespräche aus, sondern der Geist.«

»Jederzeit herzlich gern«, sagte Gabriella und sah ihm nach, bis sich die Tür hinter seiner hoch aufgeschossenen, schwarzen Gestalt geschlossen hatte. Dann sank sie an die Bettlade und sah minutenlang gedankenlos durch das Fenster in die Ferne.

Emilia klopfte wenig später. Dass sie neugierig war, sah ihr Gabriella auf den ersten Blick an. Hatte sie vielleicht sogar gelauscht? Gabriella verwarf den Gedanken.

Emilia trug ein Frühstückstablett herein. Ein Teller war unter einer Warmhaltehaube verborgen, daneben standen die Kaffeekanne und ein Korb mit frischen Brötchen. Sie stellte es dort ab, wo eben noch der Padre gesessen hatte.

»Sieht lecker aus«, sagte Gabriella automatisch und kassierte dafür einen spöttischen Blick von Emilia.

»Die alte Warmhaltehaube?«, fragte sie, bevor sie das Geheimnis mit einem Handgriff lüftete. Ein Spiegelei mit frischem Speck und gebratenen Pilzen kam zum Vorschein, garniert mit geschnittenem Schnittlauch.

»Entschuldige, Emilia, ich war voreilig, weil alles aus deiner Küche lecker ist!«

Emilia richtete sich auf und blieb an ihrem Bett stehen.

»Schon gut. Jeder braucht ein bisschen Zeit. Du – und ich auch.«

Ihr Blick fiel auf das Tablett vom Vortag. Die Flasche

hatte Gabriella ausgetrunken, aber es war nur ein Weinglas benutzt.

»Hat dir der Wein geschmeckt?«, fragte sie und bückte sich, um es mit nach unten zu nehmen.

»Hervorragend«, lobte Gabriella. »Und auch deine Pizza war fantastisch.« Und um ihren Fauxpas von vorhin wiedergutzumachen, fügte sie begeister hinzu: »Der Boden kross, der Belag pikant. Schon beim Gedanken daran läuft mir wieder das Wasser im Mund zusammen.«

Emilia lächelte.

»Nur ein Glas?« Sie nahm das Tablett auf. »Kein nächtlicher Besuch gestern?«

»Doch!«, sagte Gabriella. »Mein Vater war da. Aber er hat nichts getrunken.«

Nachdem Emilia gegangen war, stellte Gabriella den Beistelltisch ans Fenster und frühstückte dort. Die frische Luft tat gut und der Blick aufs Dorf auch. Auf dem Weg hinunter zum Dorf bewegte sich etwas, und sie sah genauer hin. Der Padre schlenderte mit einer Tüte in der Hand zwischen den Reben hindurch. Sicher hatte Emilia ihm eine Flasche Wein mitgegeben. Es gehörte sich so, wenn der Pfarrer einen Hausbesuch machte. Gabriella lächelte und beobachtete seine Bewegungen eine Weile. Er war sichtlich gelöst, seine Arme bewegten sich im Takt der Beine, für sein Alter wirkte er sehr fit. Immer mal wieder verdeckten ihn hohe Weinreben, dann tauchte er wieder auf, einmal blieb er zu einem Schwätzchen mit dem Postboten stehen, der ihm auf dem Motorroller entgegenkam. Sie hatten beide keine Eile. Niemand hatte hier Eile. Das Leben folgte seinem eigenen Rhythmus.

Gabriella dachte an Aurora. Für ein junges Mädchen

musste das wie lebendig begraben sein. Kein Wunder, dass sie ausbrechen wollte. Sie selbst war ja auch ausgebrochen. Und ihre Mutter auch. Nicht jeder war für so ein Landleben geschaffen.

Gabriellas Teller war leer, und sie schenkte sich eine zweite Tasse Kaffee ein. Damit setzte sie sich nun direkt an das Fenster und verschränkte die Arme auf dem Fenstersims. Wie die alten Damen, denen nichts entgehen durfte, dachte sie amüsiert. Selbst wenn es überhaupt nichts gab, was ihnen hier entgehen könnte. Aber sie fühlte sich wohl so und ließ den Blick in die Ferne schweifen. Himmel und Erde schienen an diesem diesigen Tag ineinanderzufließen. Die Landschaft vor ihr glich einer Pastellzeichnung, die keine kräftigen Farben kennt, dachte sie. Auch die Hausdächer des Dorfes waren heute nicht rot, sondern hatten einen grauen Ton. Selbst das Kreuz auf dem Kirchturm glänzte nicht wie sonst in der Sonne, sondern blickte matt auf die Schäfchen des Hirten hinunter. Der Padre hatte gerade das Dorf erreicht und verschwand in einem der ersten Häuser. Es war die kleine Taverne, die von morgens bis spätabends geöffnet hatte. Sicher hat er Hunger. Sie hätten ihm vielleicht doch Frühstück anbieten sollen. Und sofort schweiften Gabriellas Gedanken ab und blieben hängen an dem, was er ihr erzählt hatte. Ihre lebenshungrige Mutter und ihr Vater, der dieser Jugend nicht gerecht geworden war. Irgendwie konnte sie ihre Mutter verstehen. Sie konnte beide verstehen. Nur, dass ihre Mutter sie so einfach zurückgelassen hatte, das würde sie nie verstehen können.

Ihr Blick schweifte zurück auf die Weinstöcke, die terrassenförmig angelegt waren. Wie groß war der Weinberg überhaupt? Nicht übermäßig, denn eigentlich war er nur so breit wie die alte Villa mit dem Park. Hundert Meter? Oder hundertfünfzig? Und von da aus zog er sich in geraden Linien den Hügel hinunter bis zum Dorf. Fünfhundert Meter? Oder noch mehr? Sie war nicht gut im Schätzen. Sie würde Emilia fragen müssen. Mein Gott, dachte sie, Emilia war das Einzige, was sie noch mit ihrem Vater verband. Sie war sein Gedächtnis, sein Wissen über das Haus, über die Leute, die dafür arbeiteten, die Geschehnisse der letzten Jahre, alles war nun nur noch in Emilias Kopf gespeichert. Sie war das wandelnde Vater-Lexikon.

Gabriella trank den letzten Schluck Kaffee und ging in ihr Bett zurück. Keine Eile, dachte sie, während sie sich unter ihre Decke kuschelte. Nimm dir bloß nicht zu viel vor.

Wie viel kann ein Mensch eigentlich schlafen, dachte sie, als sie erwachte und sich benommen aufrichtete. Es war dämmrig im Zimmer, und sie war sich nicht sicher, ob es wirklich schon auf den Abend zuging, oder ob sich das Wetter so verändert hatte. Ein Blick auf die Uhr zeigte ihr, dass es mit 14 Uhr noch recht früh war. Doch draußen hatte sich eine düstere Wolkenwand vor das Fenster geschoben, und alle Geräusche schienen von einer schwülen Stille erstickt zu werden. Kein Laut, keine Bewegung. Gabriella überlegte, ob sie die Fenster schließen sollte, denn diese Stille deutete auf ein Unwetter hin, das kannte sie. Zuerst Stille, dann der plötzliche Wind und schließlich die Stürme, die mit Blitz und Donner über die Villa herfielen. Als Kind hatte sie sich sofort zu ihrem Vater oder zu Emilia geflüchtet. Aber jetzt war sie kein Kind mehr. Sie überlegte, ob sich ihre Gefühle deshalb verändert hatten? Aber sie empfand noch immer den Wunsch nach Gesellschaft. Schön wäre, wenn Sofia jetzt neben ihr liegen würde. Eine Freundin zum Händchenhalten. Wie früher.

Gabriella griff zu ihrem Handy. Sie würde sie einfach fragen. Vielleicht hatte Sofia ja Zeit? Und Lust?

Eine Nachricht war eingegangen.

»Sechs Uhr morgens. Ich denke an dich. Ich werde einen Flug buchen und dich aus diesem verfluchten Kaff zurückholen.«

»Ich will dich hier nicht sehen«, schrieb sie hastig zurück. »Das hier ist mein Reich!«

Doch als sie ihr Handy zurücklegte, zitterten ihre Hände. Warum hatte er noch immer eine solche Macht über sie? Sie hatte sich doch losgesagt, ihn zum Teufel gewünscht, sich nächtelang dieses Bild ihrer Erniedrigung vor Augen geführt, alles, was ihn klein und widerwärtig machte. Und sie war von Abscheu erfüllt – bis er wieder vor ihr stand, da war sie sicher. Sein lausbubenhaftes Lächeln, seine Geste, sie in den Arm zu nehmen und *mea culpa* zu flüstern und: »Ich weiß, ich habe dich gar nicht verdient.« Und: »Ich weiß, ich habe tausend Fehler.« Bei dieser Zahl hatte sie nur tausend Frauenbeine gesehen, die sich ihr entgegenstreckten, und sie wippten alle im gleichen Takt. Gabriella hätte kotzen können. Aber was hatte sie stattdessen getan? Sie hatte ihm verziehen, bis … In genau diesem Augenblick schlug der Fensterladen gegen die massive Sandsteinwand. Es ging los. Der Wind frischte auf.

Gabriella hatte die Beine angezogen und starrte hinaus in den Himmel. Gleich würde das Unwetter über sie hereinbrechen, und sie hörte wieder ihren Vater, auf dessen Knien sie in solchen Momenten immer gesessen hatte: »Du musst keine Angst haben«, hatte er sie dann beruhigt. »Unser Haus ist hier zwar der höchste Punkt, aber wir haben einen Blitzableiter. Wenn der Blitz einschlägt, saust er in den Boden und kann uns nichts tun.«

»Saust er nicht im Zickzack durch das ganze Haus?«

»Ganz bestimmt nicht.«

»Aber ich habe mal gehört, dass so ein Blitz aus der Steckdose kam und in eine andere hinübersprang. Und alles darum herum war verkohlt.«

»Das hat dir bestimmt euer Lehrer erzählt. Der verkohlt euch immer!«

»Nein, der war es nicht.«

Wie alt war sie da gewesen? Sie hatte ihre Arme um den Hals ihres Vaters gelegt, und seine zu langen Haare kitzelten sie in der Nase. Sie hatte sich absolut geborgen gefühlt. Alle Blitze der Welt hätten quer durch das Kaminzimmer schießen können – solange sie nur so eng bei ihm saß, konnte ihr nichts passieren.

»Hat Emilia auch Angst?«, hatte sie damals gefragt.

»Emilia hat vor gar nichts Angst«, hatte ihr Vater gesagt. »Sie wird dich beschützen, solange du lebst.«

»Lebt sie dann auch noch?«

Darauf hatte er geschwiegen. Sie weiß es noch, weil es so selten war, dass er keine Antwort gab. Eigentlich hatte er auf alles eine Antwort. Und sie fragte gern.

Der Fensterladen knallte erneut gegen die Wand, der sich im Wind bauschende Vorhang riss an der Gardinenstange. Das Dämmerlicht vor dem Fenster war einer dunklen Klarheit gewichen. Das Dorf schien sich unter dem Himmel zu ducken, und als der erste Blitz den Himmel durchschnitt, fuhr Gabriella zusammen. Es war unwirklich, fand sie. Die Stimmung, die ganze Szene, wie sie hier zusammengekauert in ihrem Bett saß, hatte etwas Unwirkliches. Träumte sie?

Aus den Augenwinkeln bemerkte sie, wie die Tür aufging. Der Wind fuhr durchs Zimmer, und die Vorhänge flatterten. Emilia kam herein, eine Flasche Wein unter den Arm geklemmt und zwei Gläser in der Hand.

»Ich dachte, ich leiste dir Gesellschaft«, sagte sie, stellte alles auf dem Beistelltischchen ab und zog aus der einen Rocktasche einen Korkenzieher und aus der anderen eine Packung Käsestangen.

»Danke.« Gabriella beobachtete Emilia, bei der jede Bewegung absolut präzise war. Wie sie die Flasche entkorkte, am Korken roch und den Wein einschenkte, dann die Packung aufriss und das Tischchen ans Bett rückte. Jeder Handgriff saß, und keiner war zu viel. Ihr selbst wäre zumindest die Packung gerissen, und ein Teil der Käsestangen hätte sich auf dem Fußboden wiedergefunden.

»Früher hast du Angst gehabt, wenn ein Gewitter kam.«

»Ich finde es immer noch unheimlich.«

»Soll ich nicht die Fenster schließen?«

Gabriella schüttelte den Kopf. »Solange es nicht hereinregnet ...«

Sie wies auf ihre zweite Betthälfte, und zu ihrem Erstaunen setzte sich Emilia, stellte ihr Glas auf dem Nachtkästchen ab, streifte ihre Schuhe ab und schwang die Beine hoch. Während sie ihren weiten Rock glatt strich, sagte sie: »Dein Vater hat dir jedes Mal erklärt, dass nichts passieren kann, aber ...«

»... aber es hat nichts genützt, ich weiß.« Gabriella nickte.

»Wie sind die Gewitter in New York?«

Gabriella sah ihr Appartement vor sich und sich selbst im Arm von Mike, der mit ihr vor der großen Fensterscheibe stand und sie zwang hinauszusehen. »Sieh hin«, hatte er gesagt, »es passiert nichts.«

Aber für sie war der Blick auf den nachtschwarzen Central Park, der sekundenlang geisterhaft erhellt war und dann wieder tiefschwarz, einfach nur furchtbar. Woher nur kam ihre Angst vor Gewittern?

Sie sah zu Emilia hinüber, und am liebsten hätte sie sich an sie gekuschelt. Emilia war in ihrer Erinnerung stark, beschützend, und sie roch gut. Mal nach Lasagne, mal nach frischem Brot, dann wieder nach einer Süßspeise.

»Ein Gewitter ist auch in New York furchtbar«, begann sie. »Je höher du wohnst, umso mehr hast du das Gefühl, mitten in den Elementen gefangen zu sein. Alles zittert, bebt und schwankt. Und du kannst nichts tun.«

»Aber das bildest du dir alles nur ein? Die Häuser sind doch erdbebenfest, die schwanken doch nicht bei jedem einfachen Gewitter?«

»Ja«, überlegte Gabriella. »Vielleicht bilde ich es mir ein. Aber dann ist es eine sehr lebensechte Einbildung. Ich habe das jedesmal, bei jedem Donner, so empfunden.«

»Und wenn man da oben steht, in so einem Wolkenkratzer, überfällt einen da nicht plötzlich die Lust, sich hinabzustürzen?«

»Hinabzustürzen?« Gabriella warf ihr einen kurzen Blick zu. »Wie kommst du auf diese Idee?«

»Ich habe darüber gelesen. Je höher das Gebäude, umso eher hat der Mensch das Gefühl, er müsse springen.«

»Nein«, sagte Gabriella. »Das hatte ich Gott sei Dank nie. Ich möchte mir das auch gar nicht vorstellen.«

Emilia lächelte ihr zu. »Ja, für meine Ohren klang es auch irrsinnig. Aber Menschen wollten doch schon immer fliegen. Wie die Vögel. Oder die Engel ...«

»Mir reichen die Flüge quer über den Atlantik. Und auf den Wolken habe ich noch nie Engel gesehen.«

»Ja, wo die Toten wohl sind?« Emilia strich mit der Hand glättend über die Decke. »Aber egal«, sagte sie schnell. »Es ging um dich. Um dich und den Donner. Wer hat dich in New York denn beschützt, wenn alles gebebt und geschwankt hat?«

»Mein Freund«, sagte Gabriella knapp.

»Wolltet ihr heiraten?«

Gabriella schwieg. Hörte sie da einen Vorwurf heraus? Sie hatte Emilia lange nicht gesehen. »Wachablösung bei Claudio« hatten sie beide ihre Heimatbesuche liebevoll und auch spöttisch genannt. Aber Gabriella hätte ihr natürlich von Mike erzählen können. Ihre Telefonate hatten sich nur auf Alltägliches beschränkt oder auf die Frage, wann sie zur »Wachablösung« nach Italien kommen würde. Über die Liebe hatten sie nie gesprochen. Vielleicht, weil Gabriella auch mit dreißig noch immer das Kind war, das Emilia hatte aufwachsen sehen?

»Heirat«, sagte Gabriella und zuckte zusammen, weil wieder ein Blitz fast waagerecht über die Landschaft glühte und sich unendlich verzweigte, bis er schon von dem nächsten abgelöst wurde.

»Wir waren zu beschäftigt«, begann sie. »Weißt du, das Leben darfst du dir nicht wie hier vorstellen. Zeit, diesen Ausdruck gibt es hier nicht, weil Zeit kein Maßstab ist. Hier zählen ganz andere Dinge, andere Werte. Ein Gespräch, ein Glas Wein, ein Sonnenuntergang, der Hahn, der den Morgen begrüßt, und die Fledermaus, die die Nacht bringt.«

»Bei uns ist Zeit durchaus auch ein Begriff«, widersprach Emilia. »Ich war jeden Tag pünktlich um acht Uhr hier. Was ist das anderes als Zeit?«

Gabriella griff nach ihrem Glas. »Hmm«, entgegnete sie nachdenklich. »Vielleicht habe ich mich nicht richtig ausgedrückt. Der Pulsschlag ist anders. In New York rast dein Puls vom ersten Ton deines Weckers am Morgen bis zum letzten Pieps deiner elektrischen Zahnbürste in der Nacht. Und selbst danach im Traum auch noch.«

Emilia streckte ihr das Weinglas entgegen. »Auf dein Wohl, Gabriella, mein Kind. Ich bin froh, dass du da wieder bist! Daheim!«

Gabriella spürte Rührung in sich aufsteigen. »Danke«, sagte sie und lauschte dem Ton des klingenden Glases nach, »ich bin auch froh. Froh, dass du gerade jetzt zu mir gekommen bist.« Dabei musste sie lachen.

Emilia nickte. »Ein Mensch verändert sich nie von Grund auf.«

Ein Blitz erhellte ihr Gesicht, und Gabriella sah ein eigenartiges Lächeln auf ihrem Gesicht. »Ja«, bestätigte sie leise, »möglich, ich weiß es nicht. Ich habe mich schon verändert, denke ich.«

»Aber deine Kindheitsangst vor dem Gewitter ist geblieben.«

»Ja!« Gabriella nickte. »Die ist geblieben!«

»Was ist mit deiner Liebe zu … diesem Mann? Ist sie noch da? Und wo ist er?«

»Liebe«, Gabriella fasste nach Emilias Hand. Sie fühlte sich rau, aber auch vertrauenerweckend fest und trocken an. »Liebe. Ich weiß nicht. Völlig durchgeknalltes Verliebtsein trifft es wohl besser. Ein ständiger Drang, bei ihm sein zu wollen, ein ständiger Drang, ihm alles recht machen zu wollen, die Perfekte, die Schöne, die Wildeste zu sein.«

»Hört sich ziemlich anstrengend an.«

Gabriella musste lachen. »Ja, ziemlich anstrengend.« Sie zuckte zusammen, weil das gewaltige Donnergrollen recht schnell auf den Blitz gefolgt war. »Er ist nah«, flüsterte sie.

»Wer?«

»Der Donner! Der nächste Blitz könnte bei uns einschlagen.«

»Bei uns schlägt kein Blitz ein. Und der Donner will uns nur Angst machen. Er hat keine Macht über uns. Wie ein brüllender Mann, der mehr sein will, als er ist. Aufgeladene Luft.«

Gabriella dachte an Mike. Wie war er eigentlich? War er wirklich so stark? Oder war das alles Fassade? War er einfach nur ein begnadeter Schauspieler?

»Warum also habt ihr nicht geheiratet?«, bohrte Emilia nach.

»Er bot mir keine Sicherheit«, sagte Gabriella, und zum ersten Mal spürte sie, dass sie ihn durchschaut hatte. »Er bot keine emotionale Sicherheit. Er ist berechnend und kalt wie ein Kühlschrank. Er braucht dich nicht. Er saugt dich aus, nimmt deine guten Eigenschaften, spielt mit dir und setzt sich wie ein Blutegel fest. Alles, was du bist oder hast, nimmt er sich. Von sich gibt er nichts.«

»Und in so einen Menschen hast du dich verliebt?«

»Ja, weil er eine schöne Fassade bietet. Eine sehr männliche Fassade. Dabei ist er allein gar nicht lebensfähig.«

»Hast du das jetzt gerade zum ersten Mal erkannt?«

Gabriella sah auf, und im schummrigen Licht des Zimmers nickte sie Emilia zu.

»Ja, komisch. Jetzt, da ich es dir erzähle, wird es mir ganz klar.«

»Aber du bist doch gegangen, du hast ihn verlassen. Da muss es dir doch vorher schon klar gewesen sein.«

»Er hat mich betrogen. Deshalb bin ich gegangen.«

Emilia schüttelte langsam den Kopf. »Nirgends ist es einfach.«

Erneut erhellte ein Blitz das Zimmer, und Gabriella entzog sich dem Donnerschlag, indem sie die Bettdecke über den Kopf zog.

»Und was ist mit deiner Liebe?«, fragte sie Emilia, als sie wieder auftauchte.

»Ihr wart meine Familie. Da hatte und habe ich Liebe genug.«

»Ja, aber ...«, Gabriella durchschnitt mit der Hand die Luft. »Du hast doch bestimmt im Dorf mal einen Jungen gehabt, der mit dir eine eigene Familie gründen wollte. Ein eigenes Haus bauen, ein eigenes Kind haben, ein Leben neben deinem beruflichen Leben führen.«

»Ich habe das hier nie als meinen Beruf angesehen.« Emilia schüttelte den Kopf. »Du warst nie mein Beruf. Du warst auch mein Kind, ganz wie Claudio auch mein Mann war. Nicht körperlich natürlich«, fügte sie schnell hinzu, »aber die Verantwortung einer Mutter und Ehefrau dürfte nicht anders sein. Nachdem deine Mutter gegangen war, habe ich ihre Rolle für sie übernommen. Das erschien mir selbstverständlich.«

Gabriella wandte sich schnell zu ihr und gab ihr einen Kuss auf die Wange. »Du hast dein Leben für uns geopfert ...«

Emilia lachte und legte den Arm um sie. Und in Gabriella stieg das Gefühl ihrer Kindheit auf, und sie ließ ihren Kopf an Emilias Schulter sinken.

»Ich habe mein Leben nicht geopfert«, sagte Emilia leise. »Es gibt viele Möglichkeiten, ein Leben zu leben. Viele Bau- und Schaltpläne, viele Weichen und viele Fallgruben. Ich wollte einfach nur bei euch glücklich sein.«

»Und das warst du?«

»Das war ich«, sagte sie. Und eine Weile war es ganz still. »Das bin ich«, setzte sie schließlich nach, und gleichzeitig begann der Regen herabzurauschen, und Gabriella blieb in ihrem Arm liegen, hörte dem monotonen Geräusch des Regens zu und suchte nach Bildern in ihrer Vergangenheit. Wie oft hatte sich Emilia zu ihr gelegt, wenn die Schatten ihres Zimmers übermächtig waren? Emilia hatte ihr Schlaflieder vorgesungen oder von fröhlichen Trollen und anderen Gesellen erzählt, so lange, bis die Schatten nicht mehr bedrohlich waren.

Und mit diesem guten Gefühl aus der Vergangenheit schlief sie in Emilias Arm ein.

Sie wachte auf, weil die Tür laut ins Schloss fiel. Der Wind hatte sie zugedrückt, das Bett neben Gabriella war leer. Draußen vor dem Fenster spielte sich ein Sonnenuntergang in allen Farben ab.

Da öffnete sich die Tür wieder, und Emilia trug ein Tablett herein. Ein abgedeckter Teller, eine Wasserkaraffe und ein Weinglas standen darauf. »Deines hast du ja noch«, sagte sie, nachdem sie Gabriellas Blick bemerkt hatte, und wies auf das fast volle Weinglas auf Gabriellas Nachtkästchen.

»Isst du nicht mit?«, wollte Gabriella wissen.

»Nein, ich habe eine Verabredung«, gab Emilia lächelnd zurück, während sie das Tablett auf dem Bett abstellte.

Das ging aber schnell, dachte Gabriella ...

»Es ist Flavios Mutter. Wir spielen einmal in der Woche zu viert Karten. Heute. Sie hat mich übrigens gefragt, ob sie dich besuchen dürfte.«

»Mich besuchen? Im Bett?«

Jetzt war es an Gabriella, erstaunt zu sein. Sie hörte noch Flavios Worte, dass seine Mutter gerade deshalb Befürchtungen hatte.

»Ja, ich habe ihr gesagt, da sei nichts dabei, so wolltest du es eben.«

»Das hast du gesagt?« Gabriella schüttelte den Kopf. »Dabei warst du doch selbst ganz dagegen.«

»Es schickt sich ja eigentlich auch nicht.«

»Nun aber plötzlich doch?«

Emilia zuckte mit den Schultern. »Immerhin habe ich heute ja auch neben dir gelegen.«

»Und mich sogar in den Arm genommen.«

Beide mussten lachen.

»Ja«, sagte Emilia, »aber das habe ich schließlich schon getan, als du noch ganz klein warst ... das ist also eine andere Geschichte.«

»Gut!« Gabriella überlegte und sah neugierig zu der Warmhaltehaube auf dem Teller. »Und jetzt will sie sich also auch zu mir ins Bett legen ...?«

»Sie hat ein paar Fragen.«

»Wer hat keine Fragen?«

»Ich habe auch eine«, sagte Emilia und hob die Haube. Ein herrlicher Bratenduft zog Gabriella in die Nase.

»Ossobuco«, seufzte sie. »Mit Risotto, himmlisch!«

Emilia stülpte die Haube wieder über den Teller.

»Zuerst beantwortest du meine Frage.«

»Ja, aber mach schnell ...«

»Du hast gesagt, dein Vater sei hier gewesen. Wie soll ich das verstehen?«

Gabriella seufzte. »Darf ich erst essen?«

»Nein, ich muss los.«

»Ich habe geträumt, er hätte sich heute Nacht an mein Bett gesetzt. Und wir haben über viele Dinge gesprochen, über die wir nie gesprochen haben, als er noch lebte.«

»Worüber denn?«

»Über meine Mutter.«

»Und was hat er gesagt?«

»Dass er manches anders machen würde.«
Emilia nickte. »Ich auch«, erwiderte sie und stand auf.

Die Nacht war still. So still, dass Gabriella mehrfach aufwachte. Einmal sah sie jemanden im Zimmer und dachte sofort an ihren Vater, aber es war nur ein Schatten, sonst nichts. Es dauerte eine Weile, bis sie wieder einschlafen konnte. Doch ihr Traum war so konfus, dass sie davon aufwachte und endgültig nicht mehr einschlafen konnte. Sie setzte sich auf und griff nach ihrem Handy. 4 Uhr. Mitten in der Nacht. Sie stand auf und trat an das offene Fenster. Es war noch immer sehr warm. Kein Lufthauch regte sich. Ein bleicher Mond stand am Himmel und tauchte die Landschaft in milchiges Licht. Der Weinberg glänzte fahl, und das Dorf lag dunkel in der Senke vor ihr. Nein, da entdeckte sie ein Licht. War es die Bäckerei, in der um diese Zeit schon gearbeitet wurde? Sie musste an Sofia denken. Sie sollte sie einfach anrufen und einladen. Hatten sie nicht sowieso ausgemacht, gemeinsam zu essen? Emilias Ossobuco war köstlich gewesen. Sie stellte es sich schön vor, gemeinsam mit Sofia auf dem Bett zu sitzen, wie früher im Schneidersitz, und zwischen ihnen Emilias selbst gemachte Pizza. Und der Wein ihres Vaters.

Nicht zu fassen, dachte sie und griff sich an den Bauch. Ich habe schon wieder Hunger. Sie lächelte und sah zu dem Weg hinunter, der halb von Weinreben verdeckt vom Dorf herauf zum Haus führte. Da war doch etwas. Täuschte sie sich, oder bewegte sich dort etwas den Weg hinauf? Ein Mensch? Sie kniff die Augen zusammen, konnte aber trotzdem nichts erkennen. Kam Flavio hinauf, um einen Rotwein mit ihr zu trinken? Egal, dachte sie und ließ ihren Blick über die Hügel schweifen. Es war so schön hier, so ruhig und so friedlich. Die Landschaft und die Friedlichkeit waren wie Balsam für ihre Seele. Sie blickte noch einmal hinunter auf den Weg. Doch, es war eine Gestalt. Irgendjemand hatte sich auf den Weg zum Castello gemacht, denn nur dort führte diese erdige Straße mit den tiefen Fahrrinnen hin.

Für eine Sekunde fuhr Gabriella der Schreck in die Glieder, als ihr der Gedanke kam, es könnte Mike sein. Aber das war völlig unsinnig. Mike hätte dazu erst einmal nach Italien fliegen müssen, das Dorf finden und schließlich auch noch das Castello. Wer auch immer der Fremde dort unten war, sie würde es spätestens dann erfahren, wenn er hier in ihrer Tür stand.

Mit diesem Gedanken ging sie ins Bett zurück, knipste die Nachttischlampe an und schenkte sich ein Glas Rotwein nach. Doch sie kam nicht mehr dazu, es auch zu trinken – sie war plötzlich so müde, dass sie auf der Stelle einschlief.

Vierter Tag

Die Sonnenstrahlen waren schon bis zu ihrem Bett gekrochen, als sie aufwachte. Ihr erster Blick fiel auf das volle Rotweinglas, das auf ihrem Nachtkästchen stand, und der zweite auf den Cappuccino daneben. Bizarr, dachte sie, dann fiel ihr die unruhige Nacht wieder ein, und sie sah auf die Uhr. Zehn. Sie hatte lang geschlafen. Und niemand hatte sie besucht ... weder Mike noch Flavio noch sonst wer.

Sie sah sich im Zimmer um. Alles unverändert. Oder täuschte sie sich? Hatte der kleine Wiesenstrauß gestern schon da gestanden? Nein, hatte er nicht. Wo kam er dann her?

Sie griff nach dem Cappuccino. Die dünne, geblümte Porzellantasse war lauwarm. Sie nippte daran. Er schmeckte nicht mehr. Außerdem stieg eine unbändige Lust auf ein Frühstück mit Spiegeleiern, Speck und Pilzen in ihr auf. Fast meinte sie es riechen zu können. Wie sollte sie nun Emilia darauf aufmerksam machen, dass sie wach war? Von der Tür aus durchs Haus brüllen? Eine SMS schreiben, die sie doch nicht las?

Oder einfach abwarten? Emilia würde kommen, das war sicher. Aber sie spürte die alte Ungeduld in sich, die sie von New York kannte. Die Dinge mussten gleich passieren, auf der Stelle. Zeit ist Geld.

Gabriella sprang aus dem Bett und wäre an der Tür fast mit Emilia zusammengestoßen, die ein Tablett in Händen hielt. Also hatte sich ihre Nase doch nicht getäuscht, Spiegeleierduft lag in der Luft. Gabriella machte schnell einen Schritt zurück und hielt Emilia die Tür auf.

»Du hast lang geschlafen«, begrüßte Emilia sie. »Hattest du keine gute Nacht?«

Gabriella zuckte die Achseln. »Dafür einen guten Morgen«, sie lächelte, als sie feststellte, dass zwei Warmhaltehauben auf dem Tablett standen. »Schön«, sagte sie, »wir frühstücken gemeinsam?«

»Nein, wir warten schon zwei Stunden«, sagte Emilia und wies mit dem Kopf nach hinten. In der Tür erschien Flavios Mutter, Gabriella erkannte sie sofort wieder. Sie hatte sie bei der Beerdigung ihres Vaters neben Flavio gesehen. Bloß – Gabriella hatte ihren Namen vergessen.

»Das ist Sara. Flavios Mutter. Ich habe dir ihren Besuch angekündigt.«

»Zum Frühstück?« Gabriella musste sich beherrschen, um nichts weiter zu sagen. Sie hätte lieber mit Emilia gefrühstückt. Oder allein. Flavios Mutter kam ihr völlig ungelegen. Sara stand wie ein schmales Fragezeichen an den Türrahmen gelehnt. Bereit zur Flucht.

»Aber gern doch«, sagte Gabriella und rang sich ein Lächeln ab. »Kommst du dazu?«, wollte sie von Emilia wissen.

Emilia schüttelte den Kopf. »Ich habe unten zu tun. Und der Gemüsegarten wartet auch auf mich.«

»Schön, wenn jemand auf einen wartet«, sagte Gabriella leichthin.

»Ja«, bestätigte Emilia mit spöttischem Unterton, »auch wenn es nur die Radieschen sind.«

Emilia verkniff sich einen Kommentar. Die Radieschen von unten sehen, das schoss ihr sofort durch den Kopf.

»Es riecht herrlich nach Spiegeleiern und frischem Kaffee«, bemühte sie sich um einen fröhlichen Ton. »Wollen wir?«

Emilia hatte das Tablett auf dem Beistelltisch abgestellt, und Gabriella zog ihren Morgenmantel über, weil sie sich Sara gegenüber in ihrem Schlafanzug doch ein wenig unpassend vorkam.

»Guten Morgen«, sagte sie ein bisschen verspätet und ging auf Sara zu, um ihr die Hand zu reichen. Schmal, kalt und erstaunlich schlaff lag sie in ihrer. »Bitte«, ergänzte sie. »Emilias Frühstück sollte man nicht kalt werden lassen ...«

Gabriella trat an den kleinen Frühstückstisch und dachte über Saras Gesicht nach. Sie konnte keine Ähnlichkeit mit Flavio entdecken. Flavios Gesichtszüge ähnelten ganz denen seines Vaters. Sara sah aus wie ein zwölfjähriges Mädchen, das seltsam gealtert war.

»Ich habe eigentlich gar keinen Hunger«, begann sie, während sie sich vorsichtig auf den zweiten Stuhl setzte.

»Das macht nichts«, erwiderte Gabriella und nahm heißhungrig die Haube von ihrem Teller ab. Zwei goldgelbe Spiegeleier, röscher Speck und saftig gebratene Pilze auf einem noch warmen Teller. Es war perfekt, und Gabriella lief das Wasser im Mund zusammen. Sie hielt Sara den Brotkorb hin. »Greifen Sie zu. Auch wenn Sie nicht hungrig sind. Das hier darf nicht verkommen, das wäre wirklich jammerschade.«

»Ich habe unten schon ein Stück Brot gegessen. Und einen Kaffee getrunken.«

Gabriella beschloss, sich ihren Appetit nicht verderben zu lassen. Mehr als freundlich konnte sie nicht sein. Und warum auch? Was ging Flavios Mutter sie an? Sie hob Sara die Haube vom Teller, lächelte ihr zu, schob ihr die Kaffeetasse hin und fing an zu essen.

Ihr Blick ging an Saras sorgenvollen Zügen vorbei nach draußen. Es war ein wunderschöner Tag, der blaue Himmel strahlte wie frisch gewaschen, und eine Spatzenfamilie schwatzte lautstark in den Rosen neben dem Fenster. Es war zu schön, um sich mit schwierigen Dingen zu befassen. Was wollte Sara eigentlich?

Gabriella nahm einen Schluck Kaffee und lehnte sich zurück, nachdem sie ihren ersten Appetit gestillt hatte.

»Schön, dass Sie mich auch besuchen kommen! Aber womit kann ich Ihnen helfen? Geht es um die Heizung? Den Auftrag für Ihren Sohn?«

Sie bemerkte, wie Saras Augen unwillkürlich zum Bett glitten. Was war das? Musste die Mutter ihren Sohn beschützen? Ja, etwas Ähnliches hatte Flavio gesagt. War Sara deshalb hier?

»Oder geht es um etwas anderes?«

Sara hatte ihren Teller nicht angerührt. Das Eigelb floss langsam über das Eiweiß und umspielte die Pilze. Sah malerisch aus, fand Gabriella. Wurde aber kalt. Schade drum.

Sara hob den Blick.

»Geht es um Flavio?«, fragte Gabriella spontan. Je schneller sie das Thema anpackte, umso schneller war sie diese Frau wieder los. Wie hieß es doch gleich so schön? Den Stier bei den Hörnern packen. Sie spürte ein Lächeln in ihrem Gesicht, und an Saras Miene erkannte sie, dass sie es auch gesehen hatte. Nur sicher anders deutete.

»Wissen Sie«, begann Sara, und ihre Stimme zeigte eine Vibration, die Gabriella als Zeichen ihrer Unsicherheit deutete. »Ich weiß nicht, wie ich anfangen soll«, brach sie ab.

»Fangen Sie einfach am Anfang an«, half Gabriella und sah bedauernd auf ihren Teller hinab. »Wenn es Sie nicht stört, esse ich dabei weiter…«

Sara schüttelte den Kopf. Ihre schulterlangen, dunkelblonden Haare bewegten sich dabei wie in Zeitlupe. Überhaupt schien sie völlig lethargisch. Aber sie war doch Italienerin, wo blieb ihr Temperament? Allmählich ging sie Gabriella mit ihrer Trübseligkeit auf die Nerven.

Sie beschloss, sich nicht den Appetit verderben zu lassen und aß Gabel für Gabel. Und dann putzte sie den Teller auch noch gründlich mit weißen Brotstücken sauber. Schließlich goss sie sich eine zweite Tasse Kaffee nach und hob den Blick.

Sara saß ihr noch immer unbeweglich gegenüber.

»Wollen wir uns vielleicht ein Glas Sekt kommen lassen und uns entspannen?« Sie wies zum Bett. Sara starrte sie an.

Gabriella holte Luft. »Wissen Sie, Sara, ich habe Ihren Sohn nicht vergewaltigt. Falls Sie das wissen wollen. Ich habe ihn weder unter Drogen gesetzt noch mit Sekt verführt. Ich habe ihn auch in meinem alten Hausanzug nicht seiner Sinne beraubt. Wir haben uns einfach nur unterhalten.« Sie beobachtete Saras Gesichtszüge. »Sind Sie deshalb gekommen, geht es Ihnen jetzt besser?«

Zu ihrem Erstaunen traten zwei kleine Tränen in Saras Augen.

»Gut«, sagte Gabriella. »Bitte.«

Sara lehnte sich zurück. Die hölzerne Stuhllehne knirschte leise. Kurze Zeit war es still.

»Vielleicht«, begann Sara und sah Gabriella überraschend direkt in die Augen, »vielleicht ist das gar keine so schlechte Idee.« Sie wies zu dem Bett. »Ein Glas Prosecco, dann fällt es mir vielleicht leichter.«

Gabriella nickte. Sie stand auf und ging zur Tür. »Emilia«, brüllte sie die Treppe hinunter, »könntest du uns bitte zwei Gläser Prosecco hochbringen?«

»Sì!«, schallte es zurück. Erstaunlich nah.

Als sie sich umdrehte, saß Sara schon auf dem Bett. Innerlich schüttelte sie den Kopf. Was war nur mit dieser Frau los?

»Ich muss Ihnen das erklären«, begann Sara.

»Ja!« Gabriella wartete an der Tür, um Emilia die beiden Gläser abzunehmen. »Das Gefühl habe ich auch.«

Was wollte sie eigentlich erklären? Es war nur schräg. Alles war schräg. Sie hörte Emilia die Treppe herauf kommen.

»Hast du drei Gläser?«, wollte sie wissen, als Emilia die letzte Stufe erreicht hatte.

»Die Radieschen warten ...«, sagte sie nur und drückte ihr zwei Gläser in die Hand.

Gabriella ging zu ihrem Bett, reichte Sara ein Glas, legte den Morgenmantel ab und kuschelte sich mit den Beinen unter ihre Decke. »Hätten Sie auch gern eine Decke?«, fragte sie Sara, die irgendwie deplatziert auf dem Laken lag.

»Nein, danke. Es geht schon.«

Gabriella trank einen Schluck, stellte das Glas ab und zog sich die Decke bis zur Brust.

»Gut«, sagte sie, »dann erzählen Sie doch einfach, worum es geht.«

»Um die Vergangenheit.«

»Um die Vergangenheit?«

Jetzt verstand sie überhaupt nichts mehr. Es ging also nicht um Flavio?

»Und um die Zukunft.«

Zukunft? Also doch.

»Und womit wollen Sie anfangen?«

Sara trank das Glas auf einen Zug fast aus, stellte es ab, strich sich durch ihr Haar und wandte sich ihr zu.

»Sie haben keine Erinnerung mehr daran. Das können Sie ja auch nicht«, begann sie, »Sie waren ja auch noch sehr klein.«

Gabriella hörte reglos zu.

»Ihre Mutter war eine ... eine Schönheit. Jung, faszinierend, anders. So ganz anders als die Frauen hier im Dorf.« Sara hatte die Augen geschlossen. »Sie war wie ein vom Himmel gefallener Stern«, fuhr sie fort. »Sehr nah und doch ganz weit weg.«

Gabriella wollte nachfragen, aber sie entschied sich dafür, Sara jetzt nicht zu unterbrechen.

»Unerreichbar, so schien es. Und das war wie Magie.«

Wie Magie, dachte Gabriella. Was war ihre Mutter bloß für ein Mensch gewesen?

»Sie hatte eine starke Ausstrahlung. Wenn sie in einem unserer kleinen Dorfläden auftauchte, war alles andere … dunkel, still. Verstehen Sie? Ich weiß nicht, wie ich es sagen soll, um sie herum existierte nichts anderes mehr.«

Es war wieder einen Moment still.

»Warum, weiß ich auch nicht«, fuhr sie nach einer Weile fort. »Ich kann es nicht benennen, denn sie war ja auch nichts anderes als wir. Eine Frau. Eine junge Frau aus Amerika. Die Contessa aus dem Castello. Ich habe oft darüber nachgedacht, was es war. Was ihre Ausstrahlung ausmachte. Was sie ausgemacht hat. Ich kann es bis heute nicht benennen. Ein Zauber? Das Unerreichbare? Der Glamour, der sie umgab, ohne dass sie sich groß herausstellte?«

Gabriella versuchte sich ein Bild zu machen. Nicht zum ersten Mal. War ihre Mutter glamourös gewesen? Und trotzdem bescheiden? Wie ging das zusammen? Worauf wollte Sara hinaus?

»Ihr Vater …«, jetzt hob Sara wieder den Blick und sah Gabriella direkt an. »Ihr Vater war ein großer Mann. Ein gefragter Regisseur. Der Conte zählt hier etwas im Ort!«

Gabriella nickte, und Sara griff nach ihrem Glas. Nach einem großen Schluck war es leer. Sie stellte es ab und fuhr sich mit dem Handrücken über den Mund. »Er war ein ganz

besonderer Mann.« Sie nickte selbstvergessen. »Ein ganz besonderer Mann. Er war vom ersten Tag an Teil unserer Gemeinschaft. Er hat unsere Handwerker beschäftigt, hat bei uns eingekauft, unseren Kindergarten finanziell unterstützt, er war einer von uns.« Sie holte tief Luft.
»Aber er war alt.« Sie erschrak über ihre eigene Aussage. »Nein, nicht alt. Er war älter. Viel älter als seine Frau.«
Wieder folgte eine Pause.
»Und Nicolo war jung«, fügte sie schließlich leise an. »Jung. Und gut aussehend. Ein Bild von einem Mann.« Sie nickte und griff nach ihrem leeren Glas. Gabriella nahm es ihr ab und drückte ihr das eigene in die Hand. Sie schien es nicht einmal zu bemerken und trank es aus.
»Nicolo?«, fragte Gabriella nach.
»Mein Mann.« Sie sah in ihr leeres Glas. »Ich habe es nie gesagt«, fuhr sie fort. »Ich habe meinen Mann nie gefragt. Ich habe es ihm nie vorgeworfen, denn was hätte ich ihm vorwerfen sollen? Dass er diese Frau erobert hatte, der alle hinterherhechelten?« Sie gab sich einen Ruck. »Entschuldigen Sie, Contessa. So wollte ich es nicht sagen. Ich möchte Ihre Erinnerung an Ihre Mutter nicht beschmutzen. Überhaupt nicht …« Sie legte das leere Glas neben sich auf das Laken. »Ich habe das all die Jahre mit mir herumgetragen. Es ist nicht schön, wenn Ihr eigener Mann, den Sie über alles lieben, eine andere begehrt. Ich war so glücklich, dass er mich erwählt hatte. Und oft konnte ich mein Glück kaum fassen. Er. Nicolo. Dieser Baum von einem Mann, gut aussehend, perfekte Manieren, dieser Mann hatte mich geheiratet. Dabei fand ich mich nicht besonders. Nicht besonders gut aussehend, keine besonderen Talente, eine Durchschnittsfrau. Was hat er in mir gesehen, habe ich mich oft gefragt. Etwas war es wohl. Irgendetwas an mir war vielleicht doch beson-

ders. Und dann kam sie. Mein Selbstbewusstsein zerfiel zu Staub. Nichts mehr da. Nur Trauer.«

Sara sah es wieder vor sich, damals, als sie mit Nicolo zu der kleinen Geburtstagsfeier des Bürgermeisters ging, zu der er ins Rathaus eingeladen hatte. Sie hatte sich schick gemacht, war bis nach Siena gefahren, um sich ein neues, ein besonders schönes Kleid zu kaufen. Sie war vor Stolz an Nicolos Arm fast geplatzt, als sie gemeinsam den Saal betraten, in dem schon einige andere in Grüppchen zusammenstanden und auf das Eintreffen des Geburtstagskinds warteten. Dann öffnete sich die Tür, und mit einemmal verstummten die Gespräche. Maria schien es nicht wahrzunehmen, sondern schwebte lächelnd herein, gefolgt von ihrem Mann und dem Bürgermeister, die angeregt in ein Gespräch vertieft waren. Maria ging selbstbewusst voran, wie es eine einheimische Frau nie getan hätte. Sie bahnte den Weg für die beiden Männer bis ganz nach vorn zum Rednerpult. Alle wichen zurück, und alle starrten sie an. Ihr blondes Haar fiel auf ein champagnerfarbenes Kleid, das sie elegant umspielte, aber bei jeder ihrer Bewegungen viel verriet. Ständig offenbarte sich bei den Schwingungen des leichten Stoffes entweder der gebräunte Brustansatz, ein schlanker Oberschenkel oder eine Schulter. An ihrem rechten Handgelenk trug sie ein mehrfach verschlungenes, sehr breites Perlenarmband. Außer dem schmalen goldenen Ehering trug sie keinen weiteren Schmuck.

Sara hatte sich neben ihr sofort wie eine aufgedonnerte Landpomeranze gefühlt. Und sie spürte Nicolos Körperspannung. Er baute sich auf wie ein Hengst, der eine Stute wittert. Sie legte ihren Arm etwas schwerer auf seinen. Normalerweise reagierte er darauf, fragte sie, was los sei. Oder was er tun könne, ein Glas Prosecco holen? Jetzt spürte er es nicht einmal. Sara bemerkte, dass auch die anderen Paare ähnlich reagierten. Die Männer gafften, und die Frauen überspielten es mit scheinbar heiterem Geschwätz.

Endlich war der Bürgermeister am Rednerpult angelangt, dankte der Gemeinde für die erfolgreiche Zusammenarbeit der letzten Jahre, für das in ihn gesetzte Vertrauen … das er nie enttäuschen werde … und er danke seiner Frau für ihre Geduld, und bei seinen Kindern bat er für die häufige Abwesenheit des Papas um Verzeihung. Schließlich lud er zu einem kleinen Umtrunk in den Nebenraum ein. Der Conte und die Contessa blieben in seiner Nähe, und niemand schaffte es im langen Defilee der Gratulanten, nicht wenigstens kurz zu Maria zu schauen. Sie unterhielt sich angeregt mit der Frau des Bürgermeisters, die sich dann und wann mit der glatten Handfläche über ihren grau gemusterten Rock strich.

Sara hatte gespürt, wie ein Gefühl in ihr aufstieg, das sie von diesem Moment an nicht mehr loslassen sollte. Nicolo wollte sich profilieren, das war ihm förmlich anzusehen. Er hatte zwar ein gut gehendes Geschäft, aber er war eben nur der Kaminkehrer. Und er begann nach technischen Neuerungen zu suchen, die er dem Conte vorstellen konnte. Er fand immer wieder einen Grund, um ins Castello zu eilen. Ihr ältester Sohn war gerade fünf, und Sara versuchte ihn zu animieren, doch mit dem Papa ins Castello zu gehen, das mache doch sicher Spaß. Doch Nicolo schaffte es, das Interesse des Kindes auf andere Pfade zu lenken. Gabriella war damals noch ein Säugling gewesen und für einen Fünfjährigen wenig spannend.

Bis Nicolo irgendwann nicht mehr mit ihr schlief. Er, der nie genug bekommen konnte, der schon morgens aufgemastet im Bett lag und nachts ihre Hand an seinen steifen

Penis führte. Er, der behauptete, ihren Körper zu lieben und nie genug davon bekommen zu können, begehrte sie plötzlich nicht mehr. Wenn sie nach ihm griff, wandte er sich ab. Er gab sich nicht einmal Mühe, eine Erklärung zu finden. Auf ihre Frage, was denn los sei, antwortete er nur, das könne sie nicht verstehen. Männerarbeit sei hart. Und seine ganz besonders. Irgendwann hatte sie es aufgegeben, er hatte sie hysterisch genannt, weil sie aus Enttäuschung und Verzweiflung nachts in ihr Kopfkissen weinte.

Und dann wurde es zur Gewissheit. Sein Unterhemd trug einen leichten, weiblichen Duft. Es roch aus dem Berg der Wäsche heraus. Es war neu und feiner als seine üblichen, er hatte es sich selbst gekauft, und Sara legte es zur Seite. War dieses Unterhemd nur aus Versehen zwischen seine üblichen Feinripp-Overalls gerutscht?

Sara wollte es genauer wissen. Und als er am Abend vorgab, zu einem Barbesuch mit seinen Freunden aufzubrechen, und sich zu diesem Ereignis vorher gründlich duschte und frisch einkleidete, ging sie ihm nach. Er schlug den Weg zur Bar ein, und fast schämte sie sich für ihre Verdächtigung, als er kurz vor dem Haus einen Schlenker machte und in eine schmale Gasse einbog. Sara wusste, wohin sie führte: zu dem alten Kornhaus. Es wurde längst nicht mehr benutzt, konnte aber auch nicht abgerissen werden, weil es unter Denkmalschutz stand. Ganz offensichtlich steuerte Nicolo auf dieses Gebäude zu, denn seine Schritte wurden länger und schneller, je näher er dem alten Kornspeicher kam. Sara hatte es zwar geahnt, aber war es nicht doch zu abwegig? Diese hochgestellte Frau, die Contessa, eine amerikanische Schauspielerin, ließ sich mit ihrem Mann ein? Mit Nicolo, der für den Conte arbeitete und von ihm bezahlt wurde? Es war bizarr. Einfach bizarr.

Sara blieb hinter einer dicken Buche stehen, denn sie vermutete, dass er sich am Eingang noch einmal umsehen würde. Das tat er auch, bevor er schnell durch die schmale, in das große Tor eingelassene Tür eintrat.

Sara war hin- und hergerissen. Sollte sie ihm folgen? Konnte sie sich das wirklich antun? Sie würde diese Bilder nie mehr loswerden, dessen war sie sich sicher, und wenn diese Geschichte zwischen den beiden längst Vergangenheit sein würde, Sara würde immer ihr Stöhnen hören.

Aber sie konnte nicht anders. Langsam schlich sie näher. War Maria schon da? Und was, dieser Gedanke kam ihr plötzlich, wenn es gar nicht Maria war? Sondern ihre beste Freundin? Oder sonst eine Frau aus dem Dorf? Bisher war es ja alles reine Vermutung. Alles beruhte nur auf dem Duft eines teuren Parfums.

Egal, dachte sie. Jetzt war sie hier, jetzt wollte sie es auch wissen. Ihr Herz schlug höher, sie hörte ihr eigenes Blut stärker rauschen als den Dorfbach hinter dem Kornhaus. An der Tür blieb sie stehen und sah sich um. Aber inzwischen war die Dämmerung einer schwarzen Nacht gewichen, und nur mit Mühe konnte sie die Buche erkennen, hinter der sie eben noch gestanden hatte. Dann schlüpfte sie hinein. Sie brauchte nicht weit zu gehen, bis sie im hinteren Teil des fast leeren Gebäudes Kerzenlicht sah, das unruhig flackerte. Hatte die geöffnete Tür sie verraten? Sie blieb lauschend stehen. Es gab keine Deckung außer der Dunkelheit. Aber offensichtlich war es den beiden dort egal, sie erkannte braun schimmernde Haut und den muskulösen Rücken ihres Mannes. Er stand an der Wand, und Beine waren um seine Hüfte geschlungen, die erraten ließen, wo der Rest dieses Körpers war. Nur nicht, wem er gehörte.

Sara stand völlig erstarrt. Im ersten Moment war sie versucht, hinüberzugehen und auf ihn einzutrommeln. Ein Stöhnen, Schreie, zusammenhanglose Worte, wenige Meter vor ihr, und plötzlich sah sie sich selbst zu Beginn ihrer Liebe mit Nicolo. Es war schön gewesen, romantisch und ganz und gar nicht das, was sich hier mit Beißen, Herumwirbeln und brutalen Stößen vor ihren Augen abspielte. War das wirklich Maria? Sie konnte es nicht sagen. Der breite Körper ihres Mannes verdeckte den Körper der Frau, doch dann flogen Marias blonde Haare hoch, als die beiden ineinander verschlungen auf eine Pritsche krachten oder auf irgendetwas, das Saras Blick verborgen war. Die Kerze ging aus, doch das Ringen ging weiter. In Saras Ohren war es ein Kampf und kein Liebesspiel. Sie stand und lauschte, und irgendwann wurde ihr bewusst, dass sie entdeckt werden würde, sobald die beiden genug hatten und Nicolo wieder für Licht sorgte. Diese Demütigung wollte sie sich ersparen. Und die Konsequenz. Denn wollte sie ihren Mann wegen dieser Affäre verlassen? Ihr Leben mit ihm aufgeben?

Sie schlich hinaus, und hinter der einsamen Buche übergab sie sich.

Gabriella räusperte sich, und Sara hob wieder den Blick. Die Bilder ihrer Geschichte waren so plastisch gewesen. Über all die Jahre hatten sie nichts von ihrer Kraft verloren. »Die beiden hatten also … ein Verhältnis?«

»Ein richtiges Verhältnis … ist vielleicht zu viel gesagt. Dann und wann hatten sie Spaß miteinander. So würde ich es vielleicht nennen.«

»Und da sind Sie sich ganz sicher?«
»Ich bin ihnen nachgegangen, ja.«
»Und Sie haben das einfach so hingenommen?«

»Ich wollte meinen Mann nicht verlieren.«

Gabriella richtete sich auf und umschlang ihre Knie. Es war ein verrückter Morgen.

Sie sah zum Fenster hinaus. Die Sonne schien unverdrossen, und die Spatzen palaverten noch immer.

»Wusste mein Vater davon?«

Sara zögerte. »Das weiß ich nicht.«

Gabriella überlegte. Wie hätte ihr Vater reagiert? Sie konnte es nicht sagen.

»Aber auch Ihr Vater wollte seine Frau nicht verlieren. Er hat sie geliebt.«

»Irgendwann hat er sie ja dann doch verloren.«

Sara nickte. »Ja, es soll einen gewaltigen Krach gegeben haben.« Sie sah Gabriella an. »Vielleicht war diese Liebschaft das Thema? Ich weiß es nicht.«

Gabriella seufzte. »Und Sie?«

»Ich habe versucht, es zu vergessen. Und nachdem sie abgereist war, wurde es natürlich auch einfacher.«

»Und jetzt?«

»Jetzt hoffe ich, dass ich meinen Sohn nicht auch noch verliere. Er ... er kam von dem Besuch bei Ihnen sehr –«, sie kniff kurz die Lippen zusammen, »sehr emotional zurück.«

»Emotional ...«, wiederholte Gabriella.

»Ja. Es gibt ein nettes Mädchen in unserem Villaggio, das sehr gut zu ihm passen würde. Und die beiden sind einander auch schon nähergekommen. Ich würde mir das so sehr wünschen ...«

»Sie würden sich das wünschen ...«, wiederholte Gabriella wieder Saras Worte.

»Ja!«

Saras bestimmender Ton brachte Gabriella dazu, sie anzusehen.

»Ja! Und ganz bestimmt möchte ich so etwas wie damals nicht noch einmal erleben.«

»Ich verstehe. Aber Sie können ganz beruhigt sein. Zwischen uns ist nichts geschehen ...« Sie dachte an Flavios Hände, die sie berührt und umfasst hatten, und an den Venusberg in ihrer Hand. Das Gefühl war schön gewesen. Sehr schön.

»Bitte benutzen Sie ihn nicht und werfen ihn danach wieder weg. Darum bin ich hier. Es würde ihn zerstören. Wie seinen Vater. Die Lücke, die Ihre Mutter hinterließ, konnte ich nie mehr füllen. Vorher hatte er mich geliebt. Danach war er immer auf der Suche.«

Gabriella nickte. »Ich habe wirklich keine Absichten.«

»Versprechen Sie es mir, bitte!« Sara streckte ihr die Hand entgegen. Gabriella zögerte. Damit zerstörte sie ein paar erotische Gedankenspiele. Und vielleicht noch mehr. Doch sie nahm Saras Hand.

»Danke!«, sagte Sara, und ihr Gesicht war plötzlich nicht mehr von kindlicher Unsicherheit, sondern sehr weiblich bestimmt. »Ich verlasse mich auf Sie. Bei uns gilt ein Handschlag.«

»Bei mir auch!«

Nachdem Sara gegangen war, kam Emilia hoch und setzte sich auf den Stuhl, auf dem Sara zuvor gesessen hatte. »So ein Dorf ist wie eine Lebensgemeinschaft«, begann sie, während sie Saras unberührtes Essen mit der Haube abdeckte. »Alle sind auf Leben und Tod miteinander verbunden. Wenn sich das Band auf einer Seite löst, dann geht der Halt für alle verloren, und das Dorf bricht auseinander.«

»Was willst du mir damit sagen?«

»Dass die neue Liebe deines Vaters nicht für alle leicht war.«

»Ich höre das zum ersten Mal.«

»Du warst noch zu jung damals. Und hast dich natürlich nicht dafür interessiert.«

»Stimmt«, sann Gabriella und stand von ihrem Bett auf, um sich zu Emilia an den Tisch zu setzen. »Und während der Jahre in New York habe ich sie gesucht. Aber wenn ich für die wenigen Wochen nach Hause kam, konnte ich mit Vater nicht darüber reden. Und eigentlich wollte ich auch nicht darüber nachdenken müssen, dass sie mich verlassen hat.«

»Sie hat deinen Vater verlassen.«

»Aber mich doch auch!«

Gabriella griff in den Brotkorb und fischte sich ein Panino heraus, das sie mit dem Zeigefinger langsam aufpulte.

»Einem Kind geht es in geordneten Verhältnissen am besten«, sagte Emilia und griff nach Gabriellas Hand. Sie ließ das Panino los und sah Emilia ins Gesicht. »Aber ein Kind gehört doch zu seiner Mutter!«

»Eine junge Schauspielerin am Broadway. Wie hätte das gehen sollen?«

»Wie schaffen es denn andere junge Schauspielerinnen am Broadway, die Mütter sind?«

»Das kann ich dir nicht sagen, aber leicht ist es bestimmt nicht. Weder für die Mütter noch für die Kinder.«

Gabriella zuckte die Achseln. »Sicher hast du recht. Ich hätte mir in meinem Job auch kein Kind leisten können. Aber dass sie …«, sie überlegte, ob Emilia überhaupt Saras Geschichte kannte.

»Sie hat dich geliebt.« Emilias Hand lag noch immer auf ihrer. »Du darfst nicht denken, dass sie dich nicht geliebt hätte. Sie hat dich geherzt, mit dir gespielt, dich hübsch angezogen, dir Lieder gesungen, sie war ganz vernarrt in dich.«

Gabriella kniff die Augen zusammen. »Für mich hört sich das so an, als wäre ich eine Puppe gewesen.«

Emilia musste lachen. »Für eine Puppe warst du schon immer zu lebendig. Ständig in Bewegung. Quer durchs Haus, in den Garten, wieder zurück, treppauf, treppab.«

Gabriella schüttelte den Kopf. »Es ist so schade, dass ich mich überhaupt nicht erinnern kann.«

»Es ist lange her. Und du warst ja auch noch sehr klein.«

»Aber andere können sich gut an Ereignisse aus ihrer frühen Kindheit erinnern.«

Emilia zuckte die Schultern. »Ich kann das auch nicht.«

»Bei dir ist es ja auch noch länger her!«

»Wie wahr, wie wahr ... dafür kann ich mich noch gut erinnern, wie meine Mutter aufgeregt zu mir in unsere Küche kam. Ich knetete gerade Brotteig und dachte, es sei etwas Schlimmes passiert. So aufgeregt hatte ich sie überhaupt noch nie gesehen.«

»Und ... was war passiert?«

»Dein Vater hatte sie gefragt, ob sie jemanden für seinen Haushalt wüsste, seine Frau habe gerade ein Kind bekommen, und es sei ohnehin alles zu viel für sie.«

»Ohnehin ...«, Gabriella überlegte. »Ich versuche mir schon die ganzen letzten Tage ein Bild von meiner Mutter zu machen. War sie denn so zart?«

»Zart?« Emilia überlegte, dann schüttelte sie den Kopf. »Ich glaube gar nicht, dass es an ihrer zarten Gestalt lag, es war eher so, dass man sie mit profanen Dingen wie waschen, kochen, putzen nicht behelligen wollte. Sie war einfach ... von einem anderen Stern.«

So anders dann doch wieder nicht. Gabriella dachte an Saras Geschichte.

»Du musst dir vorstellen, ich war 26 Jahre alt und noch

nicht verheiratet. Das war ungewöhnlich. Mein Vater hatte zwar einen passenden Kandidaten, aber den hätte ich nicht mal mit der Beißzange angefasst. Ich habe darauf bestanden, dass ich erst heirate, wenn ich mich verliebe.«

»Also hast du dich bis heute nicht verliebt?«, fragte Gabriella erstaunt.

»Es kann ja noch geschehen.« Emilia lächelte. »Ich bin erst 58. Wer weiß, was noch alles kommt ...«

Gabriella runzelte die Stirn. »Hierher ins Dorf wird wohl nichts kommen, was du nicht schon kennst. Vielleicht musst du mal raus? Nach Florenz? Rom? Ins Leben?«

»Du meinst, in Rom oder Florenz gäbe es mehr Leben als bei uns?« Emilia lächelte milde. »Das Leben spielt sich im Inneren ab. Hier.« Sie schlug sich leicht auf die Brust. »Hier ist alles, was wichtig ist. Ob da jetzt noch ein Mann dazukommt oder nicht, ich kann es abwarten. Aber ich weiß nicht, ob das wirklich wichtig ist.«

Gabriella fragte sich, ob sie überhaupt noch nie mit einem Mann zusammen war? Jungfrau mit 58? Aber das traute sie sich nicht zu fragen.

»Heute ist es normal, wenn du mit 26 noch nicht verheiratet bist«, sagte sie stattdessen. »Schau mich an. Ich bin schon 32 und habe noch lange nicht die Absicht ...«

»Ja, aber hier. Und damals ...«, Emilias Blick glitt hinaus, durch das Fenster auf das Dorf. Dies hier war ihrer Mutter wie die letzte Rettung erschienen. Unverheiratete Frauen in ihrem Alter gingen entweder ins Kloster oder in einen fremden Haushalt. Für das Kloster fehlte ihrer Familie der nötige Glaube. Und Haushälterin? Bis dahin hatte es weit und breit keinen Haushalt gegeben, der eine Hilfe gebraucht hätte. Keine italienische Hausfrau hätte so etwas zugelassen. Und da war der Conte dahergekommen und hatte nach einer

Haushälterin gefragt. Für Emilias Mutter war das wie Ostern und Weihnachten an einem Tag. Emilia dagegen war ein klein bisschen erschrocken. Sie war zwar perfekt, das sagte ihre Mutter immer, sie konnte gut kochen, sah die Staubknäuel in den kleinsten Ecken, brachte jeden Fleck aus der Wäsche und hatte einen genauen Überblick über die Speisekammer und den Haushaltsplan, aber bis dahin hatte sich alles nur um das kleine Haus der eigenen Familie gedreht. Das Castello – das war eine ganz andere Ansage. Und dann auch noch in Diensten der Herrschaft, das war irgendwie unvorstellbar. Da urteilten dann fremde Menschen über das, was sie tat, und konnten ihr Befehle erteilen oder Tadel aussprechen, kurz, sie hatten Macht über Emilia. Das war kein verlockender Gedanke, und Emilia hatte kurz abgewogen, ob eine Heirat, egal mit wem, nicht vielleicht doch sinnvoller wäre? Ein Ehemann hatte im Haushalt nichts zu sagen, ein Dienstherr dagegen schon.

Mit klopfendem Herzen war sie den schmalen Weg hinauf gegangen, um sich beim Conte und der Contessa vorzustellen. Gesehen hatte sie die Contessa bis dahin noch nie. Sie lebte ja auch noch nicht so lange im Dorf. Da musste sie schon ordentlich schwanger gewesen sein, wenn das Baby jetzt schon auf der Welt war.

Die Spekulationen im Dorf, was vor der Ehe geschehen war und was nicht, waren Emilia egal gewesen. Sie fand es spannend, dass dort oben eine amerikanische Filmschönheit eingezogen war, und der Rest war ihr egal. Mit oder ohne Baby, vor oder nach der Hochzeit, solche Dinge spielten in ihrem Kopf keine Rolle. Eher die Frage, wie es wohl dort aussah, wo sie herkam. Der Broadway? New York? Aus den Filmen, die sie über New York gesehen hatte, hatte sie sich eine Vorstellung über Amerika zusammengereimt. Eine

Diva, die einem Luxusauto entstieg, in weiße Seide und weißen Pelz gehüllt, mit strahlendem Gesicht und einem lachenden, kirschrot geschminkten Mund über schneeweißen Zähnen. Und während das Publikum ehrfürchtig zurückwich, schwebte sie vorbei, bedachte den einen oder anderen mit einem freundlichen Nicken, war ansonsten aber so weit entfernt wie die Venus von der Erde.

Und jetzt ging sie, Emilia, also den staubigen Weg hinauf, um dieser Venus ihre Dienste anzubieten. Sie wäre gern wieder umgedreht, sie hatte schlicht Angst. All die guten Ratschläge, die ihre Mutter ihr in den letzten Tagen gegeben hatte, liefen wie kleine Kobolde hinter ihr her: Achte stets auf Distanz. Drei Schritte mindestens, wenn sie dir etwas sagen. Und sieh ihnen nicht herausfordernd in die Augen, wie du das bei mir immer tust, sondern blicke etwas tiefer. Auf den Hals meinetwegen. Und dann nicke, geh drei Schritte rückwärts, und erst dann drehst du dich um. »Mama!«, hatte sie entrüstet erwidert. »Wir sind in keinem Königshaus. Das sind ganz normale Leute! Die brauchen jemanden, der ihnen das Haus sauber hält und sonst nichts.« – »Sie sind deine Zukunft«, hatte ihre Mutter sie beschworen. »Verdirb dir das nicht, sonst suchen sie sich jemand anderen.« – »Sie hat ein Baby«, hatte sie noch trotzig gesagt, »und keine Krankheit. Jede italienische Frau mit fünf Kindern bekommt ihren Haushalt trotzdem geregelt.« – »Sie ist aber keine italienische Frau, sie ist ein amerikanischer Filmstar.« Und bei diesem Wort waren ihr all ihre Träumereien wieder eingefallen.

Sie war der alten Sandsteinvilla unaufhaltsam näher gekommen. Zehn Uhr hatte der Conte mit ihrer Mutter ausgemacht. Es hatte ihr schon nicht gepasst, dass dies alles über ihren Kopf hinweg bestimmt wurde, so als sei sie ein unmündiges Wesen. Mit 26! Aber sie konnte sich auch nicht widersetzen. Wenn ihre Mutter die Chance ihres Lebens darin sah, dass sie dort oben Haushälterin wurde, na bitte, dann würde sie zumindest hochgehen und die Chance nützen, sich diese Contessa von Nahem anschauen zu können. Das war ihre eigentliche Triebfeder.

Trotzdem war ihr mulmig gewesen. Der Widerstreit ihrer Gefühle machte die Sache nicht besser, und sie verlangsamte ihre Schritte, je näher sie der Villa kam. Das Haus sah von Nahem betrachtet wie eine mit wilden Rosen zugewachsene trutzige Burg aus. Eigentlich war es nur ein großer Kasten mit gleichmäßig angebrachten Fenstern und einer großen Eingangstür. Der Conte nannte seine Villa liebevoll »Castello«, das wusste sie. Aber dem Castello hätten ein paar Türmchen und Zinnen gutgetan, das hätte dem Liebreiz der Umgebung mehr entsprochen. Aber gut, der Kasten war schließlich alt. Wie er wohl von innen aussah? An die dunklen Ecken mit den Staubknäueln wollte sie gar nicht erst denken.

Der Himmel hinter dem Castello war an jenem Morgen von einem satten Hellblau. Nur die Kondensstreifen eines Flugzeugs hatten diese Farbwand, vor der das Castello ruhig und erhaben auf dem Hügel lag, durchkreuzt. Emilia drehte sich um und warf einen Blick zurück auf das Dorf. Unter einem dieser Dächer lag ihre Mutter nun bestimmt auf den Knien und flehte die Madonna an, dass ihre Tochter dort oben Anklang finden möge. Am liebsten wäre sie umgedreht!

Der Conte hatte sie schon vor der großen Haustür empfangen, die wie die hölzernen Fensterläden grün gestrichen war. Er trug einen roten Hausmantel über einem weißem Hemd und einer grauen Hose und schien recht vergnügt.

Offensichtlich hat er mich beobachtet, fuhr es Emilia durch den Sinn. Möglicherweise hatte er an ihren mal forschen, mal zögerlichen Schritten auch erkannt, wie es um ihr Innenleben bestellt war.

»Willkommen«, sagte er lächelnd und hielt ihr seine Hand zum Gruß hin.

Das war schon anders, als ihre Mutter es prophezeit hatte. Nichts mit drei Schritt Abstand und devotem Blick auf den Boden. Offensichtlich wollte der Conte keine Dienstmagd, sondern eine selbstbewusste Frau.

»Danke!«, antwortete Emilia und ergriff seine Hand. »Guten Morgen, ich bin Emilia.«

»Ich habe schon einiges von dir gehört. Deine Mutter schwärmt, du seist die beste Haushälterin unter Gottes weitem Himmel.«

»Meine Mutter preist mich an, das ist alles.«

Es war ihr herausgerutscht, aber am Schmunzeln ihres Gegenübers sah sie, dass er ihre forsche Antwort nicht übel nahm.

»Wenn Mütter nicht mehr an ihre Kinder glauben, wer soll es sonst tun?«, fragte er stattdessen und drehte sich zur Tür um. »Komm herein, Maria wartet schon.«

Die Eingangshalle erschien angesichts des strahlenden Morgenlichts eher düster, aber ihre Augen gewöhnten sich schnell daran, und Emilia blickte auf eine Mischung aus alten Möbeln und moderner Kunst. In der Mitte der Halle führte eine breite Holztreppe nach oben, rechts und links davon gingen Türen ab.

»Wir gehen in das Frühstückszimmer«, erklärte der Conte, während er an einem Bild, das wie ein Picasso aussah, aber eigentlich verstand Emilia nicht wirklich etwas von Malerei, vorbei zu einer Tür ging.

Der Raum dahinter erstrahlte im Sonnenlicht, das in dicken Bündeln durch die tiefen Fenster hereinfiel, und in all diesem Glanz saß eine schmale Frau in einem hellen Seidenmantel, ein Baby im Arm. Das Sonnenlicht fing sich in ihrem blonden Haar, und im ersten Moment hatte Emilia tatsächlich den verrückten Gedanken, dass dort Maria säße, die echte, zu der ihre Mutter womöglich gerade hingebungsvoll betete.

»Hallo, Emilia«, sagte die Frau, »schön, dass du gekommen bist.« Sie wies zu dem Tisch, der für drei Personen gedeckt war. »Komm, setz dich doch.«

Ihr Italienisch hatte einen starken amerikanischen Akzent, und Emilia verstand zunächst fast nichts. Marias einladender Handbewegung nach sollte sie sich hinsetzen. Aber sie war doch zu einem Bewerbungsgespräch da. Sie sollte putzen, so hatte sie sich das vorgestellt, und nicht mit der Herrschaft essen.

»Bitte«, wiederholte nun auch der Conte mit Nachdruck und rückte ihr einen Stuhl zurecht.

Emilia hatte ein schwarzes Kleid an. Diese Farbe war ihrer Mutter zu diesem Anlass passend erschienen, und so hatte sie es extra noch genäht. Es sollte schlicht sein, aber trotzdem nicht gewöhnlich wirken, deshalb hatte sie Rohseide gewählt, einen Stoff, den sie nur für ganz besondere Ereignisse in ihrer Stoffsammlung verwahrte. Der Nachteil war, dass diese Rohseide eng und unnachgiebig um ihre Taille lag und sie beim Sitzen einschnürte. »Mama, das ist ein Stehkleid«, hatte Emilia bei der Anprobe moniert. »Es ist viel zu eng!«

»Es gibt keinen Grund, warum du dich setzen solltest. Du machst eine adrette Figur, schlicht, aber vornehm. Sie sollen gleich sehen, dass du aus einem anständigen Haus kommst.«

Emilia setzte sich kerzengerade hin. Das Kleid schnürte ihr die Luft ab.

»Bitte!« Der Hausherr schenkte ihr Kaffee aus einer geblümten Kaffeekanne ein, und Maria reichte ihr den vollen Brotkorb quer über den runden Tisch. War er schon frühmorgens beim Bäcker gewesen, überlegte sie, oder wie waren die Panini hier hinauf ins Castello gekommen?

»Du bist also die weltbeste Haushälterin?«, begann Maria und schob ihr die Butterdose und ein Marmeladeglas hin.

»So etwas würde ich nie von mir behaupten«, erwiderte Emilia und traute sich kaum, die Hand nach der Marmelade auszustrecken, aus Sorge, ihr Kleid könne platzen.

»Wir vertrauen deiner Mama«, sagte der Conte lächelnd und warf seiner Frau einen liebevollen Blick zu. »Wir wollen dich heute einfach ein bisschen kennen lernen, denn wir müssen uns schließlich mögen, wenn wir in Zukunft so viele Stunden miteinander verbringen werden.«

»Wie haben Sie sich meine Arbeitszeiten denn vorgestellt?«, wollte Emilia wissen und spürte, wie ihr die Röte ins Gesicht stieg. »Übernachten werde ich hier aber nicht«, fügte sie schnell noch hinzu.

»Von acht bis achtzehn Uhr«, sagte der Conte. »Ganz normal. Wenn es Abendgesellschaften gibt, auch mal länger, diese Stunden hast du dann gut. Und selbstverständlich nach dem Mittagessen Pause. Von 14 bis 16 Uhr. Dafür hast du hier ein eigenes Zimmer. Oder den Park. Ganz wie du möchtest.«

Emilia nickte.

»Bitte greif doch zu!«

Maria lächelte sie an, und das Baby in ihrem Arm sah hübsch aus, wie es so in seinem rosafarbenen Tuch schlummerte.

»Das ist ein hübsches Baby«, sagte sie, die Warnungen ihrer Mutter im Ohr, die Dienstherren nicht privat anzusprechen. »Wie heißt es denn?«

»Gabriella«, sagte Maria zärtlich, und der Conte strich stolz über den Oberarm seiner Frau. »Gabriella«, sagte auch er leise, und in diesem Moment sprangen drei der Knöpfe ab, die Emilias Kleid im Rücken zusammenhielten.

Erschrocken griff sie nach hinten, aber die Befreiung, die sie sofort um ihren Bauch herum spürte, tat trotzdem gut.

Maria und Claudio wechselten einen kurzen Blick. »War das Kleid zu eng?«, wollte Maria wissen, und als beide lachten, lachte Emilia mit.

»Jetzt kannst du wenigstens etwas essen«, sagte der Conte und wies auf die gusseiserne Pfanne mit Spiegeleiern und Speck, die mitten auf dem Tisch stand. »Ich befürchtete schon, ich hätte mir die Mühe umsonst gemacht ...«

Am nächsten Tag hatte sie Punkt acht Uhr ihren Dienst angetreten. Und so war es die nächsten 32 Jahre geblieben. Ohne einen Tag krank zu sein und nur mit zwangsverordneten Ferien, die sie stets verkürzte. Hier oben, das war ihr Leben. Dieses Castello war ihr Leben. Der Conte war ihr Leben gewesen.

Gabriella legte das ausgehöhlte Panino aus der Hand. Sie war in Gedanken versunken, aber als sie aufsah, bemerkte sie, dass auch Emilia mit ihren Gedanken weit weg war.

»Emilia«, begann sie, »ich möchte dir das erklären. Ich weiß, dass ich dich mit meinem Wunsch, einfach nur im Bett oder hier im Zimmer zu bleiben, überrumpelt habe.«

Emilia räusperte sich. »Na ja«, sagte sie.

»Ich brauche im Moment einfach eine Zuflucht. Und

eine Tür zwischen mir und der Welt, die alles von mir fernhält. Ich möchte mich mit nichts beschäftigen müssen, nichts entscheiden, keine Berge vor mir sehen, mich in einen Kokon einschließen, der mich schützt. Verstehst du?«

Emilia schwieg.

»Es wird die Zeit kommen, da ich mich allem stelle. Dem Arbeitszimmer meines Vaters mit den vielen Dokumenten und Hinterlassenschaften, vor denen mir jetzt schon graut. Den Entscheidungen, die rund um das Haus anstehen. Dem ganzen Papierkram und allem, was dazugehört. Ich werde jeden einzelnen Bilderrahmen in die Hand nehmen und jeden der hundert Aktenordner durchblättern, aber jetzt, jetzt, Emilia …«, sie sah ihr in die Augen, »bin ich einfach nicht dazu in der Lage. Ich möchte mich verkriechen, ganz in mich hinein, ohne dass jemand einen Anspruch anmeldet, jemand etwas will oder meine innere Stimme mich zu etwas treibt, kannst du das verstehen?« Sie holte tief Luft. »Ja, ich möchte selbst meiner inneren Stimme ausweichen, dieser ständigen Aufforderung, dieses oder jenes zu tun, alles zu schaffen, nichts zu übersehen, ich möchte raus aus der Tretmühle der äußeren Erfordernisse.« Sie hielt inne. »Kennst du so was?«

Emilia verzog das Gesicht. »Meine innere Stimme sagt mir gerade, dass der Kaffee kalt geworden ist und ich uns vielleicht noch einen frischen aufbrühen sollte? Und dein Panino …«, mit einem Kopfnicken wies sie Gabriella auf das ausgehöhlte Etwas in ihrer Hand hin, »vielleicht durch etwas Essbares ersetzen?«

»Warte noch, Emilia, es ist mir wichtig. Wichtiger als Kaffee oder Panini. Was hat dich an dem Gedanken, dass ich dieses Zimmer nicht verlassen möchte, so erschreckt?«

»Es war mir egal, dass du nicht herauskommen willst, ich

habe mir viel mehr Sorgen darüber gemacht, wer alles hineingehen möchte. Du bist die Contessa, egal, wie auch immer, mit oder ohne Titel, du bist die am höchsten gestellte Person in unserem Ort. Und da soll jetzt jeder Dorftrottel an mir vorbei in dein Zimmer marschieren dürfen, und ich halte ihm auch noch die Tür auf?« Sie kniff die Augenbrauen zusammen. »Und sich nachher damit brüsten, dass er bei dir im Schlafzimmer war? In Italien ist das Schlafzimmer heilig, in Amerika vielleicht nicht. Aber bei uns lässt man höchstens die Kinder hinein. Kein anderer hat dort etwas zu suchen. Das ist nicht wie in Frankreich, wo die Könige in ihren Schlafzimmern Hof gehalten haben ...«

Gabriella nickte. »So habe ich das noch nicht gesehen. Vielleicht war ich wirklich zu lange in Amerika ...«

»Du warst schon immer ein trotziges, eigensinniges Kind. Gern dagegen. Gegen alles.«

»Ja, das hat mir geholfen, aus diesem Dorf wegzugehen nach New York.«

Emilia stand auf und räumte das schmutzige Geschirr auf ihr Tablett. »Jetzt hole ich trotzdem noch einen Kaffee, denn ich bin auch eigensinnig. Und dann gehe ich meiner drohenden inneren Stimme nach, koche, wasche und putze das Haus.«

»Du sollst mich nicht veralbern!« Gabriella hob den Zeigefinger. »Und noch was ist mir wichtig, Emilia, du warst über all die Jahre wie eine Mutter zu mir. Ich hatte dich und habe nichts vermisst.«

Gabriella stellte sich ans Fenster. Es tat so gut, wieder hier zu sein. Sie erinnerte sich zurück an den Tag, als sie in New York angekommen war und in ihrem winzigen Appartement am Times Square am Fenster gestanden hatte. All die Lichter, das quirlige Leben tief unter ihr, diese geballte Ansammlung menschlichen Lebens und menschlicher Schicksale, es hatte sie fast erschlagen. Später hatte sie all das überhaupt nicht mehr registriert. Irgendwann war man keine Zuschauerin mehr, sondern schwamm mit dem Strom, wurde durch die Tage und Nächte mitgerissen, besinnungslos, das Diktat der Uhr wurde zum Evangelium, das Handy zur Sucht, Gespräche fanden im Taxi statt, Begegnungen im Gedränge zur U-Bahn und wieder zurück. Und was war das alles letztendlich? Ein schnelles Jetzt, gestern geboren, morgen Vergangenheit. Eine Zeitspanne, eine winzige Zeitspanne, die jedem vergönnt war, die aber in der Ewigkeit des Lebens keine Bedeutung hatte.

Sie atmete tief ein. Hier roch es anders als sonst wo auf der Welt, es roch nach Heimat, nach Geborgenheit, nach Loslassen. Sie musste an Mike denken. Es hatte schon begonnen, von Stunde zu Stunde nahm seine Bedeutung für sie ab. Sie konnte loslassen. Gabriella spürte ein Lächeln und beugte sich weit aus dem Fenster. Wenn ich doch nur fliegen könnte, dachte sie. Im nächsten Leben werde ich ein Vogel und niste hier in den wilden Rosen, ganz nah am Fenster. Und dann höre ich den Gesprächen zu und frage mich, warum sich die Menschen so wichtig nehmen. Und wenn es mir zu viel wird, breite ich einfach meine Schwingen aus und lass mich hinauftragen, so hoch, bis das Dorf und das Castello nur noch winzige Punkte unter mir sind.

In diesem Augenblick klackte hinter ihr die Tür, und sie drehte sich um.

Sofia stand da, in der Hand einen randvoll gefüllten Früchtekorb.

»Alles aus meinem Garten«, sagte sie, »damit du bei deiner Seelenüberfahrt nicht an Skorbut erkrankst ...«

»Meine Seelenüberfahrt?« Gabriella musste lachen. »Hallo, meine Süße!« Sofia stellte den Korb auf den Tisch, und sie nahmen einander in die Arme.

»Du hattest schon einen Frühstücksgast?« Sofia wies auf Saras abgedeckten Teller, der auf Emilias Tablett keinen Platz mehr gefunden hatte.

»Sara war da.«

»Sara?« Sofia nickte nachdenklich. »Eine Zeit lang hatte ich den Verdacht, Flavio könnte der Vater von Auroras Baby sein … Flavio sieht gut aus, und ich hatte das Gefühl, dass Aurora ihn anhimmelt, aber es war wohl nur eine Schwärmerei.«

Gabriella zuckte die Achseln. »Wie geht es ihr denn?«

»Besser als mir. Ich denke, ich brauch auch mal so eine Auszeit, wie du sie dir gerade nimmst. Eine Überfahrt vom Lebensabschnitt A nach B.«

»Bei mir geht sie von A nach Z.«

»Noch besser … Unten duftet es übrigens wunderbar nach frischem Kaffee.«

»Ja, Emilia ist die Beste!«

»Und irgendwie auch ein Rätsel.« Sofia setzte sich auf den von Emilia fast noch warmen Stuhl.

»Ein Rätsel?«

»Ja, wer opfert schon sein ganzes Leben, um eine andere Familie zu versorgen?«

Gabriella band sich ihren Morgenrock neu und setzte sich zu Sofia an den Tisch. »Sie hat sich eben nie verliebt.«

»Tja.« Sofia schob Saras Teller zur Seite. »Das mit der Liebe ist so eine Sache.« Sie nahm einen großen, rotwangigen Apfel aus ihrem Korb und wog ihn in der Hand. »Wenn ich jetzt so darüber nachdenke, hatte sie vielleicht sogar recht. Keine eigene Familie bedeutet ja auch, keine ständigen Alltagssorgen zu haben. Von all diesem Kram bleibt man verschont.« Sie legte den Apfel zurück. »Aber vielleicht fühlt man sich neben einer Familie, die nicht die eigene ist, manchmal auch einsam? An Weihnachten? Oder am Geburtstag zum Beispiel? Wenn einem die eigenen Kinder kleine Geschenke basteln.« Sie blickte auf. »Was meinst du?«

»Da fragst du die Falsche. Ich habe keine Kinder und im Moment auch keinen Mann. Ich bekomme keine Bildchen gemalt, dafür muss ich aber auch mit keiner Tochter zum Gynäkologen. Ich bin unabhängig und frei, es gibt keine Bindungen. Kein Vater, keine Mutter, keine Geschwister, nicht mal ein Haustier.«

»Nur Emilia.«

»Emilia und ich, ganz genau.«

»Ich weiß gerade wirklich nicht, was gut ist.«

»Gut ist, solange man sich gut fühlt.«

»Du wirst in deinem Dornröschenturm zur Philosophin!«

»Und du siehst schon wieder besser aus. Ist was passiert?«

Die Tür quietschte, und Emilia kam herein, ein Tablett mit Kaffee, zwei Tassen und einem Korb mit zwei Croissants in den Händen. Sie warf Sofia einen Blick zu.

»Zwei Tassen?«, fragte Gabriella sofort. »Bekomme ich nichts?«

»Ich nehme meinen Kaffee unten«, erklärte Emilia. »Ich habe heute schon genug Zeit vertrödelt.«

»Vertrödelt?« Gabriella zog ihre Augenbrauen hoch.

»Ich werde für meine Zeit bezahlt, das ist der Unterschied. Privatgespräche führe ich nach 18 Uhr!«

»Hat das mein Vater so gesagt?«

Emilia musste lache. »Nein, das sage ich.« Sie stellte das benutzte Geschirr auf ihr Tablett, und Sofia sprang auf, um ihr die Tür aufzuhalten. »Und, übrigens«, sagte Emilia zu ihr, »einen Gruß an deinen Mann, seine Croissants waren auch schon mal besser. Er soll nicht auch diese modernen Backmischungen verwenden, da können wir ja gleich im Supermarkt einkaufen!« Und damit war sie hinaus.

Gabriella nickte mit ernster Miene. »Genau, das ist Emilia!«

Sofia grinste. »Ich weiß nicht, ob ich das wirklich ausrichte. Er ärgert sich täglich über diese neue Bäckerei. Das kommt zu seinem Ärger über seine Familie noch dazu.«

»Wirf ihn doch raus.«

»Und dann?«

»Übernimmst du die Bäckerei.«

»Ha!«, sagte Sofia und setzte sich wieder. »In seinem Elternhaus. Großartige Idee!«

»Sich ständig das Leben vermiesen zu lassen macht auch keinen Sinn.«

»Immerhin spricht er seit Auroras Abtreibung wieder in normalem Ton mit mir.«

»Na, großartig. Und sonst?«

Sofia nahm einen Schluck Kaffee und sah Gabriella über den Tassenrand an. »Und sonst? Was meinst du damit?«

»Ja, nimmt er dich in den Arm? Flüstert er dir unsinnige Dinge ins Ohr? Sagt er dir, dass er dich liebt?«

»Nein, natürlich nicht.«

»Verlass ihn!«

»Verlockender Gedanke.« Sofia nickte. »Ich bringe dir meine Kinder und gehe nach Mailand, mache eine Schneiderlehre. Das wollte ich schon immer.«

»Das Haus ist groß genug. Du müsstest allerdings eine Gouvernante mitbringen, ich glaube nicht, dass ich mich zur Kindererziehung eigne.«

»Du hast doch Emilia.«

Sie mussten beide lachen, aber insgeheim dachte Gabriella, dass es Sofia guttäte. Und das Haus war groß genug. Vielleicht erst einmal für ein halbes Jahr? Aber würde das wirklich gehen? Sie verwarf den Gedanken wieder.

»Übrigens haben wir einen echten Touristen im Dorf. Er hat sich bei Lucia einquartiert. Also keinen mit Rucksack und diesen wasserfesten Gummisandalen, du weißt schon, sondern einen echten Ausländer.«

Gabriella fuhr sofort der Schreck in die Glieder. Heute Morgen um vier, diese Gestalt auf dem Weg zum Castello. Die Wiesenblumen. Sie hatte vergessen, Emilia danach zu fragen.

»Ein Ausländer? Weißt du mehr?«

»Nein, Lucia hat heute Morgen jedenfalls mehr eingekauft und sich wichtiggetan.«

»Und was genau hat sie erzählt?«

Sofia brach das Croissant in zwei Hälften und warf ihr einen Blick zu. »Warum willst du das wissen?«

»Ich habe meinen Freund verlassen. In New York. Ich mag es mir nicht vorstellen, aber …«

»Wie heißt er? Und wie sieht er aus?«

»Mike. Mike Collister. Und er sieht so aus, dass du dich bestimmt in ihn verlieben würdest.«

»Guter Ansatz«, sagte Sofia. »Wenn du ihn nicht mehr haben willst?«

»Nein, wahrlich nicht.«

»Vielleicht könnten wir tauschen?«

Gabriella schüttelte den Kopf. »Im Moment könntest du mir einen Mann schenken. Ich will einfach keinen.« Kurz dachte sie an Flavio, aber das war passé, bevor es überhaupt angefangen hatte.

Sofia steckte sich das letzte Stück Croissant in den Mund

und trank einen großen Schluck. »Der Kaffee ist wirklich gut. Schmeckt wie früher. Aber die Croissants ... ich muss Emilia recht geben. Vielleicht lässt er sich ja tatsächlich fertige Backmischungen anliefern? Vorstellen könnte ich es mir.«

»Hat er bisher alle Mischungen selbst gemacht?«, fragte Gabriella.

Sofia zuckte die Schultern. »Bestimmt nicht. Er macht ein Geheimnis draus.«

»Dieses Dorf ist voller Geheimnisse ...«

»Da magst du recht haben. Aber diesem Geheimnis gehe ich jetzt nach. Und wenn Lucias Gast Mike heißen sollte, sage ich dir sofort Bescheid.«

»Ich hoffe, er ist es nicht.«

Nachdem Sofia gegangen war, legte sich Gabriella auf ihr Bett, verschränkte die Arme hinter dem Kopf und sah zur Decke. Die war hoch, und der Stuck wirkte leicht und elegant.

Es fängt schon wieder an, dachte sie, während ihr Blick an den filigranen Verzierungen und dem Weiß der Decke hängen blieb. Eigentlich will ich alles aus meinem Leben raushalten, nichts durch diese Tür hineinlassen, was mich belasten könnte, und doch schleichen sie hier herein, die Probleme, die Aufregungen, die Neuigkeiten. Sie schüttelte den Kopf. Wenn es tatsächlich Mike war, dann würde sie Emilia bitten, abends die Haustür abzuschließen.

Und sie musste Emilia nach den Wiesenblumen fragen. Über diesem Gedanken schlief sie wieder ein. Im Traum ging sie an der Hand ihres Vaters hinunter ins Dorf. Wie früher schlenderten sie gemeinsam durch die engen Gassen des Dorfs, an der Trattoria vorbei bis zur Hauptstraße. Der Dorfplatz war noch gepflastert, und alles schien unverändert, genau wie in ihrer Kindheit. Die Bäckerei, der Gemischtwarenladen, der Elektrohandel, das Rathaus hinter dem prachtvollen Brunnen. Weiter hinten die Dorfbar, das Kornhaus und die Schule. Lucia betrieb eine kleine Pension und servierte den Gästen in ihrem Wohnzimmer das Frühstück. Als einzige Wirtin im Dorf hatte sie einige kleine Tische und Stühle auf den Platz gestellt, die meist leer waren, weil kein Einheimischer seine Untätigkeit so öffentlich zur Schau gestellt hätte. Morgens in die Bäckerei zum Espresso und abends in die Trattoria, das war in Ordnung, aber tagsüber waren sie alle beschäftigt.

Jetzt aber saß da jemand. In einen schwarzen Mantel gehüllt, das Gesicht der Sonne zugewandt, die Beine ausgestreckt. Vor ihm, auf dem weißen Plastiktisch, standen ein Espresso und ein Teller mit einem Schokoladen-Croissant. Gabriella wollte näher herangehen, aber ihr Vater hielt sie zurück. »Das ist Stanley«, sagte er leise. »Er ist hier, um einen Film über mich zu machen.«

An den Schatten, die sie warfen, sah Gabriella, dass sie noch klein war. Sie hüpfte neben ihrem Vater her, und der kleine Schatten hüpfte neben dem großen Schatten mit. Es sah lustig aus.

»Was für einen Film?«, wollte Gabriella etwas atemlos wissen. »Du machst doch selbst Filme.«

»Ja, aber ich mache Filme über Dinge, die ich erfinde. Er möchte einen Film über Dinge machen, die es wirklich gibt.«

»Was gibt es denn wirklich?«, fragte Gabriella und hüpfte weiter an seiner Hand.

»Was es wirklich gibt, weiß niemand. Ganz vieles bilden wir uns nur ein.«

»Was bilden wir uns ein?«

»Dass wir leben.«

Gabriella hörte auf zu hüpfen und sah zu ihrem Vater auf. Seine silbernen Strähnen glänzten im schwarzen Haar, das ihm in die Stirn gefallen war. Er strich die dichten Locken hinter sein Ohr.

»Du meinst, wir leben gar nicht? Wir träumen das nur?« Gabriella dachte darüber nach. Waren sie vielleicht sogar ein und dasselbe, der Schatten und sie? Konnte er sich von ihr losmachen und einen anderen Weg gehen?

»Und wenn der Mann das filmt, dann leben wir?«

»In seiner Geschichte leben wir«, bestätigte ihr Vater. »Alles erwacht zum Leben, wenn du es nur glaubst. Wenn du einen Film siehst, dann sind diese Figuren lebendig. Wenn du ein Buch liest, lebst du in dieser Welt. Und wenn du träumst, dann kann alles wahr sein. Oder eben auch nicht.«

Gabriella schüttelte ihren Kopf, dass die langen Haare flogen und auch ihr Schatten fliegende Haare produzierte. Das klang kompliziert.

»Bekomme ich ein Eis?«, wollte sie wissen.

»Gleich.« Ihr Vater drückte kurz ihre Hand. »Wir müssen nur noch diesen Mann begrüßen und ihn wissen lassen, dass er uns filmen darf.«

»Damit wir leben?«

»Damit wir lebendig werden.«

Doch als sie sich zu Lucias kleinem Straßencafé umdrehten, war der Mann verschwunden.

Gabriella wachte mit einem seltsamen Gefühl auf. Der Traum stand ihr so plastisch vor Augen, dass sie sich instinktiv umsah. War ihr Vater wieder da gewesen? Am helllichten Tag? Schlich er sich nun schon in ihre Träume? Was hatte das alles zu bedeuten?

Was wollte ihr Vater ihr mit diesem Traum sagen? Dass er nun, als Toter, im Leben angekommen war?

Sie wollte den Gedanken abschütteln. Es schien so unsinnig. Aber der Traum hinterließ bei ihr eine dumpfe Schwere, sie fühlte sich verkatert wie nach einem Rausch.

Es klopfte. Emilia kam herein und fragte, ob sie noch das Mittagessen wolle oder nach dem doppelten Frühstück doch erst abends esse? Gabriella wollte nichts, sie wollte hören, wie Emilia ihren Traum sah.

Emilia stand am Fußende ihres Betts.

»Ja«, sagte sie schließlich, »das hat er immer gesagt. Ich glaube sogar, das war sein Lieblingsthema in den Gesprächen mit dem Pfarrer. Die Grenzen zwischen Fantasie und Wirklichkeit sind fließend, die Wände stürzen ein, wenn man nicht mehr an sie glaubt.«

»Die Wände?« Gabriella klopfte hinter sich mit dem Knöchel an die Wand. »Diese hier scheint mir ziemlich fest zu sein. Was hat er gemeint?«

»Die ist nur hart, weil du das glaubst. Das hat er gemeint.«

Gabriella schüttelte den Kopf. »Da kann ich ihm nicht folgen. Ich bin halt doch ein Zahlenmensch, ein Realist.«

»Auch Zahlen haben ihre Geheimnisse. Er hat immer mal wieder in einem Buch gelesen. Das liegt jetzt noch unten auf seinem Schreibtisch.«

»Weißt du, wie es heißt?«

»*Die Wissenschaft der Numerologie*. Es hat ihn fasziniert.«

»Numerologie sagt mir nichts. Bringst du es mir bitte, damit ich weiß, was er mir sagen wollte?«, fragte Gabriella.

Emilia nickte. »Mit einem Glas Wein vielleicht? Leichter Weißwein? Es ist schon später Nachmittag ...«

Gabriella stimmte zu, und Emilia ging zur Tür. »Was

trotzdem interessant ist«, sagte sie und drehte sich noch einmal um. »Warum träumst du von Stanley? Den hast du doch nie kennengelernt?«

Gabriella blieb mit ihren wirren Gedanken zurück. Sie hatte von jemandem geträumt, den es wirklich gab. Aber vielleicht hatte sich Emilia auch getäuscht? War sie in ihrem Traum nicht ein kleines Mädchen gewesen? Vielleicht war sie diesem Stanley ja doch begegnet, und er hatte sich aus irgendeinem Grund in ihr Gedächtnis eingebrannt? Sie musste Emilia noch einmal fragen. Sie musste Emilia noch so vieles fragen.

Wieder öffnete sich die Tür, Emilia kam mit einem Buch zurück, einer Flasche Weißwein und zwei Gläsern. »Nur zum Anstoßen«, sagte sie lächelnd.

»Emilia, ich rätsele gerade wegen dieses Stanley. War er öfter hier, als ich klein war? Vielleicht habe ich mir seinen Namen aus irgendeinem Grund gemerkt?«

Emilia schüttelte den Kopf. »Dein Vater und er haben sich erst vor zwei Jahren kennen gelernt. Beim Filmfestival in Cannes. Er war seither einige Male hier, aber da warst du in New York.« Sie entkorkte die Flasche. »Ein interessanter Mann.«

Gabriella horchte auf. »Hast du dich in ihn verliebt?«

Emilia schüttelte lachend den Kopf. »Nein. Aber wenn, dann hätte es im Dorf endlich was zum Reden gegeben.«

Gabriella lachte mit. Das glaubte sie gern. Emilia in Liebe entflammt, das hätte in der Bäckerei sicher für morgendlichen Zündstoff gesorgt.

Sie stießen miteinander an.

»Das Leben ist schon seltsam«, sagte Emilia. »Manche Weichen werden gestellt, ohne dass man es selbst bemerkt.

Und dann geht das Leben auf diesem Gleis weiter, und man denkt, irgendwann wäre man am Ziel. Dabei führt es nur in die Unendlichkeit. Immer weiter, immer weiter.«

Gabriella stellte ihr Glas ab. »Wo liegt denn dein Ziel, Emilia?«

»Im Tod? Da, wo wir alle hingehen?«

»Das kann doch nicht dein Ziel sein. Ein Ziel ist doch etwas, was man sich selbst steckt. Den Tod als Ziel, das akzeptiere ich nicht. Der Tod kommt von selbst. Früher oder später.«

Emilia nahm noch einen Schluck. »Ich weiß nicht«, sagte sie. »Ich lebe einfach. Meine Weiche hat sich vor vielen Jahren gestellt, und in diese Richtung bin ich gefahren. Deshalb bin ich hier. Das Ziel ist irgendwo in der Ferne, im Dunst, weit weg. Das Einzige, was mir wichtig war, ist, dass sich keiner auf meine Gleise stellt, dass ich weiter in meine Richtung fahren kann. Ob ich heute ankomme oder morgen, ist mir egal.«

Gabriella nickte. »Vielleicht mache ich mir zu viele Gedanken.«

»Mit diesem Buch kannst du dir noch ein paar mehr machen«, sagte Emilia. »Mein Glas nehme ich mit. Kochwein.« Sie lächelte, drehte sich im Hinausgehen aber noch einmal um. »Von wem hast du eigentlich diesen schönen Wiesenstrauß bekommen? Noch ein nächtlicher Besuch?«

Gabriella sah ihr nach, obwohl die Tür längst hinter ihr ins Schloss gefallen war. Dann stand sie auf und sah sich den Strauß aus der Nähe an. Gab es einen Zettel darin, eine Botschaft?

Nein, nichts.

Sie stellte die kleine Vase zurück und blieb am Fenster stehen. Wer war heute Nacht in ihrem Zimmer gewesen?

Und warum hatte sie nichts bemerkt? Die bloße Vorstellung war unheimlich. War es die Gestalt, die sie morgens auf dem Weg zwischen den Weinreben beobachtet hatte? Warum war sie nur eingeschlafen!

Wiesenblumen zeugen wenigstens von keiner schlechten Absicht. Mit diesem Gedanken ging sie zum Bett zurück und griff nach dem Buch. *»Die Wissenschaft der Numerologie«*, las sie flüsternd. Was es nicht alles gibt, dachte sie, und womit sich ihr Vater nicht alles beschäftigt hatte! Sie blätterte hinein, wurde aber nicht so ganz schlau daraus. Es ging um Zahlen und deren Bedeutung, das war klar. Jede Zahl hat eine Schwingung, und jede Schwingung enthält eine Nachricht, las sie. Ihre Zahlen in New York hatten auch Schwingungen verursacht, dachte sie, mal Hochgefühl, mal Kopfschmerz. Je nachdem. Sie versuchte es mit dem Vorwort. »In der Antike wurde sie als Zahlenwissenschaft angesehen«, las sie, »und zwar geht die Numerologie im Gegensatz zum rechnerischen Gegenwert einer Zahl davon aus, dass Zahlen einen magischen Wert besitzen. Die heutigen Numerologen sind davon überzeugt, dass es eine schwingende Verbindung zwischen Zahlen und jeder physischen Erscheinung des Universums gibt. Demnach hätten Zahlen einen Einfluss auf das Schicksal oder die Persönlichkeit. Allerdings konnte das bisher wissenschaftlich nicht belegt werden.« Gabriella sah auf. Sie glaubte zwar weder an Horoskope noch an Wahrsagerei, aber Zahlen hatten tatsächlich mehr als eine Dimension für sie. Sie fand ein Beispiel, wie sie ihre Geburtszahl berechnen konnte: Es war die 5. Schnell schlug sie in der Tabelle nach. Unter 5 stand: »Freiheit, Veränderung.« Das gefiel ihr. Es bestärkte sie in dem, was sie sowieso vorhatte.

Aber wieso las ihr Vater ein solches Buch? Sie begann

es Seite für Seite durchzublättern und stieß auf eine markierte Stelle. »Wie verläuft Ihr Lebensweg?« Das hatte er angestrichen, und am Rand hatte er mit Bleistift allerlei Zahlen addiert. Die letzte Zahl war rot umkreist und mit einem Ausrufezeichen versehen. Eine 22. Und darunter stand: Schicksal.

Schicksal? Gabriella suchte im Stichwortverzeichnis und fand eine Erklärung. »22 ist eine Meisterzahl«, stand da. Und: »Sie haben ein außergewöhnliches Schicksal.«

Gabriella lehnte sich zurück. Hatte er wirklich an so etwas geglaubt? An ein außergewöhnliches Schicksal?

Ihr kam sein Schicksal nicht außergewöhnlich vor. Gut, er war von seiner Frau verlassen worden und mit 78 an einem Herzschlag gestorben. Das war tragisch, aber war nicht außergewöhnlich.

Hatte sie etwas übersehen? Sie nahm noch einmal das Buch zur Hand. War die 22 überhaupt seine Zahl? Sie rechnete nach. Nein, sein Geburtstag plus Monat plus Geburtsjahr ergab die 7: »Sie sind intuitiv und originell. Ihr inneres Leben ist sehr reich.« Das stimmte. Das war er wirklich gewesen. Wer aber war dann die 22? Ihre Mutter? Rätselte er heute noch über seine Frau?

Konnte das sein?

Gabriella rechnete wieder. Die 22. Maria hatte tatsächlich die 22. Sie schlug das Buch zu. Ihre Mutter hatte also dieses außergewöhnliche Schicksal.

Bloß welches?

Als Emilia das Abendessen brachte, saß Gabriella am weit geöffneten Fenster. Sie hatte lange geduscht, sich mit einer duftenden Lotion eingecremt, einen weiten Bademantel umgeschlungen und ließ ihre Haare nun an der lauen Luft trocknen.

»Sieht gemütlich aus«, sagte Emilia und stellte das Tablett ab. »Magst du sehen?« Sie griff nach der Warmhaltehaube.

»Lass mich raten«, sagte Gabriella rasch, um ihr zuvorzukommen. »Es duftet verführerisch. Lasagne?«

»Fast ...« Emilia nahm die Haube ab. »Selbst gemachte Cannelloni mit Spinat-Ricotta-Füllung und Cannelloni-Bolognese mit Käse-Sahnesauce. Schön locker und leicht, wie dein Vater sie liebte.«

»Du hast dir ja eine Wahnsinnsarbeit gemacht! Das kann ich allein doch überhaupt nicht essen.«

Emilia wies auf die Flasche Rotwein und die beiden Gläser, die ebenfalls auf dem Tablett standen. »Vielleicht kommt ja der Blumenspender, dann musst du dich schließlich bedanken können ...«

Gabriella zog die Stirn kraus.

»Ich weiß nicht, ob ich das wirklich will ... allein der Gedanke ...«

»Soll ich die Haustür abschließen, wenn ich gehe?«

Gabriella dachte an Sofia. Die hatte versprochen, den Namen des Fremden herauszufinden. Aber wie sollte ein Fremder ihr Zimmer gefunden haben?

Sie würde heute Nacht besser aufpassen.

Schließlich schüttelte sie den Kopf. »Lass alles so, wie es immer war.«

Emilia wandte sich zur Tür. »Das ist mir auch am liebsten. Keine Veränderung, bitte. Das steht auch unter meiner Zahl.«

»Ach so? Welche Zahl bist denn du?«

Emilia drehte sich nochmals um. »Die 4. Ich bin fleißig. Das ist mein Lebensweg.«

Damit war sie draußen.

Gabriella goss sich ein Glas Wein ein. Konnte man irgendeiner Prognose oder einer Prophezeiung Glauben schenken?

War nicht die ganze Welt ständigen Veränderungen unterworfen? Wenn sie heute mit einem Flugzeug abstürzte, was nützte ihr dann die lange Lebenslinie in ihrer Hand? Und was nützten die Lebenslinien der anderen Menschen, die gemeinsam mit ihr in den Tod stürzten? Es konnte doch keine Voraussage geben, die dreihundert Menschen zur selben Zeit betraf.

Sie beschloss, das Thema abzuhaken und sich ihrem Abendessen zu widmen. Sie schob den kleinen Tisch ans Fenster, platzierte das Glas mit dem blutroten Wein, den gefüllten Teller, das Silberbesteck und die weiße Stoffserviette darauf und freute sich, bevor sie sich hinsetzte, am schönen Bild. Das hier war die First-Class-Loge des besten Restaurants in der Umgebung, und mit diesem Gedanken begann sie langsam und genussvoll zu essen.

Die späte Nachmittagssonne tauchte die Kulisse vor ihrem Fenster in ein warmes Licht, und sie beobachtete am Himmel einen großen Vogelschwarm, der um einen einzelnen Greifvogel tanzte. Wollten sie ihn vertreiben, griffen sie ihn an? Sie hatte so etwas noch nie gesehen, und sie stand auf, um das Geschehen nicht aus den Augen zu verlieren. Wie sich dieser Schwarm bewegte, wie sie sich um den Eindringling teilten und dahinter wieder schlossen, wie sie Bilder schufen, die sich sofort wieder veränderten, mal ein großes Herz, mal eine Wolke, aber immer um diesen großen Vogel herum. Waren es Hunderte, Tausende Vögel, die dieses Schauspiel veranstalteten? Es mussten kleine Flugkünstler sein, so schnell, wie sie agierten, aber immer geschlossen und präzise wie ein Flugzeuggeschwader. Wer gab da das Kommando? Wo kam dieser Gleichklang, diese erstaunliche Einigkeit her? Der Greifvogel aber ließ sich nicht aus der Ruhe bringen. Er flog, verharrte, flog weiter, griff aber nicht an. Für Gabriella war es wie ein Theaterstück, wie ein kosmisches Geschenk, etwas Unbegreifliches.

Und dann sah sie, dass auch Emilia auf ihrem Nachhauseweg stehen geblieben war und, die Augen beschattet, reglos nach oben in den Himmel blickte. Sie standen beide, bis der Vogelschwarm ihren Augen entschwunden war, dann hob Emilia die Hand, winkte ihr zu und ging weiter den Weg hinab ins Dorf.

Wie ein Uhrwerk, dachte Gabriella, selbst ihre Schritte hatten sich im Lauf der Jahre automatisiert. Sie tauchte als schwarzer Schatten zwischen den Weinreben auf, verschwand wieder, tauchte auf und verschwand wieder.

Gabriella folgte ihr eine Weile mit den Augen, bevor sie sich zurück an ihren Tisch setzte. Die letzten Bissen waren kalt geworden, aber auch kalt schmeckte es noch erstklassig, fand Gabriella, besonders mit dem vollmundigen Rotwein. Sie lehnte sich zurück und sah einfach nur hinaus, beobachtete die langsame Veränderung des Lichts, bis die Dämmerung hereinbrach, und verbannte dabei jeden Gedanken aus ihrem Kopf.

Mit der Dunkelheit wurde es kühl, und Gabriella legte sich wieder in ihr Bett, kuschelte sich in ihre Decken und nahm sich vor, heute Nacht wach zu bleiben.

Vielleicht sollte sie ja allmählich doch wieder anfangen, ein bisschen am Leben teilzunehmen? Wie lange war sie bereits in diesem Zimmer? Sie rechnete nach. Es war der Abend des vierten Tages. Seitdem hatte sie keine Nachrichten mehr gehört, keine Zeitung gelesen und nicht ins Internet geschaut. Der Vesuv konnte ausgebrochen sein, und sie hätte nichts mitgekriegt. Aber wollte sie überhaupt etwas mitkriegen? Wie viel Erfreuliches gab es denn in den Nachrichten? Terror, Kriege, Vertreibungen, Flüchtlinge, Massaker, Tod.

Schwarz gekleidete Männer mit wenig Hirn und schweren Waffen. Die brauchte sie nicht. Ihre kleine Welt war friedlich, hier fühlte sie sich wohl, alles andere konnte draußen bleiben. Über diesen Gedanken schlief sie ein.

Gabriella wachte auf, weil etwas knirschte. Ihre Sinne waren sofort hellwach. War das die Tür? Sie sah Schatten im Raum, aber die konnte sie zuordnen. Das waren keine Menschen, sondern Gegenstände. Die Zimmertür war zu. Was hatte sie gehört? Sie setzte sich auf. Wieder ein Geräusch. Diesmal ein Knacken. Und dann ein leises Klopfen.

»Nicht erschrecken, ich bin's ...« Eine gesenkte, männliche Stimme. »Bist du wach?«

»Wer ist ich?«, fragte sie zurück.

»Flavio. Ich habe eine Flasche Wein dabei. Darf ich reinkommen?«

»Augenblick.«

Gabriella knipste ihre Nachttischlampe an und zog ihren Schlafanzug zurecht. Mit zehn Fingern fuhr sie sich durchs Haar, dann rief sie. »Okay, komm rein.«

Die Tür ging langsam auf, und bevor sie Flavio sehen konnte, sah sie eine Flasche, die er in der Hand hielt und deren Glas im Licht der Lampe schimmerte.

»Kommst du von der Arbeit?«, wollte sie wissen. Wie spät war es eigentlich?

»Nein.« Seiner Stimme war ein Schmunzeln anzuhören. »Schwarz ist auch privat meine Lieblingsfarbe.«

Er schloss die Tür hinter sich und kam näher. »Du hast mich auf einen Wein eingeladen, und diese Einladung nehme ich jetzt wahr.«

»Und den Wein bringst du sogar selbst mit«, ergänzte Gabriella sanft.

»Fand ich origineller als einen zweiten Wiesenstrauß.«

Er blieb vor ihr stehen. Wie im Film, dachte Gabriella. Da steht ein Bild von einem Mann vor meinem Bett, der Eroberer in Person, und ich muss ihn abwehren.

»Dann warst du gestern schon hier?«

»Du hast so fest geschlafen, ich hätte dich wegtragen können.« Er grinste ein freches Lausbubengrinsen. »Aber, du siehst, ich gebe nicht auf.«

Er hob die Flasche, ging um das Bett herum und zog aus einer Umhängetasche zwei Gläser, einen Korkenzieher und eine Kerze mit Kerzenhalter.

Gabriella beobachtete ihn. »Du hast vorgesorgt.«

»Wenn etwas wichtig ist, sollte man es nicht dem Zufall überlassen«, entgegnete er, stellte die Kerze auf den Nachttisch und zündete sie an. »Schon mal gut«, kommentierte er, öffnete die Flasche und schenkte die beiden Weingläser ein. »Unser Gespräch hat mir so gut gefallen, ich wollte es gern fortsetzen. Ich hoffe, du hast nichts anderes vor?«

»Heute Nacht?«

»Heute Nacht.«

»Eigentlich nicht.«

»Das ist gut.«

Er setzte sich aufs Bett und reichte Gabriella eines der beiden Gläser. »Dann koste, ob er dir schmeckt. Mein Lieblingswein.«

Gabriella probierte und nahm gleich noch einen zweiten Schluck. »Er schmeckt nach Johannisbeere, Kirsch und Brombeere mit einem Hauch Pfeffer«, fand sie.

»Nicht schlecht«, Flavio nickte anerkennend. »Sehr beerig, und er hat tatsächlich eine Nuance Pfeffer. Magst du den Geschmack?«

Gabriella nickte. »Ja, hat was.«

Flavio stieß mit ihr an. »Darf ich mich ausziehen? Ich habe unsere letzte Begegnung so angenehm in Erinnerung.«

Gabriella zögerte, sie dachte an Sara und ihre Abmachung.

»Ich bin auch frisch geduscht«, fügte er hinzu.

Gabriella musste lachen. »Keine Sorge, daran scheitert es nicht. Eher an der Nähe eines Mannes.«

»Ist doch gut, so eine Nähe eines Mannes, wenn man eine Frau ist. Die Nähe einer Frau tut ja auch gut, wenn man ein Mann ist.«

Gabriella nippte an ihrem Glas. »Im Prinzip schon.«

»Und ohne Prinzip?«

Seine dunklen Augen fanden ihre, und sein Blick elektrisierte sie. Er war wirklich anziehend, dachte sie, aber sie durfte sich dem Reiz nicht hingeben. Lag es an seinem Körper, den sie gern spüren würde? Bleib nüchtern, Gabriella, beschwor sie sich, du hast es versprochen. Doch es ging etwas von ihm aus, das sie bis in die Zehenspitzen spürte, und sie wusste, dass da keine nüchterne Analyse helfen würde, um sich abzulenken. Wenn sein Vater damals ähnlich gewesen war, konnte sie ihre Mutter verstehen. Flavio hatte etwas an sich, das man erkunden, ausprobieren wollte.

»Dann zieh dich einfach aus«, sagte sie und fand, dass ihre Stimme belegt klang. Sie räusperte sich.

»Ist dir das jetzt unangenehm?«, fragte er und stand auf. »Das letzte Mal hast du es von mir verlangt.«

»Das letzte Mal war auch nicht mitten in der Nacht.«

»Ändert das etwas?«

Er hatte recht. Es war albern. Die Uhrzeit hatte keine Bedeutung.

»Nein.« Sie setzte sich auf. »Du hast recht.«

Er begann sein Hemd aufzuknöpfen, und das Kerzenlicht

fiel schimmernd auf seine gewölbte Brust und den muskulösen Bauch. Seine Hose saß tief, und die beiden Vertiefungen, die zwischen seinem flachen Bauch und den Hüftknochen nach unten führten, zogen ihren Blick an. Genau wie der dunkle Haarkamm, der sich vom Bauchnabel aus unter seiner Gürtelschnalle verlor. Gabriella zwang sich, wieder nach oben zu sehen, in seine Augen. Er lächelte. Ein wissendes Lächeln.

»Weiter?«

»Mit einer Hose kommt man mir nicht ins Bett«, sagte sie leichthin und versuchte, an etwas anderes zu denken als an das, was sie jetzt am liebsten gehabt hätte.

Ein Handschlag ist ein Versprechen!, dachte sie.

Aber warum sollte Flavio wegen einer Nacht seine Freundin verlassen? Das war doch Unsinn. Er musste ja deshalb nicht wie sein Vater ticken. Aber: Ein Handschlag ist ein Versprechen!

Sie sah zu, wie er seinen Gürtel öffnete, seinen Reißverschluss aufzog und aus der Hose stieg. In schwarzen, eng anliegenden Pants legte er sich zu ihr aufs Bett und riss ihr mit einem kurzen Handgriff die Decke weg.

»He!« Gabriella griff danach und zog sie wieder zurück.

»Ich will nur was davon abhaben, sonst nichts. Die Nacht ist kühl!«

»Du willst dich an mich kuscheln?«

»So wie das letzte Mal. Ganz ohne männliche Gefühle. So hast du es doch gesagt.«

»Das geht nicht gut.«

»Und warum nicht?«

»Weil ich weibliche Gefühle habe.«

Er antwortete nicht, sondern glitt an sie heran. Sie spürte seine Wärme durch ihren Schlafanzug hindurch.

»Und was hindert dich daran, deinen Schlafanzug auszuziehen?«

»Zum Kuscheln?« Sie versuchte ein Lachen. »Das geht auch mit Schlafanzug.«

»Wenigstens das Oberteil. Ich nehme dich in meinen Arm, und wir reden wie Bruder und Schwester.«

»Und worüber reden wir?«

»Es wird uns schon etwas einfallen.«

Mir fällt nur eines ein, dachte Gabriella, und es täte mir auch gut.

Seit Mike hatte sie mit keinem anderen Mann geschlafen. Und während der Zeit mit Mike auch nicht. Es wäre eine Art Medizin. Ein Gegengift. Aber Sara? Sara, Sara, Sara. Das konnte einen schier verrückt machen.

Sein Gesicht war nah, und Gabriella sah seine Augen, seine Nase und vor allem seinen Mund. Er hielt ihrem Blick stand, bewegte sich nicht.

»Es ist deine Entscheidung«, sagte er schließlich. »Ich fordere nichts, aber ich verweigere auch nichts.«

Sie musste lachen, dann waren seine Lippen auf ihren und seine Zunge in ihrem Mund. Sie packte seine Schultern und hielt seinen Oberkörper von sich fern, aber er legte sich auf sie, und ihre Hände glitten von seinen Schultern über seinen Rücken. Er fühlte sich unglaublich gut an. Flavios Lippen suchten ihr Ohr: »Von diesem Moment habe ich die letzten Tage ständig geträumt. Es hat mich wahnsinnig gemacht, dich in diesem Bett zu wissen. Gestern bin ich hier gestanden, habe dich betrachtet und gedacht, dass dies alles ein Traum ist.«

»Es ist ein Traum!«

»Du kannst ihn noch verscheuchen ...«

Das war ein guter Ausweg, dachte Gabriella. Wenn alles

nur ein Traum war, dann war das die Lösung. Sie würde morgen früh aufwachen, und nichts würde geschehen sein.

»Ich kann nicht mit dir schlafen«, sagte sie stattdessen.

Es machte sie schier wahnsinnig, ihn so nah zu spüren, seinen geschmeidigen, muskulösen Körper. Und seine Haut, die sich wie Seide anfühlte, weich und gleichzeitig fest über seine Muskeln gespannt, es war höllisch erregend, ihm über den Rücken zu streicheln.

»Ich hab's jemandem versprochen.«

Er lachte dunkel. Sein Lachen war so tief und erotisch, dass es ihr wie ein Funke durch den Körper schoss. Sie begehrte ihn, sie wollte ihn haben.

»Darf ich raten, wem?«

Er hob den Kopf, und seine Hand glitt in ihren Nacken und fasste ihre Haare. Sein Gesicht über ihrem.

Gabriella schüttelte den Kopf. Und Flavio begann das Oberteil ihres Schlafanzugs aufzuknöpfen. Gabriella spürte die Erregung in ihren Brustwarzen, und als er sie liebkoste und dann mit weichen Lippen über den Bauchnabel nach unten glitt, hielt sie die Luft an. Dabei streifte er ihre Schlafanzughose ab, und als er anfing, sie mit seiner Zunge zu erkunden, bäumte sie sich auf. Es war ein unglaubliches Gefühl und von oben auch ein Bild, das sie stimulierte: Sein Kopf zwischen ihren Beinen und seine Hände an ihrer Taille, seine Zunge, die den Punkt traf und immer schneller und härter wurde, bis sie sich in seinen Haaren verkrallte, sich zurück aufs Laken warf und Töne von sich hörte, die sie lang nicht gehört hatte. Sie war es, sie war es selbst. Sie hörte sich stöhnen und schreien und genoss jede Sekunde, jeden Augenblick des totalen Kontrollverlusts. Sie raste vor Lust, und jetzt war ihr Sara egal. Jetzt wollte sie ihn haben. Jetzt musste die absolute Erfüllung kommen, der Orgasmus auf den Orgasmus.

Doch er zog sich zurück, wischte sich den Mund an der Decke ab und sah zwischen ihren Beinen zu ihr hoch. »Es ist in Ordnung, wenn du nicht mit mir schlafen darfst«, sagte er.

Sie sah seinen steifen Penis, der seine Pants abspreizte, und konnte es nicht fassen. Doch Flavio legte sich neben sie und griff nach seinem Weinglas.

»Lass uns anstoßen«, sagte er.

»Was ist jetzt?« Gabriella drehte sich auf die Seite.

»Es ist völlig in Ordnung«, sagte er. »Du kannst nicht mit mir schlafen, sagst du, also schlafen wir nicht miteinander.« Er hielt ihr sein Weinglas entgegen. »Wir genießen den Wein, du kuschelst dich in meinen Arm, und wenn du eingeschlafen bist, werde ich gehen.«

»Du glaubst, dass ich jetzt schlafen kann?« Wie konnte er nur so nüchtern sein.

Aber Flavio lächelte ihr milde zu. »Dein Körper war ganz oben, jetzt entspannt er sich.«

»Und du?« Gabriella sah auf seine Unterhose, die noch immer ausgebeult war.

»Alles eine Frage der Selbstdisziplin ...«

»Soll ich nicht ... ist das nicht unfair?«

»Trink einen Schluck mit mir. Der Rest erledigt sich von selbst.«

Gabriella musste erst ihre Sinne zusammennehmen. Gerade noch Ekstase, dann Abbruch und jetzt also kuscheln und Wein. Sara, dachte sie, du kannst einem das Leben ganz schön vermiesen.

»Hältst du dich an Versprechen?«, wollte sie von Flavio wissen.

»Unbedingt!« Er schmiegte sich an sie. »Wenn man sich an kein Versprechen hält, braucht es auch keine Versprechen zu geben. Dann wäre ja schon das Wort überflüssig.«

Gabriella seufzte. »Wie wahr. Aber es gibt auch überflüssige Versprechen!«

Sie griff nach ihrem Glas. »Und du fällst jetzt nicht über mich her? Vorsichtshalber …«, sagte sie, »damit das Glas nicht kaputtgeht.«

»Sei unbesorgt.« Er grinste. »Solange du durch ein Versprechen gebunden bist, genießen wir die anderen Vorzüge des Lebens.«

»Als da wären?«

»Wein und gute Gespräche.«

»Na denn«, sagte Gabriella und hob das Glas. »Dann fang an.«

Fünfter Tag

Sie wachte auf, weil sie zur Toilette musste. Es war frühmorgens, und die Bettseite neben ihr war leer. Sie war allein. Im Badezimmerspiegel musterte sie ihr Gesicht. Hatte ihr Flavio tatsächlich diesen unglaublichen Orgasmus verschafft und sich selbst zurückgehalten? Es kam ihr so völlig absurd vor, dass sie nach den Gläsern sah. Zwei benutzte Gläser, und auch die halb volle Flasche Rotwein standen noch da. Die musste sie vor Emilias Augen verbergen, wie sollte sie das erklären? Schließlich war Emilia mit Sara befreundet, spielte mit ihr Karten und hatte sie zum Frühstück angeschleppt.

Sie ging ins Bett zurück, zog die Decke bis zum Hals und lauschte in sich hinein. Das Wohlgefühl pulsierte noch durch ihre Adern, sie fühlte sich auf eine seltsame Art von innen erhitzt. Das konnte doch eigentlich nicht sein. War sie krank? Mit Mike hatte sie doch auch geschlafen, aber dieses späte Prickeln hatte sich in all den Jahren nie eingestellt. Halt! Sie hatte ja überhaupt nicht mit Flavio geschlafen. Sie war nicht wortbrüchig geworden!

Der Gedanke hinterließ ein zwiespältiges Gefühl. Sie zog sich die Decke über den Kopf und versuchte, alle Gedanken daran zu verscheuchen. Aber es wollte nicht gelingen. Am besten lasse ich überhaupt keinen mehr herein, schließe alle Türen ab, und das Dorf bleibt draußen!

Der Kaffeeduft stieg ihr in die Nase, und sie wachte zum zweiten Mal an diesem Tag auf. Das helle Morgenlicht floss bereits zum Fenster herein, und Emilia stand mit einer Tasse Kaffee vor ihr.

»Guten Morgen, Contessa«, sagte sie und stellte die Tasse auf dem Nachttischchen ab. »Das Wetter ist zu schön, um den Tag zu verschlafen. Wie war die Nacht?«

Gabriella blinzelte.

Die Nacht?

Die Weinflasche fiel ihr ein. Flavio. Die beiden Gläser. Sie hatte sie noch verstecken wollen. Aber warum eigentlich? Sie war schließlich kein Kind. Sie war niemandem Rechenschaft schuldig.

»Ja, alles ist schön«, sagte sie langsam. »Vor allem deine Tasse Kaffee.«

»Es ist schon elf Uhr, und wir haben einen Gast!«

»Einen Gast!« Gabriella konnte den unwilligen Ton nicht unterdrücken. Sie wollte niemanden mehr sehen, ständig gingen hier Leute aus und ein, da konnte sie sich ja gleich auf den Marktplatz legen. Sie richtete sich auf und schälte sich aus ihrer Decke heraus – und merkte gerade noch rechtzeitig, dass sie keine Hose anhatte, und blieb bedeckt.

»Wer ist es denn?«, fragte sie ergeben. »Ein Frühstücksgast?«

»Na, jedenfalls ist es seltsam«, erklärte Emilia und nahm die halb leere Weinflasche in die Hand. »Aha!«, sagte sie. »Das ist ein ganz ausgefallenes Tröpfchen, ein junger Winzer hat es auf den Markt gebracht. Ein junger Wilder, wie man so sagt ...«

»Sagt man so?« Gabriella gähnte. »Also, was für ein Mensch sitzt da unten? Muss ich ihm was abkaufen, muss ich mit ihm frühstücken, oder kann er nicht einfach wieder verschwinden?«

»Es ist einer der letzten Freunde deines Vaters. Seltsamerweise hast du gestern von ihm geträumt.«

»Ich träume zurzeit ziemlich viel. Und ziemlich viel wirres Zeug!« Sie nahm einen Schluck aus der Kaffeetasse.

»Fantastisch! Emilia, genau richtig. Genau das brauch ich jetzt!«

»Stanley.«

»Stanley?«

Gabriella verschluckte sich. »Der Typ aus meinem Traum?«

»Der aus dem Traum!«

»Und was will er?«

»Ein Kondolenzbesuch. Er war zur Beerdigung nicht da, hat es nicht rechtzeitig geschafft.«

»Ein Kondolenzbesuch?«

Gabriella sah an sich hinunter. »Soll ich ein schwarzes Negligé anziehen?«

»Gabriella, das ist nicht witzig!«

»Nein, Emilia, du hast recht. Das ist nicht witzig.« Und ich habe überhaupt keine Lust auf diesen Stanley, dachte sie im Stillen. Er ist mir unheimlich. »Gib mir Zeit. Ich möchte zuerst noch duschen. Aber er muss sich mit der Situation abfinden. Wegen ihm erhebe ich mich nicht von meinem Bett.«

»Eine ordentliche Frisur würde schon helfen.«

Gabriella verzog das Gesicht. »Ich bin hier die Hausherrin! Und wenn er mich sehen will, muss er auch mit einer Struwwelliese klarkommen!«

Emilia nickte. »Wie wahr, wie wahr«, sagte sie, während sie zur Tür ging.

Gabriella ließ sich Zeit. Und sie spürte, dass Flavio Stanley aus ihrem Kopf verdrängte. Ihre Gedanken kreisten um gestern Nacht, um dieses schier unglaubliche Liebesspiel, um seinen Abgang, so unspektakulär, wie er gekommen war. Und um die Wiesenblumen, die er ihr die Nacht zuvor ins Zimmer gestellt hatte. Er hatte sie im Schlaf beobachtet, und sie hatte nichts davon bemerkt. Dafür hatte sie von Stanley geträumt, den sie überhaupt nicht kannte.

Wie sonderbar das alles war. Ob es mit dem Haus zu tun hatte? Übte es einen bestimmten Zauber aus?

Nach einer ausgiebigen Dusche zog sie ihren Hausanzug an, legte sich ins Bett und prüfte ihre Gefühle. War sie erwartungsvoll? Stanley war ihr jetzt nicht mehr unheimlich, sie war vielmehr neugierig auf ihn.

Emilia sah kurz ins Zimmer.

»Ist er schon ungeduldig?«, wollte Gabriella wissen.

»Dieser Mann ist die Ruhe selbst. Daneben bin sogar ich ein nervöses Rennpferd.«

Gabriella musste lachen. Dann ist er vielleicht ein unglaublicher Schnarcher. Ein fürchterlicher Langweiler. Mit so jemandem sollte ihr Vater sich angefreundet haben? Das konnte sie kaum glauben.

»Ich bringe jetzt das Frühstück hoch.«

»Prima, da kann er dir ja helfen …«

»Das war auch mein Gedanke.«

Gabriella lehnte sich zurück. Stanley, dachte sie. Ein Amerikaner? Sie konnte sich kein Gesicht zu diesem Namen vorstellen.

Als die Tür aufging, sah sie zunächst nur Emilias schwarzes Kleid und daneben eine Hand, die ihr die Tür aufhielt. Die war auch schwarz. Aha. Das hatte Emilia mit dem Satz gemeint, dann hätte das Dorf endlich etwas zu reden? Stanley war schwarz. Nicht mokkabraun, nein, richtig schwarz. Als er jetzt hereinkam, ein Tablett mit der Kaffeekanne und Tassen in der Hand, sah Gabriella vor allem seine Zähne, denn er schenkte ihr zur Begrüßung ein strahlendes Lächeln.

»Hi, my dear«, sagte er mit volltönender Stimme, »schön, dich kennen zu lernen.«

Emilia grinste, als wäre ihr ein besonderer Bubenstreich gelungen.

»Das ist Stanley«, stellte sie ihn überflüssigerweise vor und nahm ihm das Tablett mit dem Kaffee ab.

Stanley trat sofort ans Bett und nahm ihre rechte Hand in beide Hände. »Ich habe deinen Vater sehr geliebt«, sagte er. »Er war ein großartiger Mann!«

Gabriella nickte. Stanleys Haare waren sehr kurz geschnitten und brachten seinen eindrucksvollen Kopf voll zur Geltung. Sein dunkelgrauer Anzug saß perfekt über dem offenen weißen Hemd, und seine schwarzen Schuhe sahen italienisch und teuer aus. Er war kein ausgesprochen gut aussehender Mann, aber Gabriella fand ihn auf den ersten Blick interessant. Er hatte etwas, das ihn attraktiv machte.

»Ich habe von Ihnen geträumt«, sagte sie, staunend, dass ihr Traum jetzt leibhaftig vor ihr stand.

»Das kannst du ihm beim Frühstück erzählen. Es wird sonst kalt!« Emilia wies auf die beiden Teller. »Käseomelette mit Schinkenwürfel, es wäre schade drum!«

Gabriella griff nach ihrem Morgenmantel.

»Ich sehe eine Ähnlichkeit«, meinte Stanley, der ihr den Stuhl zurechtrückte und nach der Kaffeekanne griff. »Darf ich?«

Gabriella nickte und hörte, wie Emilia hinter ihr hinausging. Sicher wäre sie gern geblieben, dachte sie.

Stanley bediente sie geschickt, aber nicht aufdringlich, reichte ihr den Brotkorb und die Butterdose.

»Und wo sehen Sie eine Ähnlichkeit?«, wollte sie wissen.

»Die Stirnpartie. Dein Vater hatte auch eine Denkerstirn. Die Nase hast du Gott sei Dank nicht von ihm, aber die Wangenknochen. Ich möchte wetten, du kannst deine Zähne auch so energisch zusammenbeißen wie dein Vater.«

Versuchsweise knirschte Gabriella mit den Backenzähnen, und Stanley lachte.

»Wo kommen Sie her?«, wollte Gabriella wissen.

»Jetzt gerade? Aus Paris. Ursprünglich aus Südafrika. Ist aber schon ein paar Jahrzehnte her.«

»Und was hat Sie mit meinem Vater verbunden?«

Er rührte Zucker in seinen Kaffee und griff nach dem Besteck. »Zunächst mal Emilias Kochkunst!« Er lächelte, und seine Augen schenkten ihr einen warmen Blick.

»Das kann ich verstehen.« Gabriella betrachtete den Teller vor sich. Es duftete nicht nur verführerisch, sondern war auch höchst appetitlich angerichtet. »Wir sollten es wirklich nicht kalt werden lassen!«

Während sie aßen, unterhielten sie sich über das Dorf und seine Menschen.

»Sind die Zimmer gut bei Lucia?«

»Lucia?«

»Die kleine Pension am Marktplatz …« Gabriella sah ihn erstaunt an.

Stanley schüttelte den Kopf. »Die kenne ich gar nicht. Dein Vater hat mich jedes Mal hierhin eingeladen. Ich habe immer in einem der Gästezimmer geschlafen.«

Sie war verwirrt. Was hatte sie da geträumt? Und Sofia hatte doch erzählt, dass ein Fremder im Dorf abgestiegen sei. Es hätte so gut gepasst, wenn es Stanley gewesen wäre. Aber so… sie wagte nicht, weiterzudenken.

»Das wollen wir dann auch so beibehalten«, sagte sie rasch.

»Du musst mich nicht beherbergen«, wehrte er ab und hob eine Hand. »Ich wollte dich eigentlich nur kennenlernen und mit dir ein bisschen über deinen großartigen Vater plaudern.«

»Und das können wir doch besser, wenn wir keinen Zeitdruck haben, nicht wahr? Emilia wird sich freuen, einen Gast fürs Abendessen zu haben. Dann lohnt sich das Kochen.«

Er lächelte entwaffnend offen. »Sie hat mich vorhin schon nach meinen Wünschen gefragt ...«

»Und?«

»Ich habe ihr nur meinen mittäglichen Wunsch verraten ...«

»Da bin ich gespannt!«

»Olivenölkuchen mit Pfirsichen und Ricotta.«

»Das klingt verlockend.«

»Ja, du musst es unbedingt probieren.«

»Und was wäre Ihr Abendwunsch?«

»Saltimbocca.«

»Emilias gebratene Kalbsschnitzel mit Parmaschinken sind schon eine Nacht im Castello wert!« Sie lächelte. »Ich denke, wir sollten das bestellen, dazu einen schönen Rotwein aus Vaters Keller, und dann widmen wir ihm den Abend. Er würde sich freuen. Und ich mich auch.«

»Wir essen hier?« Er ließ kurz seinen Blick durchs Zimmer schweifen.

»Ja, tut mir leid. Wir können einen größeren Tisch organisieren, aber vor die Tür gehe ich nicht.«

»Du bist eine außergewöhnliche Frau.«

Gabriella schüttelte den Kopf.

»Das glaube ich nicht. Im Moment bin ich einfach nur fertig mit der Welt. Sie soll bloß draußen bleiben.«

Gabriella lud ihre Gabel voll und führte sie zum Mund. Bei solchen Köstlichkeiten sollte man wirklich keine Gespräche führen, sondern besser essen, dachte sie. »In welchem Zimmer haben Sie eigentlich geschlafen, wenn Sie bei meinem Vater waren?«, wollte sie wissen, nachdem sie dem Genuss nachgespürt und mit einem Schluck Kaffee abgerundet hatte, »damit Emilia es richten kann?«

Ein geschmolzenes Stück Käse im Omelette hatte es ihr angetan, und sie spießte es auf ihre Gabel.

»Im Kinderzimmer. Das hat mir von allen Zimmern am besten gefallen.«

Fast wäre Gabriella die Gabel aus der Hand gefallen. In ihrem Zimmer?

»Jetzt muss ich doch fragen: Sind Sie überhaupt real?«

»Ich? Aber ja! Wie kommst du denn darauf?« Er lachte, und Gabriella staunte über seine schneeweißen Zähne, die so gerade und gleichmäßig waren, dass sie fast schon unnatürlich wirkten.

»War nur so ein Gedanke.«

»Dein Vater hatte auch solche Gedanken. Darüber haben wir oft gesprochen. Diese Art von Realismus war oft unser Thema.«

»In einem Traum von mir hat er gesagt, dass wir erst durch einen Film, den Sie über uns drehen, wirklich lebendig werden.«

Stanley runzelte die Stirn. Wie alt mochte er sein? Mitte vierzig? Es war schwer zu schätzen. »Das hast du geträumt?«

»Ja. Seltsam, nicht?«

»Dein Vater wollte, dass ich eine ganz besondere Art von Film mache, einen Film, in dem sich alles verwischt, alles verschiebt, in dem das Mystische die Schwester der Realität ist.«

»Er hat ein Buch über Numerologie gelesen«, warf Gabriella ein.

»Ja, ich weiß. Er fand diese Möglichkeit der parapsychologischen Ermittlungsmethode spannend ...« Stanley lächelte. »Jetzt sind wir ja schon mitten in unserem Abendgespräch.«

»Ob Frühstück oder Abendessen, wissen Sie, hier bin ich zeitlos. Wir könnten auch morgens mit einem Rotwein zu Abend essen, es spielt keine Rolle!«

»Du bist wahrlich die Tochter deines Vaters ...«

Gabriella lächelte. Ja, vielleicht war sie das wirklich.

Stanley beobachtete sie, ihr Lächeln, ihre Bewegungen, ja, sie war wahrlich die Tochter ihres Vaters, das hatte er nicht nur so dahingesagt. Er hörte ihren Vater, wie er über sie sprach. Fast hörte er auch noch das Kaminfeuer knacken und den Wind, der an jenem stürmischen Novemberabend an den Fensterläden zerrte. Emilia hatte das Haus bereits verlassen, und Claudio war in den Weinkeller hinabgestiegen, um einen besonders guten Jahrgang zu finden. »Diese Kellertreppe ist mörderisch«, hatte er beim Zurückkehren gesagt und eine Weinflasche in den Schein des Feuers gehalten. »Deshalb gehe ich so selten hinunter. Nur weil dort die allerbesten meiner Weine liegen.« Er hatte das Öffnen und Einschenken zelebriert, und dann saßen sie da, sahen sich an und fanden, dass nichts über ein gutes Gespräch an einem offenen Kamin ging.

»Aber manchmal«, hatte ihm Claudio plötzlich eröffnet, »manchmal denke ich, dass ich meine Tochter zu selten sehe. Für alles habe ich Zeit. Um hier zu sitzen, um im Dorf zu sein, um in den Weinbergen nach den Trauben zu sehen, aber meine Tochter in New York habe ich noch nie besucht.

Obwohl sie mich immer wieder einlädt.« Claudio hatte in sein Glas gesehen. »Sie ist jetzt schon sechs Jahre dort. Bin ich ein schlechter Vater, Stanley, sag es mir!«

Stanley rang um eine Antwort. Schließlich sagte er: »Das kann ich nicht beurteilen. Wieso besuchst du sie nicht einfach?«

»Ich weiß nicht ... es ist«, er nahm einen Schluck und setzte das Glas entschlossen ab. »Weißt du, ich habe Angst vor New York. Ich denke, ich könnte an jeder Ecke auf Maria stoßen. Sie lachen hören. Ich würde sie sofort erkennen. Sie glücklich sehen. Mit einem anderen Mann.« Er schüttelte den Kopf. »Nein, ich könnte es nicht ertragen.«

»Noch immer nicht? Es ist so lange her.«

»Es ist eine Wunde, die niemals verheilen wird, egal, mit wie vielen Frauen ich in der Zwischenzeit mein Bett geteilt habe.« Er wurde heftig. »Vielleicht kommt mein Wunsch, die Realität mit der Fantasie zu vermischen, von dem Verlangen, dass mein Herz endlich Frieden findet?«

Stanley war erschüttert. Sie hatten viele Gespräche geführt. Über das Leben, über ihre Gefühle, ihre Gedanken und Wünsche. Aber einen solchen Ausbruch hatte er bei Claudio noch nie erlebt.

»Ich vernachlässige meine Tochter, weil ich mich vor meiner Frau fürchte.«

»Deiner Frau? Heißt das, ihr seid noch verheiratet?«

»Ich hatte nie einen Grund zur Scheidung.«

»Du hast darauf gehofft, dass sie wiederkommt?«

»Ich weiß nicht, was ich hoffe ... Ich weiß nur, was ich fürchte.«

»Aber sie hat dich verlassen, Claudio.«

»Ja, nach einem heftigen Streit. Ich war gekränkt. Und ich habe sie gehen lassen. Ich war ein Idiot.«

»Aber wenn du das so siehst, dann solltest du schleunigst einen Flug buchen und endlich deine Tochter in New York sehen.«

Claudio verzog nur leicht den Mund. Seine dichten weißen Haare waren ihm in die Stirn gefallen, und mit der altvertrauten Geste strich er sie zurück hinter das Ohr.

»Ich werde es mir überlegen«, sagte er schließlich. »Vielleicht brauche ich einen wie dich, der mich antreibt. Der mich in die richtige Richtung schubst.«

»Das tu ich gern!« Stanley hatte sein Smartphone herausgezogen. »Wann willst du fliegen? Kurz vor Weihnachten ist die Stimmung in New York am schönsten, also 14. Dezember hin und 21. Dezember zurück?«

Claudios Blick in diesem Moment würde Stanley nie vergessen. Leicht verlegen, schamhaft, der Blick eines kleinen Jungen.

»Ich werde es mir überlegen.«

Gabriella nahm die Kaffeekanne. »Darf ich nachschenken?«

Stanley hielt ihr seine Tasse entgegen, und Gabriella goss ihm ein.

»Wo waren Sie mit Ihren Gedanken?«

»Gabriella, mir ist ein Gespräch eingefallen, im vergangenen November. Dein Vater hat mit sich gerungen, er wollte dich in New York besuchen, hatte aber Angst vor dieser Reise. Hat er je mit dir über dieses Thema gesprochen?«

Gabriella schüttelte den Kopf. »Leider nein.« Sie sahen einander in die Augen. »Er hatte Angst? Er ist doch oft geflogen ...«

»Er hatte Angst vor New York. Vor der Möglichkeit, deiner Mutter zu begegnen.«

Gabriella spürte einen leichten Schauder, der ihr wie eine

Welle über den Körper lief. »Er hat nie etwas davon gesagt. Warum?«

»Er hatte nicht nur diese Angst, er hatte auch ein schlechtes Gewissen ...«

»Weshalb?«

»Er warf sich vor, dass er dich vernachlässigte. Obwohl du sein einziges Kind warst, hat er es nie geschafft, sich zu überwinden und zu dir zu kommen.«

Gabriella lehnte sich zurück. »Es waren nicht nur seine Ängste. Auch ich habe ihn vieles nicht gefragt, weil ich keine alten Wunden aufreißen wollte.«

Stanley nickte. »Ganz offensichtlich«, sagte er, »tat er nach außen stärker, als er tatsächlich war.«

Gabriella holte tief Luft. Sie meinte, ihr müsste die Lunge zerreißen. Eine Mischung aus Trauer und Wut stieg in ihr auf. Es war zu spät! Sie hatte zu lange gewartet! Warum war sie nicht wieder nach Hause gekommen? Wenn er schon nicht nach New York fliegen konnte, hätte sie über ihren Schatten springen sollen. Das offene Gespräch suchen. Eine Woche einander nah sein. Sie hat es einfach nicht gemacht, sie war genauso feige wie ihr Vater.

»Ich bin wahrlich die Tochter meines Vaters«, sagte sie. »Wir haben beide dieses Thema vermieden. Keiner wollte den anderen verletzen. Dabei wäre es so befreiend für uns gewesen. Egal, ob wir uns angeschrien hätten oder gemeinsam geweint hätten, wir hätten Erlösung gefunden. Und Frieden!«

Stanley griff nach ihrer Hand.

»Und den Frieden«, sagte sie, bevor sie in Tränen ausbrach, »habe ich nicht gefunden. Ich finde ihn auch nicht mehr. Auch dann nicht, wenn ich mich hier einschließe und die Welt draußen lasse.«

»Darf ich dich einen Moment in den Arm nehmen?« Stanley stand auf und Gabriella auch, und dann heulte sie Rotz und Wasser auf den Stoff seines teuren Anzugs, während er ihr tröstend über den Rücken streichelte. »Und ab jetzt bestehe ich darauf, dass du mich nicht mehr mit Sie ansprichst, hörst du!«

Stanley hatte den Nachmittag in Claudios Arbeitszimmer verbracht und darüber nachgedacht, wie er ihr gemeinsames Filmprojekt ohne Claudio realisieren könnte, und Gabriella hatte Sofia per SMS gefragt, wer denn nun bei Lucia abgestiegen war?

»Und wer ist bei dir abgestiegen?«, fragte sie zurück. »Eine schwarze Limousine wurde gesehen, die zum Castello hinauffuhr.«

»Stanley. Ein Freund meines Vaters.«

»Ah. Ist bekannt. Aber Lucia gibt keine Auskunft. Selbst meine Dorfquasseln wissen nur, dass ein Fremder bei ihr wohnt.«

»Weißt du wenigstens, woher? Aus welchem Land?«

»Nein, und Lucia ist auch nicht mehr zu sehen.«

Gabriella überlegte. Dann öffnete sie ihre Fotosammlung auf dem Smartphone und suchte ein Foto von Mike. Es gab so viele Bilder von ihm. Und so viele schöne Momente, es gab Bilder einer strahlenden Gabriella, Fotos, gemütlich in der Unterwäsche am Frühstückstisch, sanftes Gegenlicht, sie jung und fröhlich. Es gab Mike im Anzug, Mike beim Joggen und Mike in der Badewanne. Es gab so viel Mike, dass es einem geradezu schwindlig werden konnte. Sie suchte ein Foto, das sie beide zeigte: einen Glücksmoment, eine Aufnahme der Einheit zweier Menschen, der Innigkeit, des Beisammenseins, ein Selfie von ihnen. Aber sie fand keines.

Nur Mike. Sie hatte ihn wieder und wieder fotografiert, so schien es wenigstens. Vielleicht wollte sie ihn durch diese Bilder an sich binden? Oder ihn unvergänglich machen? Abrufbar für die Momente, da sie ihn nicht bei sich hatte, ihn nicht berühren konnte, ihn nicht roch, nicht lieben konnte?

Warum gerade er? Warum hatte sie sich an einen Menschen gebunden, der sie betrog? Was hatte sie so an ihm fasziniert? Ihn ganz für sich gewinnen zu wollen?

Wenn sie ehrlich war, war es schon am ersten Tag klar, dass sie ihn nicht haben konnte. Er hatte seine damalige Freundin mit ihr betrogen. Sie hatte geglaubt, was alle in dieser Situation glauben: dass es mit ihr anders sei, dass sie sehr viel besser zu ihm passte, ihn glücklicher machte. Dass sie das endgültige Ende seiner Frauen-Fahnenstange sei. Das hatte sie geglaubt.

Aber hatte sie das wirklich geglaubt?

Wenn ein Mann eine Frau hintergeht, wird er das auch mit der nächsten machen. Das hatte sie gewusst. Aber nicht geglaubt. Nicht sehen und nicht hören wollen.

Gabriella löschte die Fotos. Sie wollte kein Bild mehr von ihm haben. Nicht ein einziges. Wenn Mike ihr tatsächlich nachgereist war, würde er eines Tages vor der Tür stehen.

Aber warum sollte er ihr nachreisen? Aus Liebe? Das glaubte sie nicht. Versprach er sich etwas anderes von ihr? Er wusste, dass sie wahrscheinlich erben würde. Der Tod ihres Vaters bescherte ihr möglicherweise ein sorgenfreies Leben. Wollte er von diesem Erbe profitieren?

Das würde ihm nicht gelingen. Der Verrat hatte ihn ein für allemal entthront. Im Notfall würde sie einen Burggraben ausheben lassen.

Der Gedanke brachte sie zum Lächeln. Sie nahm ihr Handy wieder auf.

»Gönnen wir Lucia ein bisschen Abenteuer. Sie ist noch jung. Was hat sie denn sonst vom Leben?«

»Genauso viel wie ich«, schrieb Sofia zurück. »Nichts.«

Gabriella ließ das so stehen. Sie dachte an Stanley. Und ihren Vater. Und ihrer beider Furcht, die Dinge beim Namen zu nennen. Vielleicht hätte sie Mike einfach links und rechts eine knallen sollen, anstatt sich in das nächste Flugzeug zu setzen. Vielleicht kam sie doch zu sehr nach ihrem Vater. Bei allem, was man hörte, hatte ihre Mutter wohl sehr viel mehr Temperament und starken Willen. Maria hätte das sicherlich anders geregelt. Aber war sie nach dieser nächtlichen Auseinandersetzung mit Claudio nicht auch einfach abgehauen?

Emilia kam abends mit einem Tablett voll Silberbesteck, gestärkten Servietten und zwei silbernen Kerzenleuchtern.

»Jetzt geht es aber los«, sagte Gabriella, während sie aufstand, um Emilia zu helfen.

»Auf Stil haben die beiden Herren stets großen Wert gelegt!«

»Gut, gut!«

»Der Tisch ist zu klein! Das ist doch nur ein Kaffeetisch. Da muss was anderes her!« Sie warf Gabriella einen Blick aus dunklen Augen zu.

Gabriella runzelte die Stirn. »Und jetzt? Was schlägst du vor?«

»Einen anderen Tisch!«

»Und wie soll der hier ins Zimmer wandern?«

Emilia stemmte die Fäuste in ihre Hüften. »Alles nur, weil du so eigensinnig bist.«

»Habe ich das vom Vater oder von der Mutter geerbt?«

»Von wem auch immer, du hast es jedenfalls!«

Gabriella grinste. »Gut, jetzt müssen wir erfinderisch werden.«

Sie stellte Flavios Wiesenstrauß und die beiden Kerzenleuchter auf die Kommode und ging ins Badezimmer. Zwei große Wandspiegel hingen da, aber nur einer davon hing an zwei einfachen Schraubhaken. Den trug sie hinaus und legte ihn so mittig auf den kleinen Tisch, dass er nicht wackelte.

»So«, sagte sie, »da hast du deine lange Tafel.«

»Und was, wenn einer seine Ellenbogen aufstützt? Dann macht das Saltimbocca einen Satz!«

»Ich denke, er ist ein stilvoller Herr? Der legt seine Ellenbogen nicht auf!«

Emilias zweifelnder Blick hätte sie fast zum Lachen gebracht. Aber sie wollte Emilia nicht kränken und verkniff sich den Heiterkeitsausbruch. »Jetzt brauchen wir noch ein weißes, bodenlanges Tischtuch«, sagte sie stattdessen. »Dann ist die festliche Tafel parat! Und die Kerzenleuchter kommen in die Mitte – die sind schön schwer und stabilisieren das Ganze!«

»Madonna!«, sagte Emilia nur und holte ein gestärktes Tischtuch.

Als Stanley zum Abendessen erschien, brannten die Kerzen schon, und das Porzellan schimmerte im Licht. Emilia hatte es sich nicht nehmen lassen, heute speziell für den Gast Überstunden zu machen.

»Es muss jedenfalls schon dunkel sein, das passt zum Dinner. Und zur Tafel«, hatte sie erklärt. »Die Herren haben auch immer später gegessen.«

»Hast du deine Überstunden je abgefeiert?«

Gabriella erntete nur einen verächtlichen Blick.

»Und wenn ich mich jetzt in Stanley verliebe?«, fragte Gabriella.

»Er wäre nicht der Schlechteste ...«

Gabriella grinste. Offensichtlich war Emilia entschlossen, sie nicht ernst zu nehmen, um die gute Stimmung nicht zu verderben. Damit eilte sie zurück in die Küche.

Stanley blieb in der Tür stehen.

»Das glaub ich jetzt nicht«, sagte er. »Es sieht aus ... wie ein verwunschenes Zimmer. Wie aus einem Märchen!«

»Du darfst trotzdem eintreten.«

Gabriella begrüßte ihn mit zwei Wangenküssen und bot ihm einen Stuhl an.

»Vorsicht«, mahnte sie ihn. »Es ist eine Filmkulisse, der Tisch ist nur eine Täuschung.«

Aber du passt zu dieser festlichen Kulisse, dachte sie anerkennend. Stanley trug erneut einen Anzug, bloß diesmal war er hellgrau und aus einem Stoff, der im Kerzenlicht fast silbrig schimmerte. Sein blütenweißes Hemd trug er bis zum dritten Knopf offen, und seine dunkle Gesichtshaut wurde vom Kerzenlicht warm beschienen.

»Du hast gerade etwas sehr Unwirkliches«, sagte er. »Der helle Seidenmorgenmantel deiner Mutter und das Lachen deines Vaters.«

»Der helle ... du hast sie doch gar nicht gekannt?«

»Dein Vater hat davon erzählt. Wie sie ihm bei der ersten Begegnung in New York darin entgegenschwebte. Das war der Moment, in dem er beschloss, sie für sich zu gewinnen.«

Er zog Gabriella ihren Stuhl zurück, und sie setzte sich.

»Hat er eigentlich Tagebuch geschrieben?«

Stanley griff nach der Flasche, die in der Mitte des Tischs in einem Sektkübel steckte. »Ich habe mir erlaubt, meinen

Lieblingschampagner mitzubringen.« Er zeigte Gabriella das Etikett, öffnete die Flasche und schenkte zwei Gläser ein.

Sie stießen an, bevor er sich setzte und den Kopf schüttelte. »Ich habe eben in seinem Arbeitszimmer versucht, etwas Material zusammenzustellen. Aber ein Tagebuch habe ich nicht gefunden.«

»Schade. Ich hoffte, darin mehr über ihn erfahren zu können.«

»Wie wäre es, wenn wir mal mehr über dich erfahren könnten?«

»Haben wir das nicht schon heute Morgen ausführlich getan?«

Die Tür ging auf, und Emilia kam rückwärts herein. Stanley sprang auf, um ihr zu helfen.

»Vitello tonnato«, sagte sie und stellte einen großen, appetitlich zubereiteten Teller zwischen die beiden massiven Leuchter. »Von den Kälbern aus dem Dorf, mit exzellenten Kapern.«

»Regionale Küche also«, stellte Gabriella fest, und Emilia nickte.

»Ja«, sagte sie, »regional. Und der Thunfisch ist hergeschwommen. Für die Sauce.«

Stanley lachte. »Emilia, Sie sind die Beste! Machen Sie uns die Freude, zumindest ein Glas Champagner mit uns zu trinken?«

»Das habe ich früher nie getan, das werde ich jetzt nicht tun und auch in Zukunft nicht.« Sie lächelte ihm zu. »Sie können aber gern schon mal den Rotwein dekantieren, denn Ihr Saltimbocca kommt auch bald.«

Gabriella sah sich nach dem Rotwein um, er stand neben einer Glaskaraffe auf der Kommode. Emilia hatte wirklich an alles gedacht.

»Und was servierst du zum Saltimbocca? Polenta oder …?«

Emilia schüttelte nachsichtig den Kopf. »An so einem besonderen Abend gibt es Safranrisotto.«

»Danke!«, sagte Gabriella. »Danke, Stanley, für den besonderen Abend. Sonst hätte es nur Polenta gegeben.« Sie zwinkerte Emilia zu.

Emilia zog nur die Augenbrauen hoch. »Buon appetito!« Und damit war sie zur Tür hinaus.

»Sie gibt sich unglaublich viel Mühe«, sagte Stanley. »Ich weiß nicht, was Claudio ohne sie getan hätte.«

Während sie Stanley mit dem Tortenheber vorsichtig einige der kunstvoll geschichteten Kalbfleischscheiben auf den Teller legte, dachte Gabriella über seine Worte nach.

»Meinst du, die beiden hatten ein Verhältnis miteinander?«, fragte sie schließlich.

Stanley sah sie überrascht an. »Dass du überhaupt auf solch einen Gedanken kommst!«

»Nun, sie lebten hier doch gemeinsam. Das war doch ein eheähnlicher Zustand, würde ich meinen. Er, der Hansdampf in allen Gassen, und sie hielt ihm den Rücken frei. Klassischer geht es doch nicht.«

Gabriella nahm sich ebenfalls von der Vorspeise. Es sah so verlockend aus, dass sie sich zu viel auflud, das war ihr klar. Bei der Hauptspeise würde sie kämpfen müssen. Egal, heute war ein besonderer Abend, Emilia hatte schon recht.

»Nein, Emilia ist die klassische Haushälterin, für die ihr Beruf nicht nur ein Job, sondern eine Berufung ist. Und die ihre ganze Persönlichkeit hineinlegt, um ihn ganz besonders gut zu erfüllen. So sehe ich das.«

Gabriella nickte. Ja, das stimmte wohl. Es war ein unsinniger Gedanke. »Er hat seine Frauenbeziehungen immer vor mir geheim gehalten«, erklärte sie. »Zwischendurch waren

Frauen da, aus der Stadt, exaltiert, fröhlich, anders als die Frauen aus dem Dorf. Sie haben manchmal auch hier übernachtet, im Gästezimmer.«

Stanley zuckte die Schultern. »Er war ein begehrter Mann. Nicht nur, weil er gut aussah und anders war, schon durch seine Stellung und seine Lebensweise hier auf dem Land, sondern natürlich auch durch seinen Erfolg.«

»Die Frauen sind ihm nachgelaufen?«

»Den Eindruck hatte ich schon. Selbst jetzt noch in seinen späten Jahren ...«

»Und ich wollte als kleines Mädchen keine Mama mehr.«

»Das hat er mir erzählt.«

Gabriella griff nach ihrem Glas. Ihr zuliebe war ihr Vater keine ernsthafte Beziehung mehr eingegangen.

»Stanley«, sagte sie, einer plötzlichen Eingebung folgend. »Meinst du, ich war vielleicht auch so eine Art Schutzschild für ihn? Immer wenn es eine Frau ernst meinte, konnte er mich vorschieben ...«

Stanley ließ die Gabel sinken. »Möglicherweise«, sagte er. »Danach habe ich ihn nie gefragt.«

»Aber es würde doch zu dem passen, was du mir heute Morgen erzählt hast. Seine Liebe zu Maria, seine Zögerlichkeit, sein schlechtes Gewissen mir gegenüber. Er konnte alle abweisen. Mein Kind möchte keine neue Mama, ein besseres Argument gibt es doch nicht, um sich alle Bewerberinnen vom Leib zu halten, sobald es ernst wird.«

Stanley sah sie eindringlich an. Er nickte. »Und wie ist das mit dir?«, wollte er schließlich wissen, »wen hältst du dir vom Leib?«

Gabriella steckte sich eine der runden Strauchkapern in den Mund.

»Kann es sein, lieber Stanley, dass wir zu viel von meiner Familie reden? Wie sieht es denn bei dir aus? Bist du verheiratet? Lebst du mit jemandem zusammen? Oder bist zumindest verliebt? Und wenn ja, wie heißt sie?«

»Sie heißt Steven.«

Gabriella war sich nicht sicher, ob ihre Gesichtszüge kurzfristig entgleist waren. Wahrscheinlich schon, denn Stanley lachte.

»Jetzt schaust du wirklich genauso, wie dein Vater geschaut hat.«

»Entschuldige«, Gabriella sammelte sich, »es kam nur so ... überraschend.«

»Dass es weibliche Versuchung gibt, heißt nicht, dass ihr jeder erliegen muss ...«

Sie winkte ab. »Du hast völlig recht, Liebe ist Liebe.«

»Eben ... und damit sind wir wieder bei deiner Liebe.«

Sie sah auf. »Meine Güte, ich weiß überhaupt nicht mehr, was Liebe ist.«

»Du bist jung, du bist attraktiv, lebst ein modernes Leben. Wie konnte das passieren?«

»Ich befürchte, das ist eine lange Geschichte. Eine Geschichte von Liebe, Vertrauen und Verrat. Aber vielleicht ist es auch einfach nur das Übliche.«

»Das möchte ich nicht hoffen!« Stanley sah sie ernst an. »Ich glaube an die Liebe. Denn was sind wir ohne sie?« Er machte eine Pause, bevor er fortfuhr. »Ich habe heute Nachmittag über dich nachgedacht. Vielleicht ist es gar nicht so erstrebenswert, die Welt außen vor zu lassen, wie ich heute Morgen noch dachte. Vielleicht bist du im Moment nur ein kleines Mädchen, das sein Spielzeug verloren hat und nun trotzig reagiert? Das die Tür zum Kinderzimmer zuknallt und jeden Kontakt verweigert? Das sogar seinen Lieblingspudding verschmäht, weil die Welt so schlecht ist?«

Gabriella nahm einen Schluck von dem samtigen Rotwein. »Der Vergleich hinkt ein bisschen«, sagte sie nach einer Weile. »Ich verschmähe meinen Lieblingspudding nicht. Im Gegenteil ...«, sie wies mit dem Glas auf ihren Teller, »ich esse gerade die doppelte Portion.«

»Zu viel essen, zu wenig essen, zunehmen, abnehmen, das hat doch oft mit Frustration zu tun, oder nicht?«

Gabriella stellte ihr Glas ab. »Jetzt möchtest du die Gründe hören?«

»Ja, ich möchte herausfinden, warum du dich hier oben vergräbst, anstatt wie jede normale Italienerin das Haus umzumodeln, Freunde einzuladen und große Partys zu feiern?«

»Okay«, Gabriella lehnte sich zurück, »dann pass auf. Er heißt Mike.«

Als Stanley sich Stunden später müde in das Gästezimmer zurückzog, war Mitternacht längst vorbei. Gabriella putzte sich die Zähne und sah dabei auf den improvisierten Tisch mit den leeren Tellern, den ausgetrunkenen Gläsern und heruntergebrannten Kerzen. Das Tischtuch war noch erstaunlich sauber, nur um die leere Flasche hatte sich ein großer Rotweinfleck gebildet. Mit etwas Fantasie konnte man ein Gesicht erkennen. Ein alter Mann, dachte Gabriella, zwei Augen, zwei Ohren und ein paar Haare. Ihr Vater, Claudio. Quatsch, sie drehte sich um und ging ins Badezimmer zurück. Vor dem Spiegel blieb sie stehen und fragte sich: Gabriella, was willst du eigentlich?, während sie weiter ihre Zähne bürstete und dabei langsam bis 180 zählte. Hatte Stanley recht? War sie verletzt und reagierte einfach nur mit

Trotz? Oder war sie wirklich so kaputt und sandte einen Hilferuf an die Welt? Aber wer sollte ihr helfen? Ihr Vater war tot, die Mutter verschwunden. Konnten Emilia oder Sofia ihr helfen? Flavio? Sie hatten alle ihr eigenes Leben und ihre eigenen Probleme. Sie lag seit Tagen in diesem Zimmer, hatte heute Abend stundenlang mit Stanley über alle möglichen Themen gesprochen. War sie deshalb schlauer? Sie stellte die Zahnbürste zurück, zog ihren Hausanzug aus und ihren schwarzen Schlafanzug an.

Vielleicht brauchte sie ärztliche Hilfe? Einen Psychiater, der die Puzzleteile ihres Lebens zu einem Bild zusammenfügen könnte, so dass sie verstehen konnte, was mit ihr los war. Auf dem Tisch stand noch eine Flasche alter Rum, den Stanley aus dem Kaminzimmer heraufgeholt hatte. Sie selbst hatte nach dem Essen keinen Digestif gewollt, der schwere Rotwein hatte ihr gereicht. Doch jetzt nahm sie Stanleys Glas, schenkte sich einen Schluck ein und nahm es mit ans Bett. Sie schwenkte das Glas gegen das Licht ihrer Nachttischlampe und beobachtete, wie der Rum honigfarben am Glas hinaufleckte und einen kleinen öligen Film hinterließ. Wie kleine Gipfel, dachte sie. Eigentlich genau wie mein Leben. Oder wie jedes Leben? Es geht bergauf und bergab. Und wenn du oben bist, denkst du nicht an unten. Und wenn du unten bist, denkst du, dass du nie wieder auf einen Gipfel kommst.

Wenn ich mich wieder ins Leben werfe, möchte ich wie ein frisch geschlüpfter Schmetterling sein, dachte sie. Die Raupe war ich bereits, die Verpuppung durchlebe ich gerade, und bald fliege ich los. Bunt, schillernd, fröhlich, dem Leben zugewandt. Mit diesen Gedanken schlief sie ein.

Sie wachte auf, weil sie die Gegenwart einer Person spürte. Irgendjemand war gekommen. Es war noch dunkel im Zimmer, durch das Fenster drang nur fahles Nachtlicht. Dann sah sie ihn sitzen, am Fußende ihres Bettes. Er betrachtete sie, aber es schien ihr, als sei er weniger geworden als beim letzten Mal. Schmaler, durchsichtiger.

»Vater?«

»Ich bin gekommen, um mich zu verabschieden.«

»Wohin gehst du?«

»Ich habe meinen Frieden gefunden.«

Gabriella richtete sich auf. Sie fürchtete sich nicht, obwohl sie sein Gesicht nicht erkennen konnte. Sie erkannte nur seine Konturen, aber es war ihr Vater. Ganz ohne Zweifel.

»Ich habe sie gefunden«, fuhr er fort. »Und ich möchte mich von dir verabschieden. Mach dir keine Sorgen. Uns geht es gut. Lebe dein Leben, folge deinem Herzen. Das ist alles, was ich dir mitgeben kann.«

»Vater, wen hast du gefunden? Wovon sprichst du?«

»Ich habe Maria gefunden.«

Heiß schoss es durch Gabriellas Körper. Sie beugte sich vor, um ihn am Arm zu packen, aber da war er fort, sie war schon allein.

Eine Weile starrte sie in die Finsternis, unfähig, einen klaren Gedanken zu fassen. Schließlich ließ sie sich zurücksinken, schaltete dann aber das Licht an, weil sie ihrer eigenen Wahrnehmung nicht traute. Hatte sie das eben geträumt? Sie untersuchte ihre Bettdecke am Fußende. Kein Anzeichen, dass dort jemand gesessen hatte.

War sie noch zurechnungsfähig?

Was hatte er gesagt? Er hat Maria gefunden?

Sie schlug die Bettdecke zurück und begann im Zimmer

auf und ab zu gehen. Schließlich stellte sie sich ans Fenster und lehnte sich hinaus. Sie brauchte frische Luft. Wenn ihr Vater wirklich da gewesen war, dann hieß das, dass ihre Mutter auch tot war. Sie haben sich gefunden, hatte er gesagt. Gefunden. Das ging dann doch wohl nur mit einer Toten?

Es schüttelte sie, und eine Gänsehaut kroch ihre Oberarme hinauf. Sie strich sich über die Arme, blieb aber am Fenster stehen. »Vater«, flüsterte sie, »ist es wirklich wahr? Ist Maria wirklich tot? Aber warum??«

Das war nicht zu begreifen, das war einfach zu viel für ihren Verstand. Sie wandte sich vom Fenster ab und sah die Rumflasche auf dem Tisch stehen. Sie schenkte sich noch einen Schluck nach. Sie brauchte jetzt etwas, um ihr aufgewühltes Gemüt zu besänftigen. Da niemand zum Reden da war ... Doch es war jemand da: Stanley lag doch im Gästezimmer. Sie griff nach ihrem Morgenmantel und stürmte aus dem Zimmer. Vor seiner Tür hielt sie inne. Konnte sie ihn einfach so überfallen? Würde er ihr die Geschichte mit ihrem Vater glauben?

Aber vielleicht hatte er sich ja auch von Stanley verabschiedet?

Sie klopfte. Zunächst zaghaft mit den Fingerknöcheln, aber nachdem sich nichts rührte, schlug sie schließlich mit der Faust gegen das Holz. Es dröhnte durchs ganze Haus, aber Stanley schien davon nicht wach zu werden. Schließlich drückte sie die Klinke herunter. Es war nicht abgeschlossen, und Gabriella öffnete langsam die Tür. Die Stehlampe neben dem Bett brannte, aber Stanleys Bett war leer. Und völlig unbenutzt.

Was hatte das zu bedeuten? Gabriella überlegte fieberhaft. Wo konnte er sein? Sollte sie ihn suchen gehen? Damit würde sie mit ihrem Vorsatz brechen, nicht aus dem Zimmer zu gehen. Andererseits war sie ja schon aus ihrem Zimmer raus. Es spielte also keine Rolle mehr.

Leichtfüßig lief sie die Treppe hinab. Das Haus hatte einen eigentümlichen Geruch, fand sie. Es roch nicht mehr nach wilden Kräutern wie früher, wo tagsüber alle Türen und Fenster offen gestanden hatten und der Pflanzenduft mit den Sonnenstrahlen warm hereingeströmt war. Es roch, wie Häuser riechen, in denen nicht mehr gelebt wird, die nur belüftet und beheizt werden, aber tot sind wie ihre Besitzer. Wieder spürte sie eine Gänsehaut.

Sie musste Stanley unbedingt finden, sie brauchte eine lebendige Seele um sich.

Stanley war im Kaminzimmer, hatte Feuer gemacht und saß vornübergebeugt in dem schweren Ledersessel, in dem ihr Vater gern gesessen hatte. Beim Geräusch der Tür sah er auf. Er wirkte wenig überrascht.

»Ich hatte Besuch von meinem Vater.« Gabriella konnte ihre Gefühle kaum im Zaum halten. »Du auch?«

»Von Claudio? Hier?« Er blickte sich um. »Nein. Dein Vater ist tot ...«

»Ja, er ist tot!« Gabriella setzte sich auf den ledernen Schemel zu Stanleys Füßen. »Er ist tot und ist mir vorhin schon zum zweiten Mal erschienen. Das erste Mal haben wir über uns gesprochen. Über unsere Versäumnisse.«

»Davon hast du mir heute nichts erzählt.«

»Und vorhin kam er, um sich zu verabschieden.«

»Dann hast du ihn losgelassen?«

»Keine Ahnung, was ich habe oder nicht habe«, erklärte Gabriella aufgeregt. »Er hat seinen Frieden gefunden, hat er gesagt.«

»Das beruhigt mich.«

»Seinen Frieden mit ... mit Maria. Meiner Mutter. Sie

sind wieder zusammen, hat er gesagt.« Es war so ungeheuerlich, dass sie es kaum über die Lippen bekam. »Das würde bedeuten ...«

Stanley richtete sich auf. Er trug noch immer den Anzug vom Abend, nur das weiße Hemd stand etwas weiter offen als zuvor.

»Gabriella, du kommst nach anstrengenden Jahren aus New York zurück nach Hause, du bist erschöpft, dein Mann hat dich betrogen, dein Vater ist tot, du sollst ein Erbe antreten, das du nicht abschätzen kannst, alles wächst dir über den Kopf. Also schließt du dich ein, willst die Welt draußen halten, alles ausblenden, deinen Seelenfrieden wiederfinden. Aber so funktioniert das nicht. Dein Geist bleibt wach, er produziert Geschichten.«

»Du meinst, ich habe das geträumt?«

»Vielleicht hast du auch mal davon gelesen. Das Leben nach dem Tod oder so etwas? Solche Erinnerungen können sich in angespannten Situationen verselbstständigen ...«

»Ich weiß nicht.« Gabriella ließ sich vornübersinken und legte ihren Kopf auf ihre Oberschenkel. So saß sie mit gekrümmtem Rücken und versuchte, ihre Gedanken zu ordnen. »Ich weiß nicht«, wiederholte sie nach einer Weile und hob den Kopf wieder. »Jedenfalls bin ich froh, dass du da bist.«

»Das hat dein Vater auch oft gesagt.«

»Vielleicht war er ja bei all dem Trubel in seinem Leben trotzdem ein einsamer Mensch?«

»Wer ist das nicht?«

Gabriella dachte nach. »Ich fühlte mich als Kind nie einsam. Als Jugendliche auch nicht. Und in New York hatte ich tagsüber gar keine Zeit, mich einsam zu fühlen. Und nachts habe ich Kraft geschöpft, um am nächsten Tag wieder zu funktionieren.« Sie runzelte die Stirn. »Ja«, sagte sie, »im Rückblick war ich eine Einzelkämpferin.« Ihr Mund war plötzlich sehr trocken. Sie leckte sich kurz über die Lippen.

»Magst du ein Glas Wasser?« Stanley griff zu der Wasserkaraffe, die auf einem niedrigen Tisch neben seinem Sessel stand.

Gabriella nickte.

»Ich bin auch ein Einzelkämpfer«, sagte er. »Aber ich arbeite auch gern im Team. Ich liebe meinen Mann und habe die Zeit mit deinem Vater sehr genossen. Wir waren sehr produktiv, voller Ideen und uns sehr nah.« Er schenkte Gabriella ein. »Aber erschienen ist er mir trotzdem nicht.«

»Ich bin ja auch seine Tochter!«, erklärte Gabriella trotzig.

»Ja, du bist seine Tochter«, bestätigte Stanley lächelnd. »Sein Fleisch und Blut.«

Die ersten Vögel zwitscherten schon, als Gabriella zu Bett ging. Sie war müde, aber sie war noch immer sehr aufgewühlt. Dass ihre Mutter tot sein könnte, auf diesen Gedanken war sie nie gekommen. Sie war doch gerade einmal 54 Jahre alt.

Sechster Tag

Als sie die Augen aufschlug, stand die Sonne schon hoch am Himmel. Sie fühlte sich müde und schwer und konnte sich, obwohl sie bis gerade eben heftig geträumt hatte, an nichts mehr erinnern. Ihr Traum war intensiv und sehr realistisch gewesen, trotzdem war er einfach nicht mehr da.

Gabriella stand auf und trat ans Fenster. Es war wieder einmal ein wolkenloser Tag, der Himmel strahlte hellblau, nur die Kondensstreifen der Flugzeuge durchkreuzten das idyllische Bild. Gabriella griff sich an den Kopf. Irgendetwas war gewesen. Aber was nur?

Dann fiel es ihr wieder ein. Ihr Vater an ihrem Bett. Seine Abschiedsworte. Ihre Mutter. Und Stanley. Sie hatte unten am Kamin mit ihm gesessen. Hatte er sie getröstet? Sie konnte sich nicht erinnern, sie hatte eindeutig zu viel getrunken. Heute keinen Alkohol, schwor sie sich. Nur Wasser.

Wasser, das war das Stichwort. Sie streifte sich ihr Nachthemd ab und ging hinüber ins Badezimmer. Eine kalte Dusche würde ihr guttun. Sie schaute in den Spiegel. Sie war schlank, dabei aber eher muskulös gebaut, ihr Busen war mittelgroß und apfelförmig. Sie war zufrieden mit ihrem Körper. Trotzdem fehlte ihr etwas. Sie stand vor ihrem Spiegelbild und betrachtete sich. Wie hatte ihre Mutter ausgesehen? Wie eine Fee, das hatte sie jetzt oft gehört. Schmal und feenhaft. Sie hatte von anderen gehört, wo Ähnlichkeiten zwischen ihr und ihrer Mutter lagen: der Mund, die Augen. Aber sie hätte so gern selbst einen Vergleich ziehen wollen, hätte gern selbst erfahren, was sie sonst noch von ihr geerbt hatte und was nicht.

»Vergiss es«, sagte sie laut und entschlossen zu ihrem Spiegelbild, bevor sie unter die Dusche ging.

Als sie zwanzig Minuten später aus der Tür trat, stand Emilia an ihrem Bett. »Ich habe mich schon gewundert, wo du abgeblieben bist«, sagte sie und schüttelte den Kopf. »Wie du aussiehst! Viel zu dünn! Du musst essen!«

Gabriella wurde erst jetzt bewusst, dass sie nackt aus dem Badezimmer herausspaziert war. Aber gut, dachte sie, Emilia kannte sie seit ihrer Kindheit, da war nichts dabei.

»Ich esse doch schon wie ein Scheunendrescher! So viel habe ich die ganzen letzten Jahre nicht gegessen!«

»Dann setzt bei dir nichts an. Ich sehe jedenfalls nur Haut und Knochen!«

»Aber wirklich, Emilia!« Gabriella musste lachen. »Hier, ein Po! Und hier, Hüften! Und einen Busen habe ich auch. Von wegen nur Haut und Knochen!«

Emilia schüttelte nur den Kopf. »Bitte«, sagte sie und legte einen Brief auf das Bett. »Von Stanley. Er wollte dich nicht wecken.«

»Ist er schon abgereist?«

»Er kommt gern wieder, soll ich dir ausrichten.«

Gabriella nickte und nahm sich frische Unterwäsche aus der Kommode. »Magst du ihn?«, fragte sie über die Schulter hinweg.

»Er hat deinem Vater gutgetan. Stanley hatte ein interessantes Projekt, eine neue Idee, und das baute deinen Vater auf. Er liebte die Gespräche, die Abende und die Arbeit mit Stanley.«

Gabriella griff nach ihrem leichten Morgenmantel, der auf dem Bett lag, und schlüpfte hinein.

»Magst du jetzt einen Brunch oder nur einen Cappuccino und dann ein Mittagessen?«, fragte Emilia.

»Mittagessen?« Gabriella setzte sich aufs Bett. »Was schlägst du vor?«

»Eine Gemüselasagne, dachte ich. Zumindest habe ich eine vorbereitet. Schwarzen Trüffel habe ich aber auch.«

»Trüffelspaghetti? Das fände ich perfekt!«

»Gut! Dann heute Mittag die Lasagne und heute Abend die Spaghetti mit Trüffel?«

»Fantastisch!«

»Vielleicht unten am Kamin? Mit einem Glas Rotwein?«

Also hatte Stanley doch gepetzt.

»Keinen Alkohol heute. Ich hatte gestern zu viel davon.«

»Aber trotzdem am Kamin?«

»Emilia, der Kamin war ein Ausrutscher. Ich habe Stanley gesucht …« Und sie erzählte von dem zweiten Besuch ihres Vaters und seinem seltsamen Abschied. »Ich ärgere mich so«, schloss sie, »dass ich mit meinem Vater nie über meine Mutter gesprochen habe. Er hat ein Tabuthema daraus gemacht, und ich hätte es nicht beachten, sondern brechen sollen!«

Emilia zuckte die Schultern.

Dann wandte sie sich zum Gehen, drehte sich aber noch mal um.

»Das Thema ist nun 28 Jahre alt und ist 28 Jahre lang nicht angesprochen worden. Lass es einfach weiterhin auf sich beruhen, dann geht es dir besser.«

»Aber es beschäftigt mich. Es geht schließlich um meine Mutter.«

»Sie hat dich verlassen. Vergiss sie!« Damit ging Emilia hinaus.

»Leicht gesagt«, murmelte Gabriella und setzte sich mit Stanleys Brief ans Fenster.

»Liebe Gabriella«, las sie, »danke für den sehr freundlichen Empfang und noch mehr für den schönen Abend am Kamin. Ich habe darüber nachgedacht. Dein Vater war eine so starke Persönlichkeit, ich kann mir vorstellen, dass er auf dem Weg ins Jenseits den kleinen Umweg an deinem Bett vorbei gemacht hat. Ich wollte ja zusammen mit ihm eine Art Autobiografie drehen, eine Dokumentation über sein Leben. Ich überlege gerade, ob man nicht mit diesem Abschied anfangen sollte und dann in einen Rückblick gehen? Würdest du seinen Part einnehmen wollen und mit mir diesen Film verwirklichen? Ich freue mich auf deine Antwort, dein Stanley.«

Gabriella musste das zweimal lesen. Sie sollte einen Film drehen? Gewissermaßen in die Fußstapfen ihres Vaters treten? Davon hatte sie doch überhaupt keine Ahnung. Andererseits – warum nicht? Stanley war der Fachmann, und man konnte doch alles lernen. Schließlich war sie Claudios Tochter. Und in ihrem Beruf hatte sie gelernt, mit Geld umzugehen. Die Frage war nur, wie sich ein solches Projekt überhaupt finanzierte?

Unter seiner Unterschrift hatte Stanley seine Handynummer hinterlassen.

Gabriella stand auf, um ihr Handy zu holen. Eine SMS war eingegangen. Von Sofia:

»Gabriella, wir ziehen hier aus. Haben wir bei dir Asyl? Ich vergeude hier mein Leben. Und das meiner Kinder.«

»Oje!« Gabriella schloss die Augen. Sofia. Mit drei Kindern. Darauf hatte sie nun gar keine Lust. Obwohl es ursprünglich sogar ihre eigene Idee gewesen war. Trotzdem: Seit ihrer eigenen Kindheit hatte sie nichts mehr mit Kindern zu tun gehabt. Und dann auch noch Halbwüchsige. Aurora mit ihrer Abtreibung. Und mitten in der Pubertät.

Und ein zehnjähriger Junge. Tobten die nicht pickelig durchs Haus und hatten nur dumme Einfälle?

Auf der anderen Seite war es ein Hilferuf ihrer Freundin. Und es gab hier mehr als genug Zimmer. Sie würde mit Emilia darüber reden müssen, welche Zimmer infrage kämen. Emilia. Sie sah sie schon vor sich, ihren kritischen Blick. Die Bande aus dem Dorf? Ins Castello? Niemals!

»Das ging jetzt aber schnell!«, schrieb sie zurück. »Bist du sicher?«

»Es ging nicht schnell. Das Fass hat sich über die Jahre gefüllt – jetzt ist es übergelaufen.«

Gabriella nickte. Das kannte sie. Irgendwann war Schluss.

»Das bekommen wir hin«, tippte sie in ihr Smartphone. »Muss das nur mit Emilia besprechen. Melde mich.« Und ihr eigenes Leben? Sie dachte an Flavio. Das würde kompliziert werden.

Flavio. Sie glaubte, ihn zu spüren. Schon der Gedanke an ihn brachte ihren Körper in Erregung. Was war eigentlich mit ihm? Sie hatte seit jenen Stunden nichts mehr von ihm gehört. Tobte er sich nun doch lieber mit seiner Freundin aus? Der Gedanke behagte ihr nicht.

Jetzt bist du auch noch eifersüchtig, dachte sie. Es wird immer besser. New York entflohen, und jetzt haben wir da Sara und Flavio, Sofia und ihre drei Kinder, meinen Vater, der mit meiner toten Mutter ins Jenseits geht, und Stanley, der mich für seinen Film einspannen will.

Die Tür klappte auf, und Emilia erschien mit zwei Tassen Cappuccino auf einem Tablett.

»Bekommen wir Besuch?«, fragte Gabriella argwöhnisch.

»Nein!« Emilia stellte das Tablett auf den Tisch am offenen Fenster. »Ich mag nur nicht zweimal laufen.«

»Vielleicht magst du den zweiten trinken, es gibt da nämlich was zu besprechen.«

»Bekommen wir Besuch?«

Gabriella musste lachen. Es waren ihre Worte, aber diesmal stimmte es, und sie klärte Emilia über Sofias Hilferuf auf. Emilia rückte sich einen Stuhl zurecht und setzte sich.

»Erstaunlich«, sagte sie. »Kaum bist du da, geht es hier drunter und drüber. All die Jahre ist nichts passiert.«

»Was meinst du mit drunter und drüber?« Gabriella griff nach ihrem Cappuccino und schob die andere Tasse Emilia hin.

»Nun, Sofia und Lorenzo. Die große Liebe im Dorf. Ganz früh musste die Hochzeit sein. Warum wohl?«

»Davon hat sie mir nie was erzählt.« Gabriella rechnete nach. »Aurora ist dreizehn. Geheiratet hat Sofia aber mit achtzehn. Heute ist sie 33 Jahre alt. Die Rechnung stimmt nicht. Und außerdem war ich doch damals dabei ...«

Sie sah Sofia vor sich. Strahlend vor Glück. Sie hatte sich in Lorenzo verliebt, da waren sie beide noch Teenager. Und Lorenzo hatte mit ihr gespielt, das wusste sie noch. Lorenzo, der Mädchenschwarm. Lässig, breitschultrig und mit diesem gewissen Lächeln, das die Mädchen anzog: Hier bin ich, aber ich will dich nicht. Sofia fühlte sich vom ersten Moment an herausgefordert. Sie wollte beweisen, dass sie es schaffte, dass sie ihn als Einzige im Dorf bekam. Sie war hübsch, hatte einen Traumkörper und wollte ihre Zukunft in die Hand nehmen. Möglichst früh. Gabriella erinnerte sich auch noch an ihre Gespräche von damals. »Sofia«, hatte sie bei einem ihrer Kuschelabende gesagt, »du willst doch was mit Mode machen. Lorenzo ist Bäcker! Willst du Brötchen designen? Das bist doch nicht du!« Aber Sofia war siebzehn und der Meinung, dass sich das schon ändern würde, wenn sie ihn erst einmal hätte. »Mailand«, hatte sie gesagt, »Mailand, da kann er eine große Bäckerei aufmachen, und ich studiere Modedesign. Das hat er mir versprochen.«

Gabriella sah sich wieder in ihrem Zimmer, das Gesicht der Freundin dicht vor ihrem eigenen. »Sofia, denk doch mal nach. Er arbeitet in der Bäckerei seiner Eltern. Die erwarten eine Schwiegertochter, die ihrem Mann zur Seite steht, die mit ihm die Bäckerei weiterführt.«

»Diese alte Bäckerei? Nie im Leben! Die ist ja völlig verstaubt. Lorenzo sagt auch, dass er eine moderne Bäckerei führen will. Raus aus der Enge. Wir heiraten und ziehen nach Mailand. Das ist unser Plan.« Ihr Ton war hochnäsig gewesen. Das war er immer, wenn sie unbedingt an etwas festhalten wollte und andere ihren Plan anzweifelten. Das kannte Gabriella und lenkte ein. »Ich will dich nicht verletzen, ich möchte nur, dass du genau darüber nachdenkst.«

Und dann kam die Hochzeit. Sofia war so glücklich und hübsch, dass es jedem die Tränen in die Augen trieb, auch Gabriella, als sie ihre Freundin in die Arme nahm und beglückwünschte. »Du siehst so wahnsinnig schön aus!«

»Danke! Wie findest du mein Kleid?«

Sofia hatte es selbst entworfen und geschneidert. Es betonte ihre Figur, lag bis zur Taille eng an und bauschte sich von dort aus üppig bis zum Boden. Die weiße Rohseide sah edel aus, und den schmalen Schleier hatte sie raffiniert mit ihrem dichten Haar verflochten. Sie hätte ein perfektes Model für jedes Modemagazin abgegeben. Daneben Lorenzo, auch er ein Bild von einem Mann in seinem Smoking und den glänzenden Lackschuhen. Ihre Hochzeit war ein rauschendes Fest gewesen, und es gab viele im Dorf, die Sofia damals beneidet hatten. Auch um die Hochzeitsnacht und um die Flitterwochen auf Capri.

Aber bald danach begannen die Illusionen dem Alltag zu weichen. Lorenzo arbeitete weiter bei seinen Eltern, und dass nun auch die Schwiegertochter gefordert war, war eine Selbstverständlichkeit. Schließlich hatte sie in die Bäckerei eingeheiratet. Die fröhlichen Mädchenzeiten waren vorbei. Gabriella verlor Sofia mehr und mehr aus den Augen, Sofia hatte schlicht keine Zeit mehr für sie. Sie hatte sich um ihren Mann und das Geschäft zu kümmern und bald auch um die Kinder.

»Wieso meinst du, sie hätte heiraten müssen?«, wollte Gabriella wissen. »Sie war doch gar nicht schwanger!«

»Vielleicht hat sie es aber behauptet? Jedenfalls war das damals Dorfgespräch«, meinte Emilia.

»Das glaube ich nicht. Ich glaube eher, die beiden sahen eine Chance, um der Dorfenge gemeinsam zu entfliehen.«

»Sie sind weit gekommen...«, gab Emilia zur Antwort.

Du auch, dachte Gabriella, sprach es aber nicht aus.

»Jedenfalls war das jetzt ein Hilferuf von ihr. Sie hat Probleme und möchte mit ihren Kindern zu uns kommen.«

»Sie möchte hier einziehen?« Emilia zog die Stirn kraus. »Steht das in dieser Nachricht?« Sie zeigte zu dem Handy, das auf dem Tisch lag. »Richtig einziehen? Für lange?«

Gabriella zuckte die Schultern. »Ich muss das mit ihr klären. Aber welche Zimmer könnten wir denn richten?«

»Sie werden hier überall herumtollen«, sagte Emilia düster. »Nichts wird sicher sein vor den Kindern!«

Gabriella wandte ihren Blick ab und sah zum Fenster hinaus. Die Gegend war friedlich, die Rebstöcke des Weinbergs schimmerten in einem satten Grün, und die Dächer der Häuser leuchteten wie frisch gewaschen. Hatte es heute Nacht geregnet?

»Magst du eigentlich Kinder?«, wollte sie plötzlich von Emilia wissen, während sie weiter hinausschaute.

»Dich habe ich gemocht.«

»Also nicht.«

»Es kommt darauf an.«

»Worauf?«

»Wie sie sich verhalten. Wie sie sind.«

»Vielleicht sollten wir ihnen einfach eine Chance geben.«

»Ja, vielleicht sollten wir das ...«

Sie sahen einander an und gaben sich die Hand.

»Aber wenn ...«, begann Emilia.

»Ja, dann ...«

»Du hast Sara ein Versprechen gegeben?«, fragte sie, nachdem sie eine Weile ebenfalls aus dem Fenster gesehen und ihren Cappuccino getrunken hatte.

»Da geht es schon wieder um eine junge Ehe.« Gabriella verzog das Gesicht. »Weil die Mutter das so will. Aber ist das immer richtig?«

Emilia stand auf. »Was ist schon richtig. Ich kümmere mich jetzt um die Lasagne. Der Rest wird sich weisen.«

»Und die Zimmer?«

»Auf der anderen Seite des Hauses. Die sind etwas eingestaubt, aber Sofia hat ja zwei gesunde Arme. Und drei kräftige Kinder.«

Am selben Abend zogen sie ein. Sie kamen genau in dem Moment in Gabriellas Zimmer, in dem das Handy piepste und Flavios Nachricht eintraf: »Wollen wir unser Gespräch heute Nacht fortsetzen?«

Gabriella warf einen Blick auf das Display, konnte aber nicht antworten, denn jetzt standen die vier wie die Orgelpfeifen vor ihr: Sofia, die dreizehnjährige Aurora, die elfjährige Schwester und der kleine Bruder, der sich neugierig umsah. Aurora erinnerte Gabriella sofort an sich selbst und an Sofia. Es war genau in diesem Alter gewesen, als Sofia schon von dem ersten Jungen schwärmte und sie selbst sich noch ein Pony wünschte.

Aus unerfindlichen Gründen mochte sie Aurora sofort. Ihren leicht ablehnenden Blick, etwas verschämt, aber auch nicht wirklich abgewandt, eher wie um drei Ecken herum, ihre gerade Haltung, die dunklen Haare mit dem langen Pony, der wie ein Schutzschild vor ihren Augen hing. Sie war eigenwillig, das war sofort zu sehen, rebellisch. Das war eine, die eher nach New York ging, als sich hier im Dorf zu verloben.

»Das sind meine drei«, begann Sofia.

»Herzlich willkommen«, sagte Gabriella und nahm Sofia in ihre Arme. »Gut, dass ihr gekommen seid.«

»Ich war mir nicht sicher.«

»Ich bin mir sicher!« Sie sagte es so im Brustton der Überzeugung, dass sie es selbst glaubte.

»Danke!« Sofias warmer Blick traf sie. Hatte Lorenzo sie geschlagen? Sie war so verdächtig dick gepudert. »Das sind Aurora, Anna und Arturo.«

»Über das A seid ihr wohl nicht hinausgekommen?« Gabriella lachte und gab jedem die Hand. »Also«, begann sie, »hier wird morgens um fünf gebetet, um sechs die Stube geputzt, um acht geht es zur Schule, Punkt zwölf Mittagessen, von zwölf bis zwei absolute Mittagsruhe, bitte kein Laut, um …« Sie sah in die ernsten Gesichter der Kinder und musste lachen. »Nein, keine Sorge. Fühlt euch wie zu Hause. Emilia und eure Mutter werden euch das Haus zeigen, ich gehe hier nicht raus. Aber ihr könnt jederzeit zu mir kommen, wenn ihr möchtet.«

»Kann ich Englisch mit dir reden?« Aurora wischte mit einer Handbewegung die Fransen vor ihren Augen weg. Der Blick gefiel Gabriella. Die Frage auch.

»Sehr gute Idee! Ich rede mit jedem von euch nur Englisch!«

»Dann komme ich nicht«, sagte Arturo beleidigt. »Ich kann das noch nicht!«

»Dummkopf!«, fuhr ihn Anna an. »Du sollst es ja auch lernen. Und so lernt man es am besten!«

»Will ich aber nicht!«

»Was willst du dann?«, wollte Gabriella wissen.

»In den Weinberg. Der interessiert mich. Die Trauben sind spannender als Englisch.«

Der Weinberg, dachte Gabriella. Stimmt, darum musste sie sich ja auch noch kümmern. »Das lässt sich bestimmt machen.«

»Spricht Mama dann auch Englisch mit dir? Das kann sie nämlich nicht besonders gut …« Offensichtlich war Anna der Naseweis in der Familie.

»Mal sehen«, sagte Gabriella und zwinkerte Sofia zu.

Abends kam Sofia zu ihr ins Zimmer. Sie hatte mit Emilia die Betten gerichtet, mit den Kindern zu Abend gegessen und stand nun mit einer Flasche Prosecco in der Tür.

»Für mich heute keinen Alkohol«, wehrte Gabriella gleich ab. »Aber du kannst gern etwas trinken. Und erzähl mir, was passiert ist.« Sie lag im Bett und deutete neben sich. »Mach's dir gemütlich!«

»Ich muss mich erst mal entschuldigen!«

»Das musst du überhaupt nicht. Erzähl mir, was los ist, und dann finden wir eine Lösung.«

»Wie sehe ich aus?«, wollte Sofia wissen, während sie das

Kopfkissen aufschüttelte und sich im Schneidersitz neben Gabriella setzte.

»Schrecklich!«, sagte Gabriella. »Zu dünn, zu blass, zu viel Schminke. Du verlierst deine Schönheit, wenn du so weitermachst.«

»Deshalb bin ich ja hier.«

»Also bist du geflohen?«

»Er hat mich geschlagen!«

»Das habe ich mir schon gedacht.«

»Er lässt seine Unzufriedenheit darüber, dass er immer noch in diesem Kaff sitzt, dass er seine Zukunft verschenkt hat, dass er hier alt werden wird, dass er zu früh geheiratet hat, das alles lässt er an mir aus.«

»Das habe ich mir auch gedacht.«

»Gabriella! Ich bin erst 33. Und fühle mich wie hundert! Das kann doch nicht sein!«

»Ich habe dich damals gewarnt.«

»Das stimmt. Und jetzt sitzen wir hier. Nach zwanzig Jahren. So viel Zeit liegt dazwischen!«

Ja, genau, dachte Gabriella. Aber war sie selbst weiter gekommen als Sofia? Sie durfte weiß Gott nicht überheblich sein. Sie hatte Karriere gemacht, wie man so sagt, aber sie hatte ebenfalls eine gescheiterte Beziehung hinter sich und saß nun seit fast einer Woche hier im Bett. Flucht aus Verzweiflung. So verschieden waren ihre Situationen gar nicht.

»Und jetzt?«, wollte Gabriella wissen.

»Jetzt suche ich nach einer Möglichkeit, mein eigenes Leben zu leben.«

»Mit drei Kindern?«

»Mit drei Kindern.«

Gabriella nickte. »Was sagen deine Kinder zu der Trennung?«

»Aurora ist happy, Anna weiß nicht so richtig, höchstens Arturo … Jungs brauchen halt ihre Väter.«

»Hast du denn genug Geld?«

Sofia zuckte mit den Achseln. »Im Moment nicht. Bei einer Scheidung … er muss zumindest für die Kinder aufkommen.«

»Du willst sicher nicht zu ihm zurück?«

Sofia schüttelte den Kopf.

»Also brauchen wir einen Anwalt.«

»Ich kenne einen. Aus dem Dorf.«

»Ist er neutral?«

»Ganz sicher.«

»Dann lass ihn kommen. Die Rechnung übernehme ich.«

Die Rechnung übernehme ich. Sie hatte das so selbstverständlich gesagt, dabei hatte sie keine Ahnung. War überhaupt Vermögen da? Oder hatte ihr Vater ihr vielleicht sogar Schulden hinterlassen? Sie musste Emilia fragen. Claudio hatte doch sicher einen Anwalt gehabt. Dass der sich noch nicht bei ihr gemeldet hatte?

»Warte noch mit dem Anwalt«, sagte sie zu Sofia. »Claudio hatte doch sicherlich einen Anwalt. Hier gibt es ja auch vieles zu regeln. Es ist gescheiter, wenn wir den nehmen … ich muss einfach Emilia fragen.«

Sofia nickte. »Seitdem du wieder da bist, fühle ich mich viel besser, sicherer.«

»Seitdem ich wieder da bin, geht alles drunter und drüber.«

»Wer sagt denn so was?«

»Emilia!«

Sie mussten beide lachen und nahmen einander in die Arme.

Nachdem Sofia wieder zu ihren Kindern gegangen war, lag Gabriella im Bett und sah zum Fenster hinaus direkt in die Sterne. Es war eine klare, kühle Nacht, und Gabriella hing wieder ihren Gedanken nach. Sie würde ihrem Vorsatz so schnell nicht untreu werden. Wer etwas von ihr wollte, musste zu ihr kommen. Nur weil sich hier alles überstürzte, war das noch lange kein Grund, ihren Vorsatz zu brechen. Vorsatz. Da fiel ihr Flavio ein. Sie hatte ihm noch nicht geantwortet. Im Trubel der Ereignisse war seine SMS völlig untergegangen. Sofort griff sie nach ihrem Handy. Er hatte keine weitere Nachricht geschickt. Ist ja auch klar, wenn man keine Antwort bekommt, dachte sie und schrieb: »Ich habe das Haus voll. Heute sind Sofia und ihre drei Kinder eingezogen.«

»Ich weiß.«

Die Antwort kam von der Tür. Gabriella brauchte kurz, bis sie verstand. Mit einem Ruck drehte sie sich um. Flavio kam durch die Dunkelheit des Zimmers auf sie zu, sein leuchtendes Handy in der Hand.

»Es hat sich schon im Dorf herumgesprochen«, sagte er. »Das Castello wird zum Zufluchtsort. Wie früher ...«

»Fliehst du auch?« Gabriella stand auf, um ihn zu begrüßen.

»Vielleicht ...«

Sie standen einander gegenüber und sahen sich nur an. Sein Gesicht war in weiches Licht getaucht, und eigentlich sah sie nur seine Augen. Den Rest aber fühlte sie. Die Nähe zu ihm verstärkte das Gefühl der Hitze, die durch ihren Körper schoss.

»Ich spüre dich«, sagte er leise. »Ich würde dich auch durch fünf Kehranzüge hindurch spüren. Du hast eine starke Energie.«

Sie erinnerte sich an ihre erste Begegnung. An Aristoteles, an den Venusberg und die toskanische Erde, von der er gesprochen hatte.

»Ich spüre dich auch«, sagte sie. »Und irgendwann möchte ich auch die Erde spüren, von der du gesprochen hast.«

»Riechen«, sagte er. »Riechen. Du riechst die Erde, die Blumen, den Weinberg, jedes Tier. Aber es tut auch gut, die Erde zu spüren. Es tut gut, dich zu spüren.«

Gabriella schloss für einen Moment die Augen und horchte in sich hinein. Seine Stimme tat ihr gut, seine Worte wärmten sie.

»Ich werde eines Tages mit dir dieses Haus verlassen, und dann werden wir hier irgendwo zusammen im Gras liegen«, fuhr er fort. »Und nach einer Stunde wirst du wissen, was ich meine.«

»Was tun wir in dieser Stunde?«

»Erst werden wir sehen, was um uns herum passiert. All die kleinen Lebewesen, von denen die meisten Menschen keine Ahnung haben. Dann werden wir uns lieben. Und schließlich wirst du in meinem Arm liegen, und wir werden der Natur lauschen.«

»Lauschen?«

»Die Welt ist voller Geräusche. Nein, ich meine nicht die großen, die lauten, nicht die Flugzeuge und nicht die Autos. Ich meine das Rascheln neben dir, den Vogel über dir, ich meine ein fliegendes Blatt im Wind.«

Das war die Sprache ihrer Kindheit, die hatte Gabriella längst vergessen. Ihr Vater hatte sich oftmals mitten im Satz selbst unterbrochen. »Psst. Hörst du das? Das sind die Marder im Gebälk. Sie gehen auf Jagd.« Oder: »Das ist die Nachtigall. Sie singt heute nur für dich. Aber du musst ihr zuhören.«

Und nun stand hier wieder einer und sprach wie ihr Vater.

»Du sprichst wie mein Vater.«

»Er war ein großer Mann!«

Sie standen sich noch immer gegenüber.

»Gilt das Versprechen noch immer?«, wollte er wissen.

»Was hätte sich ändern können?«

»Ein Versprechen, das wird zwischen zwei Personen gegeben. Der, der es fordert, kann es auch zurücknehmen.«

Gabriella zögerte. »Es ist deine Mutter!«, platzte sie heraus. »Ihr habe ich dieses Versprechen gegeben.«

Flavio zeigte keine Reaktion. Schließlich nickte er. »Das habe ich mir gedacht.«

»Weshalb?«

»Sie hat ihre Pläne im Dorf. Mutterpläne. Nenn es, wie du willst.«

»Sie sagte mir, du und deine Freundin, ihr nähert euch einander an. Eure Zukunft steht fest. Wenn ich nicht dazwischenfunke.«

Flavio trat einen Schritt zurück. »Meine Mutter lebt ihr Leben. Ich lebe mein Leben. Und auch Lisa lebt ihr Leben. Nur weil sich unsere Eltern das so vorstellen, ist es noch lange nicht unser Ziel. Lisa will nach Paris an die Sorbonne, und ich werde auch nicht hier bleiben. Ich möchte Architektur studieren. Du musst dich an kein Versprechen binden.«

»Ihre Worte waren: ›Bitte benutzen Sie ihn nicht, und werfen ihn danach wieder weg. Es würde ihn zerstören.‹ Ich habe ihr die Hand darauf gegeben. Und sie sagte mir, in Italien gilt ein Handschlag. Für mich auch …«

Zu ihrem Erstaunen lachte er. »Da liegt die Lösung doch nah.«

»Und welche?«

»Du benutzt mich nicht. Und wirfst mich hinterher nicht weg.«

»Ist das nicht ...«

»Benutzen kann man jemanden doch nur, wenn man schlechte Absichten hat. Hast du die?«

Gabriella schüttelte den Kopf.

»Aber ich habe sie ...«, sagte er und zog sie an sich. Sie spürte seinen Atem an ihrem Ohr. »Und davon hat sie doch nicht gesprochen. Wir drehen den Spieß einfach um. Und du bist deines Versprechens enthoben.«

Seine Lippen liebkosten ihr Ohrläppchen, und sie spürte seine Hände auf ihrem Rücken. Langsam fuhren sie ihre Wirbelsäule hinunter, Wirbel für Wirbel.

»Du willst mich benutzen und wieder wegwerfen?« Gabriella hörte ihre eigene Stimme, leise und tiefer als sonst.

»Du musst für meine Taten keine Verantwortung übernehmen.« Sein Mund wanderte zu ihren Augenlidern und über die Nase hinunter zu ihrem Mund.

Gabriella dachte an die Affäre zwischen ihrer Mutter und Flavios Vater. Wenn sie ihm davon erzählen würde, würde er seine Mutter darauf ansprechen. Vielleicht würde dann alles eskalieren. Sie beschloss, Saras Geschichte erst einmal für sich zu behalten.

Seine Hände schoben sich unter den Gummizug ihrer Schlafanzughose. Er hielt ihre Pobacken fest. »Du hast den schönsten Hintern der Welt«, flüsterte er. »Rund und fest. Ich könnte für immer so stehen bleiben.«

Gabriella lehnte sich an ihn. Sie überließ sich ihm ganz. Und mit ihrem Körper überließ sie ihm auch alle Überlegungen, alle Probleme, alle Gedanken. Sie empfand einen tiefen Frieden, das Gefühl absoluter Geborgenheit.

»Schön«, flüsterte sie. »Bleiben wir so stehen.«

Doch seine Finger wanderten weiter, die Rundung ihres Pos hinunter bis zum Ansatz ihrer Oberschenkel. Dort kratzten sie leicht an der weichen Haut, bis Gabriella ihre Beine öffnete. Sie spürte seine Finger und wie sie feucht wurde. Sie hielt ihre Augen geschlossen und gab sich ganz dem Gefühl hin, das von den Zehenspitzen aus ihren Körper erfasste und sie heiß durchflutete. Begierde, dachte sie. Das ist das Wort. Ich begehre ihn.

Sie öffnete seinen Gürtel und den Reißverschluss seiner Hose. Seine Erregung schlug ihr unter seinem Slip entgegen. Sie zog den Stoff weg, bis sein Penis frei dastand und sich an ihren Bauch drängte. Flavio zog ihr die Schlafanzughose aus und hob sie hoch. Sie umfasste seinen Körper mit ihren Beinen und fühlte, wie er in sie eindrang. Er füllte sie ganz aus, und all ihre Sinne erwachten.

Alles in ihr konzentrierte sich jetzt auf ihre Körpermitte und auf das gute Gefühl, das sie durchströmte. Dazu der erotische Reiz des Ledergürtels und des rauen Jeansstoffs zwischen ihren nackten Beinen. Es war atemberaubend. Sie schlang ihre Arme um ihn. Wie konnte er sie so einfach tragen? Sie war doch schwer. Flavio stand wie ein Baum, und seine Hände begannen ihre Pobacken leicht anzuheben und wieder hinuntergleiten zu lassen. Erst langsam, dann immer schneller, bis sie in seinen Hals biss, so irre empfand sie ihn, und so wuchtig brandete ihr Orgasmus wie eine Hitzewelle durch ihren Körper. Wenig später kam auch er mit einem tiefen Knurren. Dann ging er mit ihr die wenigen Schritte zum Bett und ließ sich fallen, noch immer waren sie ineinander verschlungen.

Sie kamen seitlich zu liegen, und er rollte sich auf sie. »Sehr schön«, murmelte er, und jede Spannung verschwand aus seinem Körper. Augenblicklich fühlte er sich unglaublich schwer an.

»He!« Gabriella strampelte und boxte ihn auf den Rücken.

Flavio lachte und rollte mit ihr im Bett herum. Jetzt lag sie oben.

»Besser so?«

»Du bist ja unglaublich schwer.«

»Du nicht. Du fühlst dich an wie eine Feder.« Er hob ihren Oberkörper. »Emilia lässt dich verhungern. Ich muss sie rügen ...«

»Jetzt fängst du auch noch damit an ...« Gabriella legte ihre Wange an seine Schulter. Er nahm sie in seinen Arm, und eine Weile blieben sie so liegen. Gabriella ertappte sich bei einem seltsamen Gedanken. Ich bin angekommen, dachte sie. Schalt sich aber gleichzeitig, so etwas nicht einmal denken zu dürfen. Aber sie fühlte einen Frieden und eine innere Ruhe, die sie so lange vermisst hatte. Dann spürte sie etwas. Flavio regte sich wieder. In ihr. Sie musste lächeln. Und sie gab sich seinem langsamen Rhythmus hin, bis sie selbst mehr wollte und die Knie anzog. Jetzt war sie diejenige, die den Takt vorgab. Und sie spielte das Spiel des Forderns und der Verzögerung, bis er es nicht mehr aushielt, sie herumriss und sie beide gleichzeitig lautstark zum Höhepunkt kamen.

Dann fiel ihr Maria ein. Maria im Kornhaus. Und Sara war dabei auf der Strecke geblieben. Sie schüttelte den Gedanken sofort wieder ab.

»Magst du etwas trinken?«, wollte Flavio wissen.

»War dein Vater deiner Mutter immer treu?«

»Ist das die Antwort auf meine Frage?«

»Nein, natürlich nicht ... Aber danke, ich trinke heute keinen Alkohol.«

»Heute ist schon vorbei. Es ist bereits morgen.«

»Du müsstest nachschauen. Ich habe nichts hier oben.«

»Du meinst, ich soll mich neben Sofia vor den Kühlschrank stellen?«

»Das wäre ein arger Zufall ...«

»Ich habe eine Flasche Rotwein neben die Tür gestellt. Wenn du magst?«

»Sofia deutete an, dass Aurora ... und du ...«

»Aurora? Ihre Tochter? Und was sollte ich da getan haben?«

»Eine Liebelei ...?«

»Das ist unverantwortlicher Blödsinn. Die Kleine ist doch noch ein Kind. Wie kommt sie denn auf diese Idee?«

Gabriella sagte nichts. Auroras Schwangerschaftsabbruch war kein Partythema.

»Ach«, sagte sie, »vergiss es einfach wieder.«

»Was jetzt. Den Wein oder Aurora?«

»Ein Glas Rotwein würde jetzt passen.«

»Aurora habe ich einige Male mit einem jungen Kerl gesehen. Mit dem Sohn ihres Rektors, verstehst du? Aber mit dem kann man mich eigentlich nicht verwechseln.« Er reckte seine Schultern. »Trotzdem schienen sie recht verliebt. Ist das das neue Traumpaar des Dorfs?«

Gabriella schüttelte den Kopf.

Aber jetzt war ihr klar, weshalb Aurora den Namen ihres Liebhabers für sich behalten hatte. Sie wollte in Ruhe ihren Schulabschluss machen. Aurora wurde ihr immer sympathischer.

Siebter Tag

Statt Emilia kam am nächsten Morgen Sofia mit dem Frühstückstablett. Gabriella war erst kurz zuvor aufgewacht, hatte die beiden Fensterflügel weit aufgerissen und die benutzten Weingläser versteckt. Der ganze Raum riecht nach Liebe, dachte sie. Jeder, der hereinkam, würde es sofort merken, da war sie sicher. Sie kam gerade frisch geduscht und mit nassen Haaren aus der Dusche, als Sofia die Tür öffnete.

»Ist es dir recht?«, wollte sie wissen. »Die Kinder sind in der Schule.«

Gabriella erkannte sofort das Frühstück für zwei und nickte. »Das hast du gemacht?«

»Nein, Emilia. Ich darf es herauftragen. Und mit dir genießen. Denn ich muss ja einige Dinge mit dir besprechen. Haushaltsgeld. Wohngeld. Wir essen hier, trinken eine Menge, wohnen, waschen, Strom, das kostet alles Geld.«

»Willst du dich nicht erst mal setzen?« Gabriella wies auf ihren Frühstückstisch am Fenster, und Sofia stellte ihr Tablett ab.

»Hattest du heute Nacht Besuch?«, fragte sie.

»Wieso?«

»Es riecht so komisch.«

Gabriella schnupperte. »Das muss die Möbelpolitur sein, die Emilia gestern aufgetragen hat.« Sie verzog das Gesicht.

»Vielleicht weht ja auch was von draußen rein ...« Sofia verteilte die Teller und die beiden Cappuccini. »Vielleicht spritzen sie ja eure Reben.«

»Die werden nicht gespritzt, glaub ich.«

Sofia nickte. »Am besten kannst du da Arturo fragen. Er ist öfter im Weinberg als in der Schule.«

Mit dem Weinbauern muss ich auch noch reden. Demnächst, dachte Gabriella.

»Und das soll ich dir von Emilia geben. Er hat heute Morgen angerufen und bittet dich zu einem Termin.«

Gabriella nahm den Zettel. »Avvocato Dr. Edoardo Grigolli.«

»Das ist der Anwalt deines Vaters.«

»Sehr gut!« Gabriella sah auf. »Das kommt ja zur passenden Zeit! Dann kannst du dich auch gleich über deine Situation schlaumachen. Und so lange seid ihr auf jeden Fall meine Gäste.«

»Ich möchte das aber selbst regeln.«

»Das kannst du gern regeln, wenn es etwas zu regeln gibt.«

Sie zog ihr Handy zu sich und gab die Nummer ein. Es dauerte eine Weile, bis die Anwaltsgehilfin sie durchgestellt hatte, aber schließlich hörte sie die tiefe Stimme von Edoardo Grigolli: »Haben Sie einen Termin ausgemacht?«

»Sie können gern zu mir kommen«, antwortete Gabriella. »Ich erwarte Sie hier bei mir, in meinem Schlafzimmer.«

Es war kurz still.

»Sind Sie krank?«, fragte er kühl. Und Gabriella erklärte ihm die Situation. Sie hörte, wie er mit seinen Fingerkuppen auf die Tischplatte trommelte. »Das ist ungewöhnlich«, sagte er schließlich. »Ihr Vater hat sich stets zu mir herbemüht. Es sind immerhin fünfzig Kilometer!«

»Es sind fünfzig Kilometer, egal, ob Sie sie fahren oder ich sie fahre.«

»Es geht um den Nachlass Ihres Vaters. Ist Ihnen das nicht wert ...«

»Mein Vater ist tot. Er bleibt tot. Daran wird sich nichts ändern ...«

»Mein Sekretariat meldet sich. Arrivederci.« Damit legte er auf.

Er war ihr auf Anhieb unsympathisch. Sie schüttelte den Kopf. »Für deinen Fall nimmst du diesen Knaben jedenfalls nicht.«

»Das ist eben einer vom alten Schlag. Vielleicht ist er trotzdem ganz gut. Wieso hätte dein Vater sonst mit ihm gearbeitet?«

»Keine Ahnung.« Gabriella griff zu ihrer Tasse mit dem Cappuccino. »Hätte es den auch heiß gegeben?«, fragte sie, nachdem sie daran genippt hatte. Als sie Sofias Gesichtsausdruck sah, musste sie lachen. »Nein, Sofia, lass! Es war ein Witz!«

Nach dem Mittagessen, Gabriella saß am Fenster, das Kinn auf die Arme gestützt, und träumte mit offenen Augen vor sich hin, klopfte es zaghaft.

»Darf ich eintreten?«, hörte sie auf Englisch.

Aha, Aurora machte ihre Ankündigung wahr.

»Come in«, rief sie.

Aurora hatte die langen Haare zusammengebunden und den Pony mit einer Haarklammer hoch gesteckt. Ihre dunklen Augen blitzten sie an. Sie wirkte fröhlich und aufgeräumt, das junge, hübsche Gesicht strahlte. »Was bin ich froh, dass wir bei Ihnen sind«, sagte sie. »Raus aus dieser Enge. Ewig beobachtet. Raus aus der Bäckerei, weg von der Streiterei und der schlechten Laune meines Vaters.«

»Weißt du schon, was du nach der Schule machen willst?«

»Ja, ich möchte gern studieren. Ich will Anwältin werden. Oder Richterin. Ich möchte aufpassen, dass jeder zu seinem Recht kommt.«

Gabriella bot ihr einen Stuhl an.

»Hat das mit deinem eigenen Leben zu tun?«, wollte sie wissen.

»Mein Vater glaubt, ich würde jeden Kerl anfallen ... ständig ist er hinter mir her mit Fragen und Verboten.« Aurora verzog das Gesicht. »Na ja, da war mal was, aber er übertreibt. Keine Ahnung, warum er so ist.«

»Will er dich vielleicht beschützen?«

»Wovor?«

»Davor, dass du dich in deinem Leben zu früh festlegst? Mit einer frühen Heirat? Einem Kind? So wie er und deine Mutter?«

Aurora schwieg. Sie blickte an Gabriella vorbei hinaus.

»Du bist eben noch sehr jung, und er macht sich Sorgen um dich!«

»Ich bin dreizehn. Ich weiß, was ich will.«

Gabriella nickte. »Ja, das verstehe ich. Dein Vater wollte aber auch etwas anderes in seinem Leben. Und jetzt ist er unzufrieden.« Mein Gott, dachte sie, jetzt fange ich auch noch an, diesen Kerl zu verteidigen.

»Dann hätte er es eben auch tun müssen. Und nicht nur Kinder in die Welt setzen.«

Dass sie eines dieser Kinder war, daran mochte Gabriella sie jetzt nicht erinnern.

»Ich werde nicht heiraten«, erklärte Aurora im Brustton der Überzeugung. »Ich will auch keine Kinder. Ich will so werden wie du. Single und erfolgreich! Du bist mein großes Vorbild!«

»Wie ich ...« Gabriella überlegte. War das gut oder

schlecht? »Ich habe viel gelernt in den letzten Jahren, das stimmt«, sagte sie ausweichend.

»Warst du schon mal verheiratet?«

Gabriella schüttelte den Kopf. »Nein. Aber ich war verliebt. So verliebt, dass ich manches nicht gesehen habe.« Sie überlegte. »Nein, falsch. Ich wollte es nicht sehen. Oder jedenfalls habe ich geglaubt, es ändert sich.«

»Und?«

»Es ändert sich nie. Man darf nicht glauben, dass man einen Menschen von Grund auf ändern kann!«

Aurora drehte eine Strähne ihres Haares um ihren Finger.

»Ich war auch schon sehr verliebt ...«, sagte sie schließlich. »Und ich habe auch Sachen gemacht, die ich eigentlich nicht wollte. Nur weil er mich gedrängt hat. Und dann ...«

»Warst du schwanger?« Gabriella betonte den Satz bewusst als Frage. Sie wollte Sofia nicht verraten, wollte nicht, dass Aurora wusste, dass ihre Mutter sie bereits eingeweiht hatte.

Aurora nickte. »Jaaa«, sagte sie gedehnt und warf Gabriella einen Blick zu. »Aber dann hat er Angst bekommen. Vor seinem Vater, vor den Konsequenzen, vor der Zukunft.«

»Und er hat dich im Stich gelassen?«

Aurora nickte wieder. Ihr junges Gesicht verschloss sich, bekam einen düsteren Ausdruck.

Spontan stand Gabriella auf. »Komm her«, sagte sie und öffnete die Arme. Und als sie Aurora an sich drückte und sie eine Zeitlang einfach so dastanden, spürte sie ein unglaublich tröstliches Gefühl durch ihren Körper strömen. Aber wer tröstet hier wen?, fragte sie sich.

»Danke!« Aurora wischte sich eine Träne weg und setzte sich wieder. »Und dann hatte er schnell wieder eine andere.«

Ob sie mit Sara auch so offen sprach?, fragte sich Gabriella. Ob Sara sie auch in den Arm nehmen konnte? Oder ging das mit der eigenen Mutter nicht? Wieder dachte sie an ihre Vergangenheit. Hatte Emilia sie in den Arm genommen, wenn sie traurig war? Sie konnte sich nicht erinnern. Ihr Vater schon. Er füllte wohl beide Rollen aus. Die mütterliche und die väterliche.

»Das tut weh!«, sagte sie. »Wie hast du das verkraftet?«

Aurora zuckte die Schultern. »Ich habe mich für den Abbruch entschieden. Das war richtig. Ein Kind zu bekommen, wenn der Vater nicht dazu steht… vielleicht macht er dir hinterher auch noch Vorwürfe, wo er dich doch dazu gedrängt hat!«

»Ja, das ist furchtbar!« Gabriella griff über dem Tisch nach Auroras Hand.

»Ja, aber der Arzt hat Mama gesagt, dass deine Mutter auch bei ihm war … das ist lange her. Aber warum sie, habe ich mich gefragt. Sie war doch verheiratet, da ist ein Kind doch normal …«

Gabriella zuckte zusammen. Es traf sie wie ein körperlicher Schlag.

»Was sagst du da?«

Aurora erstarrte.

»Hätte ich das nicht sagen sollen? Wusstest du es nicht?«

Ihre Hände lagen unbeweglich übereinander. Gabriella hatte das Gefühl, ihre sei eiskalt geworden.

»Bist du sicher?«

»Ja. Aber es ist ihm so herausgerutscht, als sie sich über das Dorf unterhielten.«

»Meine Mutter…«, Gabriella versuchte sich zu sammeln, »du musst wissen, sie war noch sehr jung. Und ich war erst vier, als sie uns verlassen hat!«

»Es tut mir leid. Ich hätte es nicht sagen sollen …«

»Nein, das war gut so. Ich frage mich nur, warum deine Mutter es mir nicht gesagt hat.«

»Ach, Mama.« Aurora zuckte die Schultern. »Mama sagt nie was, weil sie keinen Streit will. Mit Papa geht das schnell, also sagt sie lieber nichts. Sie will einfach immer Harmonie. Auch bei mir. Ich ärgere sie so oft, aber sie reagiert nicht. Sie bleibt immer lieb.«

»Du bist in der Pubertät.«

»Ja, eben. Aber mit ihr kann ich mich nicht auseinandersetzen. Sie bietet kein Kontra. Und Papa flippt gleich aus. Also lasse ich es lieber.«

Gabriella hörte kaum noch zu. Maria hatte eine Abtreibung. Ihr Kopf schwirrte. Von wem? Von Claudio? Warum dann der Abbruch? Von Flavios Vater?

Aurora stand auf. »Es tut mir leid«, wiederholte sie noch einmal leise.

»Es muss dir nicht leid tun. Im Gegenteil!« Gabriella stand ebenfalls auf. »Es war richtig. Ich muss jetzt einfach ein bisschen darüber nachdenken.«

»Das verstehe ich...« Aurora ging zur Tür und drehte sich dort nach ihr um. »Darf ich wiederkommen?«

»Any time«, antwortete Gabriella und zeigte ein Lächeln. »Jederzeit.«

Sie setzte sich wieder ans Fenster. Wahnsinn, dachte sie. Was war da los gewesen? Ihre Mutter hatte eine Abtreibung.

Wie hieß der Arzt? Das hatte sie ganz vergessen zu fragen. Er war doch eigentlich zum Schweigen verpflichtet.

Ihre Augen schweiften über den Weinberg. Sie musste sich freimachen von diesen Gedanken. Grübeln nützte nichts, tat ihr nicht gut. Da erregte eine Bewegung ihre Aufmerksamkeit. Eine Gestalt, nein, es waren zwei, bewegten sich zwischen den Reben. Halb verdeckt liefen sie die Spaliere entlang. Es war Spätsommer. Zu dieser Zeit bekamen die Trauben ihre letzte Reife. Sie betrachtete den Himmel. Er war noch immer hellblau und freundlich, der Tag war warm. Jetzt traten die beiden Gestalten aus den Reben heraus, um den Gang zwischen den Spalieren zu wechseln. Sie erkannte eine große, füllige Person und eine kleine. Offensichtlich waren sie in ein Gespräch vertieft, zumindest gestikulierten sie heftig. Arturo, dachte Gabriella. Aber wer war der andere? Vielleicht der Winzer ihres Vaters? Sie müsste ihn wirklich bald einmal besuchen, um sich ein Bild von den gelagerten Jahrgängen ihres Vaters zu machen.

Gabriella lehnte sich zurück. Müsste, müsste, müsste. War sie schon wieder so weit?

Ihr Handy piepste. »Danke für die besonderen Stunden«, las sie. »Wirst du mich jetzt heiraten?« Sie musste lachen. Ein freudiges Gefühl verscheuchte ihre dunklen Gedanken.

»Klar!«, schrieb sie zurück. »Morgen? Dann musst du aber bei mir einziehen!«

»Nachdem das halbe Dorf ja schon bei dir wohnt ... liebend gern.«

»Neigst du etwa zu Übertreibungen?«

»Ja.«

Bevor Gabriella ihre Antwort getippt hatte, klingelte das Handy.

»Schließlich ist ein Handy ja auch ein Telefon«, sagte Flavio. »Sprechen macht die Sache effektiver.«

»Stehst du gerade auf einem Schornstein?«

»So ähnlich. Und ich beobachte diesen merkwürdigen Typen, der die Leute nach dem Castello ausfragt.«

»Was für ein merkwürdiger Typ?«

»Ein Ami, sagte mir Luca. Luca ist die rechte Hand vom Bürgermeister, falls du das nicht weißt. Er wollte vom Bür-

germeister wohl so allerlei wissen. Übers Dorf, aber auch über das Castello. Geschichte, Größe, Wert. Sagt dir das was?«
»Wenn der Kerl mit Vornamen Mike heißt, dann schon.«
»Dein Ex? Du glaubst ...«
»Erst mal nach der Mitgift der Braut schauen, bevor man sich engagiert.«
»Mir gefällt die Mitgift auch.«
Gabriella musste wieder lachen. »Möglicherweise ist das Castello hoch verschuldet. Was weiß denn ich?«
»Deswegen fragte der Typ ja nach dem Register.«
Gabriella holte tief Luft. »Das wäre ja ein Ding!«
»Hatte dein Vater keinen Anwalt?«
»Der hat heute angerufen.«
»Und?«
»Ich soll zu ihm kommen. Ihm sind fünfzig Kilometer Fahrt zu weit, aber er meldet sich wieder.«
Sie hörte, wie er Luft holte. »Es geht um dein Erbe, und du bleibst seelenruhig im Bett liegen?«
»Ich habe ihm gesagt, Claudio sei heute tot und werde es auch morgen noch sein. Also hat es keine Eile.«
Sie hörte ihn lachen. »Das ist wirklich gut! Jeder andere hätte sich ins Auto oder auf den Esel geschwungen und wäre hingeeilt.«
»Wozu?«
»Um zu wissen, was Sache ist. Wie groß das Vermögen ist, oder ob man nur Schulden erbt, das ist doch wichtig.«
»Für mich nicht, Flavio. Ich habe in New York gut verdient, ich bin noch jung, ich kann jederzeit wieder etwas Neues anfangen. Jetzt mache ich Pause. Pause von allem.«
»Von mir nicht!«
Sie zögerte. »Nein, von dir nicht!«
»Warum hast du gezögert?«

»Du bist so einnehmend.«
»Ist es dir zu viel?«
Gabriella meinte, seine Anspannung zu spüren. War es ihr zu viel? Was wäre, wenn er sich zurückziehen würde?
»Nein, ich freu mich auf dich.«
»Das wollte ich hören. Und ich mich auf dich.«
»Was ist mit Lisa?«
»Wenn es mit uns mehr wird, werde ich es ihr erklären.«
Sie waren also in der Versuchsphase. Oder wie hatte sie das zu verstehen? Was mehr?
Aber Gabriella ließ das erst mal so stehen.
»Bist du noch da?« Seine Stimme klang entspannter. Er schien sich weder Gedanken um sie noch um Lisa zu machen. Offensichtlich nahm er es auch erst mal so, wie es kam.
»Ja. Was ist, wenn dieser Kerl wirklich Mike ist?«, fragte sie ihn.
»Wenn er es ist, dann haue ich ihm sofort eins auf seine Nüsse.«
»Aber bring ihn nicht gleich um.« Sie dachte an seine Bärenkräfte.
»Nein, das überlasse ich dann dir!«
Gabriella lächelte in sich hinein. Mike eins auf die Nüsse hauen, das wäre wahrscheinlich die Antwort gewesen.
»Sehen wir uns heute?«, hörte sie Flavio fragen.
»Du weißt ja, wo ich wohne.«
»Im Ährenfeld. Hinter der Eiche ...«
»Noch nicht.«
»Ich finde dich trotzdem.«
Als sie auflegte und wieder hinaussah, lag der kleine Weinberg verlassen da. Nur ein paar Vögel kreisten und suchten nach Futter. Es war schon seltsam, dachte Gabriella. Sie war wirklich wie das Dornröschen im Schloss. Aber im Gegen-

satz zu Dornröschen war sie selbstbestimmt. Sie konnte entscheiden, wen sie sehen wollte und wen nicht, sie hätte auch hinausgehen können, wenn sie gewollt hätte, sie war die Chefin im Schloss.

Hinter ihr ging die Tür auf, und sie drehte sich um. Emilia kam mit einem Tablett herein. Gabriella sah nur einen silbernen Eisbecher, den sie noch aus ihren Kindertagen kannte. »Eis?«, fragte sie.

»Für die Kinder, ja. Für dich ein Sorbet. Citrus-Eis mit einem Schuss Prosecco. Zur Erfrischung.«

»Du bist die Größte. Woher weißt du, dass ich eine Erfrischung brauche?«

»Ehrlich gesagt hält mich diese Brut da unten so in Atem, dass ich zu gar nichts komme.« Sie grinste. »Dann habe ich heute halt Eis gemacht. Zum Löffeln für die Kleinen, zum Trinken für dich. Und Sofia. Und mich. Zur Entspannung.«

»Und wieso habt ihr eure Sorbetbecher nicht zu mir hoch gebracht?«

»Wir wollten dir Ruhe gönnen.«

»Habe ich nicht genug davon?«

»Nein, heute Abend kommt Avvocato Edoardo Grigolli. Er hat sich eben telefonisch anmelden lassen.«

»Bei dir unten?«

»Ja, hochoffiziell bei der Chefsekretärin. So was geht nicht übers Handy.«

Gabriella schüttelte den Kopf. »Da bin ich ja gespannt.«

»Leg deinen Ausweis parat, damit er auch glaubt, dass du es bist.«

»So streng ist er?«

»Sagte dein Vater. Einer der Besten im Land, meinte er immer.«

»Und wozu brauchte er einen der Besten?«

»Das wird dir der Dottore heute Abend schon selbst sagen. Aber jetzt muss ich wieder zu der Brut runter. Nicht, dass die mir das Haus abreißen.« Aber ihr Ton war so mild, dass Gabriella überlegte, wer von den dreien sie wohl so um den Finger gewickelt hatte? Oder am Schluss alle zusammen?

Gabriella legte sich wieder ins Bett. Sie würde sich noch ein wenig von ihren Gedanken treiben lassen, von einer Traumwelt in die nächste. Und sie würde alles aus ihrem Kopf verbannen, was ihr Rätsel aufgab. Auch Mike, sollte er tatsächlich hier im Dorf herumrecherchieren. Sie sah zwar keinen Sinn darin, aber wer sollte es sonst sein? Und mit diesen Gedanken schlief sie ein.

Avvocato Edoardo Grigolli stand in der Tür und wartete. Gabriella hatte sich einen Hausanzug angezogen, saß im Schneidersitz auf ihrem Bett und betrachtete ihn. »Guten Abend, Dottore Grigolli«, sagte sie, »schön, dass Sie hergefunden haben.«

»Mein Navigationssystem hat hergefunden«, antwortete er.

Gabriella musste lachen. »Dann sind wir also erfasst. Hätte ich nicht gedacht.«

»Darf ich?« Seine Frage irritierte Gabriella zunächst, dann wurde ihr klar, dass er darum bat, näher kommen zu dürfen.

»Aber bitte«, sagte sie und machte eine entsprechende Handbewegung. Na klar, er war einer der Männer, die ihr Vater als Anwalt akzeptiert hatte, weil er sich einen Anwalt genau so vorgestellt hatte: etwas beleibt, im maßgeschneiderten dunkelblauen Anzug, mit weißen, zurückgekämmten Haaren und einer schwarz umrandeten Brille auf der Nase. Stattlich, dachte Gabriella. Früher hat man zu solchen Männern stattlich gesagt.

Er kam zu ihr, deutete eine knappe Verbeugung an und drückte dann ihre Hand. »Ihr Vater war ein außerordentlicher Mann«, sagte er. »Ich spreche Ihnen mein tiefes Beileid aus.«

»Danke!« Gabriella war seltsam berührt. »Kannten Sie meinen Vater gut?«, fragte sie ihn, während er sich nach einer Sitzmöglichkeit umsah und schließlich den Stuhl vom Frühstückstisch heranzog.

»Ja, ich kannte ihn sehr gut«, antwortete er und setzte sich ihr gegenüber auf den Stuhl.

Gabriella schätzte ihn auf Mitte sechzig, vielleicht Ende sechzig. Aber es war nicht sein Alter, das ihr Respekt einflößte, sondern etwas an seiner Haltung. Er war ein Mann von Welt. Zumindest wirkte er so. Weltmännisch. Erhaben.

Gabriella richtete sich auf. Sie musste aufpassen, dass sie nicht die Position einer Schülerin einnahm. Sie war nicht die Untergebene, sondern die Auftraggeberin, das wollte sie nicht vergessen. Gleichzeitig spürte sie, dass er ebenfalls versuchte, sie einzuschätzen.

»Mein Vater hat nie von Ihnen erzählt«, begann sie.

»Vielleicht gab es keinen Grund dazu.«

»Wie lange sind Sie schon sein Anwalt?«

»Sie waren noch nicht geboren.«

Gabriella nickte. »Das ist ziemlich lang her.«

»Ja, in der Tat.«

»Und worin haben Sie ihn vertreten? Das heißt, was haben Sie für ihn ... oder für uns ... gemacht?«

»Seine beruflichen Verträge, aber auch all seine privaten Angelegenheiten, vom Verkehrsdelikt bis ... hören Sie, wir wollen hier doch nicht unsere Zeit vergeuden.«

Gabriella legte den Kopf schief. »Tun wir das?«

»Es geht um einiges mehr. Es geht um die Testamentseröffnung, um Ihr Erbe.«

Nun fühlte sie sich wirklich wie ein kleines Schulmädchen.

»Testamentseröffnung?« Sie wiederholte das Wort, musste dann aber erst einmal durchatmen. »Er hat ein Testament?«

»Was dachten Sie denn?«

»Ich habe gedacht, er ist einfach zu früh gestorben.«

»Er hat dennoch vorgesorgt.«

Auf diese Idee wäre sie nie gekommen. Ihr Vater hatte vorgesorgt? Er war doch Künstler gewesen, ein Mann mit Ideen, kreativ, immer unterwegs, ein Mensch, der die Bilder in seinem Kopf zur Realität werden lassen konnte, ein Mann, der überall zu Hause war, auf der ganzen Welt Freunde und Bekannte hatte, der in den Wolken lebte – und dieser Mann hatte anwaltliche Vorsorge getroffen?

»Was gibt es denn da vorzusorgen«?, fragte sie. »An was hat er denn gedacht? An meine Mutter, die nicht mehr da war? An Emilia, die ihm sein Leben erleichtert hat, an mich?«

»Genau!« Der Avvocato senkte kurz seinen Kopf und hob ihn gleich darauf wieder. Seine eisgrauen Augen ruhten auf Gabriella. »Wir sollten einen Termin vereinbaren. Deshalb bin ich hier.«

Gabriella erwiderte seinen Blick. »Deshalb sind Sie hier? Für einen Termin?«

Er lockerte seinen Krawattenknoten. »Ich bin hier, weil ich nicht wollte, dass Sie unvorbereitet in die Situation hineinstürzen.«

»In welche Situation?« Gabriella spürte, wie ihr Herz schneller zu schlagen begann. »Was meinen Sie?«

»Nun, zur Testamentseröffnung werden drei Personen anwesend sein.«

»Drei?« Ihre Gedanken überschlugen sich, und gleichzeitig war ihr Gehirn wie abgeschaltet, leer und hohl. »Wieso drei?«

»Nun«, er verzog etwas das Gesicht und ließ sich Zeit. »Sie natürlich, als seine Tochter, Emilia als seine über die Jahre treue und fürsorgliche Haushälterin. Und schließlich Ihr Halbbruder.«

Gabriella traf es wie ein Stromschlag, konnte es zunächst aber nicht erfassen. »Mein was?«

Die Hände des Anwalts hatten bis dahin ruhig auf seinen Oberschenkeln gelegen. Jetzt gingen sie beschwichtigend in die Höhe. »Ich war mir nicht sicher, ob Sie es wissen oder nicht. Claudio sagte nein, aber wir haben uns vor seinem Tod nicht mehr gesehen. Es hätte sich also in der Zwischenzeit etwas ändern können.«

Gabriella versuchte einen klaren Gedanken zu fassen. »Das ist ein Witz, oder?«, fragte sie schließlich. »Wo soll plötzlich dieser Bruder herkommen? Ich weiß von keinem Bruder ...«

Edoardo Grigollis Hände ruhten wieder breit auf seinen Schenkeln. Nichts an ihm regte sich. »Hendriks Geburt liegt vor Ihrer Zeit. Eine Liaison, ein Jahr etwa, bevor Ihr Vater Ihre Mutter kennengelernt hat. Ihr Vater kam eines Abends in meine Kanzlei gestürmt, er war ganz anders, als ich ihn je erlebt hatte ...«

Edoardo Grigolli sah sich an einem Schriftstück sitzen, damals noch in seiner kleinen Kanzlei mit den alten Stichen an der Wand, dem geerbten, abgetretenen Perserteppich auf dem Fußboden und dem billigen Schreibtisch vor sich. Ohne zu klopfen, war Claudio Cosini hereingestürmt, mit hochrotem Kopf und einem Papier in der Hand. »Avvocato!«, hatte er gerufen. »Ich bin Vater und wusste es nicht!«

Edoardo hatte mit der Schulter gezuckt. »Da sind Sie nicht der Erste!«

»Doch! Für mich bin ich der Erste!«

Diese Aussage hatte ihn davon abgehalten, ihn nach seinem Termin zu fragen. Schließlich konnte er nicht einfach so hereinplatzen.

»Und was ist mit diesem Kind?«

Claudio trug ein weißes Hemd, das am Kragen offen stand und locker über seine Jeans fiel. Sein gebräuntes Gesicht war ratlos, aber in all seiner Ratlosigkeit männlich schön, und Edoardo dachte bei sich, dass ein unverhofftes Kind kein Wunder war, wenn man so aussah wie Claudio.

»Was mit dem Kind ist?«, fragte Claudio aufgebracht.

Edoardo wies auf den Mandantenstuhl vor seinem Schreibtisch. »Bitte setzen!«

»Ich kann nicht sitzen! Ich bin viel zu aufgeregt! Aufgebracht. Verunsichert. Erschrocken. Gerührt. Stolz. Ich finde keine Worte für meine Verfassung. Ratlos. Ratlosigkeit! Genau! Deshalb bin ich hier!«

»Trotzdem müssen Sie sich beruhigen. Ich kann ja nichts für Sie tun, wenn ich nicht weiß, was ich tun soll. Oder tun kann.«

Claudio ließ sich in den Sessel vor seinem Schreibtisch plumpsen, schoss aber sofort wieder hoch. »Ich weiß es auch nicht«, rief er erregt. »Ich weiß nur, dass ich mich gerade in die Frau meines Lebens verliebt habe. In New York. Ich kann jetzt überhaupt keine Störung gebrauchen. Keine andere Frau, keine Frau aus meiner Vergangenheit und schon gar nicht ein Kind!«

»Aber ein Kind ist offenbar da. Und Sie sind der Vater.«

»Ja, was weiß ich? Ich weiß ja kaum, um welche Frau es

sich handelt. Wie soll ich da Gefühle für ein Kind entwickeln. Ist es überhaupt mein Kind?«

»Das lässt sich prüfen.«

»Und wenn ja … gut, gut, gut, ich komme für das Kind auf. Wenn es meines ist. Aber es darf meinem Glück nicht im Weg stehen. Machen Sie das der Mutter klar!«

Edoardo hatte sich zurückgelehnt und betrachtete den Mann vor ihm mit den Augen eines Mannes. Da war ihm also etwas Besseres über den Weg gelaufen, und jetzt wollte er die kleine Liebesnacht ungeschehen machen. Aus der Liebesnacht war Leben entstanden, und auch das sollte besser ungeschehen sein.

»Aber das Kind ist jetzt da«, sagte er zu Claudio. »Machen Sie es sich jetzt nicht zu leicht, die Verantwortung für diesen kleinen Menschen auf die Mutter abzuwälzen?«

»Ich wollte kein Kind!«

»Die Frau vielleicht auch nicht!«

»Sind Sie mein Anwalt, oder sind Sie es nicht? Halten Sie mir keine Moralpredigt, sondern tun Sie was. Ich will das Kind nicht sehen. Sollte ich zweifelsfrei der Vater sein, dann bezahle ich, aber mein Lebensweg ist ein anderer. Der heißt Maria. Mit ihr wird für mich ein neues Leben beginnen!«

Claudio Cosini saß mit glühenden Augen vor ihm und legte bei seinen Worten die geballte Faust auf sein Herz.

»Aha!« Edoardo hatte sich ein paar Notizen gemacht und versprochen, sich um das Neugeborene zu kümmern. Und er hatte Claudio hinterhergeblickt, als er aufgesprungen war und mit großer Geste sein Zimmer verlassen hatte.

»Er heißt Hendrik. Eine Liebelei Ihres Vaters, kurz bevor er Ihre Mutter kennengelernt hat.«

»Eine Liebelei …« Gabriella war unfähig, sich zu bewegen.

»Ein Halbbruder. Du meine Güte. In meinem Alter. Und mein Vater hat nie etwas gesagt.«

»Vielleicht scheute er solche Themen? Jedenfalls müssen Sie drei bei der Testamentseröffnung anwesend sein.«

»Haben Sie meinen ... haben Sie ... ihn benachrichtigt?«

»Ja, ich gehe davon aus, dass seine Adresse noch stimmt.«

»Wo wohnt er?« Gabriella hatte das Gefühl, als griffe ihr jemand an die Kehle.

»Los Angeles.«

»Los Angeles?«

»So lautet meine letzte Information.«

»Und was ist er? Was arbeitet er? Ist er verheiratet? Hat er Kinder?« Es sprudelte aus ihr heraus, ohne dass sie einen klaren Gedanke fassen konnte.

»Er ist in der Immobilienbranche tätig«, sagte Edoardo. »Mehr weiß ich nicht.«

Warum auch immer, spontan fiel Gabriella in diesem Augenblick Stanley ein. Aber den Gedanken verwarf sie sofort wieder. Stanley war schwarz. Ihr Vater weiß. Das konnte nicht sein.

»Hendrik«, sagte sie laut. Es fühlte sich seltsam an. Ein Name, den sie nicht kannte, ein Mensch, den sie nicht kannte, und ein Bruder, den sie nicht kannte.

»Es ist ...« Sie suchte nach einem passenden Wort, »unbeschreiblich!«

»Mag sein«, Edoardo richtete sich auf, »aber solche Nachrichten sind keineswegs selten. So ist das Leben, viele Fälle dieser Art landen auf meinem Schreibtisch. Verheimlicht, verschwiegen, bis das Testament eröffnet wird. Es tut mir leid!« Damit stand er auf. »Was Ihr Vater verfügt hat, kann ich Ihnen nicht sagen. Aber ich kann Ihnen den Termin der Testamentseröffnung nennen. Emilia habe ich ihn postalisch zugestellt, Ihrem Halbbruder auch. Aber Sie wollte ich persönlich darauf vorbereiten.«

»Ich danke Ihnen«, sagte Gabriella leise. »Wann ist die Testamentseröffnung?«

»In genau vier Tagen. Falls ich nichts Gegenteiliges höre.«

»Wo wird sie stattfinden?«

»Bei mir in meiner Kanzlei.«

»Und wenn Hendrik nicht kommt?«

»Er wird kommen.«

»Woher wollen Sie das wissen?«

»Ich weiß es.«

Als er gegangen war, saß Gabriella kerzengerade in ihrem Bett. Es war unfassbar. Sie besaß einen Halbbruder. Hatte ihre Mutter davon gewusst? Vermutlich nicht. Diese Tatsache wollte ihr Vater offensichtlich vergessen. Und wie war diese Frau mit ihrem Kind durchs Leben gekommen? Es war ebenso das Kind Ihres Vaters wie dieser Frau, aber sie hatte ihr Leben umkrempeln müssen, hatte sich nach dem gemeinsamen Kind gerichtet. Er dagegen hatte sich dieser Realität schlicht verweigert. Welch unglaublicher Egoismus, dachte Gabriella. Komm mir bloß noch mal an mein Bett, dachte sie, darüber müssen wir reden. Du hast es dir leicht gemacht, hast den verlockenderen Weg gewählt und alles Unbequeme hinter dir gelassen.

Sie holte tief Luft. Vielleicht hätte mir ein Bruder gutgetan? Vielleicht hätte Claudio die Dinge einfach zusammenführen sollen? Wem hätte es geschadet?

Die Tür ging auf, Emilia kam einige Schritte ins Zimmer. »Der Avvocato ist gegangen, und ich würde auch gern gehen. Sofia sagte, sie würde für euer Abendessen sorgen, ist das in Ordnung? Ich fühle mich heute nicht gut.«

Ich fühle mich heute nicht gut? Das hatte Gabriella von Emilia noch nie gehört.

»Komm rein. Oder besser, lass uns beide einen Grappa zusammen trinken. Ich fühle mich auch nicht gut.«

Sie sahen einander an. Ohne ein weiteres Wort zu sagen, drehte sich Emilia um und ging wieder hinunter. Wenig später war sie mit einer Flasche und zwei kleinen Gläsern zurück und setzte sich zu Gabriella ans Fenster. Sie schenkte die beiden Gläser ein, und dann prosteten die beiden Frauen einander wortlos zu. Erst nachdem sie die Gläser wieder abgesetzt hatten, fragte Gabriella: »Hast du es gewusst?«

Emilia sah sie aus dunklen Augen an. Schließlich sagte sie: »Nein.«

»Und was denkst du?«

Emilia überlegte eine Weile, dann schenkte sie ihnen nach. »Ich denke, man kann einen anderen Menschen nie ganz kennen. Immer wieder zeigen sich neue Seiten, die man sich nicht hätte vorstellen können.«

Gabriella nickte. »Im Moment habe ich das Gefühl, dass sich Schleusen öffnen. Und alles strömt hier, in diesem Zimmer, zusammen.«

Emilia fuhr sich mit der Hand prüfend über ihr dunkles Haar, das sie im Nacken zu einem lockeren Knoten zusammengefasst hatte.

»Vielleicht liegt es daran, dass du dieses Zimmer nicht verlässt?«

»Vielleicht.« Gabriella überlegte. »Aber egal, wo ich gerade wäre, diese Nachricht hätte mich überall kalt erwischt.«

»Mich auch!« Emilia hob ihr Glas. »Ein Hendrik. Das ist wirklich eine Nachricht.«

Gabriella stieß mit ihr an. »Das ist wirklich eine Nachricht!

Ein Halbbruder. Testamentseröffnung. Mein Vater musste doch wissen, dass es ihn irgendwann einholt.«

»Schon«, Emilia zuckte die Schultern. »Aber er wusste auch, dass er es selbst nicht mehr erleben würde. Es würde ihn schlicht nicht mehr berühren.«

Es war still, die beiden Frauen sahen eine Weile aneinander vorbei.

»Wie gut hast du meinen Vater eigentlich gekannt«, wollte Gabriella nach einer Weile wissen. »Vor Kurzem hast du noch gemeint, du hättest ihn sehr gut gekannt. Besser als ich, was ja keine Kunst ist ...«

Emilia nickte. »Ich habe immer geglaubt, wir hätten ein enges Vertrauensverhältnis. Er hat mir viel erzählt. Aber ein paar wichtige Dinge wohl nicht.«

»Hast du ihm alles erzählt?«

Emilia wiegte den Kopf. »Ich war seine Angestellte. Ich habe einfach nur dafür gesorgt, dass sein Weg nicht gestört wird. Da gab es nichts zu erzählen.«

Gabriella zuckte die Schultern.

»Hendrik. Nur wenig älter als ich. Und Hendrik muss eine Mutter haben. Wie alt mag sie sein? So alt wie du? Ende fünfzig?«

Emilia zuckte zusammen.

Einen irrwitzigen Moment lang dachte Gabriella, Emilia könnte diese geheimnisvolle Frau sein. Und ihr Vater hätte sie aufgenommen, um ihr und ihrem Kind den Lebensunterhalt zu sichern. Aber gleich darauf verwarf sie den Gedanken wieder. Blödsinn. Emilia hatte kein Kind.

»Stimmt«, sagte Emilia. »Verrückt, aber wahr, sie könnte sehr wohl in meinem Alter sein.«

»Ich möchte diesen Hendrik und seine Mutter kennenlernen. Ich hätte das dem Avvocato sofort sagen sollen.«

»Ich bin auch zur Testamentseröffnung eingeladen.« Emilia warf ihr einen Blick zu. »Ist dir das eigentlich klar?«

»Das ist doch in Ordnung. Du hast ihn über all die Jahre treu begleitet.«

»Treu?« Emilia stieß einen kleinen Lacher aus. »Das ist wahr.«

»Natürlich ist das wahr!« Gabriella runzelte die Stirn. »Was hätte er ohne dich gemacht?«

»Es hätte eine andere Emilia gegeben.«

»Das glaube ich nicht.«

»Oh, doch!«

Gabriella ging nicht darauf ein. Was hätte sie auch sagen sollen? Sie versuchte sich ihren Halbbruder vorzustellen. Sah er ihr ähnlich? Wie war er aufgewachsen? Wie ging es ihm heute? Und welcher Anteil des Erbes stand ihm zu? Was hatte sie bei der Testamentseröffnung zu erwarten? Hieß das, das Castello durch zwei zu teilen?

Sie war so in ihre Gedanken versunken, dass sie kaum bemerkte, wie Emilia den Raum verließ.

Irgendwann legte sie sich ins Bett und verschränkte die Arme hinter ihrem Kopf. So viele Bilder stürmten auf sie ein, dass sie keinen klaren Gedanken fassen konnte. Was kam da auf sie zu? Wo würde ihr Leben hinsteuern?

Nach einer Weile stand sie auf und trat ans Fenster. Es konnte ihr egal sein, was mit dem Erbe geschah. Sie war unabhängig, sie stand auf eigenen Beinen. Sie hatte das Castello nie gebraucht, also war es auch für ihre Zukunft nicht wichtig.

Wichtig war, dass sie im Gleichgewicht war, dass sie den Überblick behielt.

Ihr Blick glitt über den Weinberg. Es herrschte eine friedliche Abendstimmung, sanfte Pastellfarben erfüllten das Bild, die alles ineinander überfließen ließen. Eine Weile schaffte es Gabriella, an nichts zu denken.

Dann ging sie ins Bett zurück und zog sich die Decke über den Kopf. Ich will nichts wissen und nichts hören, dachte sie, ich will mit dem Leben da draußen nichts zu tun haben. Lasst mich in Ruhe, egal, wie ihr heißt! Fast wären ihr vor Zorn die Tränen gekommen.

Ein Klopfen an der Tür riss sie aus ihrer Gefühlswallung. Am liebsten hätte sie »Nein!« gerufen.

Es war Sofia, sie trug ein Tablett und kam, ganz wie Emilia, rückwärts herein.

»Abendessen«, rief sie fröhlich, und Gabriella überlegte beim Klang ihrer Stimme, ob diese Fröhlichkeit wohl echt war? »Tordelli al ragù«, lockte sie. »Das magst du hoffentlich?«

»Das mag ich …«, antwortete Gabriella automatisch. Der Duft der würzigen Fleischsauce stieg ihr in die Nase, und Gabriella beobachtete Sofia, wie sie das Tablett auf dem kleinen Tisch abstellte. Gefüllte Teigtaschen. Eines ihrer Lieblingsgerichte. Woher Sofia das wohl wusste? Oder war es Zufall?

Sie setzte sich zu ihr an den kleinen Tisch.

»Wie geht es dir?«, wollte sie von Sofia wissen.

»Seit wir hier sind, geht es uns gut!«

Gabriella beobachtete, wie Sofia ihren Teller füllte.

»Aurora gefällt mir sehr gut, sie ist ein liebes Mädchen.«

Sofia sah überrascht auf. »Ja? Findest du?«

»Ja, finde ich. Ich denke, sie ist ein sehr selbstständiges Wesen, sie hat Ziele und Visionen. Sie wird ihren Weg machen.«

Sofia wiegte den Kopf hin und her. »Ich mache mir Sorgen. Sie ist zu naiv, lässt sich auf jeden Idioten ein.«

»Ich glaube, sie hat sehr viel gelernt aus dieser schrecklichen Sache. Und sie hat mir erzählt, dass meine Mutter auch ziemlich naiv war. Sie musste auch abtreiben. Wie Aurora. Das hast du mir nicht verraten.«

Sofia hielt inne. Dann legte sie ihre Gabel auf den Teller.

»Es schien mir zu ungeheuerlich.« Sie strich ihr honigblondes Haar zurück. »Ich wollte dich nach Claudios Tod nicht noch mehr belasten.«

Gabriella gab keine Antwort. Sie goss sich ein Glas Wasser ein.

»Aber wenn es doch so war?«, sagte sie schließlich.

»Ja, wenn es so war?« Sie sahen einander an. »Was würde es ändern?«, führte Sofia den Satz weiter.

»Es würde bedeuten, dass meine Mutter kein zweites Kind wollte.«

Sofia nickte, aber sie wirkte nachdenklich.

»Oder es würde bedeuten, dass mein Vater kein zweites Kind wollte. Oder aber sie wollten beide kein zweites Kind.«

Sofia nickte bedächtig.

»Oder«, sagte Gabriella leise, »meine Mutter musste abtreiben, weil mein Vater nichts von dieser Schwangerschaft wissen durfte.«

»Würde heißen ...« Sofia zog die Augenbrauen hoch.

»Würde heißen!«, bestätigte Gabriella.

»Ist sie vielleicht mit ihrem Liebhaber getürmt?«, schoss es aus Sofia heraus. »Gemeinsam mit ihm zurück nach New York?«

»Aber warum hätte sie dann abgetrieben, wenn sie doch mit ihm türmte? Die beiden hätten das Kind doch gemeinsam aufziehen können?«

»Stimmt. Wenn sie beide gewollt hätten ...!«

Gabriella schloss die Augen. Es war so viel, was sie in den

letzten Tagen verarbeiten musste. Der Tod ihres Vaters, die Abtreibung ihrer Mutter und dann auch noch ein Halbbruder, von dem sie drei Jahrzehnte nichts geahnt hatte.

»Komm, die Tordelli werden kalt!« Sofia lud Gabriella ein paar dampfende Teigtaschen auf den Teller.

»Die sehen lecker aus!« Gabriella griff nach ihrem Besteck, legte es aber gleich wieder zur Seite. »Weißt du, Sofia, dass ich nicht nur eine Mutter habe, die abgetrieben hat, sondern seit heute Abend auch noch einen Halbbruder?«

Sofia hatte sich gerade den ersten Bissen in den Mund gesteckt, aber jetzt blieb ihre Gabel reglos in der Luft stehen.

»Wie bitte?«

»Ja. Der Avvocato hat mich heute darüber informiert. Mein Halbbruder heißt Hendrik und wurde etwa ein Jahr vor mir geboren.«

Sofia starrte sie an. »Kann eigentlich auf dieser Welt nichts einfach sein? Warum muss alles so kompliziert sein?«

»Ja, warum nur?« Gabriella zuckte die Schultern. »Ich weiß es auch nicht. Ich würde es auch lieber einfacher haben.«

»Komm, iss. Genieß dein einfaches Essen.« Jetzt schmunzelte sie ein bisschen. »Ich mach uns eine Flasche Rotwein auf.«

»Gute Idee!« Gabriella lehnte sich zurück. »Aber vielleicht ist das alles auch nur halb so wild, wir bekommen das schon gemeinsam in den Griff.«

»Vielleicht bekommen wir es aber auch nicht in den Griff. Aber gerade in solchen Momenten ist es schön, eine Freundin zu haben.«

Sie saßen an dem kleinen Tisch, bis die Teller leer waren, und wechselten dann ins Bett. Dort lagen sie, kuschelten sich aneinander, und im Laufe der Nacht waren sie wieder die Teenager, die einander alle Träume, Wünsche und Sorgen erzählten. Und als sie weit nach Mitternacht einschliefen, fühlten sie sich in ihrer gegenseitigen Nähe rundum zufrieden und sorgenfrei.

Achter Tag

Als Gabriella aufwachte, war das Bett neben ihr leer. Noch im Halbschlaf überlegte sie, wie das nun eigentlich in der Bäckerei weitergehen sollte? Würde Lorenzo Ersatz für seine Frau finden? Schließlich war sie von heute auf morgen gegangen. Wer bediente nun die Kunden? Wer organisierte den Haushalt, managte die großen und kleinen Aufgaben, die täglich anfielen? Hatte er bereits vollwertigen Ersatz, oder spürte er, was es hieß, alles verloren zu haben? Vermisste er die Kinder? Oder genoss er seine neue Freiheit?

Beruhige dich, dachte sie, Sofia ist erst einen Tag weg. Das ist nicht lang. In so kurzer Zeit realisiert kein Mensch, was es bedeutet, verlassen worden zu sein.

Sie griff nach ihrem Handy. Sieben Uhr. Sie hätte auf früher getippt, weil der Tag so aussah. Schweres Grau hing vor dem Fenster, ganz so, als sei die Nacht eben erst verdrängt worden, der Tag aber noch nicht bereit. Sie kannte solche Stimmungen bei Morgengrauen, wenn die Sonne noch zu schwach war und Zeit brauchte, um sich gegen die Wolken zu behaupten. In New York war sie oft mit einem wärmenden Kaffeebecher zwischen den Händen am Fenster gestanden und hatte dem Morgen zugeschaut, der die Frühnebel über dem Central Park zum Leuchten brachte. Der Kampf zwischen Feuchtigkeit und einsetzender Sonnenwärme war jeden Tag aufs Neue faszinierend gewesen. Aber sie hatte es nie abwarten können, ihre Uhr hatte sie stets zur Eile aufgerufen. Nun bot sich ihr hier das gleiche Schauspiel, und sie stand auf und trat ans Fenster. Die wärmende Kaffeetasse fehlte, aber sonst war alles gleich. Der Frühnebel nahm dem Weinberg die Konturen und ließ ihn mit den Dächern des Dorfes verschmelzen. Hätte sie malen können, dann hätte sie diesen Moment eingefangen, jetzt, da sich auch die Sonnenstrahlen wie in einem Heiligenbild im Weinberg verfingen. Die Sonne schickte ihre Strahlen so gebündelt durch die Wolken zur Erde, dass Gabriella an der Echtheit des Bildes zweifelte. Wahrscheinlich schlief sie noch und träumte das nur. Es war, als ob sich Realität und Einbildung vermischten. Sie musste wieder an ihren Vater und dessen Fantasie denken. Und an Stanleys Projekt.

Stanleys Projekt. Auch so etwas. Gabriella ging in ihr Bett zurück. Sie hatte noch nicht wirklich darüber nachgedacht. Wollte sie sich auf derart fremdes Terrain begeben?

Sie beschloss, die Testamentseröffnung abzuwarten. Es kam ja schließlich auch darauf an, wie ihre finanziellen Möglichkeiten waren. Das Castello zu erhalten war teuer, das war ihr klar. Das machte nur Sinn, wenn sie hier auch wohnte. Ansonsten würde sie das Haus vermieten müssen. Oder verkaufen. Was würde dann aus Emilia werden?

Gabriella zog sich die Decke über den Kopf. Und fiel in einen unruhigen Morgenschlaf.

Eine Stunde später war sie wieder wach und setzte sich ruckartig auf. Sie war verfolgt worden und nicht von der Stelle gekommen, während die Gefahr sie einholte. Etwas Dunkles hatte hinter ihr gelauert, das immer näher kam, leise, drohend, vernichtend. Sie bewegte ihre Beine, wollte rennen, flüchten, aber irgendetwas hielt sie fest, unsichtbar wie ein Magnet, und sie kam nicht von der Stelle. Gabriella schüttelte sich, denn sie fror, als hätte eine eiskalte Hand nach ihr gegriffen. Sie schlug die Bettdecke zurück und stellte fest, dass ihr Laken feucht war. Und ihr Schlafanzug klebte am Rücken. Sie hatte geschwitzt.

Mit ihrem feuchten Schlafanzug wollte sie auch ihren Traum abstreifen, das hoffte sie wenigstens. Es gelang ihr nicht gleich, und so stellte sie sich auf dem Weg ins Bad nackt ans Fenster, um auf andere Gedanken zu kommen. Sie beobachtete, wie drei Gestalten den Weg hinunter gingen. Eine hoch aufgeschossene, die sich sehr gleichmäßig und aufrecht vorwärtsbewegte. Daneben eine kleinere, die hüpfte, sich nach etwas bückte und wieder hüpfend zur Gruppe aufschloss. Und eine noch kleinere, die von Zeit zu Zeit im Weinberg verschwand. Arturo, dachte Gabriella. Wahrscheinlich prüft er die Trauben. Dann entdeckte sie eine andere Figur, die den dreien entgegenkam. Ganz in Schwarz, gleichmäßiger Tritt, wie von einer Seilwinde gezogen. Emilia. Sie begegneten sich, grüßten wohl, blieben aber nicht stehen, sondern liefen in unverändertem Rhythmus aneinander vorbei. Nur die mittlere Person drehte plötzlich um, lief den Weg zurück und hüpfte ein paar Schritte neben Emilia her, bevor sie den Berg wieder hinunter rannte. Hatte sie Emilia einen besonderen Essenswunsch zugeflüstert? Gabriella spürte ein Lächeln auf ihren Zügen. Das war gut. Das war ein guter Start in den Tag, alles andere war unwichtig. Ein Traum war ein Traum und blieb ein Traum. Unwichtig. Er durfte sich nicht auf ihr Gemüt legen.

Sie nickte sich selbst zu. Es musste kurz vor acht Uhr sein. Gleich würde sie ihren Morgenkaffee bekommen. Und mit diesen zuversichtlichen Gedanken ging sie ins Badezimmer.

Der Tag verging ohne große Vorkommnisse. Irgendwann schneite mal kurz Arturo herein und erklärte ihr, dass die

Trauben schon reif seien und dass die Weinlese bald anstehe. Ob sie denn helfen wolle?

»Du könntest mir mal den zuständigen Winzer schicken«, hatte sie geantwortet. »Ich möchte ihn gern kennen lernen.«

»Er wollte schon kommen«, hatte ihr Arturo grinsend zugeflüstert. »Aber er traut sich nicht.«

»Traut sich nicht?«

»Ja. Wegen des Schlafzimmers. Das ist ihm unheimlich. Aurora meint, er hat Angst vor seiner Frau.«

»Dann soll sie doch einfach mitkommen.« Gabriella hatte sich darüber amüsiert. »Und was ist eigentlich mit deiner anderen Schwester? Sie hat mich hier noch nicht besucht.«

»Anna ist schüchtern«, hatte er gesagt. »Die braucht immer ein bisschen Zeit. Ganz anders als ich!«

»Ja, Menschen sind eben unterschiedlich«, hatte sie gesagt. »Sicher hat sie andere Qualitäten.«

»Ja, sie kann gut turnen!« Arturo nickte. »Handstandüberschlag und solche Sachen. Sie wollte als Kind immer zum Ballett.«

»Als Kind? Aha.« Gabriella hatte schmunzeln müssen. »Und warum geht sie nicht zum Ballett?«

»Bei uns gibt es keine Ballettschule, glaube ich.«

Gabriella nickte. Ja, das war ein kleines toskanisches Dorf. Wer hätte hier schon sein Kind zum Ballettunterricht geschickt?

»Anna müsste in einer Stadt leben, dann wäre das leicht.«

»Wie Mama. Die sagt auch immer, in einer Stadt wäre sie Schneiderin und dann Designerin geworden. Meinst du, das stimmt?«

Er hatte sich an seine Nase gefasst, und Gabriella hatte ihn zum ersten Mal richtig betrachtet. Er war zehn, ein Jahr jünger als seine Schwester Anna. Aber er wirkte noch sehr viel kindlicher, vor allem durch seinen schmächtigen Körper. Sein Bubengesicht war zart geschnitten und auch seine Nase eher mädchenhaft klein. Seine dunkelblonden Haare lagen gewellt und weich um seinen Kopf, und die Art, wie er die eine überlange Tolle von seiner Stirn wegstrich und hinters Ohr klemmte, erinnerte sie an ihren Vater. Arturo war ein hübsches Kind und würde später sicher so manches Mädchenherz erobern.

»Würdest du denn in einer Stadt leben wollen?«

Er schüttelte vehement den Kopf.

»Nie und nimmer. Hier ist der Weinberg, das ist viel spannender.« Er wies zum Fenster. »Die Sonne und die Trauben.« Mit einem schelmischen Grinsen drehte er sich zu ihr um. »Vielleicht kann ich ja bei dir arbeiten? Dann muss ich die Schule nicht fertig machen und kann gleich hier anfangen. Das wäre mir das Allerliebste.«

»Deinem Vater auch?«

Er schüttelte den Kopf. »Ich glaube, meinem Vater wäre es egal. Ob Bäcker oder Winzer, hat er mal gesagt, Hauptsache, du liebst deinen Beruf. Dann wirst du auch erfolgreich.«

»Liebt denn dein Vater seinen Beruf?«

Arturo wiegte den Kopf. »Seinen Beruf schon. Aber er hat ständig Stress mit seinen Eltern, glaube ich. Nichts ist richtig. Ich glaube, deshalb ist er auch manchmal so wütend.«

»Nicht wegen euch? Oder Mama?«

»Nein. Er hat mir mal gesagt, ich soll das nicht so ernst nehmen. Es sei einfach seine eigene Unzufriedenheit.«

Aha. Über diese Worte hatte Gabriella noch nachgedacht, als Arturo längst durch den kleinen Türspalt verschwunden war.

So hat jeder seinen Grund, sich traurig oder frustriert zu fühlen, dachte sie. Nur Emilia schien über alles erhaben zu sein.

Gegen Abend kam sie mit einem Korb voller Flaschen herein und stellte ihn neben der Kommode ab. »Kalter Weißwein, trockener Rotwein und Wasser. Passt das?«

»Gibt es auch etwas zu essen?«

»Anna hat sich heute ein Pollo alla braca gewünscht, ein saftiges Grillhähnchen. Könnte ich dich damit auch glücklich machen?«

»Deine Grillhähnchen sind die besten. Vor allem die knusprige Haut!«

»Das will ich meinen ...« Sie lächelte und blieb stehen. »Und für morgen Insalata di pane.«

»Brotsalat?«

»Ja, sie lieben die toskanische Küche. Ganz offensichtlich.«

»Ich doch auch!«

»Ja, eben«, lächelte Emilia, »dann ist ja allen gedient.«

Gabriella ließ sich in ihrem Bett zurücksinken. Wie war das mit der Selbstbestimmung?

»Sofia deckt bereits den Tisch«, sagte Emilia. »Magst du nicht doch herunterkommen? Die große Tafel sieht sehr schön aus. Und so eine Großfamilie ist doch etwas Schönes ...«

»Die Zeit wird kommen, da ich es genießen kann, liebe Emilia. Aber heute Abend kehre ich einfach mal zu meinem Anfangswunsch zurück.«

»Und der wäre?«

»Keinen sehen, nichts hören, alles draußen vor der Tür lassen.«

Sie lehnte sich zurück und fragte sich im selben Moment, als Emilia die Tür hinter sich zuzog, ob das die richtige Einstellung war? Wurde sie schon zum Sonderling?

Ihr Handy piepste. Sie zog es heran.

»Schade, aber ich verstehe es …« Von Sofia.

Sie wollte gerade antworten, da piepste es wieder.

»Hast du heute Abend Lust auf mich?« Das war Flavio.

»Danke«, schrieb sie beiden in einer SMS zurück, »ich gebe mich heute Abend meinen Träumen hin. Ganz allein und ohne Vorgabe.«

»Keine Vorgabe, aber eine Hoffnung: Träum von mir …« Das kam von Flavio.

»Kann ich verstehen, schöne Träume …« Sofia.

Und als Emilia das Hühnchen brachte, lecker mit krossen Pommes frites serviert, goss sie sich ein Glas Rotwein ein und fühlte sich im Glück.

Neunter Tag

Der Termin der Testamentseröffnung rückte näher, das dachte sie, als sie am nächsten Morgen aufwachte. Es gibt Schlimmeres, beruhigte sie ihren ansteigenden Puls und stand auf.

Hendrik. Sie musste ihn kennen lernen. Möglichst noch vor der Testamentseröffnung. Es war schließlich ihr Halbbruder. Ihr Vater hatte ihm zwar das Leben geschenkt, aber keinen Anteil daran genommen. Er hatte ihn abgelegt wie ein lästiges Schriftstück. Wie musste Hendrik sich fühlen?

Sie tigerte am Fenster vorbei, von links nach rechts und wieder zurück. Schließlich blieb sie vor dem Fenster stehen. Sie musste sich einmischen. Ihr Blick fiel auf die drei Gestalten, die den steinigen Weg hinuntergingen. Es musste wieder kurz vor acht Uhr sein. Sie sah ihnen nach, und ein warmes Gefühl breitete sich in ihrer Brust aus. War das schon ihre Familie? – Nein. Aber irgendwie tat es ihr gut, Menschen um sich herum zu haben. Junge Menschen. Menschen mit Zukunft. Das Ballett, fiel ihr ein. Weinberg. Und Aurora? Egal. Zuerst mussten sie alle erst mal ihren Schulabschluss machen.

Dann griff sie nach ihrem Handy. Eine morgendliche Nachricht. »Waren deine Träume schön?« Flavio.

»Träume gehören zu meiner Auszeit. Aber ich habe erfahren, dass ich einen Halbbruder habe. Und das ist kein Traum.«

Es kamen nur Fragezeichen zurück.

»Ich weiß auch nicht. Und Arturo streicht seine Haare wie mein Vater zurück.«

Sie hatte es kaum abgeschickt, da wurde ihr bewusst, was sie geschrieben hatte.

»Vergiss es«, setzte sie nach.

»Du verwirrst mich«, kam seine Antwort.

»Ich mich auch.«

Die Tür ging auf, und Emilia kam herein. »Ich habe dich am Fenster gesehen und dachte, du bist schon reif für einen morgendlichen Cappuccino.«

»Das ist wahr.« Komisch, dachte sie. Ich habe die Kinder gesehen, aber Emilia überhaupt nicht. Hatte sie hier übernachtet? Nein, Quatsch, dann hätte sie sie ja nicht am Fenster sehen können.

»Warst du heute früher dran?«

Sie lächelte. »Acht Uhr ist zu spät fürs Frühstück der Kleinen. Und die Bäckerei verkauft ja schon eine halbe Stunde früher knusprige Brötchen. Mehr oder weniger.«

Die Bäckerei.

»Wie geht es Lorenzo?«

»Seine Mutter hilft aus.«

Gabriella fielen Arturos Worte ein. Jetzt war die Mutter also wichtig. Wahrscheinlich war für sie die Welt wieder in Ordnung.

»Und? Gute Stimmung?«, wollte sie wissen.

»Bei der Mutter schon. Lorenzo habe ich nicht gesehen.«

»Hat sie nach Sofia gefragt? Oder nach ihren Enkeln?«

»Nein.«

»Aber sie weiß doch, dass sie bei uns sind?«

»Ich nehme an.«

»Komisch!«

»Ja. Finde ich auch. Komisch!« Emilia trat ans Fenster.

»Hast du jemals darüber nachgedacht, dass ganz vieles anders scheint, als es tatsächlich ist?«

Gabriella sah auf ihren breiten Rücken. »Natürlich. Aber was meinst du?«

»Ach.« Emilia drehte sich um. »Nichts. Nichts – und alles. Der Weinberg sieht von hier oben nicht anders aus als vor vier Wochen. Und trotzdem sind die Trauben jetzt reif. Das waren sie vor vier Wochen noch nicht. Verstehst du?«

Gabriella zuckte die Achseln. »Willst du mir was sagen?«

»Nur, dass das Leben seine eigenen Wege geht.«

Damit ging sie zur Tür, und Gabriella sah ihr ratlos nach. Im Türrahmen blieb sie kurz stehen.

»Heute gibt es Brotsuppe. Nicht vergessen.«

»Ich freu mich!«, sagte Gabriella.

»Fein«, erwiderte Emilia, und damit war sie draußen.

Gabriella starrte eine Weile auf die geschlossene Tür, um ihre Gedanken zu sammeln, dann wählte sie die Nummer des Avvocato. Er war nicht zu sprechen, lautete die Auskunft seines Vorzimmers. »Ich muss ihn nicht sprechen«, meinte Gabriella, »ich brauche nur die Telefonnummer meines Halbbruders. Hendrik.«

»Augenblick«, hörte sie die Automatenstimme der Frau, »ich muss das mit dem Dottore absprechen.«

»Ich warte.«

Gabriella nahm ihre Wanderung wieder auf. Es war doch klar, dachte sie, dass sie die Daten ihres Bruders haben musste. Was gab es da für Fragen? Es handelte sich um ihren Halbbruder.

»Wir dürfen seine Kontaktdaten nicht herausgeben.«

»Sie dürfen was nicht?«

»Datenschutz!«

»So ein Quatsch! Datenschutz! Wollen Sie mich auf den

Arm nehmen?« Sie war über ihren aggressiven Ton selbst erstaunt. Noch erstaunter war sie, als sie plötzlich eine sonore Stimme hörte. Offensichtlich hatte der Dottore seiner Mitarbeiterin das Telefon abgenommen.

»Ihr Halbbruder möchte sich schützen. Seine Daten liegen bei mir. Und dort sollen sie auch bleiben, darauf vertraut er.«

»Er ist mein Bruder!«

»Ihr Halbbruder – und Sie beide kennen einander nicht.«

»Ja, und genau das möchte ich ändern. Ich möchte ihn kennen lernen.«

»Ich mache Ihnen einen Vorschlag. Ich gebe ihm Ihre Telefonnummer. Dann kann er sich melden, falls er das möchte.«

»Es ist doch anzunehmen, dass er weiß, wo unser Castello liegt. Er hätte sich längst melden können.«

»Ich gebe Hendrik Ihre Mobilnummer. Mehr kann ich nicht tun. Einen schönen Tag noch.«

Gabriella legte ihr Handy neben ihr Bett. Jetzt musste sie schon wieder abwarten. Passiv sein statt aktiv. Das war nicht ihr Ding. Das musste auch anders gehen.

Sie überlegte.

Dann schickte sie Flavio eine weitere Nachricht. »Ja, ich habe einen Halbbruder. Ganz neu für mich. Und deshalb: Wer ist der Typ in der Herberge von Lucia? Mein Ex, Mike? Oder heißt er vielleicht Hendrik?«

»Ich frage gern für dich nach.«

»Danke!«

Gabriella griff nach ihrem Cappuccino und stellte sich wieder ans Fenster. Der Weinberg lag dunkelgrün unter ihr, und die Ziegeldächer des Dorfes waren so klar, dass sie die vielen hellen und dunklen Schattierungen sogar von hier oben gut erkennen konnte. Es tat gut, das Auge über das Dorf und die sanften Hügel der Umgebung schweifen zu lassen. Das Leben ging jeden Tag weiter, dachte sie. Jede Stunde, jede Sekunde gab es neue Entscheidungen, gab es neues Leben, gab es Tod. Alles bündelte sich in einer einzigen Sekunde, weltweit. Die Kunst war, sich davon freizumachen. Von der Schuld, etwas nicht getan zu haben, etwas versäumt zu haben, etwas nicht beeinflusst zu haben. Man konnte nicht alles steuern. Manches passierte ganz von selbst. Die Raupe schlüpfte und wurde zum Schmetterling. Und der alte Schmetterling verkroch sich in der Holzritze und starb. Das Leben schritt voran, in jeder Sekunde, in jeder Minute, Tag für Tag. Geboren, um zu sterben. So war es nun einmal. Sie musste sich dem Fluss des Lebens hingeben, sie durfte nicht ständig dagegen ankämpfen. Es verschlang nur Energie. Energie, die sie zumLeben brauchte.

Sie sah zum Himmel.

»Was ist wichtig?«, fragte sie laut. So viel Geld, damit du heil durchs Leben kommst, dachte sie. Wie viel, das ist relativ. Du kannst viel ausgeben, dann musst du viel verdienen. Und bist vielleicht trotzdem unzufrieden. Du kannst wenig verdienen und glücklich sein, weil es dir zum Leben reicht. Und was brauchst du noch? Wärme. Und Liebe. Und Geborgenheit. Was machst du mit all deinem Geld, wenn du dich nicht geliebt fühlst? Wenn du dir die Menschen kaufst, dir Liebe kaufst? Was macht ein Berlusconi, wenn die Macht versiegt, die ihn attraktiv gemacht hat? Wenn du vom roten Teppich fällst, der Häme der Leute ausgesetzt bist, die dir kurz davor noch unter die Schuhsohlen gekrochen sind?

Ich sollte mit Flavio reden, dachte sie. Er war der Mensch, den sie für solche Fragen brauchte. Sie dachte an ihre ersten Stunden, als er ihr aus der Hand gelesen hatte. An den Venusberg. An ihr Gespräch, das sie so intensiv in Erinnerung hatte wie nichts in den Jahren davor. Konnte es möglich sein, dass er ihr mehr bedeutete, als ihr bewusst war? War er mehr als nur ein gut gebauter Körper, der beim Betrachten wohlige Gefühle auslöste? War seine Ankündigung, mit ihr die Natur genießen zu wollen, ein Lebenselixier für sie? Etwas, das ihr Auftrieb gab?

Sie blieb stehen.

Was bedeutete das?

Flavio war jung. Er wollte studieren. Sie hatte diesen Teil des Lebens schon hinter sich. Nein, das alles machte keinen Sinn.

Ihr Handy piepste, und sie nahm sich vor, Flavio eine liebe Antwort zu schicken. Etwas Besonderes, nicht nur Steno.

Aber es war nicht Flavio.

»Na, Erbprinzessin, denkst du noch an mich? Deinen alten Bezwinger?«

Nein, dachte sie. Mike. Seine Worte klangen wie aus einer fremden Welt. Wobei er recht haben könnte. Vielleicht war er etwas wie ihr Bezwinger gewesen. Vielleicht hatte sie damals einen solchen Menschen gebraucht. Doch jetzt brauchte sie ihn nicht mehr, sie hatte sich weiterentwickelt.

»Nein«, schrieb sie zurück. »Mein Leben hat sich gewandelt. Ich bin frei von allem. Und von allen. Auch von dir!«

»Schön zu hören«, kam zurück. »Dann könnte ich eine Frau auf meinem Level, meiner Stufe wiederfinden?«

»Sicher auf deiner Stufe«, schrieb sie zurück. »Aber nicht auf deinem Schreibtisch!«

»Warten wir ab …«

Sie beschloss, das unbeantwortet zu lassen. Mike hatte sie hinter sich gelassen. Schneller, als sie selbst gedacht hätte.

Die Tür ging auf, und Emilia kam mit einem Tablett herein. »Frische Croissants«, sagte sie, »frisches Früchtemüsli, ein Sechs-Minuten-Ei und selbst gekochte Marmelade.«
»Müsli?«
»Die Kinder achten auf ihre Gesundheit. Nicht verkehrt.«
»Gut, dann ab jetzt Müsli. Kann ja nicht schaden.«
»Nein, auch in einem Märchenturm braucht man ein gesundes Frühstück.«
»Märchenturm?«
»Anna meinte, das sei hier wie im Märchen. Du oben in deinem Zimmer bist die gute Fee, und wir da unten die Zwerge, die sich um alles kümmern.«
»Die Zwerge? Dann wäre ich aber doch Schneewittchen.«
»Vielleicht hat sie es ja verwechselt ...«
Gabriella musterte ihr Müsli. »Ist da Apfel drin?«
Sie mussten beide lachen. »Sie ist ein liebes Kind«, sagte Emilia. »Ich hätte nie geglaubt, dass ich Kinder leiden kann – und schon gar nicht, dass ich gleich drei Stück auf einmal leiden kann, aber sie sind wirklich liebenswert. Alle drei.«
»Und Sofia?«
Emilia legte ihre Stirn in Falten. »Sie macht ein glückliches Gesicht und sagt fröhliche Sätze, aber im Grunde ihres Herzens ...«
»Ja?«
»... ist sie entwurzelt. Ich weiß nicht, wie ich es anders sagen soll. Sie spielt uns was vor.«
»Und ihre Kinder sind aufrichtig?«
»Ja, die sind traurig wegen des Vaters. Und ich weiß natürlich nicht, ob sie nicht nach der Schule zu ihm gehen, könnte schon sein. Aber alle drei finden sich zurecht, helfen, wo sie können. Drei kleine, liebenswerte Persönlichkeiten, ja, das sind sie.«

»Und was denkst du?«

»Ich denke, dass ich meine Chance verpasst habe.«

»Welche Chance?«

»Selbst ein Kind zu haben.«

Sie sahen einander an, und Gabriella beschlichen komische Gefühle.

»Hattest du das denn vor?«

»Ja, es gab eine Zeit ...und es gab eine Möglichkeit.« Emilia verzog das Gesicht. »Egal. Ich war nicht mutig genug. Und jetzt bin ich zu alt dafür.«

Gabriella nahm die Schüssel mit dem Früchtemüsli in die Hand.

»Es hat wohl auch immer mit Verantwortung zu tun«, sagte sie nachdenklich. »Auch wenn der Vergleich vielleicht hinkt, aber wer sich schwertut, einen Hund aufzunehmen, sollte das Kinderkriegen vielleicht lassen.«

»Das heißt?« Emilia sah sie forschend an. Gabriella zuckte die Schultern. »Ich wäre derzeit höchstens für eine Katze bereit. Die ist selbstständig. Jedes andere Wesen braucht mehr Zuwendung, Zeit und Liebe. Obwohl, Liebe brauchen wohl alle ...« Emilia nickte. »Und ein Kind?«, fuhr Gabriella fort, »ist lebenslänglich. Lebenslängliche Verantwortung. Und wie heißt es so schön? Eine Mutter kann fünf Kinder ernähren, aber fünf Kinder keine Mutter. Ich möchte das lieber nicht erleben.«

»Also bist du feige!«

»Genau wie du!«

Emilia nickte. »Genau wie ich! Ganz genau.« Sie ließ den Satz im Raum stehen, öffnete die Tür und verschwand ohne ein weiteres Wort.

Gabriella setzte sich ans Fenster, frühstückte und fragte sich, ob Emilia es inzwischen doch bereute, allein geblieben zu sein. Ob sie selbst, Gabriella, es bereuen würde, ohne Kinder zu bleiben. Aber das alles hatte noch Zeit.

Das Müsli schmeckte gut, stellte sie fest und ließ ihren Blick über den Weinberg, das Dorf und die Hügel schweifen. Es war eine Oase der Friedlichkeit, dachte sie. Eine echte Oase. Aber das konnte man nur erkennen, wenn man draußen in der Welt gewesen war. Von hier drinnen fühlte sich diese Oase wohl eher an wie ein kleines Gefängnis. Konnte sie es sich vorstellen, ihr Leben lang hier zu bleiben? Sie hatte keine Antwort. Im Moment, ja. Aber sie war erst 32. Was wusste sie, wie sie in zehn Jahren denken würde? Oder auch nur in fünf? Zwei? Morgen?

Da klingelte ihr Handy.

»Vermisst du mich?«

Gabriella musste sich kurz besinnen. Flavio.

»Stündlich.«

»Minütlich wäre besser.«

Sie lächelte. »Noch nicht.«

»Noch ... ist schon mal gut. Lässt hoffen.«

»Worauf hoffst du denn?«

»Auf dich.«

»Warum?«

»Weil du mir Hoffnung gibst.«

»Hoffnung?« Gabriella stutzte. »Hoffnung? Worauf?«

»Auf ein anderes Leben ...«

»Ein anderes Leben ... mit mir?«

»Mit dir könnte ich mir alles vorstellen.«

Gabriella suchte nach einer Antwort. Wo führte das hin?

»Ich war bei Lucia«, sagte Flavio. »Der Typ, der bei ihr wohnt, heißt Ben.«

»Ben?«

»So hat er sich eingetragen.«

»Ben …. und weiter?«
»Nach welchem Nachnamen forschst du?«
Gabriella überlegte. »Stimmt. Den kenne ich ja nicht.«
»Aber Lucia hat auch nichts weiter verraten.«
»Ben sagt mir nichts. Was tut der hier?«
»Lucia sagt, er sucht exklusive Immobilien.«
»Deshalb hat er im Liegenschaftsregister nachgeschaut?«
»Scheint so.«
Gabriella atmete auf. Weder Mike noch Hendrik wohnten bei Lucia in der Pension. Es war ein Fremder.
»Danke dir. Du hast mir wirklich geholfen!«
»Gabriella, ich muss dich sehen.«
Ein wohliges Gefühl durchströmte sie. »Warum?«
»Weil ich Sehnsucht nach dir habe. Ich möchte dich in meinem Arm halten, dich riechen, mit dir über große und kleine Dinge reden. Oder auch nichts sagen und mit dir den Mond anschauen, wie er sich Kleider anzieht.«
»Kleider?«
»Die Wolken, die ihn umwehen.«
Ein Lächeln schlich sich auf Gabriellas Lippen.
»Du antwortest gar nicht«, meinte Flavio nach einer Weile.
»Ich lächle …«
»Es ist schön, wenn du lächelst und nicht sprechen kannst.«
Gabriella sagte nichts darauf.
»Und außerdem begehre ich dich. Ich möchte deine Haut einatmen, deine Seele streicheln und mich in deinen Haaren verlieren.«
Gabriella schloss ihre Augen.
»Bist du noch da?«
»Ich träume.«
»Du träumst?«

»Ja, ich finde es so schön. Finde es schön, was du sagst, und finde es noch schöner, dass du es meinst.«

»Ja, ich meine es so.«

Gabriella holte tief Luft. »Kannst du kommen?«

»Jetzt?«

»Ich möchte dich spüren. Deinen Körper, deine Haut, deine Lippen.«

Es war kurz still.

»Du meinst es ernst?«

»Ja.« Gabriella nickte.

»Ziehst du schon mal die Vorhänge zu?«

Gabriella musste lachen. »Ich lass uns von der Sonne küssen.«

»Noch mehr Küsse, das halte ich nicht aus. Ich bin auf dem Weg …«

Gabriella legte das Handy weg, dann ging sie ins Bad. Sie duschte, cremte ihren Körper mit einer duftenden Lotion ein und dachte die ganze Zeit darüber nach, was sie eigentlich fühlte. Vorfreude? Ja. Ein bisschen Angst? Ja. Unsicherheit? Auch das. Es war eine ganz seltsame Mischung, stellte sie fest. Und noch etwas stellte sie fest: Herzklopfen. Ihr Puls ging schneller. Sie lächelte ihrem Spiegelbild zu, klopfte sich mit den Fingerspitzen auf die Wangen und fuhr sich mit allen zehn Fingern durch die noch feuchten Haare. Sie sah jünger aus als sonst. Ihre Wangen waren rosig, und ihre Augen glänzten. Sie wurde jünger. Wie witzig. Die Bettruhe schien ihr gutzutun.

Bettruhe. Sie musste lachen.

Sie hörte etwas in ihrem Schlafzimmer, griff sich den Morgenmantel und öffnete die Badezimmertür. Es war Emilia. Sie trug das Frühstücksgeschirr hinaus.

»Emilia, ich bekomme nachher Besuch.«

»Zum Mittagessen?«
»Nein, Mittagessen nur für die Kinder, Sofia und dich. Ich habe gut gefrühstückt.« Sie lächelte. »Müsli sättigt. Und ich arbeite ja nicht.«
»Also möchtest du nicht gestört werden.«
»Wenn möglich ...«
Emilias Blick kam missbilligend quer durchs Zimmer geflogen.
»Wie du wünschst.« Und damit war sie hinaus.
»Ja, ich wünsche«, sagte Gabriella laut. Schließlich war sie kein Kind mehr. Sie musste sich ja wohl kaum rechtfertigen, wenn sie Besuch bekam. Selbst wenn es männlicher Besuch war. Und selbst wenn es Flavio war. Und seine Mutter mit Emilia befreundet war. Und sie ihr Wort gegeben hatte.

Darüber stolperte sie noch immer. Aber jetzt wollte sie nicht darüber nachdenken. Jetzt wollte sie sich einfach nur ihrer Vorfreude hingeben.

Sie lag im Bett, als es klopfte. Erst nach ihrem »Herein« betrat er das Zimmer. Wie beim ersten Mal in seinem schwarzen Kehranzug. Ein dunkler Schatten lag über seinem kantigen Kinn, und seine dichten Haare sahen aus, als wäre er mit dem Motorrad hergeprescht. Flavio blieb vor ihrem Bett stehen, den Daumen in die Schnalle seines Gürtels eingehakt.

Sie sahen einander unbeweglich und ohne ein Wort an. Ihre Augen hielten einander fest, und je länger sie einander ansahen, desto stärker wurde ihr Lächeln.

»Komm!«, sagte Gabriella schließlich. Sie hatte nur ihren seidenen Morgenmantel an und schlug ihn nun auf. Flavio nahm seinen Blick nicht mehr von ihr, während er seinen Gürtel öffnete, aus seinem Kehranzug stieg, sein T-Shirt und seine Pants abstreifte und nackt vor ihr stehen blieb.

»Ich sollte noch duschen«, sagte er.

»Anschließend«, antwortete sie.

Sie sah seiner aufsteigenden Erregung zu und öffnete die Beine, als er näher kam.

»So?«, fragte er.

»So!«, sagte sie.

Ihre Fantasie hatte sie stimuliert, und als er jetzt in ihr versank, fühlte es sich einfach großartig an. Sie stöhnte auf.

»Tu ich dir weh?«, fragte er an ihrem Ohr.

»Gut«, sagte sie leise. »Du tust gut. So gut.«

Er begann sich langsam zu bewegen, und Gabriella schloss die Augen. Alles in ihr nahm dieses Gefühl auf, die Reibung, die sich wie elektrische Ströme in ihrem ganzen Körper ausbreitete und ihn immer stärker vibrieren ließ. Sie war ganz bei sich, alle anderen Gedanken waren weit weg, sie spürte ihn, und diese Empfindung füllte sie ganz aus.

»Gut so? Für dich?« Wieder seine Stimme an ihrem Ohr. Das war sie nicht gewöhnt, Mike fand immer, wenn es ihm guttat, musste es automatisch für sie auch so sein.

»Schneller«, sagte sie, denn sie spürte, wie er die Glut in ihr entfachte. Er wollte sich umdrehen, sie nach oben nehmen.

»Nein!« Sie wehrte sich. »Bleib so. Das ist gut, das reizt meinen Kitzler, das nimmt mich mit, das ist, das ... aaahh, mach weiter!«

Sie war noch nie so früh gekommen. Sie kannte sich selbst nicht, aber es schüttelte sie mit aller Macht, und sie strömte ihm entgegen.

»Schön«, sagte er, wurde langsamer und verharrte schließlich. Sie öffnete die Augen, und sie sahen einander an. »Das habe ich noch nie so gefühlt.«

Ich auch nicht, wollte sie sagen. Aber sie wollte sich selbst kein Armutszeugnis ausstellen. Wie war es bei Mike? Ihr Gehirn wollte sich nicht erinnern.

»Vielleicht waren deine bisherigen Frauen zu jung?«, sagte sie stattdessen. »Manches erfährt man erst, wenn man älter wird.«

»Älter.« Er grinste. »Das ist irgendwie komisch aus deinem Mund.«

Er begann sich wieder zu bewegen. Und Gabriella beobachtete sein Gesicht, das sich von Stoß zu Stoß veränderte. Gerade war es noch fröhlich offen gewesen, jetzt wurde es schmaler, er zog sich in sich zurück, er hatte seine Augen geöffnet, aber sein Blick war nach innen gekehrt, er nahm nichts mehr wahr als sich selbst. Und dann die Explosion. Er bäumte sich auf und sank schließlich zusammen.

So lagen sie eng aufeinander, bis er sich auf seinen Unterarmen aufstützte und sie mit einem leichten Lächeln musterte. »Entschuldige«, sagt er. »Aber ich habe noch nie eine Frau gehabt, die so gewaltig gekommen ist. Es hat mich so angemacht ... ich konnte es nicht mehr zurückhalten.«

»Ist doch alles gut«, sagte sie und dachte: Ich freu mich ja selbst. Es war, als spürte sie sich wieder, als sei ihr Leben zurückgekommen. Da war etwas in ihr, das sich befreit hatte. Ein neues Leben lag vor ihr.

Sie klebten noch immer zusammen. Keiner wollte sich lösen, und schließlich bewegten sie sich wieder langsam und rhythmisch, bis sie sich so hineinsteigerten, dass sie sich sitzend aneinanderklammerten und beide ein zweites Mal kamen.

Danach lagen sie nebeneinander, Gabriella in Flavios Arm. Er hatte die Augen geschlossen, und sie war sich nicht sicher, ob er eingeschlafen war. Es gab ihr die Zeit, seinen Körper genau zu betrachten. Die breite Brust mit den wenigen Brusthaaren, die sich langsam hob und senkte. Seine Rippen und der letzte Rippenbogen, hinter dem seine braune Haut abrupt zum flachen Bauch abfiel, sein runder Bauchnabel, von dem ein dunkler Streifen Haare zu seinem Unterleib wuchs und sich in seinen dichten Schamhaaren verlor. Und dort lag, gekrümmt und abgeschlafft, sein Penis. Sie betrachtete ihn eine Weile und ließ dann den Blick über seine muskulösen Beine bis zu seinen Füßen gleiten. Er hatte schöne Füße. Der große Zeh war wirklich der große Zeh, und die anderen Zehen waren gleichmäßig einer kleiner als der andere. Auch seine Nagelbette waren schön. Gabriella schüttelte leicht den Kopf. Er war ein Bild von einem Mann. Gut für ein Männermagazin. Zu schade für das Dorf hier. Zu schade auch für sie, dachte sie. Er war geschaffen für eine italienische Schönheit, als Teil eines echten Glamourpaars.

Sie seufzte.

Er griff nach ihr. »Geht es dir gut?«, wollte er wissen.

»Ich fühle mich so gut wie selten.«

»Wie selten?«

Da war er wieder, der italienische Gockel, dachte sie. Oder der internationale Gockel.

»Wie nie ...« Ich schenke dir das, wenn du das brauchst, dachte sie. Warum auch nicht.

»Du brauchst das nicht. Ich mach mir nichts draus.«

»Was meinst du?« Sie rekelte sich in seinem Arm.

»Du brauchst mich nicht zu loben.«

»Was meinst du?«

»Wenn es uns gut geht, geht es uns gut. Und wenn es uns besonders gut geht, dann liegt es an uns beiden. Nicht an einem von uns beiden. Daran sollten wir immer denken.«

Gabriella nickte. Sie sagte nichts. Sie wollte nichts sagen. Er sprach von der Zukunft.

Sie hatten keine Zukunft. Das war ihr trotz allem klar. Seine Zukunft war ganz sicher eine andere als ihre.

Sein Arm unter ihrer Schulter spannte sich, und er zog sie auf sich.

»Du denkst, dass wir keine Zukunft haben? Warum nicht?«

Wie konnte er das wissen? Wie konnte er wissen, was sie dachte?

»Und sag jetzt nichts von Alter und so. Auch nichts von meiner Mutter oder Lisa.«

»Es hat aber trotzdem mit alldem zu tun.«

»Es hat nur mit uns zu tun. Nur mit uns.«

Sie spürte seinen Herzschlag durch ihre Brust hindurch, hart und stetig. Und sie spürte, wie ihr eigener Puls nach oben schoss. Es hat nur mit uns zu tun. Der Satz pochte in ihren Ohren. Sie hätte sich diesem Satz so gern hingegeben, sie wäre im Moment in der perfekten Verfassung gewesen, zu allem Ja zu sagen.

Sein Arm lag auf ihrem Rücken, und ihr Gesicht lag in der Mulde zwischen seiner Schulter und seinem Hals. Hier war sie geborgen, fühlte sich geschützt und zufrieden. Sie spürte, wie die Muskeln in ihrem Körper nachgaben. Hatte sie die ständig angespannt? War es die ewige Angst, etwas könnte passieren, sie müsste bereit sein?

»Was würdest du dir für dein Leben wünschen?«, fragte sie leise. »Und jetzt bitte keine Verrenkungen wegen mir. Sondern einfach so. Für dich.«

»Für mich?« Er strich über ihr Haar, streichelte sanft über ihren Rücken und ließ seine Hände schließlich auf ihren Pobacken ruhen. »Für den Moment würde ich mir wünschen, dass ich immer so liegen könnte. Hier. Genau so. Mit dir.«

Gabriella antwortete nicht. Sie wartete ab.

»Und für mein Leben würde ich hier gern eine Wohnung

haben, aber nicht hier leben. Ich möchte Teil eines größeren Ganzen sein. Häuser bauen, die in die Toskana passen. Warme Farben, klare Formen, energiearm, großzügig und doch im Stil der Region.«

Gabriella nickte.

Zukunftspläne, dachte sie. Er war 25. Wenn er jetzt keine Zukunftspläne hatte, wann dann? Sie holte tief Luft. Immerhin war sie auch 25 gewesen, als sie nach New York gegangen war. Sie fühlte sich ihm gegenüber so alt und erfahren. Sie war ihm ein paar Entwicklungsschritte voraus.

»Was denkst du?«

Seine Hand wanderte von ihren Pobacken aus über den Rücken langsam nach oben in ihre Haare.

»Ich denke an deinen Vater und seine Enttäuschung.«

»Ich glaube, dass es noch mehr Väter geben wird, die hier im Dorf enttäuscht werden.«

»An wen denkst du?«

Seine linke Hand strich an ihrer rechten Seite vorbei und blieb auf ihrem Rücken liegen. »Dir ist kalt.«

»Es fühlt sich aber nicht so an.«

Er angelte mit seinem Fuß die dünne Decke hoch und streifte sie Gabriella über.

»Es ist das Schicksal unserer Dörfer, dass die Jungen in die Ferne streben. Solange du klein bist, kennst du es nicht anders. Wenn du aber mit der Welt in Berührung kommst, willst du hinaus. Wie ein Vogel aus seinem Käfig ...« Er hielt inne. »Wem sage ich das.«

Gabriella dachte an Aurora. Genau das hatte sie auch gesagt. Am Schluss würden verwaiste Dörfer übrig bleiben. Vielleicht noch ein paar kleine Pensionen und Trattorien für die Touristen, aber das Handwerk?

»Hast du deinen Meistertitel?«, wollte sie wissen.

»Ja«, sagte er einfach. »Klar!«

»Dann dürftest du doch auch junge Schornsteinfeger ausbilden.«

»Dürfte ich. Nur, dass hier keiner hinwill.«

»Aber warum willst du Architekt werden, einer von vielen, wenn du etwas kannst, was goldenen Boden hat?«

Flavio antwortete nicht.

»Liebst du deinen Beruf?«

»Ja.« Er überlegte. »Ja, wirklich. Es hat ja nicht nur damit zu tun, dass ich mal auf ein Dach steige und mir von oben die Welt anschaue. Es hat sehr viel mit Technik zu tun. Die Heizungen verändern sich, du musst am Ball bleiben. Die ständige Herausforderung macht Spaß.«

»Wieso willst du dann aber Architektur studieren? Ist dir der Schornsteinfeger nicht genug?«

Flavio zögerte. Gabriella spürte, wie seine beiden Hände sie fester griffen.

»Vielleicht?« Er stellte es als Frage und korrigierte sich gleich. »Meinst du, das ist mein Beweggrund? Das Bild, das andere von mir haben?«

»Ich meine, du hast bei unserer ersten Begegnung gesagt, dass du dich als Schornsteinfeger bedeutungslos fühlst. Das hat doch etwas zu sagen. Oder nicht?«

Sie spürte den Druck seiner Hände.

»Vielleicht sollte ich darüber nachdenken, das stimmt. Auf der anderen Seite kenne ich mich mit Häusern gut aus. Um sie zu planen, hätte ich einen großen Vorsprung.«

»Du hättest aber auch die Möglichkeit, in deinem Beruf als Unternehmer zu arbeiten und andere Schornsteinfeger einzustellen?«

»Wenn ich die Konzession in einer größeren Stadt bekäme, wohl schon.«

»Wäre das nicht sinnvoller, wenn du die Voraussetzung dafür schon in der Tasche hast?«

»Möchtest du mich heiraten?« Mit einem Ruck drehte er sich um, und sie lag unter ihm.

»Hups!« Gabriella schnappte nach Luft. »Wie kommst du denn darauf?«

»Wenn Frauen anfangen, die Zukunft der Männer zu planen, haben sie was vor ...«

Gabriella atmete heftig. »Du bist schwer!« Sie versuchte ihn wegzudrücken.

»Ich kann noch schwerer sein ...« Er nahm beide Arme hoch, verharrte einen Moment und rollte sich dann lachend auf die Seite.

»Nein, ich denke nur, du solltest aus dem, was du schon hast, was machen«, sagte Gabriella.

»Dann möchte ich gern aus dir was machen ...« Flavio sah sie an. »Du liegst mir nämlich am Herzen.«

Mit Flavio war auch dieses Gefühl der Sicherheit verschwunden. Sie fühlte sich rastlos, wälzte sich in ihrem Bett hin und her, zog sich schließlich einen leichten Hausanzug an und begann auf dem Fußboden einige Yoga-Übungen zu machen. Doch es nützte nichts, die Unruhe blieb. Schließlich trat sie ans Fenster. Der Himmel hatte sich verfinstert. Schwere Wolken waren aufgezogen, und es sah nach Regen aus. Für die Natur war es gut, dachte sie. Die Pflanzen brauchten den Regen. Aber was war mit dem Weinberg? Hätten die Trauben nicht eher noch einmal kräftig Sonne gebraucht?

Sie spähte hinaus, aber nichts regte sich. Keine Vögel zwitscherten, und keine Kinder tollten herum. Es sah nach einem Gewitter aus. Nicht schon wieder! Unwillkürlich suchte sie die Dächer des Dorfes ab. Nicht, dass Flavio dort irgendwo stand und von einem Blitz getroffen wurde. Die Vorstellung machte ihr Angst. Aber gleichzeitig war sie so abwegig, dass sie sie gleich wieder verwarf. Gabriella!, sagte sie sich. Jetzt hast du so viele Jahre in einem Hochhaus in New York gelebt, und der Blitz hat nie eingeschlagen. Warum sollte es nun ausgerechnet Flavio treffen? Der ganz sicher auf keinem Dach stand, wenn ein Gewitter nahte? Sie konnte sich ihre Angst auch nicht erklären. Um Mike hatte sie sich nie Sorgen gemacht. Der war alt genug, um zu wissen, was er tat.

Gabriella, Gabriella, sagte sie sich und war froh, als sie ein leises Klopfen an der Tür hörte. »Herein«, rief sie.

Anna schob die schwere Holztür einen Spalt auf und blieb scheu zwischen Tür und Angel stehen. »Emilia lässt fragen, ob Sie schon Hunger haben? Wir essen nämlich bald.«

»Die Brotsuppe, die du dir gewünscht hast?«

Anna trug ein helles Sommerkleid und wirkte wie eine Porzellanpuppe, so schmal und graziös stand sie da.

»Magst du mal kurz hereinkommen? Wir haben uns seit unserer Begrüßung ja überhaupt nicht mehr gesehen.«

»Ich wollte nicht stören.«

»Du störst mich aber gar nicht. Im Gegenteil.«

»Aber das Essen ist bald fertig. Und außerdem ist ein Mann unten, soll ich Ihnen sagen.«

»Ein Mann? Und was will der Mann?«

»Mit Ihnen sprechen, sagt Emilia.«

»Wer ist es denn?«

»Ich kenn ihn nicht. Noch nie gesehen.«

»Aber einen Namen hat er?«

Anna biss sich verlegen auf die Lippen. »Ja, er hat ihn mir gesagt. Irgendwas Ausländisches ... jedenfalls nicht italienisch.«

»Ist er schwarz? Stanley?«

Anna schüttelte vehement den Kopf. »Nein, anders …«
Sie kam einen Schritt herein. »Irgendwas mit, ja, ja, jetzt hab ich's. Henry!«

Gabriella sah sie an.

»Henry? Sicher?«

Anna nickte, und in dem Moment spürte Gabriella einen Stich.

»Oder vielleicht Hendrik?«

»Ja, Hendrik. Auch möglich!«

Sie musste sich erst sammeln. »Du willst sagen, der sitzt bei euch unten?«

Anna nickte. »Er ist vorhin gekommen. Und er hat nach Ihnen gefragt. Emilia steht in der Küche, also hat sie mich geschickt.«

Gabriella schluckte. Hendrik? Ihr Halbbruder?

Sie musste sich zumindest etwas anderes anziehen.

Anna stand immer noch abwartend da.

»Sag ihm bitte, er soll mir zehn Minuten Zeit geben. Zehn Minuten. Sagst du das?«

»Zehn Minuten«, wiederholte Anna. »Und soll er dann auch gleich die Brotsuppe mit hoch bringen? So lange braucht die nämlich noch, sagt Emilia.«

Aber Gabriella gab schon keine Antwort mehr. Sie drehte sich um und ging ins Badezimmer. Dort sah sie zunächst einmal in den Spiegel, hielt ihr Gesicht ganz nah an ihr Spiegelbild. Würde er ihr ähnlich sehen? Oder ihrem Vater? Sie bekam Angst. Was, wenn jetzt ein junger Claudio hier hereinspazierte? Würde sie das verkraften können? Sie mochte es sich nicht vorstellen, aber es nützte ja nichts, ob sie wollte oder nicht, in weniger als zehn Minuten würde sie mit der Realität konfrontiert werden, würde sie vielleicht ihrem männlichen Spiegelbild ins Gesicht sehen.

Weniger als zehn Minuten.

Sie griff nach einem frischen Waschlappen, wusch sich das Gesicht, trug Creme auf, tuschte sich die Wimpern und trat einen Schritt zurück. Flavio hatte ihr gutgetan. Er war eine Verjüngungskur, sie lächelte. Aber ihr Lächeln erstarb gleich wieder. Sie bürstete ihr langes Haar und zog sich Jeans und eine weiße Bluse an. Ihren eigenen Halbbruder neben sich im Bett zu begrüßen wäre ihr dann doch etwas zu viel gewesen.

Anschließend rückte sie den Frühstückstisch ans Fenster und stellte zwei Stühle dazu. Und dann wartete sie. Kontrollierte ihre Fingernägel, überlegte, ob sie vielleicht einen leichten Lippenstift hätte auftragen sollen, stand auf und setzte sich wieder. Ihr Blick wanderte rastlos nach draußen, aber sie hätte trotzdem nicht gewusst, ob es regnete, schneite oder ob die Sonne schien. Alles wurde unwichtig angesichts des Ereignisses, das unmittelbar bevorstand.

Sie war gerade wieder aufgestanden, als es klopfte. Es war anders als bei Flavios Besuch. Alles ging schneller, denn die Türklinke bewegte sich schon. Ihr Gast klopfte kein zweites Mal an.

»Ja«, sagte Gabriella und musste sich räuspern, um ein nachdrückliches »Herein« anzufügen.

Die Tür schwang auf – und da stand er. Eine sportliche Kapuzenjacke aus feinem Strick, darüber ein dunkelblaues Sakko. Eine Jeans. Elegante, hellbraune Schuhe.

»Es scheint mir ein historischer Moment zu sein«, sagte er auf Englisch. Seine Stimme klang angenehm, aber Gabriella stand noch immer wie erstarrt. Sie konnte das mit keinem Moment in ihrem Leben vergleichen. Es schnürte ihr den Atem ab.

»Denke ich auch«, sagte sie nach einigem Zögern, und es kam ihr vor wie eine endlose Zeitspanne.

Dann trat er einen Schritt vor, ins Licht.

Und sie sah seine welligen braunen Haare, die Tolle, die er lässig aus der Stirn strich – und sein Gesicht. Er hatte feinere Züge, als Claudio sie gehabt hatte. Trotzdem war es unverkennbar Claudio.

»Mein Herz schlägt wie verrückt«, sagte sie.

»Meines auch.«

Gabriella trat ihm entgegen, und sie blieben voreinander stehen.

»Wie begrüßt man einen Halbbruder, von dem man bis vor Kurzem nichts wusste?«

»Die Frage habe ich mir auch gestellt.«

»Aber du wusstest schon früh von mir?«

»Nein. Erst seit einigen Tagen.«

Sie gaben einander die Hand.

»Es ist komisch«, sagte sie. »Es ist komisch, seinem Halbbruder die Hand zu geben.«

»Es wäre aber auch komisch, wenn wir uns jetzt um den Hals fallen würden.«

Gabriella nickte. »Stimmt«, sagte sie und wies zu dem kleinen Tisch. »Wollen wir uns setzen?«

Er nickte und folgte ihr.

»Warum kommst du erst jetzt?«

Er wiegte den Kopf hin und her. Wieder etwas, das sie von ihrem Vater kannte.

»Ich komme jetzt, weil der Avvocato mich zur Testamentseröffnung eingeladen hat. Und ich fand es befremdlich, meine Halbschwester erst bei einem offiziellen Termin kennen zu lernen. Das erschien mir falsch.«

Gabriella betrachtete seine Hände. Sie waren feiner als Claudios. Claudio hatte richtige Pranken gehabt. Hendrik dagegen hatte lange, schlanke Finger. Pianistenhände.

»Ja. Ich möchte auch gar nicht hingehen«, erklärte Gabriella.

»Du gehst hier nicht raus.« Hendrik nickte. »Das wurde mir im Dorf schon erzählt.«

»Im Dorf?«

»Ja, ich habe mich hier einquartiert. Ich wollte sehen, wie mein Vater gelebt hat. Wer er war. Ich wollte hören, was die Leute von ihm hielten. Ich wollte meinen eigenen Spuren nachgehen.«

Gabriella schwieg. Klar, dachte sie. Das war ja genauso schlimm wie bei ihr. Sie hatte ihre Mutter als Vierjährige, Hendrik seinen Vater bei seiner Geburt verloren.

»Du hast Claudio gar nicht gekannt?«, fragte sie nach.

Er schüttelte den Kopf. »Ich kannte nur die Überweisungen. Zu Weinachten und zu meinem Geburtstag kam etwas mehr. Das hat mir meine Mutter später erzählt.«

»Hat deine Mutter ihn je wiedergesehen?«

Er schüttelte den Kopf. »Es war die Bedingung für die Zahlungen. Er wollte, dass sie sich völlig aus seinem Leben heraushielt. Und mich auch.«

»Nicht schön«, sagte Gabriella langsam und sah ihn an. »Irgendwie kann ich es noch nicht fassen, dass ich einen Halbbruder habe. Ich war ewig ein Einzelkind. Und ich hätte gern einen Bruder gehabt. Sehr gern!«

Sie holte noch einmal tief Luft. Allmählich wurde sie ruhiger.

»Du siehst ihm ähnlich. Und außerdem bist du ihm ... irgendwie ähnlich. Die Gesten. Bewegungen. Es ist ...«

»Unheimlich?«

Gabriella überlegte. »Ich weiß nicht. Eher ... unrealistisch. Wie in einem Film. Als müsste ich aufwachen, und als könnte alles nicht wahr sein.«

Er nickte. »Ich kann das verstehen!«

Ihr fielen seine Worte ein. »Du hast dich im Dorf umgehört? Wo warst du da?«

Er lächelte. »Ich habe mir im Dorf ein Zimmer genommen und der Wirtin gesagt, dass sie bitte meinen Namen für sich behalten möchte. Sie soll also ein Geheimnis aus meiner Anwesenheit machen.«

»Aber ...«, Gabriella runzelte die Stirn. »Bei Lucia?«

Er nickte.

»Warst du der einzige Gast?«

Er nickte erneut.

»Das ist seltsam«, sagte sie langsam, »ein Freund von mir hatte bei Lucia nachgefragt, weil sich das mit dem Fremden im Dorf eben doch herumgesprochen hat. Und da hieß es, es sei ein Ben.«

»Ganz richtig.« Er nickte. »Hendrik Benjamin Lindner.«

»Lindner?«

»Der Vater meiner Mutter war Deutscher. Mein Großvater. Und er hieß Benjamin. Ganz einfach.«

»Und du hast dich nach Immobilien erkundigt ... auch nach dem Castello?«

Er zuckte die Achseln. »Mich hat überhaupt nur das Castello interessiert. Das Haus und seine Bewohner. Aber vor allem natürlich Claudio.« Er sah sie an. »Unser Vater. Seltsam, nicht?«

»Sehr seltsam!«

Hendrik nickte, strich seine Haare zurück und klemmte sie hinters Ohr.

Zum Verrücktwerden, dachte Gabriella. Sie fror in ihrer Bluse und strich sich über die Arme. Hendrik bemerkte es.

»Soll ich die Fenster schließen?«, wollte er wissen.

Sie warf einen Blick hinaus. Ja, der Himmel war noch

dunkler geworden, und es sah nach Regen aus. Die Hausdächer des Dorfes waren kaum noch zu sehen. Sie stand auf. »Ich hole mir eine Jacke.« Auf dem Weg zum Schrank befielen sie seltsame Gedanken. Was, wenn sie sich jetzt umdrehte und ihr Vater dort saß? Gar nicht Hendrik? Vielleicht war Hendrik ja eine Täuschung, und es gab ihn gar nicht?

Sie zog ihre wärmste Angorastrickjacke heraus und drehte sich langsam um. Hendrik stand neben dem geschlossenen Fenster und sah sie an.

»Ich habe eine sehr hübsche Halbschwester«, sagte er.

Gabriella erwiderte nichts. Sie schlüpfte in ihre Jacke und ging zu ihrem Stuhl zurück.

»Und ich habe festgestellt, dass Claudio sehr beliebt war«, fuhr er fort.

»Ja?«

»Ja, es gibt da eine kleine Bar, wenn man sich dort still hineinsetzt, kann man einiges erfahren. Und da die Leute über jede Abwechslung froh sind, ist man irgendwann am Gespräch beteiligt.«

»Sprichst du denn Italienisch?«

Er wechselte übergangslos in Gabriellas Muttersprache. Und musste lachen. »Meine Mutter heißt Vittoria. Ihre Mutter, meine Großmutter, ist eine waschechte Italienerin. Sie kommt ursprünglich aus Neapel.«

»Und dann?«

»Sind meine Großeltern mit ihrer kleinen Tochter Vittoria nach Los Angeles. Dort bin ich geboren.«

»Ziemlich multikulti ...«

Er nickte. »Jedenfalls habe ich mich hier im Dorf so ein bisschen unter die Leute gemischt. Soweit das möglich war ...«

Er sah sich wieder in der kleinen Bar sitzen, ein großer, dunkler Raum mit einigen kleinen und größeren Holztischen. In einer Kühltheke lag eingelegtes Gemüse und einige Käse- und Wurstsorten, und soweit Hendrik es hatte überblicken können, gab es täglich das gleiche Angebot. Am ersten Abend war die Bar leer gewesen, als er hereinkam und sich in eine Ecke setzte. Er ließ sich die Speisekarte kommen und bestellte ordentlich und vor allem ordentlich teuer, denn er wollte dem Wirt angenehm auffallen. Er war schon bei seinem zweiten Glas Rotwein, als die Tür aufging und vier Männer hereinkamen, anscheinend Stammgäste, denn der Wirt begrüßte sie nur mit knappem Kopfnicken. Kurz nachdem sie sich an den größten Tisch in der Mitte des Raumes gesetzt hatten, hatte jeder ein Bier vor sich stehen. Hendrik fragte nach einem Dessert, und er tat dies bewusst auf Englisch. Sie warfen ihm einen kurzen Blick zu und redeten weiter. Sie schienen Männer zu sein, die in dem Ort den Ton angaben oder sich zumindest dafür hielten. In ihrer Unterhaltung ging es um ein Haus, das ohne Baugenehmigung gebaut worden war, aber wohl einem reichen Winzer gehörte, und sie hofften nun, dass durch ihn die Weinregion einen Aufschwung nehmen könnte. Also wollte man in seinem Fall ein Auge zudrücken, schließlich war es ein schönes Haus und der Nutzen möglicherweise größer als der Schaden. Anschließend redeten sie über jemanden, der offensichtlich auch eine größere Rolle im Ort spielte, bei dem aber gerade etwas schieflief, und dass es doch eigentlich die Vorzeigefamilie im Ort sei. Ob man mal den Pfarrer hinschicken sollte, fragte einer, um zu vermitteln? Einer lachte, und erst jetzt erkannte Hendrik, dass er einen weißen Stehkragen unter seinem schwarzen Anzug trug. Offensichtlich saß der Pfarrer mit am Tisch. Er erklärte, dass der Betroffene doch ein ordentlicher Kirchgänger sei, mit Beichte und allem, was dazugehöre. Er wolle auch mal gern Beichtmäuschen sein, erklärte einer feixend, und der Pfarrer erwiderte, dass er froh sein müsse, wenn niemand bei ihm mal Beichtmäuschen spiele, und alle lachten. Hendrik hatte die Rechnung bestellt, nachdem sich die Gespräche dem Fußball zugewandt hatten, und war am Tisch der Männern vorbei hinausgegangen. Er war sich sicher, dass sie den Wirt nach ihm ausfragen würden, sobald die Tür hinter ihm zugefallen war.

Die nächsten Tage saß er wieder in der Bar. Immer etwas näher zum Stammtisch. Und an diesem Abend schwang die Tür auf, und ein paar Männer kamen herein, diesmal waren es sechs. Sie nickten ihm zu und setzten sich. Hendrik fragte nach der heutigen Empfehlung, und der Wirt schlug ihm einen Wolfsbarsch vor, den habe er frisch hereinbekommen. Sei aber vielleicht ein bisschen groß für einen allein. Hendrik nickte. »Ich nehme ihn trotzdem«, sagte er dem Wirt und fügte hinzu, dass er auch gern den entsprechenden Wein dazu hätte.

»Aus der Gegend?«, fragte der Wirt nach.

»Aber sehr gern«, antwortete er.

Der Wirt nickte ihm freundlich zu. Wieder lauschte Hendrik den Gesprächen am Nebentisch, und diesmal erfuhr er etwas über den Bürgermeister, der wohl zu oft in Siena war. Angeblich, um sich mit anderen Politikern zu beraten, die Stammtischler witzelten jedoch darüber, dass es wohl eher eine Politikerin sein müsse. Zwei Männer blieben länger sitzen als die anderen, und einer davon winkte ihm zu. »Komm dazu. Du sitzt so allein da.«

»Ich bin halt allein hier auf Besuch«, hatte er gesagt.

»Du sprichst ja Italienisch. Wir dachten, du seist Amerikaner.«

»Bin ich auch, aber meine Mutter ist Italienerin.«

»Und warum bist du hier?«

»Hier? Weil ich hier gut esse und der Wirt einen ausgezeichneten Wein hat.«

»Ausgezeichneter Wein? Gutes Essen? Giuseppe ist ein ausgemachter Betrüger!«

Der andere lachte, und Giuseppe drohte gutmütig mit der offenen Hand.

»Und was führt dich in so ein verlassenes Kaff wie unseres?«

»Also, ich finde euer Kaff schön!«

»Das beantwortet nicht meine Frage.«

»Ich sehe mich um. Ich mag die Gegend. Vielleicht interessiert mich die eine oder andere Immobilie.«

»Aha!« Der eine lehnte sich vor. Er war noch jung, aber sah irgendwie müde aus. Irgendetwas an seiner Körperhaltung und dem Gesichtsausdruck machte Hendrik stutzig. »Du brauchst eine Immobilie? Ich hätte eine!«

Der Wirt stellte ihm ein Bier vor die Nase, und es wirkte, als wolle er ihn bremsen.

»Lorenzo!« Der Mann neben ihm legte ihm seine Hand auf den Unterarm. »Das kommt schon wieder in Ordnung.«

»Nichts kommt in Ordnung«, erklärte Lorenzo mit glasigen Augen, stürzte das Bier hinunter und fuhr sich durch die Haare. »Noch eins bitte.«

»Du trinkst zu schnell«, sagte Giuseppe.

»Bist du nun mein Freund oder nicht? Dann gib mir noch eins.«

Hendrik schwieg.

»Was für eine Immobilie?«, fragte er schließlich.

»Meine scheiß Bäckerei. Kannst du alles haben! Sie macht alles kaputt!«

»Komm, Lorenzo, beruhige dich!« Sein Freund tätschelte seinen Unterarm.

»Nichts komm!« Lorenzo sah Hendrik direkt in die Augen. »Sie sind weg. Weg!« Er schüttelte die Hand seines Nachbarn ab. »Und weißt du was? Sie haben recht! Ich hätte mich auch verlassen.« Sein Kopf sank auf seine Unterarme.

»Lorenzo, reiß dich zusammen!« Jetzt kam auch der Wirt an den Tisch zurück, ein Glas Wasser in der Hand.

Lorenzo suchte Hendriks Blick. »Du bist ein Fremder! Du kannst das beurteilen. Wie würdest du dich fühlen, wenn du unter falschen Voraussetzungen heiratest, nur weil du das Mädchen unbedingt haben willst? Du versprichst ihr alles, und du hältst nichts davon?«

»Schlecht!«

»Ja, schlecht! Ich fühle mich schlecht!«

Langsam dämmerte Hendrik, von wem die Männer gestern hier am Stammtisch gesprochen hatten. Die Vorzeige-Ehe, die der Pfarrer kitten sollte. Hier saß der männliche Teil dieser Vorzeige-Ehe. Es war zwar nicht sein Thema, aber er versuchte trotzdem seinen Teil beizutragen. »Du bist doch noch jung, Du kannst dein Versprechen doch noch wahrmachen!«

Lorenzo holte Luft. »Du kennst meine Eltern nicht! Die massakrieren mich.«

»Und sonst massakriert dich deine Frau.«

Erstaunlicherweise musste er da lachen. »Ja, sie ist neulich schon mit einem Steinkrug auf mich los.« Er zog sein T-Shirt hoch. Ein dunkler Bluterguss hatte sich über seinen Rippen ausgebreitet. »Ich habe das als Liebeserklärung verstanden.« Er ließ wieder den Kopf sinken. »Leider zu spät.«

»Wieso?«

»Ich habe ihr im Affekt eine gewischt. Und dann ist sie gegangen. Mit den Kindern.«

Sein Nachbar stöhnte. »Hol sie zurück. Sie sind ja nicht aus der Welt!«

»Zurück, wenn sich nichts ändert? Nein, das kann ich nicht.«

»Wo sind sie denn?«

»Im Castello!«, sagte er düster.

»Castello?« Hendrik merkte auf. »Davon habe ich schon gehört. Claudio heißt der Besitzer, stimmt's?«

»Claudio ist tot.« Giuseppe war am Tisch stehen geblieben. »Er war ein feiner Kerl. Hat alle im Dorf unterstützt, war einer von uns.«

»Aber jetzt residiert dort oben seine Tochter. Freundin meiner Frau. Dort ist sie jetzt.«

»Und was ist mit dieser Tochter?«

»Sie kommt nicht aus dem Bett«, erklärte Giuseppe langsam. »Und wer was mit ihr bereden will, muss zu ihr hoch. In ihr Schlafzimmer.« Er runzelte die Stirn.

»Das ganze Dorf?« Hendrik warf ihm einen erstaunten Blick zu.

»Ohne Ausnahme.«

»Und gehen alle hoch?«

»Der Schornsteinfeger etwas häufiger.« Die Männer warfen einander vielsagende Blicke zu.

»Das ist eine außergewöhnliche Geschichte. Warum tut sie das?«

»Sie sagte bei Claudios Beerdigung, sie sei ausgebrannt, leer und bräuchte erst mal etwas Ruhe.«

»Aha. Wieso?«

»Sie war in New York«, erklärte der Wirt. »Irgendwas mit der Börse. Kannst sie ja mal besuchen, wenn du auch aus Amerika kommst. Vielleicht freut sie sich.«

»Ja, vielleicht ...«

Hendrik spürte Gabriellas Blick. »Entschuldigung, ich bin gerade gedanklich ein bisschen abgeschweift.«

»Du warst gedanklich gerade im Dorf, stimmt's? Du hast dich unter die Leute gemischt.«

»Ja.« Er stockte. Lorenzo. Die Kinder, die er vorhin unten in der Küche kennen gelernt hatte, erst jetzt ergab das alles einen Sinn.

»Was ist?« Gabriella hatte sein Zögern gespürt.

»Die Kinder ...«, Hendrik runzelte die Stirn, »... hier bei dir, heißt ihr Vater Lorenzo?«

Gabriella war erstaunt. »Woher weißt du das?«

»Er ist völlig fertig!«

Hendrik schilderte seine nächtliche Begegnung mit Lorenzo in der Bar, und Gabriella hörte gespannt zu.

»Also ist er so ekelhaft, weil er mit sich selbst unzufrieden ist? Sein kleiner Sohn hat so etwas schon mal angedeutet. Aber trotzdem. So etwas lässt man doch nicht an seiner Familie aus!«

»Sollte man meinen. Aber er ist wirklich verzweifelt, weil er nicht halten kann, was er versprochen hat.«

Gabriella schüttelte den Kopf. Verrückt, dachte sie, aber war es nicht oft so, dass unzufriedene Menschen ihren Groll gegen sich selbst genau an denen auslassen, die sie eigentlich lieben?

»Interessant. Vielleicht ist da ja noch etwas zu retten?«

Hendrik zuckte mit den Schultern. Gabriella schoss ein anderer Gedanke durch den Kopf: »Stimmt das übrigens mit den Immobilien?«

Er grinste und nickte. »Ja, aber in Los Angeles. Nicht hier. Von den italienischen Verhältnissen habe ich keine Ahnung.«

»Was ist, wenn du die Hälfte des Castellos erbst?«

»Das werde ich nicht erben.«

»Wenn aber doch?«
»Glaube ich nicht. Wieso sollte Claudio mir etwas so Großartiges vermachen?«
»Um etwas gutzumachen?« Gabriella holte tief Luft. »Das Bizarre ist, ich weiß noch nicht mal, ob ich genug Geld haben werde, um das Castello auf Dauer zu halten.« Kaum hatte sie es gesagt, hielt sie inne. Das hatte sie ja noch nicht einmal vor sich selbst zugegeben.
»Du denkst, Claudio war nicht gut aufgestellt?«
»Ganz ehrlich, Hendrik, ich denke, er war Künstler. Er war Geschäftsmann, wenn es um seine Filmproduktionen ging, aber was weiß ich, was er sonst so gemacht hat? Ich war sein Kind, er hat alles von mir ferngehalten.«
Hendrik nickte.
»Entschuldigung. Du warst auch sein Kind«, schob sie sofort nach.
»Und von mir hat er auch alles ferngehalten.«
Sie sahen einander an und mussten plötzlich lachen, sie lachten so herzlich, dass sie kaum aufhören konnten. Es war wie eine Befreiung. Als es schließlich vorbei war, stand Gabriella auf. »Ich glaube, jetzt ist Zeit, dass wir uns mal in den Arm nehmen.«
»Und vielleicht ein Glas Wein darauf trinken?«
»Und eine Brotsuppe raufkommen lassen? Ich habe nämlich ganz schön Hunger.«

Zwei Stunden später ging Hendrik zurück ins Dorf. Gabriella stand am Fenster und sah ihm nach. Und als ob er ihren Blick gespürt hätte, drehte er sich zu ihr um und hob die Hand zum Gruß. Gabriella winkte zurück, danach ging sie zu ihrem Bett, konnte sich aber nicht hinsetzen. Sie war viel zu aufgeregt. Hendrik. Ihr Bruder. Wie schade, dass er all die Jahre nicht da gewesen war. Sie hätten miteinander aufwachsen können. Papa, warum hast du mir nie von ihm erzählt? Nichts war, wie sie all die Jahre geglaubt hatte.

Sie lief weiterhin in ihrem Schlafzimmer auf und ab, und zum ersten Mal hatte sie das Gefühl, dass sie dringend raus aus dem Zimmer musste, raus aus dem Haus. Am besten Joggingschuhe anziehen und eine Stunde laufen. Das würde ihr jetzt guttun. Alles aus ihr herauslaufen, jeden Frust, jede Erkenntnis, jede Sehnsucht und vor allem jede Anklage gegen ihre Eltern. Hatte ihr Vater kürzlich wirklich nachts an ihrem Bett gesessen? Eine Verabschiedung ohne Erklärung. Er musste zurückkommen. Sie würde ihn nicht mehr so schnell gehen lassen. Sie wollte Antworten auf all ihre Fragen.

Schließlich legte sie sich doch ins Bett. Sie hatte mit Hendrik eine Idee gehabt, die sie durchziehen wollten. Ob Hendrik seinen Teil schaffen würde? Sie war sich nicht sicher. Sie war sich mit nichts mehr sicher, aber sie bat Emilia, Sofia für den morgigen Abend einzuladen und etwas Einfaches vorzubereiten. Bruschetta vielleicht. Dazu zwei Flaschen guten Rotwein und vier Gläser.

»Party?«, fragte Emilia.

»Wenn du dabei sein willst, dann drei Flaschen und fünf Gläser.«

Emilia zog kurz die Stirn kraus. Gleich darauf entspannte sich ihr Gesichtsausdruck, und sie lächelte. »Ich höre mir später an, was gelaufen ist. Morgen Abend ist mein Kartenabend.«

»Oh!«, sagte Gabriella und dachte an Flavio.

»Ja, oh!«, gab Emilia zurück. »Aber so ist das Leben.«

»Es ist noch nichts verloren.«

»Aber auch nichts gewonnen«, sagte Emilia, nickte ihr zu und ging hinunter.

Gabriella nahm ihre Wanderung wieder auf. Der Abend senkte sich über die Landschaft. Sie hatte das Gefühl, heute früher als in den Tagen zuvor. Wie ein Leichentuch, das sich über die Landschaft senkt, dachte sie. Es würde schwierig sein, Ruhe zu finden. Gabriella sah zu ihrem Bett. Sie war noch nicht bereit für die Nacht. Sie dachte an Flavio. Sie wäre im Moment auch für Flavio nicht bereit. Das Einzige, was sie wirklich wollte, war ein Gespräch mit ihrem Vater. Und dazu war es zu spät. Diese zwei Wörter wühlten sie so auf, dass sie ihre Wanderung wieder aufnahm. Zu spät. Zwei furchtbare Wörter. Und eine furchtbare Gewissheit.

Zehnter Tag

Irgendwann war sie dann doch eingeschlafen, nachdem sie lange Zeit immer wieder eine neue Schlafposition gesucht hatte. Bauchlage, Rückenlage, Seitenlage, dann das Kissen neu geklopft, aufgerichtet, einen Schluck Wasser getrunken und wieder Rückenlage. Als sie schließlich morgens aufwachte, hatte sie das Gefühl, eine schlaflose Nacht verbracht zu haben. Die bleierne Schwere in ihren Gliedmaßen und eine seltsame Leere in ihrem Kopf zeigten ihr, dass sie offensichtlich nicht gut geschlafen hatte. Sie zog ihr Handy heran. Nach zehn, sicher hatte Emilia schon nach ihr gesehen.

Wie sollte sie den Tag verbringen? Hendrik fiel ihr ein und ihr Plan für heute Abend. Ob es wohl klappen würde?

So hatte sie sich ursprünglich alle ihre Tage vorgestellt: ereignislos. Und genau das passierte heute: nichts. Sie frühstückte, sie aß zu Mittag, sie lag im Bett und starrte an die Decke. Schließlich stand sie auf, duschte ausgiebig und zog sich eine Jeans und einen Pullover an. Sie war bereit für den Abend.

Als es klopfte, stand sie gerade am Fenster und beobachtete den Weg.

Sofia stieß die Tür auf, eine Platte mit aufgeschichteten Bruschette in den Händen.

»Wie viele Gäste erwarten wir denn?«, fragte sie beim Hereinkommen. »Willst du mir verraten, wer kommt?«

Gabriella drehte sich zu ihr um. »Ja, zum Beispiel mein Halbbruder.«

Sofia stellte das Tablett ab. »Gut«, sagte sie, »dann hole ich jetzt den Wein. Emilia hat vier Flaschen parat gestellt und sechs Gläser. Kann das sein? Wie viele Halbbrüder hast du denn?«

»Das werden wir sehen«, sagte sie grinsend.

Sie hatten kaum die erste Flasche entkorkt, da klopfte es wieder.

Die Tür schwang auf, und Lorenzo kam herein.

Sofia erstarrte. »Was soll das?«, fragte sie harsch.

»Das soll, dass Lorenzo einiges zu sagen hat.« Hinter Lorenzo trat Hendrik vor. Er hielt zwei Klappstühle in der Hand und sah ein bisschen hilflos aus. »Ich bin Hendrik, und ich habe Lorenzo zufällig in der Bar kennen gelernt. Und ich glaube, da ist …«

»… vieles schiefgelaufen«, fiel Lorenzo ihm ins Wort. »Und zwar gleich nach unserer Hochzeit. Meine Schuld, Sofia, es tut mir leid.«

Sofia war einen Schritt zurückgewichen.

»Sofia, hör mir zu …«, bat Lorenzo. »Gib mir eine Chance.«

Sie antwortete nicht.

Lorenzo zog sein T-Shirt hoch. Die Blutergüsse auf seinen Rippen waren noch immer gut zu erkennen. »Die habe ich verdient«, sagte er. »Und ich entschuldige mich für die Revanche.«

Sofia fasste sich unwillkürlich an ihre Wange, blieb aber abwartend stehen.

Gabriella trat zu ihr. »Ich mache einen Vorschlag. Wenn ihr wollt, sind wir beide, Hendrik und ich, eure Mediatoren. Dann fällt es vielleicht leichter. Für den Anfang.«

»Ich weiß nicht, was du mir noch sagen könntest!« Sofia stand wie angewurzelt da.

»Alles. Alles, was du noch nicht weißt.« Lorenzo ging zum Tisch. »Komm, setz dich.« Er schob ihr einen Stuhl hin. »Es geht um uns. Um niemanden sonst.«

Sofia verzog das Gesicht, setzte sich aber hin. »Und warum jetzt? So plötzlich? Nach all den Jahren und all den Szenen. Und den Tränen?«

»Weil mir klargeworden ist, wo der Fehler liegt. Warum ich bin, wie ich bin.« Er setzte sich ebenfalls und sah ihr über die Bruschette hinweg tief in die Augen.

»Und wo liegt der Fehler?«, fragte sie. »Sicher doch an mir. Das hast du mir doch tausendmal gesagt!«

»Ja!«, er nickte. »Weil ich ein Idiot war. Weil ich mein eigenes Versagen verbergen, anderen in die Schuhe schieben, vor mir selbst verstecken wollte.«

»Dein Versagen?« Sofia richtete sich auf. »Das ist ja interessant.«

Gabriella und Hendrik warfen sich einen Blick zu.

»Ja, mein Versagen. Mein Versagen, nicht das zu tun, was ich eigentlich tun wollte.«

»Du wolltest die Bäckerei übernehmen. Das hast du doch getan. Und du führst sie bis heute. Bravo!«

Er schüttelte vehement den Kopf. »Falsch!«, sagte er. »Meine Eltern wollten, dass ich die Bäckerei übernehme. Wir beide wollten nach der Hochzeit wegziehen, uns anderswo selbstständig machen. In Siena, in Mailand, wo auch immer. Egal.« Er griff nach ihrer Hand. »Erinnerst du dich? Das war unser Traum.«

»Und wo kommt dein plötzlicher Sinneswandel her?« In ihrer Stimme schwang Misstrauen, und sie zog ihre Hand zurück. »Warum jetzt? Warum nicht schon vor Jahren? Oder als Aurora deine Hilfe gebraucht hätte?«

»Weil ich ein Idiot war.« Er sah sich nach Hendrik um. »Komm, hilf mir. Erzähl ihr, wie es war.«

Hendrik lächelte schwach, trat näher und stellte seine beiden Klappstühle auf.

Sofia klopfte auf den Stuhl neben sich. »Gabriella, du auch. Ich brauche Beistand.«

»Lorenzo, was würdest du denn anders machen, wenn Sofia und eure Kinder zurückkämen?«, wollte Gabriella wissen.

»Kriegsrat halten. Was wollen wir? Wie können wir das verwirklichen, was bisher auf der Strecke geblieben ist?«

»Was ist deiner Ansicht nach denn auf der Strecke geblieben?« Gabriella setzte sich neben Sofia und legte die Hand auf ihren Schenkel.

»Wir.« Leonardo runzelte die Stirn. »Wir sind auf der Strecke geblieben. Weil ich unseren Traum aus den Augen verloren habe. Weil ich zu feige war.«

»Und das hast du an mir ausgelassen.« Sofia betrachtete ihn düster.

Lorenzo nickte. »Das ist mir in den letzten Tagen auch klar geworden. Dich habe ich für mein Versagen verantwortlich gemacht. Du warst mein Sündenbock für alles, was schiefgelaufen ist.«

»Und jetzt«, wollte Sofia wissen, »machst du es dir jetzt nicht zu leicht? Glaubst du wirklich, dass ich dich nach all diesen verletzenden Jahren noch lieben kann?«

Lorenzo griff erneut nach ihrer Hand. »Das hat mich Hendrik auch gefragt. Ob so etwas noch möglich ist. Und ich habe ihm die Antwort gegeben, die ich dir jetzt auch gebe: Ich werde darum kämpfen. Um unsere Liebe. Um unseren Traum!«

Sofia schüttelte den Kopf. Sie sah Hendrik an. »Was hast du mit ihm gemacht?«

»Ich habe ihm nur in einer besonderen Stunde zugehört.«
»Bist du Pfarrer?«
»Nein, Makler!« Hendrik musste lachen. »Nein, ich habe ihn nicht bekehrt. Ich habe nur zugehört, zwei und zwei zusammengezählt und schließlich eine Chance gesehen.«
»Bist du wirklich Gabriellas Halbbruder?«
Gabriella deutete auf seine Tolle, die ihm schon wieder ins Gesicht fiel. »Sieh ihn dir doch an.«
Sofia nickte. »Und jetzt?«, fragte sie Lorenzo.
»Jetzt essen wir erst mal was.« Gabriella griff nach einer Bruschetta. »Die müssen weg, sonst bringt Emilia mich um.«
»Emilia«, Sofia lächelte. »Die tut doch keiner Fliege was.« Sie sah Lorenzo an. »Und dann?«
»Dann ordnen wir unser Leben neu.«
»Du würdest wegziehen?«
»Wenn du das willst und die Kinder auch, ja.«
»Und deine Eltern? Die Bäckerei? Das wäre doch ein Skandal!«
»Was ist mir mehr wert? Eine Bäckerei oder unser Leben?«
»Bisher ...«
»Ja, bisher bin ich auch immer in die Kirche gerannt und habe gehofft, dadurch mein schlechtes Gewissen loszuwerden.«
Sofia nickte. »Ich dachte, du müsstest deine ständigen Ehebrüche beichten.«
»Da überschätzt du mich.«
Hendrik füllte die Gläser, reichte sie herum und nahm selbst auch eins.
»Vielleicht solltet ihr reinen Tisch machen, bevor ihr neu anfangt«, sagte er, bevor alle miteinander anstießen.
»Falls wir neu anfangen«, erklärte Sofia bestimmt. »Die Kinder fühlen sich hier wohl, Arturo ist ständig im Wein-

berg, Aurora ist wieder ein fröhliches Mädchen, und Anna tanzt durch die Flure.«

»Und du?«, wollte Lorenzo wissen.

»Ich bin noch jung genug, um in Mailand die Ausbildung zu machen, von der ich immer geträumt habe. Modedesign.«

»Und die Kinder bleiben hier? Hier bei Gabriella?« Ungläubig suchte Lorenzo Gabriellas Blick.

»Das Haus ist groß ...«, wich Gabriella einer Antwort aus. Lorenzo runzelte die Stirn und lehnte sich zurück. Dann beugte er sich wieder vor. »Das ist doch Quatsch«, sagte er. »Die Kinder brauchen eine Mutter. Und einen Vater. Oder ...«, er stockte, »zumindest ein Elternteil!«

»Verrückt!« Sofia schüttelte den Kopf. »Verrückt!« Sie drehte sich zu Gabriella um. »Das ist doch verrückt! Du hast plötzlich einen Halbbruder, und der bringt mir einen völlig veränderten Lorenzo mit. Entschuldige, aber hier stimmt doch was nicht.«

»Was meinst du?«, fragte Gabriella sie.

»Na, das ist doch völlig absurd! Gleich gibt es einen Knall, und alles ist wie vorher.«

Sofia schloss die Augen, dann sah sie Lorenzo an. Eine Weile geschah nichts, dann schloss Sofia die Augen erneut, und schließlich schüttelte sie den Kopf, ohne ihre Augen zu öffnen. »Gut«, sagte sie leise. »Eigentlich ist es schön.« Und noch etwas später fügte sie hinzu: »Ja, das ist es.«

Keiner sagte etwas.

»Und du spielst mir nicht etwas vor, nur um mich zurückzubekommen?«, fragte Sofia schließlich.

»Wozu wäre ich hier, wenn ich dir was vorspielen würde?«

»Du wärst nicht mehr allein. Aber es würde nur alles wieder von vorn beginnen«, erklärte Sofia langsam.

»Eben!« Lorenzo trank einen großen Schluck. »Was würde das für einen Sinn machen?«

»Keinen.«

»Siehst du …« Lorenzos Stimme blieb oben, während er sein Glas abstellte.

Hendrik und Gabriella wechselten Blicke.

»Sollen wir vielleicht gehen«, flüsterte Hendrik ihr zu. Da stand Lorenzo plötzlich auf. Überrascht sah Gabriella zu ihm hoch.

»Ich danke dir«, sagte er zu Hendrik. »Ich danke dir, dass du mir in der Bar zugehört hast. Und verstanden hast, dass es um viel geht.«

Hendrik nickte. »Es geht immer um viel«, antwortete er und warf Gabriella einen Blick zu.

»Ich werde jetzt gehen.« Lorenzo legte Sofia seine beiden Hände auf die Schultern. »Es ist mir vieles klar geworden. Über uns, über mich, über die Ursache, die alles auslöste. Ich gehe jetzt, damit du Zeit hast, über alles nachzudenken.«

»Ich muss tatsächlich nachdenken«, sagte Sofia leise und legte ihre Hände auf seine. »Es kommt so plötzlich.«

»Nimm dir Zeit. Lass es mich wissen. Ich liebe unsere Kinder, und ich liebe dich. Ich möchte den Weg gehen, den wir uns damals vorgestellt haben.«

Sofia nickte, stand auf, und die beiden umarmten sich. Dann ging Lorenzo zur Tür, drehte sich noch einmal um, nickte Gabriella zu und war verschwunden.

Eine Weile war es ruhig im Zimmer.

»Habe ich das geträumt?«, fragte Sofia schließlich. Sie blickte Hendrik an. »Erzähl mir doch bitte, wie sich dieses Wunder ereignet hat.«

»Wie gesagt. Ich habe nur zugehört. Es waren seine eigenen Gedanken.«

Sofia schüttelte den Kopf. »Kaum zu glauben«, sagte sie, stand auf und nahm Gabriella in den Arm. »Ich kann das nicht so schnell entscheiden. Ich fühle mich völlig überrumpelt. Und ich kann ihm nicht so schnell wieder vertrauen. Haben wir noch ein bisschen Asyl bei dir?«

»So lange du willst.«

Sofia zögerte. »Du hast gehört, was ich Lorenzo gesagt habe? Dass ich die Kinder bei dir lassen würde und studieren gehe, das war nicht abgesprochen, entschuldige.«

»Wenn es so wäre«, sagte Gabriella, »dann würden wir auch eine Lösung finden. Es gibt für alles eine Lösung.«

»Ich liebe dich!« Impulsiv drückte sie Gabriella an sich. »Du bist das Beste, was mir je geschenkt wurde. Eine Schwester im Geiste.«

Gabriella lächelte und hielt sie etwas von sich weg. »Meine Busenhälfte.«

»Busenhälfte. Genau!« Sie sahen einander an, und Sofia nickte. »Genau. Das sind wir.« Sie löste sich und ging zu Hendrik. »Ich weiß nicht«, sagte sie, »gestern hast du für uns alle noch nicht existiert, und heute rettest du vielleicht meine Ehe. Das ist unglaublich.«

»Stimmt.« Hendrik nickte. »Eigentlich wollte ich in der Bar nur ein bisschen was über die Menschen hier erfahren, und dabei kam das heraus: ein Mann, der sich und sein Leben infrage stellt. Das hat man ja nun nicht so oft ...« Er lächelte.

»Wohl wahr.« Sofia drückte Hendrik die Hand. »Danke! Ich lass euch jetzt allein. Ich muss nachdenken«, und damit war sie zur Tür hinaus.

Hendrik zeigte auf den Tisch. »Gut, da wären jetzt noch etwa zehn Bruschette für jeden von uns. Und zwei Flaschen Rotwein. Wollen wir anfangen?«

Gabriella setzte sich auf ihren Stuhl. »Es ist in den letzten zwei Tagen so vieles auf mich eingestürzt. Vor allem du, Hendrik. Wer bist du, wo kommst du her, was willst du?«

»Ja«, sagte er und legte seine Hand auf den Tisch. »Das sind die Fragen, Gabriella, völlig richtig. Woher kommen wir, wohin gehen wir, was wollen wir.« Hendrik klopfte kurz auf den Tisch. »Ich gehe jetzt auch. Es war wirklich viel.« Er lächelte ihr zu, doch das Lächeln erreichte seine Augen nicht. »Danke für diese beiden Tage. Wir sehen uns bald.«

Minuten später löschte Gabriella das Licht. Sie stand am Fenster und spähte in die Dunkelheit hinaus. Ging Hendrik den Weg ins Dorf hinunter? Sie konnte nichts erkennen. Sie würde Emilia morgen fragen, was sie von Hendrik hielt. Dass er Claudios Sohn war, stand außer Zweifel. Da gab es zu viele Ähnlichkeiten. Aber was wollte er? Was wollte er wirklich von ihr? Warum war er hergekommen? Vielleicht wusste Emilia Rat.

Sie trank ihr Glas Wein aus, aß zwei Bruschette, ging dann ins Bad, zog ihren Schlafanzug an, putzte sich die Zähne und schminkte sich ab. Die ganze Zeit über ließ sie das Gefühl nicht los, nicht allein zu sein. War Hendrik zurückgekommen? Sie spähte durch die Badezimmertür in ihr Zimmer. Da war niemand.

Wie konnte das sein, trogen sie ihre Sinne? Konnte er durch Wände gehen? Blödsinn. Sie war überreizt. Ihre Sinne waren überreizt. Das war alles. Sie musste einfach nur schlafen. Ein erholsamer Schlaf mit schönen Träumen würde ihr guttun. Sie legte sich ins Bett und war in kurzer Zeit eingeschlafen.

Das leise Quietschen ihrer Tür weckte sie. Es war noch dunkel, und sie konnte nichts erkennen, aber sie hörte, dass da jemand war. Wer konnte es sein? Sie strengte ihre Augen an, aber außer dem Knarzen eines Dielenbretts hörte sie nichts. Sie spürte, wie sie innerlich erstarrte. Hendrik? Was wollte er? Sie dachte kurz an das Castello und ihr Erbe, an die Testamentseröffnung, da spürte sie, wie sich die Matratze bewegte und ihre Bettdecke leicht angehoben wurde.

Sie wollte aus dem Bett springen, aber sie konnte sich nicht bewegen, wie in einem Albtraum. Sie fühlte sich wie angeklebt.

»Gabriella?«, es war eine helle Stimme, flüsternd, »schläfst du schon?«

Sie sagte nichts.

»Schläfst du?«

Da dämmerte ihr, wer neben ihr lag.

»Arturo?«, fragte sie leise, ungläubig.

»Aurora. Entschuldige, wenn ich dich geweckt habe. Aber ich konnte nicht schlafen. Darf ich heute bei dir bleiben?«

Gabriella atmete tief durch. Was für eine Überraschung.

»Warum konntest du nicht schlafen?«, wollte sie wissen und gab sich Mühe, ihre Stimme fest klingen zu lassen, obwohl sich ihr Puls erst langsam wieder beruhigte.

»Papa war da, stimmt's?«

»Stimmt.«

»Holt er uns zurück nach Hause?« Ihre Stimme klang ängstlich.

Sie ist eben doch noch ein Kind, dachte Gabriella. Dreizehn, was war das schon. Das war ein unglaublich anstrengendes Alter.

»Wäre das schlimm?«

»Ich will nicht zurück.« Jetzt klang Aurora entschlossener. »Eher bringe ich mich um!«

»Na, na!« Gabriella suchte nach ihrer Hand, und kaum

dass sie sie gefunden hatte, rollte sich Aurora zu ihrem Erstaunen direkt in ihren Arm.

»Ich möchte lieber bei dir bleiben!«

»Dein Vater war aber wirklich sehr nett heute Abend. Er hat viel nachgedacht. Er sieht seine Fehler ein.«

»Er will doch nur, dass wir zurückkommen, dass Mama wieder seinen Haushalt schmeißt, seine Wäsche wäscht, das Essen serviert und die Kunden in der Bäckerei bedient. Und was sonst noch alles.« Ihre Stimme wurde entschlossen. »Ich gehe nicht zurück. Zu Papas Eltern, die sich dauernd in alles einmischen. Nichts ist ihnen recht. Keiner macht was richtig. Ich schon gar nicht!«

Gabriella holte tief Luft und drückte sie.

»Ich glaube«, sagte Gabriella, »da hat sich etwas verändert. Dein Vater möchte einen neuen Anfang wagen. Er möchte, dass ihr das alles gemeinsam besprecht.«

»Das hat er noch nie getan!«

»Lass dich überraschen. Er meinte es sehr ernst. Ich glaube, euer Leben wird sich verändern.«

»Es hat sich schon verändert.« Sie stockte. »Seitdem wir bei dir sind, hat es sich geändert!«

»Ihr seid doch erst ganz kurz da. Wenn etwas neu ist, ist es immer toll. Und aufregend.«

»Das stimmt«, lenkte Aurora ein und gähnte. »Darf ich heute Nacht trotzdem bei dir bleiben? Ich fühle mich so gut bei dir. So aufgehoben. So sicher.«

»Ja, klar, gern«, antwortet Gabriella und überlegte, wann wohl ihr Arm einschlafen würde? Aber es fühlte sich gut an, ein Kind im Arm zu halten. Und als sie kurz danach Auroras tiefen Atemzügen lauschte, dachte sie zum ersten Mal in ihrem Leben über ein eigenes Kind nach.

Elfter Tag

Als der nächste Morgen sie weckte, wollte sie nicht wach werden. Aurora fiel ihr ein, aber das Bett neben ihr war leer. Sicher war sie schon zur Schule gegangen. An Hendrik mochte Gabriella nicht denken und auch an Lorenzo nicht. Sie wollte frei sein von allen Gedanken und zog sich in alter Gewohnheit wieder die Decke über den Kopf. Sie wollte alles an jemanden abgeben, der stärker war, geduldiger, bessere Menschenkenntnisse hatte. Bessere jedenfalls als sie. Sie wusste nicht, was sie von Hendrik halten sollte, sie wusste nicht, was sie von Lorenzos Beteuerungen halten sollte. Sie wusste noch nicht einmal, ob Sofia mit offenen Karten spielte.

Was wusste sie überhaupt?

Sie drehte sich auf die andere Seite. Sie wusste, dass eine Testamentseröffnung bevorstand. Das machte ihr Angst. Sie drehte sich wieder zurück und dann auf den Bauch. Flavio, dachte sie. Was war mit ihm? Würde er ihr weiterhelfen, oder erfüllte er sich nur seinen Kindheitstraum? Und Mike. Nein, Mike, dieses Thema war abgeschlossen. Aber war sie sich da ganz sicher?

Sie drehte sich wieder auf den Rücken. Wie lange konnte man eigentlich in einem Bett liegen, ohne Druckstellen zu bekommen?

Sie setzte sich auf. Stanley. Vielleicht war Stanley die Antwort. Die Antwort auf alles. Quatsch, dachte sie im gleichen Moment. Wieso sollte er eine Antwort sein? Er will seinen

Film verwirklichen und braucht dafür Unterstützung. Also blieb nur Emilia. Sie hatte keine Absicht, außer ihren Job gut zu machen. Oder Erfüllung in ihrem Beruf zu finden. Wie auch immer, Emilia war die Einzige, der man keinen Eigennutz unterstellen konnte. Aber war Eigennutz wirklich so verachtenswert?

All die Jahre in New York hatten nur ihrem eigenen Nutzen gedient. Sie hatte Karriere gemacht, gut verdient, war eine der erfolgreichen und beneideten Brokerinnen der Szene geworden. Das war ja kein reiner Samariterdienst gewesen, sondern diente ausschließlich ihr selbst.

Sie holte tief Luft. Was sollte sie nun glauben? Sie hatte keine Ahnung.

Da hörte sie die oberste Treppenstufe knarren und wusste, dass gleich jemand hereinkommen würde. Interessant, dachte sie, wie sich die Sinne auf ein Haus einstellten. Irgendwann kennst du jedes Geräusch. Das Heulen des Windes in den Dachziegeln, das Kratzen der Rosenzweige an der Mauer, das Trippeln der Marder im Dahlstuhl, das Knarren der obersten Treppe. Und das Knarren der obersten Treppe war je nach Person unterschiedlich. Jetzt war es sicherlich Emilia, die mit einem Cappuccino vor der Tür stand.

»Ich bin munter«, rief sie.

»Ahh, gut.« Emilia kam herein. »Ich dachte, du schläfst vielleicht noch. Es ist noch früh.«

Gabriella sah zum Fenster. Alles grau. »Wie früh?«

»Ich bin gerade gekommen.«

»Ist sonst noch jemand im Haus?«

Emilia sah sie groß an. »Im Haus? Sofia natürlich. Wer soll noch im Haus sein? Die Kinder frühstücken und machen sich gleich auf den Weg in die Schule.«

»Ja, klar. Gut. Vergiss es.«

Emilia blieb stehen. »Was ist?«, fragte sie.

»Ich war mir nicht sicher«, begann Gabriella, unterbrach sich, und begann von Neuem. »Ich war mir nicht sicher, ob Hendrik hier übernachtet hat, oder ob er in seine Pension gegangen ist.«

»Warum sollte er hier übernachten?« Emilia kam näher und stellte die Tasse auf Gabriellas Nachttisch ab.

»Weil ich gestern nicht gesehen habe, dass er das Haus verlassen hat.«

Emilia schüttelte den Kopf. »Er ist bei Lucia gut untergebracht. Es gibt keinen Grund, hier zu schlafen.«

»Vielleicht möchte er sich mal umsehen?«

»Du meinst, er sucht die berühmte Leiche im Keller? Keine Angst, die findet er nicht.«

»Nein. Aber vielleicht erbt er ja das alles hier?«

Zum ersten Mal sah Gabriella, wie sich Emilias Wangen verfärbten. Ihr Gesicht war, solange sich Gabriella erinnern konnte, von einem gleichmäßigen gebräunten Ton. Sommers wie winters. Dass sie rot werden konnte, hatte Gabriella noch nie gesehen.

»Das wollen wir doch nicht hoffen«, sagte sie.

»Wollen wir nicht«, entgegnete Gabriella. »Aber wissen wir's?«

Emilia fuhr sich kurz prüfend über ihre dunklen Haare, die sie, wie all die Jahre, hochgesteckt hatte.

»Weißt du, was in diesem Testament steht?«, wollte Gabriella von Emilia wissen.

»Leider nicht.«

»Es könnte ja auch sein, dass du die Hälfte des Castellos erbst – und gar nicht Hendrik«, sagte Gabriella spontan.

»Könnte sein«, bestätigte Emilia. »Glaube ich aber nicht, weil es keinen Sinn macht. Was sollte ich mit dem Castello?

Ich könnte ja nicht mal die Rechnung für die Heizung bezahlen.«

»Ja, das schreckt mich auch.«

Emilias Mimik entspannte sich. »Es wird sich zeigen«, sagte sie. »Und es wird weitergehen. Es geht immer weiter.« Sie drehte sich um, und Gabriella sah ihr nach, wie sie zur Tür ging. Ob sie jemals etwas anderes trug als ihre schwarzen Kleider? Sie war so körperlos in diesen Kleidern. Sie musste doch auch einmal etwas anderes anziehen? Wie war das, wenn sie abends bei sich zu Hause war? Oder überhaupt, abends im Dorf? An ihren freien Tagen? Oder wenn sie in die Stadt fuhr?

Sie hatte sie nie gefragt. Warum eigentlich nicht? Es war nicht wichtig gewesen. Oder hatte sie sich nur einfach nie wirklich Gedanken um Emilia gemacht?

Gabriella griff nach ihrem Cappuccino. Dabei betrachtete sie ihren Handballen. Venusberg, dachte sie. Flavio. Sie stand auf und ging ans Fenster. So viele Gedanken heute Morgen, sie war unruhig. War das eine Art Vorahnung?

Sie lehnte sich aus dem Fenster. Es war ein grauer Tag, aber es war spürbar, dass die Sonne die Oberhand gewinnen würde. Über den Hügeln wurde es schon heller, manche Nebelfetzen sahen wie hell gefärbte Strähnchen aus. Der Weinberg lag dunkelgrün vor ihr, Gabriella konnte die satten, dunkelblauen Trauben ahnen.

Vielleicht würde sie bei der Weinlese mitmachen. Warum nicht? Sie sollte endlich den Winzer kennen lernen, denn sie mussten ja besprechen, was aus den Trauben werden sollte.

Die Tür ging wieder auf. Emilia brachte ein Tablett mit Toast, Marmelade, einem Frühstücksei und einem Obstsalat.

»Ein leichtes Frühstück nach all den Bruschette«, sagte sie

und nahm die Platte vom gestrigen Abend wieder mit. Die Anzahl der Bruschette hatte sich kaum verringert.

»Sie waren lecker. Aber doch sehr viele«, rechtfertigte sich Gabriella.

»Vielleicht gab es ja Wichtigeres als Bruschette«, erwiderte Emilia.

Gabriella zuckte mit den Schultern. »Das hast du ja mitgekriegt.«

»Und Lorenzo?«

Gabriella schilderte kurz, was sich ereignet hatte.

»Du willst sagen, die Kinder gehen wieder?« Emilias Ton ließ Gabriella kurz aufhorchen.

»Hast du ... hast du die Kleinen etwa lieb gewonnen?«

Emilia sagte nichts. »Was magst du zu Mittag essen?«, fragte sie stattdessen.

»Hast du sie lieb gewonnen, ja oder nein?«

»Ich kenne sie doch kaum«, sagte Emilia unwillig.

»Tu nicht so!«

»Na ja«, gab Emilia zu. »Es ist Leben im Haus. Es erinnert mich an frühere Zeiten, als du noch hier herumgerannt bist. Mit den anderen Kindern.«

»Ja«, sagte Gabriella gedehnt. »Mit Sofia vor allem. Das war eine schöne Zeit.«

Sofia. Die hübsche Sofia mit ihren Engelshaaren, der alle Herzen zugefallen waren. Wenn sie ins Haus gesprungen kam, hatte ihr Vater immer aufgelacht. Manches Mal hatte sie sich sogar gefragt, ob er Sofia lieber mochte als sie. Oder einfach nur hübscher fand. War sie damals eifersüchtig gewesen? Vielleicht.

Und heute? Heute konnte sie sehen, was aus Sofias Euphorie geworden war. Die Jahre, die damals so aufregend vor ihnen gelegen hatten, lagen jetzt bereits hinter ihnen. Sofia war im Dorf geblieben, hatte keinen Weg hinaus gefunden und war angebunden durch eine ständig steigende Kinderzahl. Gabriella dagegen war in New York gelandet. Sie war wichtig gewesen für eine Weile, nachdem ihre Karriere steil nach oben gegangen war. Und wenn sie die wenigen Tage im Jahr nach Hause kam, fühlte sie sich jedes Mal bestätigt. Und erhaben. Erhaben über das kleine Dorf, erhaben über die Bewohner, ja, vielleicht sogar erhaben über ihren Vater. Und die wenigen Male, da sie Sofia gesehen hatte, fand sie sie zwar noch hübsch, aber fremdbestimmt. Eingeschnürt in ein enges Korsett aus trivialen Aufgaben und alltäglichen Pflichten. Die lebenslustige Sofia tobte ihre Lebenslust nirgends mehr aus.

War das eine kleine Genugtuung für sie gewesen? Ja, vielleicht war sie wirklich eifersüchtig gewesen auf die hübsche Sofia, die ihr stets die Show gestohlen hatte.

Sie sah auf. »Mittag?«
»Mittag.«
»Was haben sich die Kinder gewünscht?«
»Spaghetti Bolognese.«
Gabriella grinste. Spaghetti Bolognese. Klar.
»Ich liebe Spaghetti Bolognese.«
»Tatsächlich?« Emilia warf ihr einen spöttischen Blick zu.
»Tatsächlich«, sagte Gabriella. Und damit ging sie an ihrem Frühstück vorbei wieder ins Bett und zog sich die Decke über den Kopf.

Arturo brachte mittags ihre Spaghetti hoch und fragte, wann sie denn nun mit ihm in den Weinberg gehe?

Überhaupt nicht, dachte sie und sagte: »Bald.«
»Genau«, sagte Arturo, »die Weinlese ist auch bald. Früher als sonst.«

Und die Testamentseröffnung ist morgen, aber ich gehe nicht hin, dachte Gabriella trotzig. Sie aß ihre Spaghetti und schlief nach dem Essen gleich wieder ein.

Am Nachmittag schreckte sie hoch. Das Testament! Hendrik. Aber bevor sie sich diesem Gedanken widmen konnte, piepste ihr Handy. Sie griff danach.

»Du hast mich doch geliebt. Du liebst mich immer noch. Ich lass dich nicht los.« Mike. Sie hatte ihn schon fast vergessen.

»Das ist lang her«, schrieb sie zurück.

»Ich fühle es wie gestern!«

»Was? Deine vielen Mädchen auf dem Schreibtisch?«

»Du weißt, dass es ein einziges Mal war. Und es hatte nichts mit dir zu tun.«

»Stimmt. Ich war ja auch nicht dabei!«

Darauf blieb Mike ihr die Antwort schuldig. Was wollte er eigentlich? Ging es ihm etwa schlecht?

Warum machte sie sich überhaupt Gedanken über ihn? Bilder stiegen auf, schöne, glückliche Bilder aus den Anfängen mit Mike. Verliebt. Und verrückt nach ihm. Er hatte recht. Sie hatte ihn maßlos geliebt. Zu Beginn.

Sie wählte Hendriks Nummer.

Als er nicht abnahm, schrieb sie ihm eine SMS: »Wollen wir diesen Termin nicht lieber verschieben?«

Erst eine halbe Stunde später kam eine knappe Antwort.

»Nein.«

Nein?

»Warum nicht?«

»Aufschieben macht keinen Sinn.«

»Verlegen«, schrieb sie. »Den Termin verlegen. Hierher ins Castello.«

»In dein Schlafzimmer?«

Das war bizarr, das musste sie selbst zugeben.

»Kaminzimmer«, schrieb sie zurück.

»Hast du Angst davor?«, schrieb Hendrik.

»Ja«, antwortete sie. Ja, sie hatte Angst davor. Sie wusste nicht, was auf sie zukam.

»Gut, ich rufe ihn an.«

Gabriella spürte sofort, wie die Erleichterung Besitz von ihr ergriff. Sie war Hendrik schon jetzt dankbar für diesen Anruf. Doch bevor sie länger darüber nachdenken konnte, machte Sofia die Tür auf.

»Es hat etwas Tröstliches, dass du immer da bist«, sagte sie. »Man weiß genau, wo man dich findet, wenn man Trost braucht.«

»Du brauchst Trost?« Gabriella dachte sofort an Lorenzo. Hatte er es sich anders überlegt?

Sie setzte sich auf die Bettkante und sah Gabriella an.

Gabriella deutete auf das Laken neben sich. »Willst du dich zu mir legen? Wie heute Nacht deine Tochter?«

Sofia zog eine Augenbraue hoch. »Anna?«

»Aurora.«

»Sie mag dich.« Sofia nickte, zog ihre Schuhe aus, dann ihre Jeans, und Gabriella schob ihr eine Decke hin. »Ich denke, sie hätte lieber so eine toughe Mutter wie dich als so eine hausbackene wie mich.«

»Unsinn!« Gabriella schüttelte entschieden den Kopf. »Sie liebt dich!«

»Mag sein. Trotzdem würde sie wohl gern tauschen.«

»Sie ist in einem Alter, da ist es schwer für die Eltern, ihren Kindern etwas recht zu machen.« Gabriella grinste. »Denk an uns damals.«

Sofia schlüpfte unter die Decke und lächelte. »Aber es waren schöne Zeiten.«

»Für uns.«

»Ja, für uns…« Sofia griff nach Gabriellas Hand. »Ich habe mich heute Morgen im Internet informiert. Ich meine, ich bin mit 33 ja nun auch nicht mehr die Jüngste. Und für ein Studium fühle ich mich zu alt.«

Gabriella zuckte die Schultern.

»Aber …«, Sofias Stimme hob sich, »ich habe einfach mal bei Versace in Mailand nachgesehen. Und die suchen Unterstützung für ihre Modeschauen. Um die Mädels perfekt auf den Laufsteg zu schicken. Geschickte Schneiderhände, die mit Stoffen umgehen können.«

»Kannst du denn mit Stoffen umgehen?« Gabriella war skeptisch.

»Immerhin habe ich doch mein Hochzeitskleid und die meisten Kleider meiner Kinder genäht.«

Ob das für Versace ausreicht?, dachte Gabriella. »Na ja.«

Sofia zuckte die Schultern. »Wer nicht wagt … du hast in New York ja auch was gewagt.«

»Stimmt«, musste Gabriella einräumen. »Hast du von Lorenzo was gehört?«

Sofia schüttelte den Kopf.

»Meinst du, er überlegt es sich wieder anders?«

Sofia zuckte die Schultern. »Jetzt sind wir schon so lange zusammen«, sagte sie, »und weißt du was? Ich habe das Gefühl, wir beide kennen uns überhaupt nicht. Wie zwei fremde Menschen, die zufälligerweise in einer Hausgemeinschaft mit Kindern leben.«

»Vielleicht wird es Zeit, dass ihr euch mal kennen lernt?«

»Ja, vielleicht …« Sofia lächelte ihr zu. »War der Bürgermeister eigentlich schon mal da?«

»Der Bürgermeister? Nein. Wieso?«

»Nun, ich weiß, dass er mit dir sprechen will. Wegen des Castellos. Und so.«

»Wieso? Was ist mit dem Castello?«

»Nun, er hatte doch Besuch von einem Amerikaner. Einem Immobilienmenschen, der Interesse am Castello hat. Ich weiß nicht, warum. Kaufabsichten? Das musst du ihn selbst fragen.«

»Ein Amerikaner?« Gabriella runzelte die Stirn. »Mit Kaufabsichten? Das war Hendrik.«

Sofia legte sich auf die Seite, um Gabriella besser ins Gesicht sehen zu können. »Hendrik? Nein. Ein Ben. Ben Lindner.«

»Hendrik Benjamin Lindner. Das ist sein voller Name.«

»Hendrik? Aber wenn er dein Halbbruder ist, könnte er doch gleich dich fragen, anstatt zum Bürgermeister zu gehen?«

»Vielleicht sollte ich tatsächlich mal mit dem Bürgermeister reden!« Gabriella runzelte die Stirn.

Dann griff sie nach ihrem Handy. »Ich rufe ihn gleich mal an.«

Sie googelte die Nummer, und während sie dem endlosen Klingeln lauschte, das in seinem Büro offensichtlich ins Leere ging, fielen ihr Saras Schilderungen ein. Wie sie mit ihrem gut aussehenden Mann zur Geburtstagsfeier des Bürgermeisters gegangen war und Maria ihrem Mann die Sinne geraubt hatte. Und noch manches mehr. »Er meldet sich nicht«, sagte sie schließlich.

»Man sagt, er beschäftigt sich vor allem außerhalb des Ortes.«

»Die Politikerin«, bestätigte Gabriella. »Ich habe schon davon gehört. In Siena.«

»Schon erstaunlich, wie viele Leben es in einem Leben

gibt ...« Sofia zog ihre Jeans heran, griff in ihre Hosentasche und hielt gleich darauf ihr Handy in die Höhe. »Ich habe seine Mobilnummer.«

»Nicht schlecht.« Gabriella grinste. »Okay, dann werden wir den Herrn Bürgermeister mal bei seinem Schäferstündchen stören.«

Sofia suchte die Nummer heraus, wählte und drückte Gabriella ihr Handy in die Hand.

»Na, brennt die Bäckerei?« Eine tiefe Stimme. »Oder gibt es einen anderen zwingenden Grund, um mich in einer wichtigen Sitzung zu stören?«

»Hier spricht Gabriella Cosini, schön, dass ich Sie erreiche.«

Es war kurz still. Gabriella hörte ihn atmen, kurz und stoßweise. War er korpulent?

»Herr Bürgermeister?«

»Ist etwas mit Sofia, dass Sie von ihrem Handy anrufen?«

»Nein, seien Sie unbesorgt. Aber ich hätte gern eine Auskunft von Ihnen, und da Sie in Ihrem Büro nicht zu erreichen waren, dachte ich ...«

»Große Politik spielt sich draußen ab, nicht in den vier Wänden eines kleinen Rathauses.«

»Ja, ganz sicher. Es geht mir aber nicht um die große Politik, sondern um Ben Lindner.«

Wieder war es so lange still, dass Gabriella nachfragte. »Sind Sie noch dran?«

»Hmm, ja.« Wieder gab es eine Pause. »Ben Lindner also?«

»Ja, Ben Lindner. Können Sie mir sagen, was er bei Ihnen wollte?«

»Er ...«, der Bürgermeister stockte, »weshalb wollen Sie das wissen?«

»Er interessiert sich für das Castello, habe ich gehört.«

»Das«, er erhöhte seine Tonlage, »das kann ich Ihnen leider nicht sagen.«

»Hendrik Benjamin Lindner ist mein Halbbruder. Das bleibt also gewissermaßen in der Familie, und deshalb können Sie es ruhig sagen.«

»Hmm.«

Fiel ihm nichts anderes ein, oder war er unkonzentriert? Gabriella wurde langsam ungeduldig. Warum waren Männer immer so langsam?

»Wo liegt das Problem?«, bohrte sie nach.

»Wenn es ... Ihr Halbbruder ist, dann fragen Sie ihn doch selbst.«

Die Antwort war schlüssig. Gabriella überlegte, wie sie kontern könnte.

»Halbbruder«, sagte der Bürgermeister, »Halbbruder. Seitens Ihrer Mutter oder Ihres Vaters?«

»Wie kommen Sie auf meine Mutter?«

»Nun, sie war ausgesprochen hübsch und lebenslustig.« Das war ihm so herausgerutscht, und peinlich berührt schob er ein »Ähhhhm« nach.

Klar, dachte Gabriella. Und zum ersten Mal dachte sie darüber nach, ob es noch mehr Halbgeschwister gab? Schließlich war es möglich, dass ihre Mutter nach ihrer Abtreibung ein weiteres Kind bekommen hatte. Oder sogar mehrere. Sie überlegte. Was würde das bedeuten? Sie war nicht geschieden, und wenn sie noch lebte, war sie Claudios Witwe. Somit wären auch ihre Kinder erbberechtigt. Selbst nach ihrem Tod.

»Sind Sie noch dran?« Er räusperte sich.

Gabriella nickte. »Ja«, sagte sie. Und: »Sie haben recht. Beides wäre möglich. Er ist aber der Sohn meines Vaters.«

»Ist er nicht in Ihrem Alter? Es schien mir so.«
»Wir sind annähernd gleich alt.«
»Interessant.«
Interessant? Weshalb gab sie überhaupt so viel preis? »Also«, schob sie schnell nach. »Was wollte er bei Ihnen?«
»Er hat sich informiert, so viel kann ich sagen. Über die allgemeine Immobilienlage. Ob es Sinn macht, hier in Immobilien zu investieren.«
Gabriella warf Sofia einen Blick zu.
»Und sicher auch über unser Haus«, sagte sie und versuchte einen misstrauischen Unterton zu vermeiden.
»Auch über das Castello. Über die Geschichte des Castellos. Wie alt es ist, wer es gebaut hat und solche Dinge.«
»Wollte er auch Informationen über den Wert der Immobilie?«
»Dazu konnte ich nichts sagen. Das ist ja wohl eine Frage von Angebot und Nachfrage. Und der Eigentümer muss ihn bestimmen. Also Sie.«
»Ja, ich«, bestätigte Gabriella zögerlich. Sie war die Eigentümerin, vermutlich. Langsam kamen ihr nämlich Zweifel. Wusste Hendrik mehr als sie?
»Wollen Sie denn verkaufen?«
Aha, dachte Gabriella, jetzt kam er zum Punkt. Verfolgte er vielleicht sogar eigene Interessen?
»Bislang wüsste ich nicht, warum ich das tun sollte.«
»Bislang ...« Der Bürgermeister räusperte er sich. »Gibt es sonst noch etwas?« Seinem Tonfall nach hatte er es jetzt eilig, das Telefonat zu beenden. »Ich meine, kann ich sonst noch irgendwie behilflich sein?«
»Nein, danke, Sie haben mir schon geholfen. Danke für Ihre Zeit.« Damit gab Gabriella Sofia das Handy zurück.

»Und?«, wollte Sofia wissen.

Gabriella holte tief Luft. »Morgen bin ich klüger«, sagte sie. »Herumzuspekulieren macht wenig Sinn.«

»Was meinst du?«

»Na, ich sollte Kontakt zu Hendriks Mutter aufnehmen. Dann wäre ich vielleicht schlauer.«

»Was soll das bringen? Wenn morgen die Testamentseröffnung ist, bist du auch schlauer.«

»Vielleicht kommt sie ja?«

Sie sahen sich in die Augen.

»Hmm«, sagte Sofia nach einer Weile. »Auf dass das Haus voll werde.«

»Ja«, sagte Gabriella. »sieht so aus. Aber jetzt ziehen Menschen ein. Die Geister sind ja schon da.«

Am Abend rief Stanley an und wollte wissen, ob er die nächsten Tage bei ihr bleiben könne? Er habe einen Plan gemacht, eine konkrete Vorlage, so dass sie über ihr gemeinsames Projekt sprechen könnten.

»Noch ist es ja dein Projekt«, antwortete Gabriella.

»Bisher ist es noch das Projekt von mir und deinem Vater«, korrigierte er.

»Tja, aber da er wohl nicht mehr viel dazu beitragen kann ...«

»Seinen Geist.«

»Sein Geist ist hier allgegenwärtig. Morgen ist Testamentseröffnung.«

»Na, das dürfte ja wohl eine klare Sache sein. Einzige Tochter, einzige Erbin.«

»Ganz richtig. Einzige Tochter.« Sie zögerte. »Bisher jedenfalls. Aber ... er hatte auch einen Sohn. Ich habe einen Halbbruder.«

Und in Stanleys erstauntes Schweigen hinein erzählte Gabriella ihm alles über Hendrik.

»Man lernt nie aus«, sagte Stanley schließlich. »Ich war davon überzeugt, dass wir für unsere Dokumentation alle seine Facetten beleuchtet hatten.«

»Die hier lag offensichtlich im Dunkeln.«

»Ja, schade. Das hat wohl auch etwas mit Vertrauen zu tun.«

»Oder mit Feigheit.«

Es war still, und Gabriella zupfte einige Trauben ab, die ihr Emilia aus ihrem Weinberg gebracht hatte.

»Soll ich kommen? Brauchst du Unterstützung?«

Gabriella überlegte. Machte es Sinn, wenn die beiden Männer sich kennenlernten? Warum nicht.

»Wo bist du denn?«, wollte sie wissen.

»In Paris. Ich könnte eine frühe Maschine buchen.«

»Das würdest du tun?«

»Das könnte ich tun.«

»Dann tu's.«

Zwölfter Tag

Die bevorstehende Testamentseröffnung ließ sie nicht schlafen. Sie wachte um zwei Uhr auf, stellte sich alles Mögliche vor und ermahnte sich zugleich, sich nicht verrückt machen zu lassen. In ein paar Stunden würde es Gewissheit geben, und solange das Testament nicht eröffnet war, half alles Rätselraten nicht. Sie versuchte den alten Trick und stellte sich eine Kommode vor, zog jede einzelne Schublade heraus und packte ihre quälenden Gedanken hinein. Dann schloss sie die Schublade wieder – und tatsächlich, die Unruhestifter waren weg. Sie schlief ein, aber eine Stunde später war sie wieder wach, und das Gedankenkarussell begann sich von Neuem zu drehen. Es war zermürbend. Schließlich stand sie auf und ging ans Fenster. Beide Fensterflügel hatte sie für die Nacht weit geöffnet, und der kalte Wind ließ sie in ihrem dünnen Nachthemd frösteln. Sie kreuzte die Arme vor der Brust und sah eine Weile in den Nachthimmel hinaus, obwohl außer dunklen Wolkenfetzen vor einem verschleierten Mond nichts zu sehen war. Schließlich schlüpfte sie wieder ins Bett und rollte sich unter der Decke zusammen, um wieder warm zu werden. Schlaf fand sie trotzdem nicht. Zum wiederholten Male setzte sie sich auf und griff nach ihrem Wasserglas. »Was kann schon passieren?«, sagte sie laut. »Hendrik hat das Castello geerbt, dann bin ich raus. Okay, das ist sehr schmerzlich, aber ich kann sehr gut für mich selbst sorgen. Und es hat auch etwas Positives, ich muss mich nicht um den Erhalt des alten Gemäuers kümmern. Oder ich erbe, aber es gibt nichts außer großen Schulden. Und ich muss Hendriks Anteil ausbezahlen. Das würde an die Substanz gehen, ich müsste wieder arbeiten, aber nicht mehr nur für mich, sondern für das Castello und für Emilias Lohn. Das wäre eine wirkliche Belastung. Oder, und das wäre der beste Fall, Claudio hat sein Geld gut angelegt, das Castello steht auf finanziell gesundem Fundament, und ich bin die Alleinerbin. Das wäre die glücklichste Variante. Diesen Gedanken hielt sie fest und ließ keinen anderen mehr zu, bis der Schlaf sie einholte.

Gabriella wachte erst auf, als der Kaffeeduft ihr schon verlockend in die Nase stieg.

»Dich kann man wegtragen, und du merkst trotzdem nichts.« Emilia stand vor ihrem Bett, ein Tablett mit einem Cappuccino und einem gefüllten Schokocroissant in den Händen.

»Ich habe schlecht geschlafen, entschuldige«, sagte Gabriella und schälte sich aus ihren Decken heraus.

»Unruhige Nacht?«, fragte Emilia und stellte das Tablett auf der Matratze ab, nachdem sie eine leichte Wolldecke zur Seite gefegt hatte.

»Ich konnte nicht einschlafen.« Gabriella griff nach der Tasse.

»Macht dir die Testamentseröffnung zu schaffen?«, wollte Emilia wissen und schenkte ihr ein sanftes Lächeln.

»Dir nicht?«, fragte Gabriella. »Immerhin warst du seine Lebenserhalterin. Oder gibt es einen besseren Ausdruck?«

»Haushälterin.« Emilia schob ihr das Croissant hin. »Ich war seine Haushälterin. Genau wie jetzt deine.«

Gabriella nickte. Das bedeutete Verantwortung, dachte sie. Egal, wie dieses Testament ausfallen würde, sie musste sich um Emilia kümmern. Wie hoch war überhaupt ihr Lohn? Wer zahlte ihn im Moment eigentlich?, fragte sie sich zum ersten Mal, stellte diese Frage aber erst einmal hintan.

Eigentlich muss sie die größte Angst vor dieser Testamentseröffnung haben, dachte Gabriella plötzlich. Was, wenn Claudio sie schlicht vergessen hatte, übersehen, wie man Menschen übersah, die ständig um einen herum waren und deren Dienste so normal waren, dass sie keinem mehr auffielen?

»Waren es denn für dich auch schöne Jahre?«, fragte Gabriella aus der Verlegenheit heraus und befürchtete, Emilia könne ihre Frage sofort durchschauen.

»Das hier war immer mein Zuhause, und ich hätte mir nie etwas anderes gewünscht.«

Verantwortung, dachte Gabriella. Das war die große Hinterlassenschaft ihres Vaters für sie. Verantwortung in allen Bereichen. Sie musste erwachsen werden.

»Schutt und Asche wäre das Haus ohne dich«, sagte sie in einem Anflug von Trauer.

»Wenn ich nicht gewesen wäre, hätte es eine andere getan«, widersprach Emilia. »Vergiss nicht, dass jeder zu ersetzen ist. Auch die, die sich für unersetzlich hielten, mussten irgendwann ihren Platz räumen – und siehe da, das Rad drehte sich weiter. Als wäre nichts geschehen.«

Gabriella nickte. Dann fragte sie spontan:

»Trägst du eigentlich auch mal fröhliche Farben?« Emilia, die schon zur Tür aufgebrochen war, sah noch einmal über ihre Schulter zurück. »Aber sicher«, sagte sie. »Wenn ich nicht im Dienst bin.«

Das Haus wird heute voll, dachte Gabriella. Sie musste sich langsam auf die bevorstehende Testamentseröffnung vorbereiten. Sie sah alle vor sich. Den Avvocato, Hendrik, Emilia und dazu noch Stanley, Sofia und ihre Kinder. Gabriella stand rasch auf und nahm ihren Cappuccino mit ins Bad.

Avvocato Dr. Edoardo Grigolli hatte jeden Aperitif und jeden hauseigenen Rotwein abgelehnt, sich einen der klassisch geschnittenen Ledersessel an den kalten Kamin gerückt und dort um Punkt 15 Uhr Platz genommen. Gabriella hatte ihn mit klopfendem Herzen begrüßt und war sich dabei wie eine Kranke vorgekommen, die aus der Miene des Chefarztes seine Diagnose ablesen will. Es gab aber nichts zu lesen. Edoardo Grigolli hatte seine Gesichtszüge unter Kontrolle, lächelte freundlich, begrüßte Hendrik und Emilia mit Handschlag und erbat sich, für die nächsten dreißig Minuten von den anderen Hausgästen nicht gestört zu werden. Daraufhin hatte sich Stanley, der kurz zuvor angekommen war, mit Sofia und den Kindern in die Küche zurückgezogen.

Emilia rückte drei Stühle in eine Reihe, und alle drei nahmen sie ihm gegenüber Platz. Gabriella spürte, wie ihre Handinnenflächen feucht wurden. Die Aufregung hatte sich in ihrem ganzen Körper ausgebreitet, und sie befürchtete, ihre Mundwinkel könnten zu zittern beginnen oder sonst etwas Verräterisches passieren.

Links neben ihr saß Emilia, die zu diesem Anlass ein schwarzes Kleid mit weißem Kragen trug, und rechts Hendrik, der in seinem dunkelgrauen Anzug recht entspannt wirkte. Gabriella hatte einen ihrer Business-Hosenanzüge mit Nadelstreifen angezogen, aber er half ihr über diese ungewohnte Situation nicht hinweg, obwohl er schon oft ihre Rüstung gewesen war.

Der Dottore blickte hoch, vergewisserte sich, dass jeder

der geladenen Gäste im Raum war, und öffnete dann einen festen, hellbraunen Umschlag, auf dem für alle Anwesenden sichtbar in schwungvollen Buchstaben »Mein Testament« stand. Es war Claudios Handschrift, Gabriella erkannte sie sofort. Ihr wurde heiß und kalt. Jetzt wurde es also ernst.

»Ich lese zunächst seinen Brief vor«, kündigte Edoardo Grigolli mit neutraler Stimme an, während er einen Briefbogen herauszog und ihn sorgsam entfaltete.

»Liebe Gabriella, meine innig geliebte Tochter. Wenn der Avvocato diesen Brief vorliest, wird Hendrik vermutlich neben dir sitzen, und du wirst wissen, was du all die Jahre nicht ahnen konntest: Du hast einen Halbbruder.

Lieber Hendrik, auch für dich wird diese neue Situation gewöhnungsbedürftig sein, denn wenn sich deine Mutter an unsere Abmachung gehalten hat, dann wusstest du bis vor Kurzem nicht, dass du eine Familie in der Toskana hast.

Und liebe Emilia, so viele Jahre hast du mir den Rücken freigehalten und warst die beste aller Frauen, tüchtig, umsichtig und loyal. Deshalb sitzt du jetzt auch hier, so wie ihr vermutlich im Moment alle hier sitzt, während ich an einem Ort bin, den ich jetzt, im Moment, da ich dies schreibe, noch nicht absehen kann. Jedenfalls wird er nicht mehr irdisch sein.«

Der Anwalt blickte auf, ließ den Brief auf seinen Schoß sinken und schob seine Brille mit dem schwarzen Rahmen nach oben auf die Stirn. »Ist so weit alles verständlich?«, wollte er wissen und sah von einem zum anderen. Gabriella zuckte die Schulter. »Die Tatsachen sind bis dahin bekannt.«

Grigolli strich sich über sein weißes Haar und beugte sich in Gabriellas Richtung vor. »Da Sie bisher keine Bankvollmacht hatten, gehe ich davon aus, dass Sie über die Vermögensverhältnisse Ihres Vaters nicht informiert sind. Ist das so korrekt?«

Gabriella nickte. »Ja, das ist korrekt.«

»Und Sie?«, wollte er von Emilia wissen.

»Ich habe mich stets nur um die Belange des Haushalts gekümmert«, gab Emilia steif zur Antwort. »Alles andere war für mich nicht relevant.«

Hendrik schüttelte ungefragt den Kopf. »Und ich war natürlich schon gar nicht informiert.«

»Nun«, fuhr der Anwalt fort, »die Haupterbin ist nicht anwesend. Das wäre noch immer Claudio Cosinis Ehefrau Maria. Da sie sich nach ihrem Verschwinden nie mehr gemeldet hat, sind Ihr Vater und ich davon ausgegangen, dass sie dies auch in Zukunft nicht tun wird. Sollte sie unverschuldet durch Krankheit oder andere Umstände in Not gekommen sein, hat Ihr Vater verfügt«, er sah von Gabriella zu Hendrik und wieder zurück, »dass ihr ein Wohnrecht im Castello zugesprochen wird. Und eine Summe von 100 000 Euro.«

Gabriella reagierte nicht gleich. Der Gedanke war zu ungeheuerlich. »Wo sollte sie plötzlich herkommen?«, fragte sie schließlich.

»Aus Amerika«, antwortete der Anwalt. »Und die Verfügung ist jedenfalls der Wille Ihres Vaters.«

Gabriella nickte. »Wenn meine Mutter kommen würde …«, sie stockte. Dann kam ihr ein Gedanke. »Wusste mein Vater vielleicht mehr, als er mir verraten hat?« Schließlich war auch Hendrik erst vor Kurzem aus dem Hut gezaubert worden.

»Nein, es gab keine neuen Erkenntnisse über den Verbleib Ihrer Mutter.« Edoardo Grigolli winkte ab. »Er wollte es einfach festgehalten wissen.«

Aus irgendeinem Grund beruhigte Gabriella das. Eine weitere aufregende Erkenntnis konnte sie wirklich nicht gebrauchen. »Also ist das eine rein spekulative Entscheidung«, urteilte sie.

»Eine visionäre, hat er es genannt.« Grigolli lächelte. »Und weil Ihr beider Vater Visionen hatte und über die letzten beiden Jahre viele Ideen mit Stanley ausgetauscht hat, möchte er auch, dass dieses Filmprojekt –«, er unterbrach sich und setzte neu an.

»Ihr Vater schreibt hier«, sagte er, setzte sich die Brille wieder auf und hob die handschriftliche Seite hoch, »er schreibt: Sollte ich mein Filmprojekt mit Stanley Cooper wider Erwarten nicht mehr zu Ende führen können, so möchte ich, dass dies dennoch geschieht. In Stanley Coopers Geschichte werde ich leben. Es ist ein schönes Gefühl, das zu wissen. Denn alles wird lebendig, wenn man es glaubt. Wenn man einen Film sieht, dann sind diese Figuren real. Wenn man ein Buch liest, lebt man in dieser Welt. Und wenn man träumt, dann kann alles wahr sein.«

»Diese Worte habe ich schon einmal gehört.« Gabriella hob den Kopf. Sie konnte sich nur nicht erinnern, bei welcher Gelegenheit.

Edoardo Grigolli sah sie über seinen Brillenrand hinweg an. »Ja, dieses Thema hat ihn bewegt.«

Gabriella schloss die Augen. Da war es. Sie an der Hand ihres Vaters als kleines Mädchen. »Es war ein Traum!«, erklärte sie irritiert. »Es ist ein Déjà-vu!«

»Jedenfalls hat er 500 000 Euro für diesen Film eingesetzt. Low Budget, hat er dazu geschrieben. Und: Zu verwalten von meiner Tochter Gabriella, sie kennt sich mit Zahlen aus.«

»Eine halbe Million von was?«, wollte Hendrik stirnrunzelnd wissen. Grigolli antwortete nicht.

»Eine halbe Million?«, sagte Hendrik noch einmal und warf Gabriella einen Blick zu. »Für einen Film? Was soll das werden, eine Dokumentation über seine Filme? Oder über sein Leben?«

»Ich ...«, Gabriella sah Edoardo Grigolli an, »ich weiß nicht, warum er mir das zutraut. Ich weiß, dass er mit Stanley einige Ideen entwickelt hat. Und ich weiß, dass das Arbeitszimmer voll mit Aufzeichnungen ist, aber ich stecke ja nicht im Kopf meines Vaters. Viele Dinge, die ihn beschäftigt haben, sind mir völlig fremd.«

Der Anwalt richtete seine Augen wieder auf das Blatt. »Ich kann nur sagen, was hier steht. Deuten oder interpretieren möchte ich es nicht, das steht mir nicht zu. Und im Übrigen überlässt Ihr Vater das Ihnen.« Er wiegte bedächtig den Kopf.

Es war eine Weile still, bis er fortfuhr. »Eine weitere halbe Million möchte ich in die Instandhaltung des Castellos investieren. Damit betraue ich meinen Sohn, weil er etwas von Immobilien versteht. Dabei geht es darum, das Haus so zu erhalten, wie es ist, und es weder aufwendig auszubauen noch es sonst wie zu verändern.«

Hendrik schaute Gabriella an. »Da geht es mir jetzt wie dir«, sagte er. »Eine halbe Million, um damit ein Haus zu verwalten, das Tausende von Kilometern von meinem Wohnsitz entfernt liegt, wie soll das gehen?«

Gabriella zog nur die Augenbrauen hoch. »Keine Ahnung, was er sich dabei gedacht hat!«

»Und somit kommen wir zu seiner letzten Verfügung.« Sein Blick glitt von Hendrik über Gabriella zu Emilia, die ruhig und aufrecht auf ihrem Stuhl saß.

»Claudio Cosini möchte, dass wieder Leben in dieses

Haus einkehrt. Sollten weder Gabriella noch Hendrik eine Familie gründen und mit ihren Kindern im Castello wohnen wollen, wird das Castello zehn Jahre nach meinem Tod an Emilia Chiellini fallen.«
»Wie bitte?« Gabriella und Hendrik sahen einander an.
»Das ist Erpressung!«, sagte Gabriella.
»Was habe ich mit so einer Klausel zu tun«, ereiferte sich Hendrik. »Gar nichts!«
»Also eine halbe Million für einen Film und eine halbe Million für das Castello!« Gabriella schüttelte den Kopf.
»Aber wo ist dieses Geld?«
»Treuhänderisch verwaltet.«
»Und von wem?«, fragte Hendrik.
»Von mir.«
Gabriella und Hendrik warfen einander erneut einen Blick zu.
Erregt wandte sich Gabriella Hendrik zu. »Welche Späßchen erlaubt sich unser Vater da? Und was, wenn meine Mutter tatsächlich wieder auftaucht, von welchem Geld würde ihr Anteil dann kommen? Hat er das auch verfügt? Von deinem Budget? Dem Haus?«
Der Anwalt hob beschwichtigend beide Hände. »Ihr Vater wollte lediglich eine Kontrollfunktion einbauen ...«
»Er war Künstler, kein Kontrollfreak!« Gabriella drehte sich um. An der hinteren Wand stand der Schrank, in dem ihr Vater verschiedene Schnäpse aufbewahrte. Dabei fiel ihr Blick auf Emilia, die sich noch immer nicht regte.
»Du sagst ja gar nichts«, sagte sie fast barsch. »Es steht nichts über deine Altersversorgung in seinem Testament. Was ist, wenn ich demnächst schwanger bin? Was ist dann? Und was ist, wenn ich zwar Mutter werde, aber gar nicht in Italien bleiben möchte?«

»Wie gesagt«, warf Dr. Grigolli ein, »es geht darum, das Castello mit Leben zu erfüllen. Wenn Sie zehn Kinder in New York bekommen wollen, ist das ganz Ihre Sache.«

»Und ich? Ich soll mit meinen Kindern auch ins Castello ziehen!« Hendrik schüttelte den Kopf. »Das wird was.«

»Das Castello ist groß genug«, erklärte Emilia völlig emotionslos. »Es hat genügend Zimmer für zwei Familien.«

»Dann behalte das Haus doch gleich ganz, und wir verziehen uns wieder!« Gabriella stand auf. »Ich brauch jetzt einen Schnaps!«

»Einen Augenblick noch«, hielt Edoardo Grigolli sie zurück. »Wir sind noch nicht ganz fertig.«

»Aha!«, Gabriella setzte sich wieder. »Da bin ich ja gespannt.«

»Das Privatvermögen Ihres Vaters«, sein Blick ging von Gabriella zu Hendrik und wieder zurück, »beläuft sich unabhängig von der angesprochenen Million auf eine weitere Million. Diese wird wie folgt aufgeteilt: 200 000 Euro davon entfallen auf Hendrik Benjamin Lindner als Wiedergutmachung für die Fehler und das Fehlen seines Vaters, 250 000 Euro soll Emilia Chiellini als Dankeschön für ihre treuen Dienste erhalten, 50 000 Euro erhält die Gemeinde, damit das alte Kornhaus abgerissen werden kann, und der Rest geht an meine Tochter Gabriella Cosini. Von diesen 500 000 Euro soll auch der Lohn für Emilia Chiellini bestritten werden, solange sie im Haus arbeitet.«

»Aha.« Gabriella rutschte auf ihrem Stuhl vor. »Emilia, das ist selbstverständlich. Aber warum will er, dass das Kornhaus abgerissen wird?«

»Es gibt Pläne für ein Jugendhaus, damit die Jugendlichen nicht mehr auf der Straße oder am Bach herumlungern müssen, wenn sie sich treffen wollen. Ihr Vater fand, dass das alte

Kornhaus der perfekte Platz für so ein Vorhaben ist. Und da es sowieso nicht mehr genutzt wird, kann es mit dem Geld abgerissen werden.«

»So!« Gabriella nickte. Sie dachte an Sara und ihren Mann. Nicolo, der sich mit Maria im Kornhaus getroffen hatte. War Sara möglicherweise nicht die Einzige, die von dieser Affäre gewusst hatte?

»Man könnte das Kornhaus auch umbauen«, warf Hendrik ein. »Ich habe es mir mal angesehen, es ist ein schönes altes Speicherhaus.«

»Ein Umbau wird zu teuer«, entgegnete der Anwalt knapp. »Ihr Vater hat sich mit der Gemeinde ausführlich besprochen, ich habe das Sitzungsprotokoll in meinen Unterlagen.«

»Damit die arme Seele Ruhe findet«, sagte Gabriella.

»Wie bitte?«, wollte der Anwalt wissen.

Was schleppt man all die Jahre mit sich herum, bis es ein Ventil findet? Gabriella konnte es kaum glauben. 28 Jahre später nimmt ihr Vater seine Rache. An dem Gebäude.

»Wir schauen uns das an«, sagte sie zu Hendrik. »Steht es nicht unter Denkmalschutz?«

Hendrik grinste. »Für 50 000 Euro steht hier wahrscheinlich nichts unter Denkmalschutz.«

»Das wollen wir erst mal sehen.« Gabriella verschränkte die Arme.

Emilia raschelte mit ihrem Kleid. »Wenn das jetzt das Ende war, habe ich im Wohnzimmer eine Brotzeit gerichtet. Und ein Glas Wein.«

»Freust du dich, Emilia? Mein Vater hat dich großzügig bedacht, das ist doch schön, oder?«, wollte Gabriella von ihr wissen.

»Ich muss erst über alles nachdenken.«

»Gut, damit bin ich am Ende und schließe die Testamentseröffnung.« Der Avvocato deutete auf seine Aktenmappe. »Nehmen Sie sich bitte die Unterlagen, unterzeichnen Sie sie, oder hat noch jemand Fragen, die ich beantworten kann?«

»200 000 Euro!« Hendrik erhob sich von seinem Stuhl. »Das ist der Grundstein zu meiner Selbstständigkeit. Ich bin dir jedenfalls dankbar, Claudio Cosini!« Die letzten Worte sprach er zur Zimmerdecke.

»Du brauchst das Geld, um eine Familie zu gründen«, erinnerte Gabriella. »Vergiss das nicht!«

Emilia stellte ihren Stuhl an seinen Platz zurück und wartete auf den Anwalt, der seine Aktentasche zuklappte und seinen korpulenten Körper aus dem Sessel stemmte.

»Und wo haben Sie die Brotzeit gerichtet?«, fragte er, und Emilia ging ihm wortlos voraus.

Stanley, dachte Gabriella, du bist wahrscheinlich der Einzige, der sich jetzt gleich richtig freut.

Sie war zu aufgewühlt, um lange bei den anderen zu sitzen. Stanley hatte sie eng in die Arme geschlossen und ihr »wir werden ein Meisterwerk abliefern« ins Ohr geflüstert. Und dann saß er bei Hendrik, der sich lebhaft mit ihm unterhielt. Gabriella beobachtete die beiden aus den Augenwinkeln und unterdrückte den Gedanken, dass Hendrik ebenfalls schwul sein könnte. Dann wäre das Testament ihres Vaters entweder perfide oder aber ungerecht. Auf der anderen Seite, war nicht gerade die Utopie die Leidenschaft ihres Vaters?

Sofia gesellte sich zu ihr, während sich Emilia leise mit dem Anwalt unterhielt.

»Bist du zufrieden?«, fragte Sofia sie, »ist alles so gelaufen, wie du es dir vorgestellt hast?«

»Ich habe mir gar nichts vorgestellt«, gab Gabriella zur Antwort. »Aber es ist sehr erfreulich ...«

Sofia grinste und strich ihre blonden Haare zurück. Sie sah wieder besser aus, dachte Gabriella. Viel besser. Fast war sie wieder die alte Sofia. »Das ist ja mal eine klare Aussage.«

Gabriella griff nach dem Weinglas und stieß mit ihr an, dann erzählte sie ihr in knappen Sätzen, wie das Testament ihres Vaters ausgefallen war.

»Na ja«, sagte Sofia. »Er tut etwas für sich, das ist ihm nicht zu verdenken. Mit einem Film, einer Dokumentation oder sogar einer Biografie, oder wie nennt man so etwas, macht er sich unsterblich. Das verstehe ich schon. Er war ja schon ein bisschen eitel.«

»Sind das nicht alle Männer?« Gabriella dachte an Mike. Und an Flavio. War er eitel? Er war gut aussehend, das wusste und pflegte er.

»Na gut«, sagte sie.

»Und Kinder?« Sofia machte eine weltumfassende Bewegung. »Kinder habe ich genug. Ich leihe sie dir. Oder übertrag sie dir. Du kannst sie ja adoptieren, und schon bist du aus dem Schneider.«

Gabriella lächelte schräg. »Er möchte Leben im Haus. Das kann ich verstehen. So ein großes Haus ist wie ein Mausoleum, wenn es leer ist.«

»Es war aber eine lange Zeit über leer ...« Sofia zuckte die Schultern. »Komisch, dass ihm das nicht früher aufgefallen ist?«

Gabriella überging diese Bemerkung und sagte: »Er lässt das Kornhaus abreißen. Dafür spendet er ganze 50 000 Euro.«

»Und was soll das für einen Sinn haben?«

»An die Stelle soll ein Jugendhaus kommen.«

»Blödsinn.« Sofia schüttelte den Kopf. »Da könnte man mit weniger Mitteln das Kornhaus umbauen. Es hat doch

Charakter.« Sie lächelte. »Und was sich dort schon alles abgespielt hat, das hat doch auch Geschichte. Seine Idee gefällt mir nicht.«

Gabriella schwieg auch zu diesem Thema und streckte sich. »Ich glaube, ich gehe nach oben.«

»Bist du erleichtert?«

»Ich bin froh, dass es vorbei ist. Aber mein Vater wird mir immer rätselhafter.«

»Hauptsache, du liebst ihn.«

»Tja«, Gabriella stand auf. »Liebe ist etwas Unbenennbares. Manchmal liebe ich den Augenblick. Und überhaupt keinen Menschen.«

Sofia sah zu ihr auf. »Ich liebe manchmal noch nicht mal den Augenblick.«

Gabriella verabschiedete sich von Edoardo Grigolli und nickte Emilia zu. Die beiden saßen da wie ein altes Ehepaar, fand Gabriella. Vertraut und innig.

»Magst du nicht zum Abendessen unten bleiben?«, wollte Emilia wissen, aber Gabriella empfand das als rhetorische Frage, denn Emilia fühlte sich sichtlich wohl und wirkte nicht, als wollte sie demnächst in der Küche verschwinden.

Gabriella schüttelte den Kopf. »Lass nur«, sagte sie. »Ich fühle mich jetzt oben wohler.«

Emilia nickte geistesabwesend und wandte sich wieder dem Anwalt zu. In ihrem Zimmer warf Gabriella sich aufs Bett. Was war eigentlich heute geschehen? War nicht alles gut? Sie war mit 500 000 Euro die Haupterbin. Dass er überhaupt so viel Geld besessen hatte! Das gab ihr das größte Rätsel auf. Zwei Millionen, die er verteilen konnte. Einfach so. Weder in Aktien noch in Immobilien angelegt. War denn das zu fassen?

Typisch Künstler, dachte sie. Ihr Vater war eben durch

und durch ein Künstler. Immobilien waren ihm sicher zu mühsam gewesen. Die musste man kaufen, und dann hatte man Mieter. Und Aktien? Das hatte er ihr oft genug gesagt. Aktien waren für ihn ein Glücksspiel. Da konnte man gewinnen, aber auch haushoch verlieren. Wie im Casino. Da kann ich ja gleich nach Monte Carlo fahren, hatte er ihr mal gesagt, als sie ihn beraten wollte. Seitdem hatte sie das Thema nie mehr angesprochen. Wahrscheinlich hatte er sein Geld unter das Kopfkissen gelegt. Es war verrückt.

Es war alles verrückt. Kinder. Eine Familie. Was stellte er sich vor? Dass sie tatsächlich hier leben würden? Für immer, für den Rest ihrer Tage? Alle strebten hinaus in die Welt, selbst Sofia. Und nun sollte sie, Gabriella, zurückkommen, ausgerechnet sie, die Weltenbummlerin?

»Papa«, sagte sie laut. »So alt bin ich noch nicht. Ich bin noch voller Tatendrang. Ich kann mich hier nicht vergraben.«

Aber sie wusste, dass sie die Zeit zurücksehnte, da sie hier einmal oder auch zweimal im Jahr auf Besuch war. Alles war geordnet, es gab keine Verantwortung zu tragen, keine Last zu schultern, keine Zukunft zu bewältigen. Ihr Vater füllte Raum und Zeit, und darüber hinaus gab es keine Probleme, keine Ängste, keine Sorgen.

Jetzt aber war sie in der Position ihres Vaters. Sie musste entscheiden und bewahren, alles organisieren und verwalten. Nein, halt, als Verwalter war ja Hendrik eingesetzt, zumindest was das Gemäuer anging. Es war schräg. Einfach schräg. Zu schräg.

Ihr Handy zeigte eine eingegangene SMS an. Sie nahm es vom Nachttisch.

Die SMS kam von Flavio. »Liebes, wie war dein Tag? Brauchst du eine Entspannung? Würde dich gern zu einem Spaziergang auf toskanischer Erde einladen.«

War das verlockend? Nein. Es war noch zu früh. Ihr war jetzt nicht nach toskanischer Erde.

»Das Testament meines Vaters ist gewöhnungsbedürftig.«

»Was hast du erwartet?«

Ja, genau, was hatte sie eigentlich erwartet? Nach außen hatte sie behauptet: nichts. Aber stimmte das? In Wahrheit war sie doch von einer Ausschließlichkeit ausgegangen. Sie. Und sonst niemand. Emilia war natürlich zu bedenken. Das war der Großzügigkeit ihres Vaters zu verdanken, sollte aber trotzdem in ihrem Ermessen liegen. Und jetzt war es so, dass sie, sollte sie nicht spuren, den Anspruch auf dieses Haus verlor. Das Castello für immer verlor. Konnte sie das Testament anfechten? Nein. Das würde unmöglich sein. Sie würde sich im Dorf nicht mehr blicken lassen können. Und außerdem wäre es Emilia gegenüber ungerecht.

Sie beugte sich über das Handy. Was sollte sie Flavio antworten?

»Alles und nichts«, schrieb sie schließlich.

»Das passt«, kam die Antwort. »Auch von mir erwartest du alles oder nichts.«

»Alles?«

»Hingabe«, kam prompt die Antwort.

»Nichts?«

»Aufgabe.«

Gabriella lächelte. Er war gut, dachte sie.

»Du bist gut«, schrieb sie.

»Für was?«, wollte er wissen.

»Für mich.«

»Ausschließlich?«

»Für das Leben.«

»Und noch?«

»Fürs Bett.«

Das hatte sie schneller geschrieben, als sie gedacht hatte. Kaum abgeschickt, bereute sie es. Sie wollte ihn nicht auf seinen Körper reduzieren. Aber offensichtlich sah er das anders.

»Freut mich. Wann?«

»Jetzt!«

»Gut. Ich sehe dich, wie ich dich das letzte Mal gesehen habe. Wie du die Beine öffnest und ich meine Hose ausziehe.«

»Weiter.«

»Wie mir die Erregung durch den Körper schießt, sich sammelt und vorwärtsdrängt, geradewegs in dich hinein. Wie es sich anfühlt ...«

»Wie?«

»Wie die Pforte zum Paradies. Wenn du da bist, spielt alles andere keine Rolle mehr. Nenne es Freudentaumel, Verrücktwerden, alles zieht dich dahin, dein ganzer Körper will hinein, so weit, so tief, bis du explodierst.«

»Und dann?«

»Dann bin ich ganz bei dir. Und bei mir, denn alles tobt in mir. Und nach der äußersten Erregung kommt ein unglaubliches Gefühl der Entspannung. Für mich gibt es nichts Schöneres!«

»Als?«

»Als bei dir zu sein, in dir zu sein, mit dir zu sein.«

Gabriella bemerkte, wo ihre Hand hingewandert war.

»Ich spüre dich auch gerade«, sagte sie, legte das Handy weg und gab sich ganz ihren eigenen Fingern hin.

Dreizehnter Tag

In dieser Nacht schlief sie ruhig. Emilia hatte ihr ein Abendessen gebracht, aber sie hatte nichts davon angerührt. Sie war in einen tiefen, erholsamen Schlaf gefallen, traumlos und fest. Als sie aufwachte, fühlte sie sich frisch und erholt. Ist doch gut, dachte sie. Wenn ich nicht will, kümmert sich Emilia um das Haus. Eigentlich ist doch alles in bester Ordnung. Für das Castello ist gesorgt. So oder so.

Sie stand auf, ging ins Badezimmer und anschließend zum Fenster. Es musste noch früh sein. Sieben vielleicht? Der Spätsommer war angebrochen, es zeigten sich die ersten Herbstblätter. Es sah malerisch aus, fand Gabriella, die Weinlese könnte in diesem Jahr früher beginnen. Ja, das Jahr schien sich zu beeilen. Alles ging plötzlich schneller. Die Tage hier verflogen.

Als Emilia den Cappuccino brachte, hatte sie sich wieder ins Bett gelegt. Ihre Augen waren zwar geöffnet, aber sie träumte vor sich hin.

»Ist es schlimm?«, fragte Emilia.

»Was soll schlimm sein?« Gabriella setzte sich aufrecht hin.

»Nun, die Verfügung deines Vaters. Dass entweder du oder Hendrik ... oder ihr beide ...?«

»Ich kann ja eine Familie gründen, wenn ich es wirklich will oder wenn mir so viel an dem Haus liegen würde. Aber Emilia, du hast alles Recht der Erde, dieses Haus zu besitzen. Es war dir immer wichtiger als mir.«

Emilia sagte nichts. Sie stellte das kleine Tablett mit der Tasse und einem frischen Croissant neben Gabriella auf das Laken.

»Es ist noch Zeit«, sagte sie. »Viel Zeit. In zehn Jahren wirst du 42 Jahre alt sein. Spätestens mit 39 wirst du dir den Traum vom eigenen Kind erfüllen wollen, auch wenn du ihn jetzt noch nicht hast. Du wärst nicht die erste Frau ...«

Gabriella zuckte die Achseln.

»Mag sein«, sagte sie. »Mag aber auch nicht sein. Was weiß ich, was ich in zehn Jahren mache. Aber mein Vater hatte recht. Wenn weder Hendrik noch ich dieses Castello als unsere Heimat annehmen wollen, gehört es in die richtigen Hände. In deine. Er war ein kluger Mann.«

»Ja, das war er!« Emilia nickte. »Er war besonders. Außergewöhnlich. Ein Mann mit Herz. Und mit Verstand. Wie oft findet man das schon?«

Emilia hatte den Blick nach draußen gerichtet. In die Ferne, weit über den Weinberg, das Dorf und die gegenüberliegenden Hügel hinweg.

»Hast du ihn geliebt?«

»Auf meine Art, ja.«

»Und er?«

»Er hatte ein großes Herz. In diesem Herzen fanden alle gleichermaßen Platz.«

Gabriella nickte. Ja. Auch sie hatte ständig um seine Liebe gekämpft. Dabei war sie da, seine Liebe. Aber eben für alle. Auch für ihre kleine Freundin Sofia. Nur auf eine andere Weise. Das hatte sie damals nicht verstehen können.

»Der Avvocato hat einige Schriftstücke für dich hinterlegt. Bankverbindungen, Konten, Versicherungen und Ähnliches.«

»Alles, was ich wissen muss, hat er doch gestern gesagt?«
»Sei nicht blauäugig. Gerade du als Brokerin ...«
Gerade ich, dachte Gabriella. Gerade ich habe einen genialen Hang zur Blauäugigkeit. Wie recht sie doch hat. Als es kurz klopfte und gleich darauf die Tür aufging, hatte sie überhaupt nicht damit gerechnet. Aber Stanley war ja auch noch im Haus.

Beschwingt kam er herein, fast tänzelnd, als hätte er heute Morgen den Samba im Blut.

»Es ist fantastisch«, sagte er. »Gabriella, das Leben ist fantastisch!« Er bückte sich, um ihr einen Wangenkuss zu geben. »Alles, was ich mir erträumt habe, geht in Erfüllung! Wir lassen Claudio wieder auferstehen. Wir schenken ihm Unsterblichkeit.«

»Ja ...« Gabriella richtete sich auf.

»Ich habe seit heute Morgen in seinem Arbeitszimmer die Dokumente zusammengesucht, die Fakten, die er schon zu diesem Projekt notiert und gesammelt hatte, es gibt überall kleine Film- und Fernsehschnipsel, aus denen sich der Teil seines glamourösen Filmlebens rekonstruieren lässt. Und dann die Filmchen, die er über dich gedreht hat. Ich habe bisher nur einen gefunden, aber es gibt sicher noch zahlreiche andere Aufzeichnungen. Sogar über die Zeit deiner Mutter. Ich glaube, es wäre gut, du würdest allmählich dein Schlafzimmer mit Claudios Arbeitszimmer tauschen. Es ist sehr viel spannender.«

»Das weißt du nicht ...«, widersprach Gabriella, hatte aber nur einen Satz im Ohr, der ihr durch das Gehirn hallte. Aufzeichnungen über die Zeit deiner Mutter. Sie hatte bisher vergeblich nach Fotos gefragt. Nie nach Filmen. Der Gedanke fuhr ihr in den Magen.

»Du hast Filme gefunden, die meine Mutter zeigen?«

»Eine selbst aufgenommene Minikassette. Gekennzeichnet mit *Maria*. Wir brauchen allerdings ein Abspielgerät, das heißt, eine entsprechende Kamera aus der damaligen Zeit. Wenn er selbst keine mehr hat, weiß ich im Moment nicht, wo wir eine herbekommen könnten.«

Gabriella überlegte. Sie konnte sich nicht erinnern. Oder doch? Manchmal hatte ihr Vater so eine kleine Kamera vor den Augen gehabt und alles lustig gefunden, was sie so gemacht hatten. Clownereien hatte er es genannt. Tatsächlich. Stanley hatte recht. Es musste mehr solcher Filme aus ihrer Kindheit geben. Sie hatte es nur vergessen.

»Wo hast du sie gefunden?«, wollte sie von ihm wissen.

»In einer Schublade. Aber nur eine Kassette war beschriftet. Wie gesagt.«

Gabriella griff nach ihrem Smartphone. »Wenn du keine entsprechenden Kamera findest, dann informiere ich mich schon mal im Internet. Sicher wird so etwas noch angeboten.«

»Kommst du nicht mit runter?« Stanleys Stimme klang enttäuscht.

»Du kennst dich in seinem Arbeitszimmer besser aus als ich. Ich arbeite mich gerade erst wieder ins Leben vor ...« Sie hielt ihr Handy hoch. »Das Internet ist der erste Schritt.«

»Na, denn!« Er richtete sich auf. »Wo könnte er weitere Filme haben, was meinst du? Und wo ein entsprechendes Abspielgerät?«

Gabriella zuckte die Schultern. »Frag Emilia. Sie weiß sicher ganz genau, wo er was verstaut hat. Wenn sie es nicht weiß, dann niemand.«

»Danke! Ich war so euphorisch, auf die Idee bin ich gar nicht gekommen!«

Er winkte ihr zu und war schon wieder zur Tür hinaus.

Gabriella starrte ihm noch nach, da war Stanley schon lange nicht mehr zu sehen. Ein Film über ihre Mutter. Oder zumindest ein Film, auf dem ihre Mutter zu sehen war. Den hatte Claudio also nicht vernichtet. Oder übersehen. Vielleicht würden jetzt auch noch Fotos auftauchen? Vielleicht war es nur eine Schutzbehauptung gewesen, auch gegenüber sich selbst, damit er keine weiteren Erklärungen abgeben musste? Um sich dann heimlich hinter verriegelter Tür zu Maria zu flüchten, in die Vergangenheit, in seine Fantasie?

Gabriella saß noch immer aufrecht im Bett. Der Gedanke ließ sie nicht mehr los. Was würde sie zu sehen bekommen? Welche Emotionen kamen da auf sie zu – beim Anblick ihrer Mutter, und das auch noch in bewegten Bildern, lachend, sprechend, vielleicht lief sie ja mit ihr durch den Garten, durchs Gras, Hand in Hand? Und ihr eigenes Kindergesicht? Es schüttelte sie. Dagegen war die Testamentseröffnung ein Klacks.

Sie schwang die Füße aus dem Bett. Sie musste aktiv werden, sie musste zu Stanley hinunter ins Büro. Sie konnte nicht so tun, als ginge sie das alles nichts an. Gabriella lief ins Badezimmer, da hörte sie, wie sich ihre Tür wieder öffnete. Sie hatte gerade ihren Schlafanzug ausgezogen und griff zu ihrem Morgenmantel.

»Störe ich dich?« Hendrik stand an ihrem Bett. Er trug eine Jeans und einen sportlichen, dunkelgrauen Kapuzenpullover und sah unausgeschlafen aus.

»Nein«, sagte Gabriella und zeigte aufs Bett. »Magst du dich hinlegen oder lieber an den Tisch setzen?«

Hendrik ging zum Tisch.

»Ich komme gleich.« Gabriella schlüpfte in ihren kuscheligen Hausanzug, der über dem Badewannenrand lag, und fuhr sich mit allen zehn Fingern durch die Haare.

»Du wirst von Tag zu Tag jünger«, sagte Hendrik, als sie sich zu ihm setzte.

»Dabei fühle ich mich von Tag zu Tag älter.«

»Ja.« Er nickte »Ich habe mir auch Gedanken gemacht. Da schneit einer in dein Leben und soll plötzlich an allem beteiligt sein. Das fühlt sich nicht richtig an.«

»Was meinst du?«

»Nun, das Castello ist doch deine Sache. Hier bist du aufgewachsen, hier hat sich ein großer Teil deines Lebens abgespielt. Was habe ich damit zu tun?«

Gabriella musterte ihn. »Was heißt das?« Seine Gesichtshaut war fahl, und um seine Augen lag ein tiefer Schatten. Er hatte kaum geschlafen.

»Ich denke, dass ich das Erbe ausschlagen müsste, dass ich zurück nach Amerika fliegen sollte und wir die ganze Sache vergessen.«

Gabriella antwortete zunächst nicht. Schließlich legte sie ihre Hand auf seine.

»Hendrik. Ich gebe zu, dass ich eine Zeitlang nicht sicher war, was ich von dir halten soll. All deine Erkundigungen nach Immobilien und was weiß ich noch alles. Wie ein Hund, der um einen Baum herumstreicht, weil oben die fette Katze sitzt.«

Hendrik reagierte nicht.

Gabriella runzelte die Stirn, dann lächelte sie. »Aber du bist mein Halbbruder. Wir haben den gleichen Vater. Also steht dir auch ein Teil des Erbes zu! Und noch was: Ich bin ganz froh, wenn ich jemanden habe, der einen Teil der Last auf seine Schultern nimmt.«

Hendrik wiegte den Kopf, und Gabriella zog ihre Hand zurück.

»Und ich weiß nicht mal, wie deine Mutter aussieht. Du hast mir noch kein Bild gezeigt.«

»Ja, das ist wahr«, sagte er. »Komisch, das muss im Trubel der Ereignisse untergegangen sein.« Er griff nach seinem Handy.

»Dafür, dass das hier so ein verschlafenes Nest ist, war in letzter Zeit eine Menge los.«

Hendrik gab seine PIN ein und begann zu suchen. »Übrigens«, sagte er beiläufig. »Ich bin Lorenzo begegnet. Er scheint tatsächlich an seinem neuen Leben zu arbeiten.«

»Inwiefern?« Gabriella rutschte etwas zu ihm hinüber, um besser auf das Display seines Handys sehen zu können.

»Er hat mir von der Bäckerei seines Onkels in Mailand erzählt. Dem Bruder seines Vaters. Der hat mächtig modernisiert, aber die Rechnung ohne seinen Sohn gemacht. Der möchte keinen riesigen Betrieb, der möchte nebenher noch leben, Sport machen, mit seinem Motorrad auf Tour gehen. In Mailand hängt deswegen der Haussegen schief. Der ganze Familienfrieden, wenn du so willst.«

»Und Lorenzo?«

»Lorenzo hat gegrinst. Ich schau mal ... hat er gesagt.«

»Das wäre doch die perfekte Lösung«, sagte sie.

»Vor allem, wenn du Platz brauchst«, fügte Hendrik hinzu.

»Ich? Wieso?«

Jetzt legte Hendrik seine Hand auf ihre. »Du wirst den Platz brauchen. Für deine Familie.«

»Ha, ha«, meinte Gabriella. »Sehr witzig!« Sie knuffte ihn in den Oberarm. »Jetzt lass mal die Bilder sehen.«

Hendrik deutete auf ein Foto. Auf einem Kiesweg war

eine schlanke, dunkelhaarige Frau zu sehen. Ziemlich klein in einem Park.

»Das ist sie.« Die Zärtlichkeit in seiner Stimme gefiel ihr.

»Geht's auch größer?«

Er vergrößerte das Bild. Gabriella erkannte eine sehr hübsche Frau mit schmalem Gesicht und großen, dunklen Augen, die den Fotografen anlachte. Ihr volles Haar wellte sich bis über die Schultern, und ihren Mund hat sie rot geschminkt.

»Hast du noch ein anderes?«

Hendrik suchte und fand eines in einem Restaurant. Auch da lachte sie in die Kamera.

»Gibt es auch eines mit unserem Vater?«

Hendrik schüttelte den Kopf. »Nein, gibt es nicht.«

»Unser Vater hatte einen ausgezeichneten Geschmack, das muss man ihm lassen. Deine Mutter ist eine sehr gut aussehende Frau, und meine Mutter ist es wohl auch.«

»Ja.« Hendrik legte sein Handy auf die Tischplatte. »So ist es. Und hier sitzen wir, wir beiden Königskinder. Das eine wuchs ohne seinen Vater auf, das andere ohne ihre Mutter. Und dazu noch ohne Fotos, ohne Erinnerungen. Ziemlich traurig.«

»Stanley fahndet gerade nach meiner Mutter. Er hat eine kleine Filmkassette von früher gefunden. Jetzt fehlt nur noch ein Abspielgerät.«

»Und wie fühlst du dich dabei?«

»Seltsam.«

Einen Moment lang herrschte Schweigen.

»Wie siehst du dein Leben?«, wollte Gabriella schließlich wissen. »Könntest du dir ein Leben hier wirklich vorstellen? Mit Familie und so? Hast du eine Freundin in Los Angeles?«

Hendrik zuckte die Achseln. »Haben ... haben. Ja und nein. Nichts Festes.«

»Aber könnte es etwas Festes werden?«

»Darüber habe ich noch nicht nachgedacht. Es gab keine Notwendigkeit dazu.« Er sah sie ernst an. »Ich muss dir was beichten, Gabriella. Deswegen bin ich eigentlich gekommen.«

»Du hast noch einen Zwillingsbruder?«

»Nein!« Er musste lachen. »Nein, das nicht. Aber du hast den Vergleich mit der Katze und dem Hund vorhin ganz gut getroffen. Nachdem ich von dir und dem Castello gehört hatte, hatte ich erst mal ein ganz eigennütziges geschäftliches Interesse. Ich wollte ausloten, was die Gegend hier wert ist, ob es Touristen gibt und, wenn nein, ob man einen touristischen Ansatzpunkt finden könnte. Ich habe mich bei Lucia eingemietet und über sie meine Fäden gesponnen. Und sie gefiel mir auch noch. So ein Typ Mensch, handfest, zupackend, fröhlich, dazu sehr hübsch. Eine Frau, die mit beiden Beinen fest auf dem Boden steht, gern kocht, gern isst und gern trinkt. Und sich genau so mag, wie sie ist.«

Gabriella staunte. Sie hatte Lucia nie besonders attraktiv gefunden. Sie war ihr nie wirklich aufgefallen.

»Und jetzt willst du sie heiraten, und ihr zieht morgen hier ein? In acht Monaten ist das erste Kind da und von da an jährlich ein neues?«

»Quatsch! Ich möchte dich nicht berauben. Meine Einstellung hat sich geändert, das wollte ich dir nur sagen.«

»Was hattest du denn ursprünglich vor?« Sie spürte, dass ihre Tonlage etwas anstieg.

»Ursprünglich dachte ich überhaupt nur an ein Geschäft. Ich überlegte, ob das Castello ein gutes Schlosshotel abgeben würde, was es im Moment wohl wert ist und ob ein Kauf und entsprechender Umbau lukrativ sein könnte. Und ob du verkaufen würdest, wenn das Angebot gut genug wäre. Das war der springende Punkt. Das Dorf könnte man als exklusiven Geheimtipp vermarkten, ein Castello mit Park und eigenem Weinberg, das ist doch was, habe ich mir gedacht.«

»Und was denkst du jetzt?«

Er grinste schräg. »Na, jetzt denke ich, dass das hier am besten ein privates Kleinod bleibt und von keinem einzigen Touristen entdeckt wird. Und dass ich wieder gehe. Ich habe hier auch nichts verloren.«

»Außer Lucia ...«

»Lucia?« Er musste lachen. »Na, so weit ist es noch nicht.«

»Sie wird traurig sein, wenn du gehst.«

»Ich kann sie ja mitnehmen.«

Gabriella antwortete nicht. Das hatte er so unbekümmert, so leicht dahingesagt. Lucia. Aber ja, sie waren beide noch jung genug. Sie konnten täglich alles neu entscheiden und es am nächsten Tag wieder völlig anders machen.

»Ich würde deine Mutter gern kennen lernen«, sagte sie.

»Das hat sie auch gesagt.«

»Ich möchte wissen, wie du aufgewachsen bist. Und wo genau. Wie es für deine Mutter war, als sie plötzlich einen Säugling hatte, aber keinen Vater dazu. Wie sie mit dir durchs Leben gegangen ist.«

»Sie ist eine Kämpferin. Sie hat sich nie was anmerken lassen. Sie wollte Medizin studieren, aber wegen mir hat es nur zur Arzthelferin gereicht. Sie arbeitet bis heute und hat mich immer unterstützt.«

»Du bist also in Los Angeles aufgewachsen?«

»In einer kleinen Wohnung am Rande der Stadt, ja. Ich habe nie etwas vermisst.«

»Und wo wohnt deine Mutter jetzt?«

»Mit meiner ersten dicken Provision habe ich ihr ein Appartement gekauft. Ich selbst wohne zur Miete in der Stadt. Ich brauch nicht viel, wir haben Sand, Strand und Sonne, da muss die Wohnung nicht groß sein.«

»Siehst du deine Mutter oft?«

»Sie kocht sehr gut, sie hat italienisches Blut«, er grinste, »also wird sie mich nicht los ...«

Gabriella lächelte. »Das hört sich gut an!«

»Wir haben vorhin telefoniert.«

»Und was hat sie zu dem Testament gesagt?«

»Dass Claudio sehr großzügig war. Aber dass es dein Zuhause ist. Und ich dir nichts wegnehmen soll, nur weil es da mal eine Nacht gab.«

»Nur weil es da mal eine Nacht gab ...?« Gabriella sah ihn an. »Nur eine Nacht? Das glaube ich nicht. Und überhaupt, die Formulierung tut doch weh. Man will doch das Kind einer großen Liebe sein, oder nicht?«

»Sie will sich nicht aufdrängen.«

»Und in all den Jahren – hatte sie nie einen festen Partner?«

Hendrik schüttelte den Kopf. »Ich glaube, sie hat unseren Vater tatsächlich geliebt.«

»Ja, sehr viele Menschen haben ihn geliebt. Nur ... nur meine Mutter nicht. Oder nicht stark genug.«

Hendrik stand auf. »Jedenfalls weißt du nun also, warum ich hier um die Häuser geschlichen bin.«

»Hast du nicht damit gerechnet, dass du erben könntest? Zumindest ein Pflichtteil steht dir als Sohn doch zu.«

»Als das Schreiben vom Anwalt kam, empfand ich das als eine reine Formsache. Ich dachte, Claudio wollte nur sein Geheimnis nicht mit ins Grab nehmen ... wegen der Himmelspforte und so. Vielleicht war er ja gläubig ... das habe ich gedacht. Er möchte sein Gewissen erleichtern und reinen Tisch machen. Mit einem Erbe habe ich nicht gerechnet.«

»Setz dich noch mal.«

»Wieso?«

»Ich möchte auch noch was sagen.« Mit einem leicht unwilligen Gesichtsausdruck setzte er sich wieder.

»Ich habe plötzlich eine neue Familie. Dich und deine Mutter. Dich kenne ich zwar noch kaum. Aber ich glaube, dass wir ein gutes Team wären. Du hast dich doch gestern auch gut mit Stanley unterhalten …«

»Ja. Über Los Angeles. Ich habe da beruflich mit einigen Filmproduzenten zu tun. Und Stanley träumt davon, dort Kontakte zu knüpfen. Also habe ich ihn eingeladen.«

»Siehst du!« Gabriella spürte, wie ihr vor Aufregung das Blut in den Kopf schoss. »Spürst du nicht, wie sich der Kreis schließt? Es hat sich spät ergeben, aber wir könnten doch vieles gemeinsam bewerkstelligen.«

»Du willst also, dass ich Claudios Vermächtnis oder besser, seinen Auftrag, annehme?«

»Es war sein Wunsch. Und es ist auch mein Wunsch!«

Sie sahen einander an, dann standen sie beide auf. »Gut«, sagte Hendrik und nahm Gabriella in seine Arme. »Dann ist es auch mein Wunsch. Wir machen einen Plan, wie unsere Zusammenarbeit aussehen könnte.«

»Genau! Das gefällt mir!« Gabriella spürte, wie ihre Zuversicht zurückkam und ihre Laune sich hob.

Hendrik löste sich von ihr.

»Was hast du?«, wollte er wissen.

»Meine Lebensgeister kehren zurück. Sie schießen geradezu barbarisch schnell durch meine Adern.«

Er lächelte. »Das hört sich gut an, Schwesterlein.«

Nachdem er gegangen war, legte sich Gabriella noch einmal ins Bett. Ein Schlosshotel, dachte sie. Das Castello war eigentlich kein Schloss. Zumindest nicht das, was man sich darunter vorstellte, nichts mit Erkern und verspielten Türmchen. Es war eher ein großer viereckiger Bau, der seinen Charme durch die Wuchtigkeit seiner Erscheinung und seine Symmetrie hatte. Klare Linien und klare Fensterfronten, aufgelockert nur durch die wilden Rosen, die üppig an den dicken Mauern emporwuchsen. Es gäbe ein schönes Hotel ab, dachte Gabriella. Die große Eingangshalle, das holzvertäfelte Wohnzimmer als Restaurant, das sonnige Zimmer als Frühstücksraum, das Kaminzimmer für die gemütliche Runde. Das Arbeitszimmer, der Hauswirtschaftsraum, die geräumige Küche, alles war da. Und im ersten Stock die Gästezimmer. Selbst der Dachboden war geeignet und ließe sich wunderbar zu privaten Räumen ausbauen.

Nein. Sie schüttelte den Kopf, das war nicht im Sinne ihres Vaters. Und in ihrem auch nicht. Sie konnte sich keine fremden Menschen in ihrem Castello vorstellen.

Es klopfte. Tag der offenen Tür, dachte sie. Aber niemand kam. Dafür klopfte es erneut. Eher schüchtern. So, als wolle der Klopfende nicht stören.

»Ja, bitte«, rief sie laut. »Herein.«

Arturo öffnete die Tür.

»Schläfst du noch?«, fragte er leise.

»Nein.« Gabriella musste lachen. »Ich schlafe nicht den ganzen Tag.«

Er legte den Kopf schief. »Ich dachte, weil du den ganzen Tag im Bett bist ...«

Seine Wangen waren leicht gerötet, und er sah so frisch aus, als wäre er den ganzen Weg vom Dorf hochgerannt. Das karierte Hemd hing aus seiner Hose, und seine Haare standen in alle Richtungen ab. Mit einer Hand strich er sich seine Tolle zurück, die ihm über die Augen gefallen war, in der anderen hielt er eine große Rebe.

»Schau«, sagte er und streckte sie Gabriella entgegen. »Das habe ich dir mitgebracht. Die schönste, die ich finden konnte!«

Vorsichtig legte er die Rebe auf Gabriellas Bettdecke. Dicke, blaue Trauben hingen prall an den Ästchen, und der tropfenförmige Wuchs der Weinrebe sah aus wie gemalt.

»Ein richtiges Kunstwerk«, sagte sie und blickte Arturo an.

Er strahlte und setzte sich auf ihre Bettkante. »Schau nur mal«, sagte er und fuhr mit seinem Zeigefinger zärtlich über die einzelnen Trauben. »Schau nur mal, wie perfekt sie sind. Jede einzelne. Und …«, er zupfte vorsichtig eine der Trauben ab und hielt sie Gabriella an den Mund, »… koste mal. Sie sind schon ganz saftig und süß.«

Gabriella öffnete die Lippen und spürte die Traube rund auf ihrer Zunge liegen, bevor sie sie am Gaumen zerdrückte. Die Traubenhaut leistete Widerstand, aber dann quoll frische Süße heraus. »Fantastisch!« Sie zupfte sich gleich noch eine ab. »Wirklich sehr gut!«

Arturo schob sich nun auch eine in den Mund. »Und jetzt musst du dir mal vorstellen«, sagte er kauend und zeigte mit der Hand zum Fenster. »In deinem Weinberg sind ganz viele davon, Millionen von Trauben, die so schmecken.« Er war ganz in seinem Element, und während er Gabriella einen Vortrag über die Weintraube und die kommende Lese hielt, dachte sie: Und dieser Junge soll in eine Stadt? Das war unmöglich. In einer Stadt würde er eingehen wie ein einsamer Rebstock in einer Mauernische.

Sie zupften einträchtig eine Traube nach der anderen ab,

und plötzlich sagte Arturo: »Streckst du mir mal die Zunge raus?«

»Klar!«

Er brach in helles Gelächter aus. »Wie ein Chow-Chow! Schau mal! Bähhh.« Auch seine Zunge war blau geworden, und sie lachten gemeinsam.

»Gregor, der Winzer, lässt fragen ...«

»Unser Winzer?«, unterbrach sie ihn, »der, der sich nicht hertraut?«

Arturo nickte. »Ja, aber ich glaube, er hat sich mit Emilia besprochen. Ich habe die beiden auf dem Weg hierher getroffen.«

»Was wollte er denn wissen?«

»Ja, was das für eine Geschichte mit dem Bett sei. Ob man sich wirklich zu dir legen müsse, wenn man was will.«

»Und was hat Emilia geantwortet?«

»Der Pastor sei auch schon da gewesen. Und der Avvocato. Also müsse der Winzer auch keine Angst haben.«

»Und er?«

»Er sagte, er habe nur Angst vor seiner Frau!« Arturo grinste. »Ich glaube, er schiebt sie nur vor, um seine eigene Angst vor dir zu verheimlichen. Seine Frau ist eine ganz liebe.«

Gabriella musste lachen. »Richte ihm doch bitte Folgendes aus: Er kann jederzeit kommen – und ich habe es schon einmal angeboten, er kann auch seine Frau mitbringen. Dann lerne ich beide kennen, auch nicht schlecht, und beiden wird nichts geschehen!«

Arturo grinste und steckte sich die letzte Traube in den Mund.

»Ich glaube, es liegt an dem Haus, dass sie alle Angst vor dir haben.«

»Und warum?«, wollte Gabriella wissen. »Warum soll es an dem Haus liegen?«

»Na, so eine Contessa hat doch Macht. Und das Haus steht auf einem Hügel. Da müssen alle hochschauen. Und wenn man zu irgendwas hochschauen muss, dann ist es doch wie am Sonntag, wenn der Pfarrer von seiner Kanzel herunter auf das Volk predigt. Darum.«

»Aha ...« Gabriella dachte kurz nach. Das war einleuchtend. »Du bist ein schlauer Bursche, Arturo!«

»Ich will ja auch Winzer werden, da muss man schlau sein. Gregor weiß ganz viel. Das möchte ich alles lernen.«

»Und Weinberge sind auch oben, stimmt's? Da müssen alle zu dir hochschauen ...«

Arturo nahm den kahlen Zweig zwischen Daumen und Zeigefinger, sah durch ihn hindurch zu Gabriella, schnitt eine Grimasse und sprang auf. »Genau«, rief er beim Hinauslaufen.

Gabriella stand auf und setzte sich ans Fenster. Ja, der Kleine hatte recht. So ein Weinberg war schon ein Wunder. Wie alles, was die Natur erschaffen hatte. Sie beobachtete einen Schwarm Vögel, der bei den gemeinsamen Flugmanövern Figuren in den Himmel zeichnete, und atmete tief durch.

Würde sie das hier jemals aufgeben können?

Aber die Forderung ihres Vaters nach Kindern und Familie schreckte sie ab. Und Emilia? Wenn ihr das Haus zufallen würde, wäre alles Leben aus dem Castello verbannt. Emilia allein hier als Achtzigjährige, dann wären die Räume bis auf die Küche und ein Schlafzimmer unbenutzt und im Winter unbeheizt, alle Möbel mit weißen Tüchern verhüllt, ein Dorfmädchen würde Emilias täglichen Besorgungen erledigen, weil der Weg ins Dorf für eine Achtzigjährige zu beschwerlich wäre.

War das die Lösung? Was hatte sich Claudio gedacht? Dann sah sie, wie Arturo aus dem Castello flitzte und den Weg hinunterrannte, bis er ganz unten im Weinberg verschwand. Am Wegesrand entdeckte Gabriella einen kleinen Traktor. Sicher erstattete er jetzt seinem Freund Gregor Bericht.

Sie musste mit Sofia reden. Für Arturo war ein Umzug in die Stadt keine Lösung. Gabriella wollte sich schon abwenden, da bemerkte sie eine Bewegung auf dem schmalen Weg. Zwei Gestalten waren hinter dem letzten Haus aufgetaucht und kamen langsam näher. Immer wieder blieben sie gestikulierend stehen, bevor sie wieder ein paar Schritte gingen. Aber auf die Entfernung war schwer zu erkennen, wer sie waren, und Gabriella hatte kein Fernglas zur Hand. Immer noch nicht, dachte sie, dabei war das doch die kleinste Übung. Sie blieb sitzen und kniff die Augen zusammen. Eine größere und eine kleinere Figur. Ein Mann und eine Frau? Wer könnte es sein?

Da piepste ihr Handy auf dem Nachttisch, und sie stand auf.

»Ich sehne mich nach dir«, stand da. Flavio.

»Ich auch nach dir«, schrieb sie zurück.

»Wann?«, wollte er wissen.

Gabriella dachte an Hendrik, an Stanley, an Sofia und ihre Kinder. Das Haus war voll.

»Ich muss mich erst informieren, wann sie alle abreisen.«

»Die anderen stören mich nicht.«

Eigentlich hatte er ja recht, dachte Gabriella. Da kam schon die nächste Nachricht:

»Ich habe Lisa von uns erzählt.«

Lisa, stimmt. Die war ja auch noch da. Das würde bei seiner Mutter nicht gut ankommen.

»Und?«, schrieb sie zurück.

»Sie hat es so gefasst ... ich ruf dich an.«

Kurz danach klingelte es, und Gabriella hatte ihn am Ohr. Sie ging zum Fenster zurück.

»Sie hat es so gefasst aufgenommen, sie ... also, ich hatte den Eindruck, sie weiß es schon.«

»Wie kann sie das denn wissen?«

»Meine Mutter. Emilia. Das war sicher die Verbindung. Meine Mutter hat mich vorhin aufgehalten. Ich wollte gerade aus dem Haus, da hat sie mich zur Seite genommen.«

»Du wohnst noch zu Hause?« Darüber hatte Gabriella sich nie Gedanken gemacht.

»Einliegerwohnung. Bis sich ein richtiger Umzug lohnt, aber –«

»Aber?«

»Sie hat mir die Geschichte von meinem Vater erzählt. Mit deiner Mutter. Sie war völlig außer sich.«

»Das habe ich dir ja ganz am Anfang angedeutet. Ich habe mein Versprechen ihr gegenüber gebrochen.«

»Aber das ist doch Unsinn. Nur weil mein Vater ...«

»Sie befürchtete eben, dass es Lisa nun genauso geht wie ihr damals. Deine Mutter hat ihre große Liebe verloren. Wegen meiner Mutter. Und jetzt kommt die Tochter daher und raubt ihr den Sohn.«

»So ähnlich hat sie es mir auch gesagt. Aber das eine hat mit dem anderen doch nichts zu tun. Nur weil ich mich in dich verliebt habe, trete ich doch noch lange nicht in die Fußstapfen meines Vaters.«

»Da bist du aber schon.«

Es war still.

»Zumindest ihrer Meinung nach«, ergänzte Gabriella.

»Am besten rede ich mal mit meinem Vater.«

»Ich glaube, dass er bis heute keine Ahnung hat, dass sie es weiß ...«

»Dann wird es allmählich Zeit.«

Gabriella blickte auf den Weg hinunter und erkannte jetzt auch, wer da auf sie zukam.

»Ich weiß nicht, ob das der richtige Weg ist«, sagte sie. »Am Schluss zerstörst du noch die Ehe deiner Eltern.«

»Mit einer Lüge lebt es sich auch nicht gerade gut. Würdest du das wollen?«

»Ich? Nein. Ich bin aber auch von niemandem abhängig. Weder finanziell noch psychisch, ich kann einfach gehen, wenn ich betrogen werde.«

»Du bist gegangen.«

»Stimmt.« Und ich habe mich hier verkrochen, dachte sie, so leicht war es dann eben doch nicht. »Da kommen Lorenzo und Sofia den Weg hinauf. Aufs Castello zu. Sie scheinen heftig miteinander zu diskutieren.«

»Ja, es spricht sich im Dorf schon herum. Lorenzo will seine Ehe retten. Und endlich seine Träume verwirklichen.«

»Ist doch gut, wenn das zusammenpasst.«

Jetzt waren die beiden nicht mehr weit vom Castello entfernt. Lorenzo war stehen geblieben und hatte Sofia in die Arme genommen. Sie küssten sich. Und Gabriella sah noch etwas: eine kleine Gestalt, die weiter unten auf dem Weg stand und nach oben blickte. Und dann plötzlich losrannte, den Berg hinauf.

»Unter meinen Augen spielt sich gerade eine historische Vereinigung ab«, sagte Gabriella. »Arturo war im Weinberg und hat seine Eltern entdeckt. Jetzt ist er bei ihnen. Und Lorenzo hebt ihn gerade in die Luft. Und wirbelt ihn herum. Das sieht aus wie Glück! Glück pur!«

»Und wir beide?«

»Ja, und wir?«, sagte sie.

»Das Bett mit dir ist wunderschön. Aber nicht alles«, sagte er langsam. »Ich möchte mit dir das Dorf verlassen und ins Leben hinausgehen.«

»Ich war schon draußen im Leben.«

»Aber nicht mit mir.«

Was sollte das ändern?

»Flavio, du bist jünger als ich. Und hungrig auf die Welt. Du siehst gut aus ... du bist eben erst dabei, das Leben zu entdecken, ich habe es schon gesehen.«

»Ach so, du bist die alte, hässliche, abgeklärte Frau in ihrem Turm, die schon alles hinter sich hat? Was für ein Unsinn!«

Gabriella musste lachen. Sie beobachtete, wie Lorenzo und Sofia, Arturo an den Händen in ihrer Mitte, aufs Castello zuliefen.

»Ich bekomme wohl gleich Besuch«, sagte sie.

»Ja, von mir. Ich trage dich nämlich gleich aus deinem Castello hinaus in die Welt.«

»Morgen. Morgen, Flavio. Heute ist mir die Besuchsdichte etwas zu hoch. Hier geht es zu wie bei einer Sprechstunde ohne Anmeldung. Emilia, Stanley, Hendrik, Arturo und jetzt noch der ganze Familienrat.«

»Dann wirf sie doch alle raus.«

Sie musste wieder lachen. »Du bist herzerfrischend, wirklich.«

»Nein, ich bin verliebt. Jeder um dich herum ist jetzt einer zu viel. Und das sind eine ganze Menge!«

»Im Leben muss man immer teilen, das wirst du noch lernen. Und das ist ja auch gut so. Das ist das Leben. Ausschließlichkeit gibt es nur in einer Zelle.«

»Und in deinem Zimmer. So hattest du es dir doch auch gedacht. Und jetzt siehst du, worauf das hinausläuft.«

»Ist ja gut! Du hast ja recht.« Gabriella lief mit ihm ins Bad. »Komm bitte morgen. Morgen haben sich hier sicher alle Wogen geglättet. Da kann man besser nach vorn blicken.«

»Na, gut. Geben wir den wilden Wellen Zeit, sich zu beruhigen. Morgen. Abgemacht!«

»Ich freu mich!«

»Ich mich auch. Vorfreude erhellt den ganzen Tag. Ich merke es jetzt schon.«

»Wieso?«

»Ich stehe gerade in einem dunklen Heizungsraum, und es wird schon merklich heller.«

»Quatschkopf!«

»Danke!« Er lachte fröhlich und war weg.

Gabriella legte ihr Handy neben das Waschbecken und musterte ihr Gesicht im Spiegel, während sie es mit einer leichten Tagescreme eincremte.

Dann kam die Aufregung zurück. Was würde auf den Kassetten zu sehen sein? Vor allem auf der einen, die mit *Maria* gekennzeichnet war?

Zwei Stunden später glich ihr Zimmer einem Rummelplatz. Lorenzo und Sofia waren mit Arturo gekommen und bald darauf auch die beiden Mädchen, geradewegs aus der Schule. Emilia hatte eine große Schüssel Spaghettini mit Kräuterseitlingen, Radicchio und Kapern heraufgebracht und Anna eine Menge tiefer Teller, über die sie kaum hinwegsah.

Jetzt hielten sie bei ihr Familienrat, und sie sollte die Schiedsrichterin sein.

Aurora strahlte. Das war klar. Sie saß mit ihrem Teller auf der Bettkante und warf immer mal wieder seitliche Blicke auf ihren Vater. Offensichtlich konnte sie die Wendung der

Dinge noch nicht fassen. Was für eine hübsche junge Frau, dachte Gabriella bei sich. So feingliedrig und dazu das schwere, dunkle Haar. Und was sie schon jetzt alles hinter sich hatte. Sicher hatte ihre Erfahrung mit dem Sohn des Schulrektors Spuren hinterlassen. Neben ihr saß Anna. So still und graziös, dass sie kaum auffiel. Das Einzige, was sie bisher gesagt hatte, war, dass sie wegen ihrer Freundinnen nicht wegwolle. Aber Aurora hatte sie gleich mit dem Ellenbogen angestupst. »Du bekommst Ballettunterricht, stell dir das mal vor. Das ist doch das, was du dir immer gewünscht hast. Eine Stadt, Anna! Eine Stadt! Da gibt es alles!«

Anna sagte nichts mehr, sondern sah still vor sich hin. Nur Arturo sprang auf. Sein Teller stand noch unberührt vor ihm, er war den Tränen nah. »Und ich habe gedacht, jetzt wird alles gut! Dabei wird alles schlecht! Ich will nicht in die Stadt! Ich will hierbleiben. Bei Gregor!«

»Aber, Arturo, mein Schatz!« Sofia streckte die Hand nach ihm aus.

»Ich geh nicht fort!« Er stampfte auf. »Ihr könnt mich nicht zwingen.«

»Wir wollen dich doch gar nicht zwingen«, sagte Lorenzo. »Aber Mama und ich möchten etwas Neues machen, wir möchten nicht mehr so nah bei Oma und Opa sein, wir möchten unser eigenes Leben leben. Und deshalb tausche ich mit Piero aus Mailand, den kennst du doch auch. Sogar Oma und Opa finden das gut. Wir haben dann in Mailand eine Großbäckerei, in der ganz viele Leute arbeiten. Und unsere Bäckerei hier im Dorf macht Piero für uns, das gefällt ihm!«

»Dann bleib ich bei Piero!«

Sofia stand auf »Du kannst nicht allein hierbleiben!« Sie nahm ihn in den Arm, aber er riss sich los und rannte zur Tür hinaus. Lorenzo wollte hinter ihm her, aber Gabriella winkte ab. »Lass ihn. Er braucht ein bisschen Zeit. Und vielleicht gibt es für ihn ja wirklich eine andere Lösung.«

»Was meinst du?« Sofia trat ans Fenster. »Ich will ihn nicht allein hierlassen.«

»Ja, er ist noch zu klein«, stimmte Lorenzo ihr zu.

Gabriella und Emilia tauschten einen Blick.

»Da läuft er …«, Sofia deutete hinaus.

»Ich kann mir vorstellen, wohin«, sagte Gabriella. Aurora und Anna standen auf und stellten sich neben ihre Mutter.

»Und wenn ich auch nicht mitwill?«, fragte Anna.

»Nur wegen deiner Freundinnen?«, wollte Sofia wissen und legte ihre beiden Arme um die Schultern ihrer Töchter.

»Nein, wegen allem. Unserem Fluss, dem Baden im Sommer, dem Dorf.« Sie deutete hinaus. »All dem hier.«

»Aber was ist mit deiner Ballettschule«, sagte Aurora. »Das ist doch dein sehnlichster Wunsch.«

»Ja … schon.«

»Wir könnten jedes Wochenende herkommen«, schlug Lorenzo vor. »Wir mieten uns eine kleine Ferienwohnung, dann hast du alles, was du dir wünschst. Und Aurora sieht ihre Freunde auch, und Arturo kann in seinen heiß geliebten Weinberg.«

»Er spricht mit Gregor, schau!« Anna sah aus dem Fenster und stupste ihre Mutter an. »Warum kann er nicht bei Gregor bleiben?«

»Das kann ich nicht machen!« Sofia schüttelte den Kopf und drehte sich zu Lorenzo um.

Lorenzo zuckte die Achseln. »Ich glaube, Gregor und Arturo kämen gut miteinander aus. Gregor mag Arturo, und sein eigener Sohn ist schon aus dem Haus … Aber es käme auch auf seine Frau an. Ob sie das will?«

»Er hat ihn an der Hand. Mama, schau, Arturo zieht Gregor den Weg hoch.«

Lorenzo nickte. »Schlauer Bursche«, sagte er. »Ich bin gespannt.«

Emilia stand auf und begann die leeren Teller einzusammeln. »Okay«, sagte sie, »dann mache ich mal ein paar Bruschette. Und bringe einen Wein.«

»Ich helfe dir.« Aurora löste sich aus den Armen ihrer Mutter, stellte Arturos unberührten Spaghettiteller vor ihren Vater und nahm die große Schüssel vom Tisch.

»Die sind doch schon kalt!«, monierte Emilia und wollte den Teller mitnehmen, aber Lorenzo hielt ihn fest. »Die schmecken auch kalt«, sagte er und schenkte Aurora ein Lächeln. »Meine Tochter hat schon recht. Gute Sachen darf man nicht verkommen lassen.«

Aurora lächelte ihn an, und Gabriella fand, dass dieses Lächeln das schönste war, was sie in den letzten Tagen gesehen hatte. Für Aurora zumindest würde die Stadt ein Segen sein.

»Es gäbe natürlich auch die Möglichkeit, dass ihr das Wochenende hier verbringt«, überlegte Gabriella, nachdem die Tür hinter Emilia und Aurora zugefallen war.

»Wir können dir doch nicht so dermaßen auf die Pelle rücken.« Lorenzo wickelte die Spaghettini auf seine Gabel.

»Ich habe Sofia und die Kinder überhaupt nicht bemerkt. Das Haus ist groß genug. Solange Hendrik hier nicht einzieht ...«

Sofia wandte sich vom Fenster ab und setzte sich neben Lorenzo an den Tisch.

»Ja«, sagte sie, »das ist schon ein interessantes Testament.«

»Mein ganzer Vater war interessant.«

Sie mussten beide lachen. Aber dann fiel Gabriella das Video ein, und ihr Lachen erstarb. Die Geschichte drückte ihr auf den Magen. Fast wäre es ihr lieber gewesen, Stanley hätte nichts gefunden, ganz so, wie ihr Vater gesagt hatte: Es gibt keine Erinnerung an Maria.

Es klopfte, und Arturo kam herein, hinter ihm, abwartend, stand Gregor schüchtern im Türrahmen.

Gabriella stand auf. »Schön, Sie kennenzulernen.« Sie ging auf ihn zu und schüttelte seine Hand. »Kommen Sie«, sie zeigte zum Tisch, und Sofia rückte mit ihrem Stuhl zu Lorenzo, um Gregor Platz zu machen.

»Nein, bleiben Sie doch sitzen«, wehrte er erschrocken ab.

»Es ist genug Platz.« Gabriella schob ihm einen Stuhl hin und setzte sich dann neben ihn. »Ich freue mich, dass Sie da sind! Mein Vater hat große Stücke auf Sie gehalten.«

»Und ich auf ihn.«

Arturo blieb abwartend hinter Gregor stehen. Er war genauso, wie Gabriella ihn sich vorgestellt hatte. Sein lichtes braunes Haar hatte er nach hinten gekämmt, die Augen blickten gutmütig aus einem breiten Gesicht. In der Hand trug er eine Schildmütze aus dunkelgrün kariertem Stoff. Dazu passend ein dunkelgrünes Flanellhemd und eine grüne Arbeitshose mit breiten Hosenträgern.

»Ihr Vater«, sagte er, »hatte ein Händchen für guten Wein. Und den Ehrgeiz, ihn jedes Jahr noch besser zu machen. Das Arbeiten mit ihm war eine pure Freude. Und auch eine Herausforderung.«

»Und wie können wir das fortsetzen?«

»Interessieren Sie sich für Wein?«

»Ich habe leider keine Ahnung ... aber ich möchte es gern lernen«, gab sie zur Antwort und überlegte, ob wohl Hendrik ein Weinkenner war?

»Dieser kleine Bursche hier«, Gregor deutete mit dem

Daumen seiner breiten Hand über seine Schulter, »dieser kleine Bursche hat alles, was ein guter Weinbauer braucht. Die Freude an den Trauben, das Interesse, den Ehrgeiz und den Willen. Er ist der geborene Weinbauer. Jetzt schon. Dabei ist er gerade mal zehn.«

Gabriella drehte sich zu Arturo um, der dicht hinter Gregor stand. Sein schmales Gesicht glühte. Vor Stolz oder vor Angst, was kommen könnte?

»Ja, ich weiß. Ich weiß auch, dass er jede freie Minute im Weinberg ist.« Lorenzo sah seinen Sohn an.

»Mein eigener Sohn ist ein Zahlenmensch«, fuhr Gregor fort. »Er studiert Betriebswirtschaft. Aber der kleine Mann hier, den darf man nicht aus dem Weinberg wegreißen, das wäre eine Sünde.«

Bei dem Wort *Sünde* runzelte Sofia die Stirn. Sie war gläubig, das wusste Gabriella. Sie war zwar nicht ständig in die Kirche gegangen, aber sie glaubte an Gott. Eine Sünde, das hatte Gewicht.

»Was schlagen Sie vor?«, wollte Lorenzo wissen.

»Was schlägst du vor?«, fragte Gregor Arturo.

»Ich möchte alles lernen. Ich möchte hier in die Schule gehen und danach Weinbau studieren. Andere gehen in ein Internat, die sind ja dann auch nicht in der Familie. Wenn ihr jedes Wochenende kommt, ist das doch gut. Oder ich fahr mal mit dem Zug nach Mailand. Aber ich will nicht nach Mailand.« Tränen stiegen ihm in die Augen.

Lorenzo nahm Sofias Hand. »Und wo willst du sein? Wo willst du leben? Wer soll sich um dich kümmern?«, fragte Sofia mit feuchten Augen. Gabriella ahnte, was sie dachte: Dass sie vielleicht einen großen Fehler machte, indem sie ihren eigenen Traum verwirklichen wollte und ihr eigener Sohn dabei auf der Strecke blieb.

»Ich könnte mit meiner Frau reden. Das Zimmer unseres Sohnes ist frei.«

Gabriella bemerkte Lorenzos schnellen Blick zu Sofia.

»Vielleicht ...«, schaltete sich Gabriella ein, »vielleicht finde ich ja mit Emilia eine Lösung.«

»Emilia!«, sagte Arturo sofort. »Bei Emilia bin ich gern. Sie kocht so gut.«

»Und wer schaut nach deinen Hausaufgaben, richtet deine Kleider, gibt dir ein Pflaster, wenn du mal wieder ein blutiges Knie hast, nimmt dich abends in den Arm?« Sofias Stimme war brüchig. Der Gedanke, ihren Sohn zurückzulassen, fiel ihr unvorstellbar schwer.

»Wir können nicht gehen!«, sagte sie dann entschieden.

»Aber Sofia! Das ist unser Lebenstraum. Und Arturo mag Emilia, er ist glücklich hier. Wir werden ihn jede Woche sehen. Und Aurora ist auch glücklich, Anna kann in die Ballettschule. Am Wochenende sind wir hier. Und die Kinder werden in Mailand neue Freunde finden. Alles wird gut.«

»Nichts wird gut, wenn Arturo unglücklich ist!«

»Aber Mama!« Anna stand am Fenster, die Arme verschränkt, und sah ihre Mutter mit gerunzelter Stirn an. »Arturo hat recht. Andere gehen mit zehn ins Internat. Wo ist das Problem?«

»Und solange ich hier bin, pass ich auch auf ihn auf«, sagte Gabriella. »Gemeinsam mit Emilia.«

»Solange du hier bist«, wiederholte Sofia. »Du weißt ja selbst nicht, wie lange du hier sein wirst.«

»Auf jeden Fall für die ganze Zeit des Filmprojekts, das ist sicher. Und ganz sicher gehe ich in keine Großstadt, ich denke, dass das Castello hier mein Domizil bleiben wird. Vielleicht entwickle ich ja einen Börsen-Newsletter und berate Menschen, die an der Börse spekulieren wollen? Darin bin ich gut. Und das kann ich prima von hier aus.«

Lorenzo nickte. »Keine schlechte Idee. Ich komm auf dich zurück.«

Die Tür ging auf, und Aurora erschien mit drei Flaschen im Arm. »Ich soll fragen, welchen ihr trinken wollt?«

Arturo ging ihr entgegen und nahm ihr eine Flasche ab. »Das ist der Rotwein von vor zwei Jahren. Gregor sagt, er hat Spitzenqualität.« Er reichte Lorenzo die Flasche. »Er ist besonders vollmundig, in der Nase duftet er nach dunklen Beeren, Schlehen und Pflaumen, und im Abgang hat er etwas von Nüssen und Bitterschokolade.«

Lorenzo sah seinen Sohn mit großen Augen an.

»Jetzt müssen Sie ihn nur noch öffnen.« Gregor griff in die Tasche seiner weiten Arbeitshose und reichte Lorenzo einen Flaschenöffner.

»Und wir brauchen die passenden Gläser«, sagte Arturo und flitzte zur Tür hinaus.

Lorenzo schüttelte lächelnd den Kopf. »Da habe ich seit zehn Jahren einen Sohn und kenne ihn überhaupt nicht.«

»Kennst du mich denn?«, fragte Anna und beugte sich zu ihm hinunter.

»Ich lerne, ich lerne und beobachte!« Er sah sich nach Aurora um. »Ich kann mich nur entschuldigen für alles, was ich getan habe!«

Aurora nickte. »Jeder macht mal Fehler ...« Dann lächelte sie.

Emilia und Arturo kamen gleichzeitig zurück. Arturo trug fünf bauchige Weingläser, und Emilia balancierte eine große Platte mit üppig belegten Bruschette herein.

Sofia sprang auf, um Emilia zu helfen, und Arturo stellte die Gläser ab. Er beobachtete seinen Vater, wie er die Flasche entkorkte. »Und jetzt musst du den Korken betrachten, ob er intakt ist, und dann musst du an ihm riechen«, sagte er. »Wenn der Wein Kork hat, weißt du es gleich ...«

»Ich sehe schon«, Lorenzo lächelte ihm zu, »wir bekommen neben unserer Großbäckerei auch noch eine wunderbare Weinhandlung.«

»Ein Weingut mit Weinhandlung«, sagte Arturo ernst. »Und ein Schlosshotel! Dann kann ich meinen Wein gleich auch meinen Gästen anbieten. Im eigenen Weinkeller!«

»Denkst du gerade an das Castello?«, fragte Gabriella schmunzelnd und dachte an Hendriks ursprüngliche Pläne.

»Ja«, warf Gregor ein, »die richtige Größe hätte euer Keller. Aber da müsste man richtig was tun. Seit Jahren ist er ja mehr oder weniger unbenutzt. Claudio hat dort unten nur noch ein paar seiner Raritäten gelagert. Mehr nicht.«

»Der Keller ist gut so, wie er ist«, sagte Emilia schnell und verteilte Servietten.

»Es ist der beste Wein, den ich kenne«, sagte Arturo.

»Du?« Lorenzo schenkte die Gläser ein und warf Gregor dabei einen fragenden Blick zu.

Der hob die Schultern. »Wer Wein anbaut, muss auch wissen, was er tut. In Arturos Fall nur in Fingerhut-Größe. Um die Unterschiede herauszufinden. Zum Lernen.«

Sofia nahm sich ein Glas und schnupperte daran. »Rotwein ist Medizin«, erklärte sie. »Davon war schon meine Großmutter überzeugt.«

In diesem Moment wurde die Tür aufgerissen, und Stanley stürzte herein.

»Gabriella, ich habe was für dich«, rief er, blieb aber sofort stehen. »Sorry. Ich wusste nicht, dass hier oben ...«, er stockte, »... so viele sind.«

Gabriella sprang so schnell auf, dass der Stuhl fast nach

hinten weggekippt wäre. Sie spürte, wie ihr ganzes Blut nach unten sackte und ihr schwindelig wurde. Sie griff nach Gregors breiter Schulter.

»Was ist?«, hörte sie Sofia besorgt fragen. »Ist alles in Ordnung?«

Doch sie selbst sah nur eines: die Kamera in Stanleys Händen. Er hatte sie also gefunden. Und den Film eingelegt. »Hast du den Film schon angeschaut?« Ihre Stimme versagte, sie räusperte sich und wiederholte die Frage. »Hast du dir den Film schon angesehen?«

»Natürlich nicht.« Er schüttelte den Kopf. »Aber das Gerät funktioniert. Du kannst ihn dir ansehen.«

»Was ansehen?«, wollte Arturo wissen.

»Einen Film, den mein Vater gemacht hat. Wahrscheinlich ist meine Mutter darauf zu sehen.«

Emilia schlug sich die Hand vor den Mund, und Sofia stand nun ebenfalls verblüfft auf. »Das ist nicht wahr«, sagte sie.

»Zumindest steht ihr Name auf der Kassette«, erklärte Stanley.

»Sollen wir rausgehen?«, fragte Lorenzo taktvoll.

»Nein, das würde ich nicht aushalten.« Gabriella winkte Stanley. »Bleibt bitte da«, sagte sie. »Alle.«

»Soll ich ihn mit dem Fernseher verbinden?«, wollte Stanley wissen. Gabriella blickte zu dem kleinen Fernseher, der in einer Ecke stand und den sie all die Tage nie eingeschaltet hatte.

»Ich weiß nicht«, sagte sie.

Stanley hielt ein Kabel hoch. »Es würde gehen«, sagte er. »Es geht aber auch so.« Er klappte das Display auf. »Klein, aber fein.«

»Da ist deine Mutter drauf?«, fragte Sofia. »Ich werd' verrückt. Es existieren doch keine Fotos, keine Aufzeichnungen, hat dein Vater jedenfalls immer gesagt.«

Gabriella nickte. »Ja, das hat er gesagt.« Sie setzte sich auf die Bettkante. »Versuch's über den Fernseher«, sagte sie.

Gregor stand auf. »In dem Fall möchte ich mich jetzt verabschieden. Das ist doch ein sehr ... persönlicher Moment.«

»Kannten Sie meine Mutter?«, wollte Gabriella wissen.

»Ja«, er nickte, »sogar recht gut.«

»Dann bleiben Sie«, bestimmte Gabriella. »Bitte!«

Sofia setzte sich neben sie aufs Bett und legte den Arm um ihre Taille. Und auch Gabriella legte den Arm um Sofia. So saßen sie dicht beieinander und beobachteten Stanley, der den Fernseher einschaltete.

»Holst du Hendrik bitte auch?«, bat Gabriella Aurora. »Wenn schon, sollen alle zusehen.«

»Und wenn es etwas sehr Privates ist?«, flüsterte Sofia in Gabriellas Ohr.

Gabriellas Blick fiel auf Emilia. Sie saß auf ihrem Stuhl und rührte sich nicht.

»Nein«, sagte sie leise. »Ich glaube, es wird weniger gewaltig für mich und für Emilia, wenn wir alle gemeinsam schauen.«

Sofia folgte ihrem Blick. »Ja«, sagte sie, »das muss für sie auch ein Schock sein. Nach so vielen Jahren.«

Die Tür ging auf, und Hendrik und Aurora kamen herein.

»Jetzt lerne ich deine Mutter kennen, bevor du meine kennen lernst«, neckte er Gabriella und begrüßte Gregor mit Handschlag. »Arturo hat mir schon von Ihnen erzählt«, sagte er. »Er ist ganz begeistert von der Idee, ein eigenes Weingut zu haben.«

»Und die Laus mit dem Schlosshotel hast du ihm in den Pelz gesetzt?«, wollte Gabriella wissen.

Hendrik grinste, nahm einen Stuhl und setzte sich neben das Bett. »Das ist doch keine schlechte Idee«, sagte er. »Meine Unterstützung hat er jedenfalls, wenn es so weit ist.«

»Achtung!« Stanley rückte den Fernseher wieder an seinen Platz zurück. »Ein altes Modell. Gott sei Dank. Die Kamera ist auch alt, passt also perfekt zusammen! Es geht los!«

Gabriella hielt den Atem an und kniff Sofia in den Oberarm.

Der Schwenk auf das Castello im Sommer, die blühenden Rosen, die an der Fassade emporwuchsen, kein Unterschied zu heute, der Park, grüne, üppige Pflanzen. Ja, doch, da konnte man es erkennen, die Zypressen am Kiesweg waren noch viel kleiner und der Zitronenbaum neben der Holzbank noch gar nicht gepflanzt. Die Kamera schwenkte, und da kam sie direkt auf die Kamera zu: eine junge Frau in einem weißen, knielangen Kleid, das bei jeder Bewegung um ihre braunen, nackten Beine schwang. Ihre üppigen blonden Haare flossen weich an ihr herunter und tanzten bei jedem ihrer beschwingten Schritte mit. Ein junges, sehr hübsches Gesicht, große Augen und ein voller Mund. Vor der Kamera blieb sie stehen, legte beide Hände vor ihr Gesicht und linste gleich darauf zwischen Zeige- und Mittelfinger hindurch. Ein schmaler Goldring glänzte an ihrem Ringfinger, und ein helles Lachen erklang. »Claudio, du sollst mich doch nicht filmen!«

»Ich muss dich einfach filmen!«

»Filme lieber Gabriella, sieh dort«, sie zeigte auf einen Punkt außerhalb der Kamera. »Sie läuft wieder dem Eichhörnchen nach.«

Die Kamera schwenkte herum, folgte Marias ausgestrecktem Zeigefinger und fing ein Kind ein, das seine Hände an die dicke Rinde eines alten Baumes gelegt hatte und nach oben ins Geäst sah. »Gabriella, du kannst es nicht fangen. Es kann einfach besser klettern.«

»Ich will aber!« Die kleinen Hände klatschten gegen den Stamm. »Es soll wieder runterkommen.«

»Vielleicht braucht sie ein Geschwisterchen statt eines Eichhörnchens?« Das war eine leise, männliche Stimme. Claudio.

»Du weißt doch ...« Auch die Frauenstimme war leise.

»Ich kann mir ja was einfallen lassen, es gibt Methoden.«

»Gut, lass dir was einfallen.« Sie lachte und lief zu dem Baum. Auf halbem Weg drehte sie sich um. »Ich tu's auch ...«

Dann war nur noch zu sehen, wie sie das kleine Mädchen hoch in die Luft hob und herumwirbelte, bis die Kleine lauthals lachte.

Die Kamera schwenkte und zeigte erneut das Castello.

»Mein Traum«, sagte die Stimme leise. »Meine Familie. Das Castello voller Leben.«

Dann erfasste die Kamera einen Männerkopf. Claudio. Noch jung. Seine Haartolle hing ihm über das rechte Auge. Er blinzelte dem Kameraauge kurz zu, grinste, und danach kam nur noch Schwärze.

»Das war er also«, sagte Hendrik.

»Das warst du«, sagte Sofia leise. »Und Maria, deine Mutter. Ist es nicht wahnsinnig?«

Gabriella konnte gar nichts sagen. Ihre Mutter war ihr völlig fremd. Und auch das Kind war ihr fremd. Wie alt war sie da gewesen? Drei oder vier?

»Wie alt war ich da wohl?«, wollte sie von Sofia wissen. Sie hatte drei Kinder heranwachsen sehen, sie musste es wissen.

»Etwa drei, würde ich meinen. So um den Dreh. Älter nicht.«

»Sie ist wiederauferstanden.« Emilia war aufgestanden. »Maria ist wieder da.«

Gabriella warf ihr einen Blick zu. Der Film schien ihr nahegegangen zu sein. Aber klar, sie war zu diesem Zeitpunkt ja erwachsen gewesen und hatte sicher intensive Erinnerungen an diese Zeit.

»Kommt noch mehr?«, wollte Hendrik wissen.

»Ich glaube nicht.« Stanley untersuchte das Gerät. »Aber ich spule mal vor. Vielleicht ist ja was defekt.«

»So sah sie aus. Genau so!« Gregor hatte, von allen unbeachtet, neben dem Bett gestanden. »Ich sehe sie deutlich vor mir. Eine Schönheit. Und immer fröhlich. Und zu allen freundlich. Maria jetzt wiederzusehen ist sehr bewegend.«

Arturo trat neben ihn und griff tröstend nach seiner Hand. Gregor lächelte und strich ihm kurz über den Kopf.

Arturo hat sich seine eigene Vaterfigur gesucht, dachte Gabriella. Es war eben nicht so, dass nur Verwandtschaft zählte. Liebe zählte. Das war der Punkt.

Stanley zuckte mit den Achseln. »Schluss«, sagte er.

Schluss, dachte Gabriella. War das die letzte Aufnahme gewesen? War sie danach nach Amerika zurück? Wenn sie erst drei gewesen war, blieb da noch eine gewisse Zeitspanne. Emilia musste es doch wissen.

»Kann das wirklich die letzte Aufnahme von meiner Mutter gewesen sein? Bevor sie nach Amerika zurück ist?«

Emilia sah blass aus. »Ich kann es nicht sagen, ich weiß es nicht mehr. Es ist so lange her. Mehr als 28 Jahre. Eine Ewigkeit.«

Als alle weg waren, sah sie sich den Film noch einmal allein an. Stanley hatte noch nach weiteren Aufzeichnungen gesucht, aber auf den anderen Kassetten hatte Claudio nur verschiedene Drehorte gesammelt für einen Film, den er vor Jahren gedreht hatte. Es gab keine persönliche Einstellung mehr. Sie stoppte den Film, als er das Gesicht ihrer Mutter zeigte, kurz bevor sie es hinter ihren Händen versteckte. Gab es eine Ähnlichkeit zwischen ihnen? Sie fotografierte den Bildschirm mit dem Handy ab und stellte sich damit vor den Spiegel. Offensichtlich hatte sie mehr von ihrem Vater geerbt. Das Zarte, Spielerische, das mädchenhaft Kokette von ihrer Mutter hatte sie nicht. Ihr Gesicht war eher kantig, sportlich. Marias Gesicht mit dem fließenden Haar hätte auch die Vorlage zu einem Weihnachtsengel abgeben können. Kein Wunder, dass sie alle von ihr betört waren, sie war wirklich eine Schönheit gewesen. Und vielleicht unterstützte ihre Art das noch, wie sie ihre Hände vor das Gesicht schlug und dann kindlich zwischen den Fingern hindurchblinzelte. Überhaupt ihre Hände. Lange, schmale Finger, an denen nur der eine Goldring glänzte. Ihr Vater hatte nie einen Ring getragen. Wo hatte er ihn aufbewahrt, nachdem Maria gegangen war? Gabriella würde ihn suchen.

Sie ging ins Bett zurück, es fröstelte sie, und sie schlang ihre Arme um den Oberkörper und rieb sich wärmend die Oberarme.

Sie musste an Flavio denken. Was würde aus ihnen beiden werden? Und sie dachte an Hendrik und Stanley. Die beiden würden Teil ihres Lebens bleiben, da war sie sich sicher. Ihre spontane Idee einer Vermögensberatung gefiel ihr auch immer besser. Sie kannte genug Leute, um damit starten zu können. Und sie würde erfolgreich werden, daran hegte sie keine Zweifel. Vor allem aber war sie so örtlich ungebunden. Sie konnte die meiste Zeit des Jahres hier im Castello verbringen. Die Aussicht darauf entlockte ihr ein Lächeln. Alles war gut. Sie würde den Wunsch ihres Vaters erfüllen können.

Bloß – Mann und Kind? Kinder?

Aber ihre Gedanken schweiften wieder ab zu Maria. Zu dem Gespräch zwischen den beiden. Sie wollten beide noch mehr Kinder. Geschwister für sie, für ihre Tochter Gabriella. Beide wollten sich etwas einfallen lassen, hatten sie leise gesagt. Wollte Maria ihm um jeden Preis ein weiteres Kind schenken? Hatte sie deshalb die Affäre? Und waren ihr Skrupel gekommen, als es dann so weit war? Hatte sie deshalb abtreiben lassen? Aber welches Problem hatte ihr Vater gehabt?

Es gab keine Antwort darauf, sie musste es so hinnehmen, wie es war.

Es piepste, und eine Nachricht von Sofia stand im Display.

»Liebes«, schrieb sie. »Ich danke dir für alles. Lorenzo und ich sind heute noch nach Mailand gefahren, er möchte mir die Großbäckerei zeigen. Wir sind sicher erst sehr spät zurück und schlafen dann in unserer Wohnung, weil er morgen früh ja arbeiten muss. Es ist alles so wunderbar. Nur Arturo macht mir noch Sorgen, aber vielleicht hast du ja recht, vielleicht ist der Weinbau sein Weg. Gregor hat vorhin angerufen, er hat mit seiner Frau gesprochen. Sie würde sich über ein Kind im Haus freuen. Es sei so einsam und still im Haus. Arturo ist außer sich vor Freude. Ich glaube, er liebt Gregor. Auf seine kindliche Art. Vielleicht ist das die richtige Lösung. Wir sollten das ausprobieren. Für Arturo. Und Emilia ist extra im Castello geblieben, damit die Kinder morgen früh rechtzeitig zur Schule kommen. Sie ist wirklich ein Engel, du kannst glücklich sein, dass du sie hast.«

Ja, dachte Gabriella. Es fügt sich alles. Das Leben sucht seine eigenen Wege. Wieder musste sie an Flavio denken. Wie hatte Sofia geschrieben: Wir sollten das ausprobieren.

Ihr Herz schlug für Flavio, das spürte sie. Vielleicht sollten sie es einfach ausprobieren? »Ja, das solltet ihr wirklich«, antwortete sie Sofia und bekam ein Smiley zur Antwort.

Dann schrieb sie Flavio eine SMS:

»Was würdest du tun, wenn du die nächsten Tage bestimmen könntest?«

»Dich in die wunderbare Landschaft rund um das Castello entführen, damit du die Erde deiner Heimat riechen und den Vogelstimmen lauschen kannst. Und dann am Kamin ein Glas Wein aus eurem Weinberg trinken und darüber philosophieren, warum Menschen alles zerstören, anstatt zu schätzen, was die Natur ihnen schenkt. Und dann würde ich deinen wunderschönen Körper und dich genießen wollen.«

Gabriella lächelte.

»So machen wir das«, schrieb sie zurück.

»Wirklich?«

»Wirklich!«

»Ich glaube, verdammt, Gabriella, ich glaube, ich könnte dich lieben!«

»Dann tu's!«, schrieb sie zurück.

Es dauerte eine Weile, bis die Antwort kam.

»Einseitige Gefühle tun weh«, las sie.

»Ich bin in dich verliebt, sehr sogar«, schrieb sie zurück und spürte Schmetterlinge im Bauch. »Ob daraus Liebe wird, zeigt die Zeit.«

»Wir haben jede Menge Zeit.«

Gabriella dachte an seine Zukunftspläne. Ein Studium. Aber warum sollte sie heute planen, wenn morgen alles ganz anders aussah? Que sera sera.

»Ich freue mich«, schrieb sie zurück.

»Worauf?«

»Auf das *wir*. Auf uns. Auf unsere Zukunft!«, schrieb sie.

Gabriella blickte vom Display hoch und zum Fenster hinaus. Einen einzigen Stern sah sie leuchten, dafür so hell, dass sie ihn einfach als ihren Glücksstern nahm. Sie taufte ihn »Zuversicht«.

»Ich mich auch. Morgen entführe ich dich in meine Welt.«

Gabriella legte das Handy beiseite und gab sich den schönen Gedanken hin, die sie erfüllten. Kurz danach war sie eingeschlafen.

Mitten in der Nacht wachte sie auf, und zwar so plötzlich, dass sie sich im Bett sitzend wiederfand. Irgendetwas war ihr in alle Glieder gefahren. Unter ihrer Bettdecke war es klamm, ihr Oberteil war feucht. Sie hatte geschwitzt. Ihr Puls raste, und sie schaltete die Nachttischlampe an. Nichts. Es war niemand da, der sie so dermaßen hätte beunruhigen können. Sie stand auf und trat ans Fenster. Die Sterne lagen jetzt hinter den Wolken verborgen, es war eine stockfinstere Nacht. Und es war kühl. Sie fröstelte und wechselte im Badezimmer ihren Schlafanzug. Dann wendete sie die Bettdecke. Aber auch ihr Laken war feucht. Sie würde sich auf die andere Seite des Betts legen. Sie war gerade dabei, die zweite Bettdecke aus dem Wandschrank zu ziehen, da stand es ihr klar vor Augen:

Gregor!

Was hatte er gesagt?

»Die richtige Größe hätte euer Keller. Aber da müsste man richtig was tun. Seit Jahren ist er ja mehr oder weniger unbenutzt. Claudio hat dort unten nur noch ein paar seiner Raritäten gelagert. Mehr nicht.«

Und Emilia?

»Der Keller ist gut so, wie er ist.«

Er ist gut so, wie er ist.

Gabriella legte die frische Bettdecke auf die trockene Seite und holte sich ihren Morgenmantel aus dem Badezimmer, dazu die Taschenlampe, die für einen Stromausfall stets bereitlag. Dann schlüpfte sie barfuß in ihre Sneakers und verließ ihr Zimmer.

Im Kaminzimmer roch es noch nach Asche, und auf dem Beistelltisch standen zwei benutzte Weingläser. Offensichtlich hatten Stanley und Hendrik den Abend miteinander verbracht.

Vom Kaminzimmer aus ging die Holztür ab nach unten in den Keller. Gabriella drehte den alten schwarzen Lichtschalter an der gekälkten weißen Wand. Eine schwache Glühbirne flammte auf, gerade hell genug, um die steile Holztreppe zu beleuchten. Kein Wunder, dass hier über all die Jahre niemand gern hinuntergegangen war, dachte sie. Sie auch nicht. Und als Kind schon gar nicht.

Sie schaltete ihre Taschenlampe an und stieg vorsichtig, Schritt für Schritt, hinunter. Es roch eigentümlich feucht. Nach altem Holz und Kartoffeln. Von der letzten Stiege bis zu dem wackeligen Holzregal, das an der Wand stand, waren es nur wenige Schritte. Der Rest des Kellers versank in tiefer Dunkelheit. Im Weinregal lagen höchstens zehn Flaschen. Seine Raritätensammlung, dachte Gabriella. Das Weinregal daneben war völlig leer. Sie leuchtete den Boden ab. Lehmboden. Es war noch immer so, wie das Haus vor mehr als hundert Jahren gebaut worden war. Es hatte sich nichts verändert. Gabriella stocherte ein bisschen mit der Fußspitze, dann rückte sie das leere Weinregal etwas zur Seite und ging in die Hocke, um den Boden besser betrachten zu können. Sie wischte mit der Hand darüber. Hier war kein Lehm, sondern nur schwarze Erde. Sie leuchtete ihre Umgebung ab. Gab es hier irgendetwas zum Graben? Eine kleine Schaufel vielleicht? Sie fand mehrere abgebrochene Flaschenböden in einer Ecke. Da war wohl mal das Regal umgekippt, dachte sie und tastete nach den Scherben. Gabriella suchte sich einen geeigneten Glasstumpf aus und begann, den Boden aufzugraben. Was sie an Erde herausgeschabt hatte, wischte sie mit der freien Hand zur Seite, und nach und nach wuchs neben ihr ein kleiner, dunkler Erdhügel. Plötzlich warf etwas Schimmerndes das Licht der Taschenlampe zurück. Ihre Hand zuckte zurück, und sie richtete sich auf. Gleichzeitig spürte sie, dass sie nicht mehr allein im Keller war. Sie drehte sich ruckartig um. Auf der obersten Treppenstiege stand eine große, schwarze Gestalt.

Im ersten Schreck glaubte sie an einen Geist. Dann erkannte sie die Gestalt: Emilia.

»Nun ist es also so weit!«, hörte sie sie sagen.

Gabriella wusste nicht, wie sie reagieren sollte.

Unbeweglich stand Emilia dort oben, nur ihre Stimme drang dumpf hinunter bis zu ihr: »Ich habe gewusst, dass es eines Tages passieren würde. Und als Gregor heute den Keller erwähnte, habe ich es gleich an deinen Augen gesehen, dass ich heute Nacht im Castello wachen muss.«

Gabriella schluckte. Sie fühlte nichts, nur eine Lähmung, wie in ihrem Albtraum neulich.

»Warum?«, wollte Gabriella wissen. Ihre Stimme hörte sich für sie selbst fremd an.

»Es war einfach nur die gute Gelegenheit«, sagte Emilia mit völlig ungerührter Stimme. »Am Abend hatten sie Streit. Dein Vater hatte wohl … sexuelle Schwierigkeiten. Und deine Mutter war jung, zu jung für ihn. Dass sie keine Kinder mehr bekämen, liege wohl nicht an ihr, hatte sie ihn angeschrien.«

Gabriella war aufgestanden und hielt sich an dem wackeligen Weinregal fest.

»Sie war nicht die Richtige für einen Mann wie deinen Vater.«

»Aber du?«, sagte Gabriella tonlos.

»Ich habe ihn geliebt, wie eine Frau einen Mann lieben sollte. Ich habe alles für ihn getan. Ich war da, wenn er mich brauchte. Von morgens bis abends, und wenn es sein musste, bis spät in die Nacht.«

»Bis spät in die Nacht ...«, wiederholte Gabriella.

»Wir haben nicht miteinander geschlafen. Aber ich dachte mir damals, einen Tages würde ich ihm ein Kind schenken.«

Gabriella fröstelte es.

»Hör auf!«, sagte sie.

»Deine Mutter liebte Champagner. Der war hier unten gelagert. Und in dieser Nacht ... ich war noch in der Küche. Und ich hörte die Tür zum Weinkeller. Es war ganz leicht. Sie flog wie ein Engel. Genau so, wie alle sie sahen, die Irren!«

»Du hast sie ... umgebracht.«

»Nein. Ich habe nur deinem Vater zu einem anständigen Leben verholfen.«

»Emilia!« Gabriella suchte nach Worten. »Emilia, was hast du getan?«

Ein tiefes Lachen war die Antwort. »Sie war krank. Deine Mutter war krank. Sie rannte durchs Dorf wie eine läufige Hündin und ließ jeden aufhocken ...«

»Das ist doch nicht wahr!«

»Ich weiß es von Sara. Ihr Mann ...«

»Das war *ein* Mann. Nicht das ganze Dorf!«

»Und du ... du legst dich hier ins Bett und lässt jeden

kommen! Du bist genauso krank wie sie. Das Kind deiner Mutter!« Sie stieg langsam die Treppe hinab, und Gabriella erkannte, dass sie etwas Dunkles in der Hand hielt.

»Emilia! Du hast mich großgezogen! Du hast mich behütet all die Jahre!«

»Ja. Du warst ein Kind. Und ich habe immer nur gedacht, so könnte auch mein Kind ... unser Kind sein.«

Emilia war stehen geblieben und stützte sich mit einer Hand an der Wand ab.

»Aber jetzt bist du erwachsen!« Ihr Ton klang verächtlich.

»Emilia! Wir sind doch immer gut miteinander ausgekommen, wir haben lange Gespräche geführt. Du bist doch auch als Erwachsene meine Freundin. Wir haben über alles geredet in den letzten Tagen, über Claudio, über dich, über ...«

»Du hättest nicht herkommen dürfen.«

»Aber es ist mein Zuhause!«

»Du machst alles kaputt! Du hättest den Keller in Ruhe lassen sollen! Wieso musst du da graben wie eine Wühlmaus?«

»Emilia! Es gibt für alles eine Lösung!«

Emilia lachte. Und stieg langsam und vorsichtig eine weitere Stufe herab. »Ja, es gab damals auch eine Lösung. Sara hat mir geholfen. Wir haben sie hier vergraben. Damit war das Problem beseitigt. Ein für alle Mal, dachten wir.«

»Emilia, die Tat ist doch längst verjährt. Du kannst dich stellen!«

»Damit das ganze Dorf über mich klatscht? Nein. Ich werde mein Leben hier weiterführen und irgendwann friedlich beenden. Und du wirst gegangen sein. Genau wie deine Mutter. Auf und davon. Das liegt in eurer Familie!«

»Das liegt nicht in unserer Familie!«

Emilia hob ihren Arm, und jetzt erkannte Gabriella, was sie fest umklammert hielt. Eine Axt.

»Doch! Es ist der Fluch dieser Familie!«

»Emilia! Überleg, was du tust! Du kannst doch nicht sagen, dass du mich nicht gemocht hast? All die Jahre?«

»Ja. Vielleicht ja. Aber das ist jetzt bedeutungslos. Du hast alles zerstört. Alles!«

Sie kam mit erhobenem Arm näher, und Gabriella schob das leere Regal als Barriere nach vorn. Es würde nicht viel helfen.

»Aber ich habe dich gemocht, ich habe dich geliebt und dir vertraut!«, rief Gabriella.

»Du und Liebe?« Ein dumpfes Lachen kam von der Kellertreppe. »Du hast ja keine Ahnung, was das ist. Liebe. Meine Liebe zu Claudio. Das war Liebe. Du dagegen nimmst Sara den Sohn weg! Er ist ein Spielzeug für dich! Nein, das ist keine echte Liebe!«

»Und du willst mich jetzt umbringen?«

»Hättest du die alten Geschichten ruhen lassen! Ich muss es tun! Dann ist alles wieder so wie früher.«

»Nichts wird sein wie früher. Emilia, hör zu!«

»Es ist meine Pflicht!«

Worte waren vergebens, das wurde Gabriella jetzt klar. Von diesem dunklen Wahn würde Emilia nicht mehr abrücken.

Was sollte sie jetzt tun? Sie brauchte einen Plan. Wie groß war der Keller? Gabriella wich in die Dunkelheit zurück und bückte sich nach den abgeschlagenen Flaschenhälsen. Nein. Sie musste Emilia anders abwehren. Da waren volle Flaschen besser. Sie griff nach den Flaschen im Regal.

»Champagner hat sie getrunken. Champagner! Das war ihr Tod!«

Gabriella blickte zu Emilia hoch. Sie sah erschreckend martialisch aus, dort auf der Kellertreppe, die Axt hoch erhoben. Ich muss sie zu Fall bringen, dachte Gabriella, zielte und legte ihre ganze Kraft in diesen Wurf. Die Flasche zischte an Emilias Kopf vorbei, und Gabriella warf gleich die nächste. Emilia sah sie kommen und bückte sich, sie zerschellte mit einem hellen Ton hinter Emilia an der Kellerwand.

»Ha«, rief Emilia. Mit der linken Hand schürzte sie ihren langen Rock, mit der rechten nahm sie die Axt noch etwas höher. Die Schneide glänzte fahl im Licht der Glühbirne.

»Du hast Claudio geliebt, aber hat er auch dich geliebt?«

Gabriella versuchte sie abzulenken, während sie fieberhaft nach einer Lösung suchte. Schreien. Nein, schreien machte keinen Sinn. Stanley und Hendrik hatten ihre Zimmer im ersten Stock. Und sie schliefen längst.

»Claudio war mein Leben«, rief sie und stieg die nächste Stufe hinab.

»Wir hätten hier alle friedlich zusammenleben können«, rief Gabriella.

»Damals nicht. Und jetzt nicht mehr.« Wieder eine Stufe. Gabriella warf eine weitere Flasche. Zu kurz. Wie viele Flaschen hatte sie noch? Panik. Sie spürte Panik aufsteigen. Aber sie durfte jetzt nicht den Kopf verlieren.

Wieder eine Stufe. Gabriella warf noch eine weitere Flasche. Diesmal traf sie Emilias Brustkorb, bevor das Glas auf der Treppe zerschellte. Scherben und Wein spritzten auf. Emilia stöhnte kurz. Eine weitere Stufe. Jetzt war sie schon auf der Hälfte angelangt. Hätte sie auf der Treppe eine größere Chance? Sollte sie Emilia von unten mit voller Wucht wie ein wütender Stier angehen? Sie schmetterte eine weitere

Flasche, und Emilia stieg schneller hinab. Ich könnte sie blenden, dachte Gabriella. War ihre Taschenlampe stark genug? Sie nahm sie vom Regal, wo sie noch immer eingeschaltet lag, aber Emilia ließ nur ihren Rock fallen und schirmte ihre Augen mit der freien Hand ab. Ihr Gesicht war totenblass und ihr Mund verzerrt. Nicht mehr lang, und sie war unten im Keller.

»Emilia!« Der Ruf kam von oben.

Irritiert sah sie sich um, ihr rechter Fuß verfing sich in ihrem Rocksaum, sie taumelte und stürzte, die Axt von sich gestreckt, die steile Kellertreppe hinunter. Ein wilder Schrei, sie versuchte sich noch abzufangen, aber die nackte Wand bot keinen Halt. Gabriella sprang zur Seite. Emilia krachte mit dem Kopf voraus in das Regal, es stürzte zusammen, und die letzten Weinflaschen fielen auf sie und neben ihr auf den Boden. Gabriella lief an ihr vorbei die Kellertreppe hinauf. Oben stand Flavio, der ihr einige Stufen entgegenkam. Sie starrten beide hinunter. Die Taschenlampe war Gabriella in ihrer Hast aus der Hand gefallen, sie leuchtete sinnlos in eine schmutzige Ecke, haarscharf an Emilia vorbei. Sie rührte sich nicht. Von oben sah sie aus wie ein dunkler Kleiderhaufen, nichts Menschliches war zu erkennen.

»Lebt sie noch?«, flüsterte Gabriella.

»Ich weiß nicht. Ich kann nichts erkennen. Wir müssen den Arzt rufen.« Gabriella konnte ihren Blick nicht abwenden, sie fühlte sich wie hypnotisiert.

»Und die Polizei!«, fügte Flavio an.

Deine Mutter, wollte Gabriella sagen, dann schwieg sie. Wem sollte das etwas nützen?

»Soll ich nachsehen? Hilfe leisten?«, wollte Flavio wissen.

Gabriella schüttelte den Kopf. »Lieber nicht. Wer weiß, was dann passiert …«

»Warum ist sie mit der Axt auf dich losgegangen? Und was wolltest du da unten?«

»Und du? Wie kommst du jetzt hierher?«

Er zog sie die Treppe hinauf, im Türrahmen nahm er sein Handy heraus. Gabriella hörte ihm zu, wie er mit der Polizei sprach und die Situation schilderte.

»Jetzt können wir nur noch warten.« Er nahm Gabriella in den Arm.

»Wieso bist du hier?«, wiederholte sie.

»Ich wollte dich überraschen, dich in die Arme nehmen. Dich halten und spüren. Aber du warst nicht in deinem Zimmer, also fing ich an zu suchen. Im Kaminzimmer brannte Licht, und die Kellertür stand offen. Was wolltest du dort unten?«

»Flavio, Emilia hat meine Mutter umgebracht. Keiner von uns hätte sie je in New York aufspüren können, denn da war sie längst tot und vergraben.« Gabriella wies zu Emilia. »Maria liegt dort unten ... in der Erde.«

Flavio zog die Augenbrauen hoch. »Aber ...«

»Gregor hat mich darauf gebracht. Und Emilias Reaktion. Irgendetwas stimmte nicht. Und dann habe ich schlecht geträumt, und plötzlich war mir alles klar. Alles passte so gut zusammen.«

Sie schüttelte sich. Und sie dachte an ihren Vater, an seinen letzten Besuch. Er hatte recht gehabt. Er hatte Maria tatsächlich gefunden.

»Und dann?«, wollte Flavio wissen.

»Dann habe ich angefangen zu graben. Und plötzlich schimmerte etwas.«

»Es schimmerte etwas?«

»Ja. Ich glaube, es war Marias Ring. Ihr Ehering.«

Sie sahen beide nach unten.

»Sie rührt sich nicht. Kein bisschen«, sagte Flavio. »Ich glaube, sie ist tot.«

Gabriella drückte ihren Kopf an seine Schulter.

»Dann wäre sie«, murmelte sie, »auf dem Grab meiner Mutter gestorben.«

Epilog

Emilia hatte sich bei ihrem Sturz das Genick gebrochen. Maria bekam ein würdiges Begräbnis, den schmalen Goldring steckte sich Gabriella an ihren Finger. Er passte wie angegossen. In der Schublade, in der die Filmkassette gelegen hatte, fand Gabriella ein kleines Kästchen. Darin lag der Ehering ihres Vaters. Sie schenkte ihn Hendrik, und er versprach, ihn als Ehering zu tragen, wenn es jemals dazu kommen sollte. Zu dritt durchforsteten sie die nächsten Wochen das Arbeitszimmer, die Dokumente und Hinterlassenschaften ihres Vaters. Es schweißte sie zusammen, Gabriella, Hendrik und Stanley.

Die versprochene Filmdokumentation nahm unter Stanleys Leitung Gestalt an und lief zwei Jahre später mit großem Erfolg im italienischen Fernsehen. Hendriks Mutter besuchte sie kurz nach Emilias Beerdigung, und Gabriella empfand sie als ausgesprochen nette und umgängliche Frau. Und noch immer sehr hübsch. Wie wohl ihre Mutter in dem Alter ausgesehen hätte?

Sofia und Lorenzo fanden wieder zueinander. Sofia besuchte in Mailand eine Modedesignschule, und Lorenzo ging in seiner neuen Aufgabe auf. Die Mädchen hatten sich schnell in der Stadt eingelebt, Anna nahm Ballettunterricht und durfte zu Weihnachten bei ihrer ersten Aufführung mittanzen. Gabriella saß im Publikum und sah, wie stolz Anna war. Aurora ging vor ihrem Abitur ein Jahr zum Schüleraustausch nach Amerika. Arturo wurde der Augenstern von

Gregors Frau und legte noch vor Beginn seines Weinbaustudiums die Prüfung zum Sommelier ab.

Gabriella hatte bei Flavio alles gefunden, was sie an Mike immer vermisst hatte: lange Gespräche, die Freude an der Natur, Wärme, Treue – und vor allem Liebe. Als Sara bei einer Familienfeier kleine Seitenhiebe gegen Gabriella austeilte, nahm Gabriella sie freundlich zur Seite und verriet ihr, dass sie ihr Geheimnis kannte. Auf dem Castello übernahm ein Mädchen aus dem Dorf den Haushalt. Über Emilia wurde nicht mehr gesprochen.

Auf ihrem einfachen Grabstein stehen nur wenige Worte:

Emilia.
Möge ihre Seele in Frieden ruhen

Liebe ist die Antwort!

Hier reinlesen!

Gaby Hauptmann
Zeig mir, was Liebe ist
Roman

Piper Taschenbuch, 256 Seiten
€ 9,99 [D], € 10,30 [A]*
ISBN 978-3-492-30680-5

Ist Geld wirklich alles? Findet Leska nicht. Valentin schon. Buchstäblich. Denn seine Eltern sind reich – nur eines kommt in ihrem Leben nicht vor: die Liebe. Leska hat weder Liebe noch Geld. Nur ihren Instinkt. Den braucht sie auch, als Valentin mit ihr im Ferrari seines Vaters durchbrennt. Denn der seltene Oldtimer ist zehn Millionen wert. Doch während die beiden sich auf ihrem verbotenen Ausflug nach Venedig näherkommen, lockt der kostbare Ferrari die Mafia an. Statt der erträumten gemeinsamen Nacht sind die zwei nun auf der Flucht – und Leska wird Valentin den wahren Grund, mit ihm durchzubrennen, nicht mehr lange verheimlichen können ...

Leseproben, E-Books und mehr unter www.piper.de

Hilfe, mein Mann hat zuviel Zeit für mich!

Hier reinlesen!

Gaby Hauptmann
Liebling, kommst du?
Roman

Piper Taschenbuch, 288 Seiten
€ 9,99 [D], € 10,30 [A]*
ISBN 978-3-492-30539-6

Sie hat den Mann fürs Leben – was sucht sie dann noch?

Früher war er nie da. Schrecklich. Jetzt ist Björn immer da – und das ist noch schrecklicher, findet Nele. Denn seit er mit einer satten Abfindung zu Hause sitzt, bringt er nicht nur ihre schöne häusliche Routine durcheinander, sondern auch ihr gesamtes Leben. Dabei hat Nele ihre eigenen Pläne. Zu denen auch Enrique gehört, der attraktive Student in ihrem Sprachkurs ...

Ein herzerfrischender Roman über neues Glück und alte Lieben.

Leseproben, E-Books und mehr unter www.piper.de